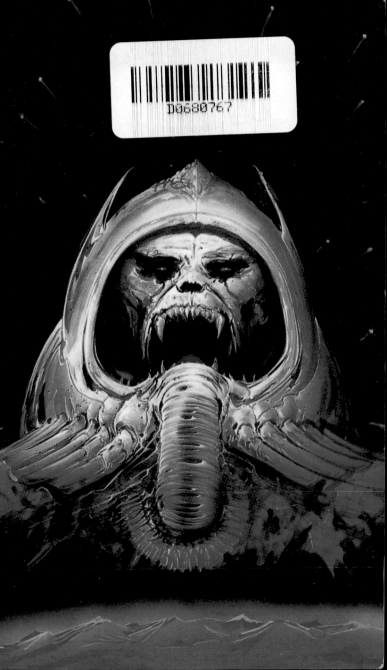

9,50 B

ŒUVRES DE L . RON HUBBARD
DANS PRESSES POCKET

TERRE CHAMP DE BATAILLE

T. II – LA RECONQUÊTE
T. III. – LE SECRET DES PSYCHLOS

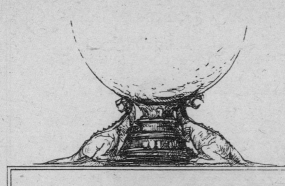

TERRE CHAMP DE BATAILLE

*

LES DERNIERS HOMMES

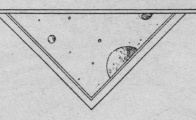

SCIENCE-FICTION

Collection dirigée par Jacques Goimard

L. RON HUBBARD

Une Épopée de l'An 3000

TERRE
CHAMP DE BATAILLE

*

Les Derniers
Hommes

PRESSES DE LA CITÉ

Publié par
Les Presses de la Cité
8, rue Garancière
Paris
et
NEW ERA ® Publications International ApS
Store Kongensgade 55, Copenhague K
Danemark

© 1985 par L. Ron Hubbard
TOUS DROITS RÉSERVÉS

*Traduit de l'américain par Michel Demuth
pour NEW ERA Publications International*

Titre original :
BATTLEFIELD EARTH
© 1982, 1983, 1984 by L. Ron Hubbard
ALL RIGHTS RESERVED

ISBN 2-266-02116-8

Ce nouveau roman est dédié à Robert A. Heinlein,
A. E. van Vogt, John William Campbell et à toute la
joyeuse équipe des écrivains de science-fiction et de
fantastique des années trente et quarante – l'Age d'Or –
qui ont fait de la science-fiction et du fantastique les
genres littéraires à la fois populaires et respectés qu'ils
sont devenus aujourd'hui.

Parmi les étoiles de ce temps, on trouve notamment :
Forrest J. Ackerman, Poul Anderson, Isaac Asimov,
Harry Bates, Eando Bender, Alfred Bester, James
Blish, Robert Bloch, Nelson Bond, Anthony Boucher,
Leigh Brackett, Ray Bradbury, Fredric Brown, Arthur
J. Burks, Edgar Rice Burroughs, Karel Capek, E. J. Car-
nell, Cleve Cartmill, Arthur C. Clarke, Hal Clement,
Groff Conklin, Ray Cummings, L. Sprague de Camp,
Lester del Rey, August Derleth, Ralph Milne Farley,
Hugo Gernsback, Mary Gnaedinger, H. L. Gold, Ed-
mond Hamilton, Robert E. Howard, E. Mayne Hull,
Aldous Huxley, Malcolm Jameson, David H. Keller,
Otis Adelbert Kline, C. M. Kornbluth, Henry Kuttner,
Fritz Leiber, Murray Leinster, Willy Ley, Frank Belk-
nap Long, H. P. Lovecraft, R. W. Lowndes, J. Francis
McComas, Laurence Manning, Leo Margulies, Judith
Merril, Sam Merwin, Jr., P. Schuyler Miller,
C. L. « Northwest Smith » Moore, Alden H. Norton,
George Orwell, Raymond A. Palmer, Frederick Pohl,
Fletcher Pratt, E. Hoffman Price, Ed Earl Repp, Ross
Rocklynne, Eric Frank Russell, Nathan Schachner,

Idris Seabright (Margaret St. Clair), Clifford D. Simak, C. A. Smith, E. E. « Doc » Smith, Olaf Stapledon, Theodore Sturgeon, John Taine, William F. Temple, F. Orlin Tremaine, Wilson Tucker, Jack Vance, Donald Wandrei, Stanley G. Weinbaum, Manly Wade Wellman, H. G. Wells, Jack Williamson, Russell Winterbotham, Donald A. Wollheim, Farnsworth Wright, S. Fowler Wright, Philip Wylie, John Wyndham, Arthur Leo Zagat et tous leurs illustrateurs. Tous méritent d'être relus, tous.

INTRODUCTION

J'ai connu récemment une période de mon existence où j'avais peu à faire. Ce qui était nouveau pour moi dans une vie aussi affairée. J'ai donc décidé de me distraire en écrivant un roman de *pure* science-fiction.

Durant les années difficiles, de 1930 à 1950, j'étais écrivain professionnel, non seulement parce que c'était le métier que j'avais souhaité, mais aussi parce que je voulais financer des recherches plus sérieuses. Les organismes susceptibles de subventionner généreusement les travailleurs indépendants étaient alors peu nombreux. En dépit de tout ce que l'on peut raconter sur le « redressement » de l'ère Roosevelt, ce fut une période de dépression économique. C'était réussir ou mourir de faim. Être un auteur à succès ou un clochard. Chacun devait travailler dur dans son métier, sous peine de ne plus avoir de métier du tout. C'était une époque où il fallait se battre.

J'ai très souvent entendu cette réflexion intentionnellement blessante de la part de tant de gens : « Il a été écrivain de science-fiction. » Et cela m'a amené à prendre conscience du fait que bien peu de personnes comprennent le rôle que la science-fiction a joué dans l'existence de l'humanité.

J'ai lu plusieurs ouvrages où l'on tentait de donner une définition de la science-fiction et de retracer son histoire. Les experts et les controverses abondent. La science-fiction bénéficie du public le plus exclusif qui soit et sans doute le plus fidèle qu'un genre littéraire puisse avoir. Ces lecteurs fervents sont appelés des « fans », et ce mot, dans le domaine qui nous occupe, a un sens spécial et prestigieux.

Au sein du genre, on trouve peu d'écrivains professionnels qui aient réellement écrit à propos du caractère propre de la S. F. Ils sont généralement trop occupés à écrire pour s'étendre sur leur œuvre. Mais c'est parmi les fans et les critiques spécialisés que l'on trouve de nombreux experts qui ont un certain nombre de choses valables à dire.

Néanmoins, il subsiste bien des considérations fausses, tant à propos de la science-fiction que de ses auteurs. Ainsi, lorsque l'on prétend écrire un livre de *pure* science-fiction, il faut préciser ce qu'on entend par là.

Le mieux serait probablement de revenir à ce jour de 1938 où j'ai rencontré pour la première fois John William Campbell, faisant ainsi mon entrée dans le domaine de la S. F. C'était à l'aube de ce que l'on a appelé « L'Age d'Or » de la science-fiction. J'ignorais tout du genre alors et, en vérité, je le considérais avec une certaine méfiance. Je n'étais pas venu spontanément : j'avais été convoqué dans ce vénérable building de la Septième Avenue, dans la poussiéreuse cité de New York, par les plus hauts dignitaires de la société d'édition *Street and Smith*, les nommés Black et F. Orlin Tremaine. Un autre écrivain se trouvait là en même temps que moi : Arthur J. Burks. En ce temps-là, être « invité » par une maison aussi ancienne et respectable que *Street and Smith*, c'était comme d'être convoqué à la cour du roi. Vous vous asseyiez, vous attendiez docilement et vous ne parliez que lorsqu'on vous invitait à le faire.

Arthur J. Burks et moi, nous étions des auteurs célèbres dans d'autres branches de la littérature. Selon les statistiques d'A. B. Dick, qui était l'expert des rapports publicité-édition, nos noms sur la couverture d'un magazine augmentaient les ventes de façon spectaculaire.

Les pontes de *Street and Smith* allèrent droit aux faits. Ils venaient d'acheter un magazine dont le titre était *Astounding Science Fiction*. Il existait alors divers magazines de ce genre édités par d'autres maisons, mais *Street and Smith* étaient mécontents parce que le leur ne publiait que des histoires concernant les machines et la technologie. En tant qu'éditeurs, ils étaient convaincus qu'il fallait absolument des *gens* dans ces histoires. S'ils faisaient appel à nous c'était parce que, sans tenir compte des statistiques d'A. B. Dick sur notre succès auprès du public, nous avions la réputation d'écrire des récits avec de *vrais personnages*. Ils savaient que nous étions très pris et que nous avions déjà d'autres contrats à respecter, mais si seulement nous voulions bien accepter d'écrire de la science-fiction... Oui, nous étions d'accord.

Ils appelèrent alors John William Campbell Jr., qui était le rédacteur en chef du magazine. C'est ainsi qu'il se trouva mis en présence de deux auteurs d'histoires d'aventure. Les auteurs d'histoires d'aventure étaient peut-être les aristocrates de la littérature et jouissaient d'un immense public, mais, pour Campbell, ils n'étaient nullement des écrivains de science-fiction. Il refusa. Avant tout, selon son opinion, en faisant appel à des auteurs à succès, on entamerait trop sérieusement son budget. Et puis, il avait ses propres idées, bien arrêtées, sur la science-fiction.

John William Campbell régna comme un véritable tsar sur le genre, jusqu'en 1971, année de sa disparition. C'était un grand gaillard costaud qui avait fait des études de physique au Massachusetts Institute of Technology et qui était sorti de l'Université de Duke avec sa licence. Pour lui, un récit de S. F. devait être écrit par un professeur ou par un scientifique, avant qu'il ne le revoie lui-même et le publie. Ça ne paraît pas très gentil comme ça, mais c'est exactement ainsi qu'il procédait. Et, afin de remplir les pages de son magazine, lui-même écrivait des nouvelles, avec un remarquable talent d'écrivain, d'ailleurs.

Les gens de *Street and Smith* furent donc obligés d'ordonner à Campbell d'acheter et de publier les histoires que nous allions écrire. Il y aurait désormais des *personnages* dans son magazine et non pas seulement des *machines*.

Je suis incapable de vous dire combien d'autres écrivains furent ainsi convoqués. Je l'ignore vraiment. Cependant, en toute justice, je suppose que Campbell lui-même en découvrit plus tard.

Il ne faudrait pas que l'on ait l'impression que

Campbell n'était pas un grand maître et même un génie. Tous les écrivains auxquels il fit appel durant l'Age d'Or le confirmeront : Campbell savait écouter. Et il pouvait améliorer les choses. Il était capable de bâtir des intrigues géniales. Il méritait largement le titre qui lui avait été donné et il resta toujours un grand rédacteur en même temps que l'autorité la plus marquante dans le domaine de la S. F. Grâce à lui, elle devint un genre respecté. *La Guerre des Étoiles*, qui a battu tous les records du box-office, n'aurait jamais existé si la science-fiction n'était pas devenue ce que John William Campbell en a fait. Bien plus : il est certain qu'il a joué un rôle dans l'avènement de l'âge spatial où nous vivons.

Il fallait travailler avec lui pour comprendre où il essayait d'aller et quelle conception il avait de cette chose appelée « science-fiction ». Je ne saurais le citer, mais je puis dire ce que je ressentais à son égard. Avec le temps, nous sommes devenus amis. Quand nous déjeunions ensemble, au bureau ou dans sa maison, pendant les week-ends – son épouse Donna veillait à nous rendre la vie agréable –, nous ne parlions pas seulement de nos nouvelles, mais aussi de science. Dire que Campbell considérait la S. F. comme une « prophétie » serait une simplification exagérée. Il avait à son propos des idées bien arrêtées.

Un dixième seulement des récits que j'ai écrits relèvent du domaine de la science-fiction ou de celui du fantastique. J'étais alors un écrivain prolifique et le champ de la S. F. et du fantastique n'était pas assez important pour absorber tout ce que je produisais. J'avais acquis ma réputation dans bien d'autres genres pendant les huit ans qui précédèrent ma rencontre avec *Street and Smith*.

Campbell, sans trop en dire, considérait que la majeure partie des récits que je lui donnais relevaient du fantastique et non de la S. F., ce qui était une différence essentielle. Mais il s'en trouva certains qu'il considéra comme appartenant résolument au domaine de la science-fiction.

Final Blackout, par exemple. Et en fait, de nombreux autres. J'avais moi-même une certaine formation scientifique. J'avais participé aux toutes premières recherches sur les fusées et les combustibles liquides mais, à cette époque, j'étudiais les diverses formes du savoir ancien de l'humanité avec l'espoir d'y découvrir quelque chose de valable. J'aimais beaucoup *Les Mille et Une Nuits* et cela m'amena à écrire un certain nombre d'histoires fantastiques. Pour les publier, Campbell créa un autre magazine, *Unknown*, qui vécut aussi longtemps que je figurai à son sommaire. Puis ce fut la guerre, et je partis ainsi que bien d'autres, et ce fut la fin d'*Unknown*, qui n'aura duré que quarante numéros. Les romans que j'écrivis durant cette période étaient d'un genre peu courant qui n'était pas le fort de Campbell.

Celui qui se risque à prétendre que la science-fiction n'est qu'une branche du fantastique ou l'un de ses développements se heurte malheureusement à une définition professionnelle de ces termes, définition consacrée par le temps. Nous vivons une époque de confusion des genres. J'entends des formes de musique différentes qui se mêlent en une espèce de bouillie sonore. J'observe différents styles de danse qui se confondent à tel point en une seule « danse » que j'en viens à me demander si les chorégraphes connaissent encore les règles de leur art. Il existe aujourd'hui un concept très répandu selon lequel les choses nouvelles ne peuvent naître que d'un *conflit*. C'est sans doute Hegel qui nous a légué cette idée, mais il a dit aussi que la guerre était nécessaire à l'équilibre mental de la société et beaucoup d'autres absurdités de ce genre. Si toutes les idées neuves devaient naître d'un conflit entre les idées anciennes, il faudrait alors nier la possibilité de formuler des idées fondamentalement vierges.

Que serait donc la science-fiction *pure* ?

On a avancé que la science-fiction ne pouvait qu'être le produit d'un âge scientifique. Au risque d'affronter l'opprobre et l'indignation générales – ce qui a toujours marqué mon existence sans m'empêcher de faire mon travail – je voudrais relever certains points :

La S. F. *ne suit pas les découvertes scientifiques* pas plus que leurs applications. Elle annonce ce qui est possible. Elle incite à se pencher sur l'avenir. Pourtant, ce n'est pas une forme de prophétie. C'est le rêve qui précède l'aube où le savant ou l'inventeur se réveille et retourne à ses livres ou à son laboratoire en se disant :

13

« Je me demande bien comment je pourrais réaliser ce rêve dans le monde de la science... »

En remontant à Lucien, au IIᵉ siècle de notre ère, à Johannes Kepler (1571-1630), qui jeta les bases de l'astronomie dynamique moderne et qui écrivit *Somnium*, un conte imaginaire sur un voyage vers la Lune, à Mary Shelley et à son Frankenstein, à Edgar Poe, Jules Verne ou Wells, on peut se demander s'il s'agit vraiment de science-fiction.

Prenons un exemple : un homme invente un batteur à œufs. Plus tard, un auteur écrit une histoire à propos d'un batteur à œufs. Ce n'est pas de la science-fiction qu'il a écrit. Poursuivons l'exemple : un homme écrit une histoire à propos de deux bouts de métal soudés qui permettent de fouetter des œufs alors qu'un tel ustensile n'existe dans aucune cuisine de la réalité. Il a écrit de la science-fiction. Quelqu'un d'autre, une semaine ou un siècle plus tard, lit cette histoire et se dit : « Ma foi... on pourrait peut-être arriver à fabriquer ça... » Et il construit un batteur à œufs. Qu'il soit ou non possible de battre des œufs en utilisant deux bouts de métal ou que quelqu'un arrive à le réaliser plus tard, on a bel et bien affaire à un récit de science-fiction.

Comment considérer ce terme de « fiction »? C'est une sorte d'homographe. Dans notre cas, il désigne deux choses différentes. Tout professeur de littérature sait qu'il désigne « une œuvre littéraire dont le contenu est le fruit de l'imagination et n'est pas fondé sur des faits réels. Catégorie de la littérature comprenant des œuvres de ce genre, y compris les romans, nouvelles et œuvres dramatiques ». Cela vient du latin *fictio*, faire, façonner, et de *fictus*, participe passé de *fingere*, toucher, former, mouler.

Mais en adjoignant le mot « science » pour obtenir « science-fiction », le terme de « fiction » acquiert deux sens pour un même usage : 1) La science utilisée dans l'histoire est au moins partiellement fictive. 2) Toute *histoire* est fiction. L'*American Heritage Dictionary of the English Language* définit la science-fiction comme « une forme de fiction dans laquelle les découvertes scientifiques et leurs applications constituent un élément de l'intrigue ou du décor. Plus particulièrement, toute œuvre de fiction fondée sur la prédiction de découvertes scientifiques possibles ».

Donc, si l'on se fie à cette définition du dictionnaire, ainsi qu'aux discussions que j'avais avec Campbell et mes collègues à l'époque, la science-fiction concerne l'univers matériel et les sciences, y compris l'économie, la sociologie, la médecine, et ainsi de suite, toutes ayant une base matérielle.

Qu'est donc le fantastique ?

Croyez-moi : s'il s'agissait simplement de l'application de l'imagination, un grand nombre d'économistes et de membres du gouvernement seraient de très grands auteurs ! Accoler le terme d' « imaginaire » au fantastique, cela revient à définir une bibliothèque tout entière comme « des livres ». C'est trop simpliste, trop général.

Aujourd'hui, bien des ingrédients de ce genre appelé « fantastique » ont disparu. Vous avez même du mal à les trouver dans les encyclopédies. Il s'agit du spiritisme, de la mythologie, de la magie, de la divination, du surnaturel et de bien d'autres éléments similaires.

Aucun d'eux n'avait de rapport avec l'univers réel. Ce qui ne signifie pas nécessairement qu'ils n'ont jamais eu aucune valeur ni qu'ils ne reviendront pas à nouveau. Cela signifie simplement que l'homme, actuellement, a sombré dans le matérialisme.

L'essentiel de ces sujets était constitué de données fausses, mais il est douteux que tous les phénomènes soient un jour expliqués. La raison première de l'éclipse de ce vaste domaine de connaissances est que la science matérielle a connu une longue série de succès. Je remarque que chaque fois que la science moderne considère avoir atteint le fin fond des choses, elle reprend des choses telles que les mythes de l'Ancienne Égypte selon lesquels l'homme serait sorti de la boue, ou quelque chose de ce genre. Mais ce que j'entends démontrer ici, c'est qu'il existe tout un ensemble de phénomènes que nous ne pouvons classer comme « matériels ». Ils concernent la non-matière, le non-univers. Et même si tant de ces vieilles idées étaient erronées, elles n'en ont pas moins existé. Et nul ne peut savoir vraiment s'il n'y a pas un peu de vrai en elles. Il faudrait étudier tous ces sujets pour comprendre complètement toutes ces connaissances et ces croyances. N'allez pas penser que je crois en toutes ces choses. Je prétends seulement qu'il existe un autre domaine par-delà le matérialisme forcené et souvent borné.

Le « fantastique » en tant que genre littéraire est défini dans le dictionnaire comme « une fiction littéraire ou dramatique caractérisée par ses éléments hautement fantaisistes ou surnaturels ». Voilà une définition un peu limitative.

On peut qualifier de « fantastique » toute fiction qui s'appuie sur des éléments tels que le spiritualisme, la mythologie, la magie, le surnaturel, etc. *Les Mille et Une Nuits* constituent la fusion de nombreux contes provenant de divers pays et de diverses civilisations et pas seulement de l'Arabie, comme on le croit généralement. On y trouve de multiples exemples de fiction fantastique.

Lorsque vous mêlez la science-fiction et le fantastique, vous n'obtenez pas un genre pur. L'un et l'autre, pour le professionnel, sont distincts. J'ai remarqué qu'il existe actuellement une tendance à les mélanger et à baptiser le résultat « fiction imaginaire ». En fait, ils ne se mêlent pas bien : la science-fiction, pour être crédible, doit se fonder sur un certain degré de plausibilité, alors que le fantastique ne connaît pas de limites. La science-fiction exige beaucoup de soin de l'écrivain, alors qu'écrire du fantastique, c'est se promener en liberté dans un parc. (Un personnage se balade les mains nues. Hop! Le voilà avec une épée magique.) Ce qui ne veut pas dire que la science-fiction soit meilleure que le fantastique. Ces deux genres, du point de vue des spécialistes, sont très différents, voilà tout!

Mais il y a plus : la science-fiction, surtout durant son Age d'Or, avait une mission. Je ne puis bien sûr parler au nom de mes amis de cette période. Mais lorsqu'on fréquentait Campbell, qu'on était « dans le bain » avec les autres écrivains, on acquérait l'impression très nette qu'ils battaient vraiment le rassemblement pour la conquête des étoiles par l'homme.

Au début de cette époque, la S. F. était considérée comme une sorte d'affreux bâtard dans la famille littéraire. Bien pis, la science elle-même ne bénéficiait d'aucune subvention gouvernementale, d'aucun soutien. Il fallait que l'intérêt du public soit *considérable* avant que les politiciens ne débloquent les fonds nécessaires pour mettre en branle un projet.

Les plus grands noms de la science-fiction ont travaillé pour Campbell. Ils améliorèrent la qualité littéraire du genre et furent à la base du boom qu'il connut.

Environ un an après le début de l'Age d'Or, je me souviens d'avoir rendu visite au département scientifique d'une très grande université. J'avais besoin de quelques renseignements en cytologie pour mes propres recherches. On me reçut très courtoisement et, tandis que l'on me montrait les textes que j'étais venu consulter, je m'aperçus que la pièce s'était peu à peu remplie, non d'étudiants mais de professeurs et de doyens. La nouvelle de ma visite au département de biologie s'était répandue et, en l'espace de quelques instants, je me retrouvai entouré de visages rayonnants, serrant des mains. Et que voulaient-ils savoir? Ce que je pensais de telle ou telle nouvelle. Quels auteurs avais-je rencontrés récemment? Comment allait Campbell?

Ils avaient *leur* littérature! *La science-fiction!*

Et ils en étaient fiers!

Pour un temps, avant et après la Seconde Guerre mondiale, je restai en contact permanent avec cette nouvelle génération de scientifiques, ceux qui mirent au point la bombe, ceux qui commençaient à toucher aux fusées. Tous étaient des amateurs de science-fiction. Et un grand nombre de savants parmi les meilleurs écrivaient aussi de la science-fiction.

En 1945, je participai à une réunion d'anciens amis scientifiques et auteurs de S. F. Cela se passait chez mon vieil ami Robert Heinlein. Et savez-vous ce qu'il y avait au programme? Comment envoyer l'homme dans l'espace suffisamment vite pour qu'il se désintéresse des guerres sur la Terre. Et ces gars-là avaient l'oreille du gouvernement et le pouvoir de le faire! Nous y parviendrons bientôt. Les scientifiques ont réussi à envoyer des hommes dans l'espace et ils ont même obtenu la coopération des Russes pendant quelque temps.

On ne peut être assez naïf pour continuer à dire que tout arrive par accident, que les événements s'enchaînent tout seuls, qu'il y a un ordre naturel des choses et que tout finira bien d'une façon ou d'une autre. Ce n'est pas de la science. C'est croire au destin, à la fatalité, et nous revoilà dans le monde du fantastique. Non, les choses sont préparées, planifiées. L'Age d'Or de la science-fiction, qui commença avec Campbell et *Astounding Science Fiction*, éveilla suffisamment l'intérêt du public et rassembla assez de lecteurs pour aider à lancer l'homme vers l'espace. De nos jours, les plus grands savants parlent comme nous parlions autrefois.

Campbell a réussi ce qu'il avait entrepris. Aussi longtemps qu'il eut sa première femme auprès de lui et tous ses amis pour lui rappeler que la science est faite par les *gens*, qu'il était inutile d'envoyer des machines pour le plaisir d'envoyer des machines, qu'il était absurde d'aller dans l'espace si la mission n'avait aucun rapport avec l'humanité, il gagna. Car c'était un homme très brillant et un rédacteur très patient et compétent. Quand Donna, sa première femme, le quitta en 1949 (elle épousa George O. Smith), quand il n'eut plus son vieil entourage pour l'inciter à mettre des personnages dans les récits, quand il n'eut plus son ancienne équipe d'auteurs autour de lui, il laissa régresser son magazine, et son règne s'acheva quand le titre en devint *Analog*. Mais c'était l'Age d'Or qui avait tout démarré et Campbell a bel et bien gagné après tout.

Lorsque j'ai commencé ce roman, je voulais écrire de la science-fiction *pure*. Et pas dans la vieille tradition. La forme et le style ont changé, je devais donc me mettre au goût du jour, moderniser le schéma et le ton de l'histoire. Afin de montrer que la science-fiction n'est pas science-fiction à cause d'un type d'intrigue particulier, ce roman regroupe pratiquement tous les genres – policier, espionnage, aventure, western, amour, guerre, tout ce que vous voulez. Tout sauf du fantastique. Il n'y en a pas. Le terme de « science » recouvre tout aussi bien l'économie, la sociologie et la médecine lorsqu'elles se rapportent à des choses matérielles, et vous les trouverez aussi dans ce roman.

Pour des raisons de format, les rédacteurs des magazines obligent l'auteur à respecter certaines longueurs. J'ai su le faire. C'est un tour à prendre. Mais cette fois, j'ai décidé de ne rien couper et de laisser rouler.

Aussi il est possible que j'aie écrit le plus volumineux roman de S. F. Les spécialistes du genre – et je vous ai dit qu'ils sont nombreux – pourront vérifier.

Certains de mes lecteurs se demanderont peut-être pour quelle raison je n'ai pas inclus mes propres préoccupations. Je ne l'ai pas fait avec la pensée de les renier. C'est simplement que j'ai remis ma vieille casquette d'écrivain professionnel. Et je ne voulais pas donner l'impression que j'avais écrit ce livre dans un souci de publicité pour mes travaux plus sérieux.

Et puis, il y a ceux qui regarderont ce livre et qui diront : « Vous voyez ? On vous avait bien dit que ce n'est qu'un écrivain de S. F. ! » Eh bien, j'ai appartenu à l'équipe d'écrivains qui a aidé à lancer l'homme vers les étoiles et je suis fier d'être connu comme auteur de science-fiction. Autour de nous tournent des satellites. L'homme a marché sur la Lune. Il a envoyé des sondes vers les autres planètes, n'est-ce pas ? Il a fallu que quelqu'un rêve ce rêve, et que tous ces grands écrivains de l'Âge d'Or et des trente dernières années éveillent l'intérêt des gens pour qu'il devienne réalité.

J'espère que vous aimerez ce roman. C'est le seul que j'aie écrit pour me distraire. Il marque également mes noces d'or avec la muse. Cinquante ans de carrière : 1930-1980.

En tant que pro, je puis vous assurer que c'est de la science-fiction *pure*. Pas du fantastique. Il est bien droit sur les rails du genre. La science est faite pour l'homme. De même que la science-fiction.

Prêts ?
Attachez vos ceintures.
On décolle !

L. Ron Hubbard
Octobre 1980

PREMIÈRE PARTIE

1

– L'homme, dit Terl, est une espèce en voie de disparition.

Les pattes velues des frères Chamco demeurèrent en suspens au-dessus des larges touches du jeu de tir-laser. Telles deux falaises, les os-paupières de Char s'abaissèrent sur les orbes jaunes de ses yeux comme il levait un regard perplexe. La cantinière elle-même, qui trottinait en remplissant les gamelles, s'interrompit et se figea lourdement sur place.

Terl n'aurait pas produit un effet plus spectaculaire s'il avait lancé une fille-viande nue au milieu de la pièce.

Au-dessus d'eux, le dôme transparent de la salle de récréation de la Compagnie Minière Intergalactique était noir, ses entretoises ourlées d'argent par la clarté pâle de l'unique lune de la Terre qui apparaissait à demi pleine en cette nuit de fin d'été.

Terl leva ses yeux d'ambre du volume qui tenait avec précaution entre ses énormes griffes et son regard fit le tour de la pièce. Il avait soudain conscience de l'effet qu'il venait de produire et cela l'amusait. C'était bienvenu dans le ronron monotone de cette mission de dix années * – dans ces camps miniers abandonnés de Dieu, perdus à la lisière d'une galaxie mineure.

---

* Les mesures de temps, de distance et de poids, dans tous les cas, ont été traduites en anciennes mesures terriennes. Ceci dans un souci d'uniformisation et afin d'éviter toute confusion avec les divers systèmes utilisés par les Psychlos. – *Le traducteur.*

D'un ton encore plus doctoral, mais d'une voix grave, presque grondante, Terl répéta sa réflexion :

– L'homme est une espèce en voie de disparition.

Char le foudroya du regard.

– Par toutes les ordures pourries! Qu'est-ce que tu lis donc?

Terl se souciait peu du ton que pouvait employer Char. Après tout, il n'était qu'un des directeurs de la mine alors que lui, Terl, était chef de la sécurité de l'exploitation.

– Je ne l'ai pas lu. Je l'ai pensé.

– Tu as dû prendre ça quelque part, grommela Char. Qu'est-ce que c'est que ce livre?

Terl le lui présenta afin qu'il pût lire le dos.

Rapport Général sur les Sites Géologiques, volume 250-369. Comme tous les livres de ce genre, il était volumineux mais imprimé sur un matériau qui ne pesait presque rien, particulièrement sur une planète à faible gravité comme la Terre. C'était un prodige de conception et de fabrication qui ne comptait guère dans le coût du fret.

Char émit un grognement de dégoût.

– Ça doit bien dater de trois cents années terrestres. Si tu veux passer ton temps à farfouiller dans les livres, je dois te prévenir que j'ai reçu un rapport du comité directeur qui nous annonce que nous sommes en retard de trente-cinq cargaisons de bauxite.

Les frères Chamco se regardèrent puis revinrent à leur jeu pour voir ce qu'ils avaient gagné en abattant les mouches de mai contenues dans la boîte à air. Mais, à nouveau, les paroles de Terl les distrayèrent.

– Aujourd'hui, fit-il, indifférent à la remarque de Char, j'ai reçu un rapport visuel d'un drone de reconnaissance. Il n'a repéré que trente-cinq hommes dans cette vallée, près du pic.

Il leva la patte pour désigner les montagnes qui se dressaient sous la lune.

– Et alors? demanda Char.

– Alors j'ai cherché dans les livres par curiosité. Il y avait des centaines d'hommes dans cette vallée, poursuivit Terl, retrouvant son ton professoral. Et sur toute cette planète, ils étaient des milliers de milliers.

– Il ne faut pas croire tout ce qu'on lit, dit Char d'un ton pesant. Pendant ma dernière mission – c'était sur Arcturus IV...

– Ce livre, le coupa Terl en levant le volume d'un geste imposant, a été rédigé par le département d'ethnologie et de culture de la Compagnie Minière Intergalactique.

Le plus grand des frères Chamco battit de ses os-paupières.

– J'ignorais qu'il en existait un.

Char eut un reniflement de mépris.

– Il a été dissous il y a plus d'un siècle. C'était une dépense inutile. Ils n'arrêtaient pas de gémir sur l'impact écologique et toutes ces imbécillités. (Il fit pivoter son imposante masse pour regarder Terl en face.) Est-ce que cela fait partie d'un plan pour justifier un congé imprévu? Tu vas te faire coincer. Je vois ça d'ici : une pile de réquisitions haute comme ça pour des réservoirs de gaz respiratoire et du matériel de reconnaissance. En tout cas, tu n'auras pas *un seul* de mes ouvriers.

– Arrête ça. J'ai seulement dit que l'homme...

– Je sais ce que tu as dit. Mais tu n'as eu cette nomination que parce que tu es malin. C'est ça, malin. Pas intelligent, malin. Et je devine que tu as besoin d'une excuse pour te lancer dans une expédition de chasse. Est-ce qu'un Psychlo bien dans son crâne s'intéresserait à ces choses?

Le plus petit des frères Chamco sourit :

– J'en ai assez de creuser, creuser, toujours creuser, et de charger, charger, charger sans arrêt... Ça serait amusant de chasser. Je ne savais pas qu'on pouvait chasser pour...

Char se tourna vers lui comme s'il fondait sur une proie.

– Amusant! Chasser ces créatures serait amusant! Est-ce que tu en as seulement déjà *vu* une? (Il se dressa sur ses pieds et le sol craqua. Il porta une patte à la hauteur de sa ceinture.) Elles sont hautes comme ça! Elles n'ont presque pas de poils, sauf sur la tête. Elles sont blanches comme des limaces. Répugnantes. Et tellement fragiles qu'on les brise quand on essaie de les fourrer dans une gibecière. (Il fit une grimace de dégoût et prit une gamelle de kerbango.) Elles sont tellement faibles qu'elles se casseraient les reins en levant ça. Et elles ne sont même pas bonnes à manger.

Il avala d'un coup son kerbango et eut un hausse-ment d'épaules à faire trembler la terre.

– Tu en as déjà vu une? demanda le plus grand des Chamco.

Char s'assit en faisant gronder le dôme tout entier et tendit sa gamelle vide à la cantinière.

– Non, dit-il. Jamais vivante. Mais j'ai entendu des choses et j'ai vu les os dans les puits.

– Autrefois, il y en avait des milliers, dit Terl, sans tenir compte de Char. Des milliers! Partout!

Char rota.

– Rien d'étonnant à ce qu'elles meurent. Elles res-pirent ce mélange d'oxygène et d'azote. C'est mortel.

– Hier, déclara le plus jeune des Chamco, mon masque facial s'est fendu. Pendant trente secondes, j'ai bien cru que j'allais y rester. Il y avait de grandes lumières qui éclataient sous mon crâne. Mortel. J'ai vraiment hâte de retourner chez nous, de pouvoir marcher sans masque ni tenue spéciale, avec une bonne gravité bien pesante, avec du violet partout et pas toutes ces choses vertes. Mon papa m'a toujours dit que si je n'étais pas un bon Psychlo et si je ne disais pas oui-oui à ceux qu'il fallait, je finirais dans un trou perdu comme celui-là. Il avait raison. C'est ce qui m'est arrivé. A toi de jouer, mon frère.

Char se rassit et dévisagea Terl.

– Tu ne vas pas vraiment aller chasser un *homme*, n'est-ce pas?

Terl regarda son livre. Il glissa une griffe entre deux pages avant de laisser retomber le volume sur son genou.

– Je crois que tu fais erreur. Ces créatures avaient *quelque chose*. Avant notre arrivée, on le dit ici, elles avaient des cités sur tous les continents. Des machines volantes et des bateaux. Il semble même qu'elles aient lancé des engins dans l'espace.

– Et comment peux-tu être sûr qu'il ne s'agissait pas d'une autre race? Pourquoi pas une colonie de Psy-chlos égarés?

– Non, insista Terl, les Psychlos ne peuvent pas respirer cet air. C'était l'homme, et les gars de la culture l'ont prouvé. Et c'est dans nos propres histoi-res. Sais-tu comment nous sommes arrivés ici?

– Umpfff, fit Char.

– Il semble que l'homme ait envoyé une sorte de sonde qui donnait toutes les coordonnées de ce monde, avec son image et tous les détails. Une patrouille psychlo l'a interceptée. Et tu sais ce qui s'est passé?

– Umpfff...

– Cette sonde et toutes ces images étaient faites d'un métal extrêmement rare qui valait une fortune. Et l'Intergalactique a versé soixante trillions de crédits galactiques aux gouverneurs psychlos pour obtenir la concession et la direction. Un barrage de gaz, et nous étions au travail.

– Rien que des contes de fées, grommela Char. Sur toutes les planètes où je me suis retrouvé, on trouve ce genre d'histoire à la con. (Il bâilla. Sa bouche était une caverne impressionnante.) Mais tout ça remonte à des centaines ou des milliers d'années. Tu as remarqué que les types du service des relations publiques placent toujours leurs histoires de contes de fées tellement loin dans le passé que personne ne peut les vérifier?

– Je pense que je vais capturer une de ces choses, dit Terl.

– Sans mon matériel et l'une de mes équipes, tu n'y arriveras certainement pas, affirma Char.

Terl leva son énorme masse de son siège et se dirigea vers l'écoutille qui accédait aux quartiers d'habitation.

– Tu es complètement dingue, déclara Char.

Les deux frères Chamco retournèrent à leur jeu et, consciencieusement, se mirent à transformer les mouches prisonnières en toupets de fumée, une par une.

Char contempla un instant l'écoutille par laquelle Terl était sorti. Le chef de la sécurité savait parfaitement qu'aucun Psychlo ne pouvait survivre dans ces montagnes. Terl était bel et bien fou. Il y avait de l'uranium là-bas.

Mais Terl, lui, tandis qu'il se dirigeait vers sa chambre, ne pensait pas du tout qu'il était fou. Comme toujours, il était malin. Il avait su répandre les premières rumeurs et il contrôlerait toutes les questions quand il passerait à la réalisation des plans personnels qui le rendraient riche et puissant et qui, ce qui était presque aussi important, lui permettraient de fuir cette maudite planète.

Les choses-hommes étaient la réponse parfaite à

tout. Avec une seule, il aurait toutes les autres. Il venait de lancer sa campagne et elle commençait bien, très bien, songea-t-il.

Il s'endormit en se félicitant de son habileté.

2

C'était un beau jour pour un enterrement, seulement il semblait qu'il ne dût pas y en avoir.

Des nuages lourds et sombres arrivaient en rampant depuis l'horizon d'ouest, déchiquetés par les pics neigeux, et quelques flaques de ciel bleu apparaissaient çà et là.

Jonnie Goodboy Tyler se tenait à côté de son cheval, en haut de la grande prairie, contemplant d'un air sombre le village décrépit.

Son père était mort et il méritait d'être enterré décemment. Il n'était pas mort à cause des taches rouges et une chose était sûre : personne d'autre ne les avait attrapées. Ses os étaient tombés en miettes, simplement. Il n'y avait donc aucune excuse pour ne pas l'enterrer. Pourtant, il semblait bien que personne ne dût le faire.

Jonnie s'était levé aux heures sombres de l'aube, déterminé à étouffer son chagrin et à vaquer à sa tâche. Il avait appelé Fend-le-Vent, le plus rapide de ses chevaux. Il avait passé une bride de cuir sur son museau, et puis il était parti à travers les défilés périlleux jusqu'à la basse plaine. Il avait réussi à rassembler cinq bœufs sauvages et à les conduire jusqu'à l'alpage. Ensuite, il avait fracassé le crâne du plus gras puis donné l'ordre à Tante Ellen de lancer le feu et de cuire la viande.

Mais Tante Ellen n'avait pas obéi à ses instructions. Elle lui avait dit qu'elle avait cassé son éclat de roc le plus acéré, qu'elle ne pouvait dépecer la bête et encore moins la faire cuire parce que les hommes n'avaient pas rapporté de bois récemment.

Jonnie, très droit, l'avait regardée. Parmi les siens, qui étaient de taille moyenne, Jonnie Goodboy faisait une demi-tête de plus. Un bon mètre quatre-vingts de muscles et de peau bronzée, avec la santé de la vingtaine. Il était demeuré longtemps immobile à contempler Tante Ellen avec ses yeux d'un bleu de glace, et le vent emmêlait ses cheveux et sa barbe blonds comme les maïs. Et Tante Ellen s'en était allée, et elle avait trouvé du bois dur et s'était mise à la tâche avec une pierre très émoussée. Il la voyait à présent, là en bas, qui s'activait dans la fumée, près de la viande qui rôtissait.

Il devrait y avoir plus d'activité dans le village, songeait Jonnie. Le dernier grand enterrement avait été celui de Smith, le maire, qui était mort alors que Jonnie avait cinq ans. On avait chanté, et il y avait eu des discours, des prêches et un festin. Et l'on avait ensuite dansé au clair de lune. Le maire avait été mis dans un trou creusé dans le sol et on l'avait recouvert de terre. Ç'avait été une cérémonie pleine de respect, même si les deux bâtons en croix placés sur la tombe avaient depuis disparu. Plus récemment, on s'était mis à jeter les morts dans le ravin de roc noir surplombé par le petit lac, et on avait laissé les coyotes s'en charger.

Mais ce n'est pas acceptable, se dit-il. Pas pour ton père, en tout cas.

Il pivota sur ses talons et, d'un seul élan, sauta sur Fend-le-Vent. D'un coup de talon nu, il lança sa monture vers le tribunal.

Il traversa les ruines en lisière du village. Chaque année, elles s'étendaient. Durant longtemps, ceux qui avaient eu besoin d'une cabane n'avaient pas eu à abattre des arbres : ils s'étaient contentés de démonter les constructions existantes. Mais, à présent, les poutres de ces demeures étaient usées et pourries à tel point qu'elles ne pouvaient même pas alimenter les feux.

Fend-le-Vent trottait sur la piste envahie par les herbes, évitant les ordures et les os, l'oreille tendue vers le hurlement lointain d'un loup dans une gorge de la montagne.

L'odeur du sang frais et de la viande rôtie attirait les loups, songea Jonnie en serrant son bâton-à-tuer qui pendait à son bras. Récemment, il avait surpris un loup au milieu des cabanes, en quête d'os, ou de chiots, ou même d'enfants. Dix ans seulement auparavant, cela ne se serait jamais produit. Mais, chaque année, les habitants du village étaient moins nombreux.

La légende prétendait qu'ils avaient été autrefois un millier dans cette seule vallée, mais Jonnie pensait que c'était probablement exagéré. Il y avait suffisamment de nourriture. Sous les pics des montagnes, les vastes plaines regorgeaient de bœufs sauvages, de cochons et de hordes de chevaux. Plus haut, les chèvres et les daims foisonnaient. Le moins doué des chasseurs n'avait pas de peine à trouver sa pâture. Les torrents et les neiges des hauteurs apportaient de l'eau en abondance et les légumes poussaient dès qu'on les cultivait.

Non, ce n'était pas la nourriture mais quelque chose d'autre. Apparemment, les animaux se reproduisaient, mais pas l'homme. Du moins, pas au même rythme. Le taux des naissances et des morts était en déséquilibre. Désormais, la mort gagnait. Et lorsque des enfants naissaient, parfois ils n'avaient qu'un œil, une seule main, un seul poumon, et il fallait les abandonner dans la nuit glacée. Les monstres étaient indésirables. Tous ceux qui vivaient redoutaient les monstres.

Non, c'était peut-être la vallée.

A sept ans, Jonnie Goodboy avait suggéré à son père :

– Mais, peut-être que les gens ne peuvent pas vivre ici...

Son père avait eu un regard las.

– Selon les légendes, il y avait des gens dans les autres vallées. Ils ont tous disparu. Mais nous sommes quelques-uns à avoir survécu.

Il n'avait pas été convaincu et il avait demandé encore :

– Mais toutes ces plaines, là en bas, sont remplie d'animaux. Pourquoi nous n'allons pas y vivre ?

Jonnie avait toujours été comme ça. Trop malin, disaient ses aînés. Toujours à poser des questions. Des questions, encore des questions... Et est-ce qu'il croyait seulement ce qu'on lui répondait ? Même si des hommes plus vieux et plus sages lui parlaient ? Non. Pas Jonnie Goodboy Tyler. Mais son père ne lui avait pas fait de remontrances, cette fois-là. Il avait seulement dit :

– Il n'y a pas de bois pour construire des cabanes, dans les plaines.

Cela semblait tout expliquer. Mais Jonnie avait déclaré :

– Je suis sûr que je pourrais trouver de quoi construire une cabane là en bas.

Son père, pour une fois, s'était montré patient. Il s'était agenouillé et lui avait dit :

– Tu es un bon garçon Jonnie. Et ta mère et moi, nous t'aimons beaucoup. Mais personne ne peut rien construire qui soit à l'abri des monstres.

Les monstres, les monstres... Durant toute sa vie, Jonnie avait entendu parler des monstres. Il n'en avait jamais vu un seul. Mais il n'en parlait pas. Ses aînés croyaient aux monstres, il fallait les laisser croire.

Songeant à son père, il sentit les larmes lui venir aux yeux.

Quand son cheval se cabra, il faillit tomber. Un cortège de rats des montagnes longs de trente centimètres venait de surgir d'une cabane pour se répandre entre les sabots de Fend-le-Vent

Voilà ce qu'on gagne à rêvasser, se dit Jonnie. Il lança sa monture en avant et la fit galoper durant les derniers mètres qui le séparaient du tribunal.

3

Chrissie l'attendait. Comme d'habitude, sa jeune sœur était cramponnée à ses jambes.

Jonnie l'ignora et contempla le vieux bâtiment. Il était tellement ancien. C'était le seul du village à avoir des fondations et un sol en pierre. Quelqu'un avait prétendu qu'il avait mille ans. Jonnie n'y croyait pas mais il devait s'avouer que le tribunal avait l'air d'avoir mille ans. Son toit penchait comme un cheval sous une trop lourde charge et il n'y avait pas une seule poutre, dans ses superstructures, qui ne fût rongée par les vers. Quant aux fenêtres, elles étaient pour la plupart simplement béantes, pareilles à des orbites dans un crâne. L'allée de pierre avait été profondément enfoncée par les pieds cornés de maintes générations de villageois venus pour être jugés ou punis dans les jours anciens où cela avait encore un sens. Depuis sa naissance, Jonnie n'avait jamais assisté à un jugement ou à une réunion de la population.

– Le père Staffor est à l'intérieur, dit Chrissie.

Elle était mince, très jolie, et elle avait environ dix-huit ans. Ses grands yeux noirs contrastaient curieusement avec ses cheveux blonds et soyeux. Elle portait une peau de daim très ajustée qui laissait voir ses seins ainsi que ses jambes nues.

Sa petite sœur, Pattie était la parfaite réplique de son aînée. Elle leva vers Jonnie des yeux brillants de curiosité :

– Est-ce qu'il va y avoir un vrai enterrement, Jonnie ?

Il ne répondit pas. Il se laissa glisser à bas de Fend-le-Vent d'un seul et gracieux mouvement et tendit la bride à Pattie. Avec un air extasié, elle quitta la jambe de Chrissie et prit la bride. A sept ans, Pattie n'avait pas de parents, pratiquement pas de foyer, et le soleil qui éclairait ses jours, c'était Jonnie et ses ordres.

– Est-ce qu'il va y avoir de la viande ? Est-ce qu'on va creuser un trou dans la terre pour le mettre dedans ? insista Pattie.

Jonnie se dirigea vers l'entrée du tribunal sans accorder la moindre attention à Chrissie qui tendait la main pour lui toucher le bras.

Le père Staffor était étendu sur un amas d'herbe sale, la bouche ouverte, ronflant dans un nuage de mouches. Jonnie le poussa du pied pour le réveiller.

Le père Staffor avait connu des jours meilleurs. Il avait été autrefois gras et pontifiant. Mais c'était avant qu'il se mette à mâcher de la loco *. Pour guérir ses maux de dents, prétendait-il. A présent, il était décharné, presque édenté, incrusté de crasse. Des poignées d'herbe traînaient sur les dalles, près de son lit moisi.

A nouveau, Jonnie le poussa du pied et le pasteur ouvrit les yeux et les frotta d'un air alarmé. Puis,

---

* L'herbe loco (locoweed) est une légumineuse que l'on trouve dans les états du nord-ouest de l'Amérique. Elle appartient à la famille de l'*astragale* et elle est responsable de maladies qui touchent le bétail, bovins, ovins et chevaux. (N.d.T.)

voyant qui le réveillait, il se laissa aller en arrière sans montrer plus d'intérêt.

– Debout, dit Jonnie.

– C'est la génération d'aujourd'hui, marmonna le père Staffor. Aucun respect pour les aînés. Ça passe son temps à courir dans les buissons, à forniquer et à chiper les meilleurs morceaux de viande.

– Levez-vous. Vous allez faire un enterrement.

– *Un enterrement!* gémit Staffor.

– Oui, avec de la viande, des sermons et des danses.

– Qui est mort?

– Vous savez parfaitement qui est mort. Vous étiez là.

– Oh, oui. Ton père. Un brave homme. Oui, un brave homme. Oui, c'était peut-être bien ton père.

Jonnie parut soudain redoutable. Il était là, immobile; il portait la peau d'un puma qu'il avait tué lui-même et son bâton-à-tuer pendait au bout de son poignet, attaché à un lacet de cuir. Et le bâton parut soudain sauter de sa propre volonté au creux de sa main.

Le père Staffor s'assit brusquement.

– Ne prends pas ça mal, Jonnie. Tu comprends, les choses sont tellement embrouillées ces temps-ci. Ta mère a eu trois époux et il n'y a pas eu de véritable cérémonie dernièrement...

– Vous feriez mieux de vous lever, dit Jonnie.

Staffor prit appui sur le coin d'un vieux banc égratigné et se redressa péniblement. Il entreprit de lacer la peau de daim qu'il portait, à l'évidence, depuis trop longtemps. Le lacet était fait d'une tresse d'herbe usée.

– Et ma mémoire n'est plus aussi bonne ces temps-ci, Jonnie. Il fut un temps où je me souvenais de tout. Les légendes, les cérémonies de mariage, les bénédictions de chasse, et même les querelles de famille.

Il regardait autour de lui, en quête de loco fraîche.

– Quand le soleil sera bien haut, reprit Jonnie, vous appellerez tout le village à se rassembler au vieux cimetière et vous...

– Mais qui va creuser la fosse? Car il faut une fosse, tu le sais, pour un véritable enterrement.

– C'est moi qui la creuserai.

Staffor venait enfin de trouver un peu d'herbe et il s'était mis à la mâcher avec un air soulagé.

– Eh bien, je suis heureux que ce ne soit pas les villageois qui aient à le faire. Bon sang, ce que cette herbe peut être amère! Tu as parlé de viande. Qui va tuer la bête et la faire cuire?

– Je m'en suis occupé.

Staffor hocha la tête et parut brusquement prendre conscience d'un autre devoir :

– Mais qui va rassembler les gens?

– Je vais demander à Pattie de les prévenir.

Le pasteur lui adressa un regard de reproche.

– Mais alors, je n'ai rien à faire. Pourquoi m'as-tu réveillé?

Il se jeta sur sa couche d'herbe sale et, d'un air amer, regarda Jonnie s'éloigner.

4

Jonnie Goodboy était assis, les genoux ramenés contre la poitrine, les bras autour de ses jambes, le regard perdu dans le feu de la danse.

Chrissie était allongée à plat ventre auprès de lui, grignotant rêveusement les graines d'une fleur de tournesol. Ses dents étaient d'un blanc éclatant et elle regardait parfois Jonnie, quelque peu perplexe. A juste titre, car jamais encore elle ne l'avait vu pleurer, même lorsqu'il était petit garçon. Elle savait qu'il avait beaucoup aimé son père. Mais Jonnie était d'habitude si grand, si hautain, si froid. Était-il possible, alors, que derrière ce beau visage, presque joli, il entretînt aussi quelque émotion à son égard? Elle devait y réfléchir. Quant à elle, elle était certaine de ses sentiments à l'égard de Jonnie. Si quoi que ce soit lui arrivait, elle se jetterait du haut de la falaise, et elle mourrait comme les bœufs qu'ils poussaient jusque là-haut, car c'était un moyen plus commode de les tuer. La vie sans Jonnie ne vaudrait pas la peine d'être vécue. Elle serait insupportable. Peut-être après tout Jonnie pensait-il à elle... Ses larmes avaient en tout cas fait apparaître *quelque chose.*

Pattie n'avait pas de tels soucis. Non seulement elle s'était goinfrée de viande rôtie, mais elle avait aussi puisé généreusement dans les fraises sauvages dont on avait servi des tas. Et elle ne s'était interrompue de danser avec deux ou trois petits garçons que pour revenir grappiller. A présent, elle dormait d'un sommeil si lourd qu'elle n'était plus qu'un petit tas de vêtements.

Jonnie s'en voulait. Il avait tenté de dire tant de fois à son père qu'il y avait quelque chose de mauvais dans ce lieu, à sept ans, puis bien souvent après. Tous les lieux ne se valaient pas. Jonnie en avait toujours eu la certitude, tout comme aujourd'hui. Pourquoi les cochons, les chevaux et les troupeaux des plaines avaient-ils autant de petits? Et de façon continue? Et pourquoi y avait-il de plus en plus de loups, de coyotes, de pumas et d'oiseaux de proie dans la montagne, et de moins en moins d'hommes?

Les villageois avaient été très contents de l'enterrement, tout spécialement parce que Jonnie et quelques autres avaient fait le plus gros du travail.

Mais pas Jonnie. Il n'était pas satisfait.

Ils s'étaient rassemblés à l'heure où le soleil était haut, sur le tertre au-dessus du village où l'on prétendait qu'il y avait eu un cimetière. Mais cela n'avait peut-être jamais été, car tous les points de repère avaient disparu. Le matin, quand Jonnie s'était mis à creuser sous le soleil – nu comme un ver pour ne pas souiller sa cape de puma et ses culottes de daim – il avait rencontré ce qui pouvait être une tombe ancienne. Les ossements qui s'y trouvaient auraient pu être humains, en tout cas.

Les villageois s'étaient rassemblés mollement et ils avaient attendu un temps pendant que Pattie retournait en courant au tribunal pour réveiller le père Staffor. Vingt-cinq villageois seulement étaient venus. Les autres avaient dit qu'ils étaient fatigués et ils avaient demandé seulement qu'on leur rapporte un peu de la nourriture qui resterait.

Ensuite, il y avait eu une dispute à propos de la forme du trou que l'on avait creusé. Jonnie l'avait fait en longueur afin que le corps y repose horizontalement, mais lorsque Staffor survint, il déclara qu'il devait être vertical, parce que les cimetières contenaient ainsi plus de corps. Jonnie lui fit alors remarquer qu'il n'y avait plus guère d'inhumations et que la place ne manquait pas. Et Staffor l'affronta devant tous les autres.

– Tu te crois plus malin que les autres! cria-t-il. Lorsque nous avions encore la moitié d'un Conseil, on remarquait ça. Il n'y avait guère de réunion sans que l'on apprenne une de tes frasques. Tu étais allé dans la haute montagne et tu avais tué une chèvre. Tu avais escaladé le Grand Pic et tu t'étais perdu dans le blizzard, mais tu avais su retrouver ton chemin, à t'en croire, en suivant la pente. Vraiment *très* malin. Et qui a dressé six chevaux? En tout cas, tout le monde sait que les tombes sont creusées à la verticale.

Ils avaient néanmoins allongé son père dans la tombe telle qu'il l'avait creusée, parce que personne n'avait plus envie de travailler, que le soleil redescendait et qu'il faisait encore plus chaud.

Jonnie n'avait pas osé suggérer ce qu'il désirait vraiment. Cela aurait provoqué une émeute.

Il aurait voulu que son père soit porté jusqu'à la caverne des anciens dieux, tout en haut du canyon sauvage, sur l'un des versants du plus haut des pics. Il avait découvert l'endroit en essayant un poney. Il n'avait pas eu de but précis. Mais, en remontant le canyon, il avait trouvé une piste plate, presque facile et attirante. Il l'avait suivie sur des milles et des milles avant de se heurter brusquement à des gigantesques portes verticales. Elles étaient faites d'une espèce de métal profondément corrodé. Il était impossible de les apercevoir d'en haut, ni même depuis les rebords du canyon. Elles étaient massives et semblaient ne pas avoir de sommet.

Il avait sauté à bas de son poney et escaladé la rocaille, et il était resté là à contempler les portes. Puis il en avait fait le tour avant de revenir au même endroit pour les contempler encore.

Après un temps, il avait eu le courage de s'avancer. Il avait essayé de pousser de toutes ses forces mais il n'avait pas pu les ouvrir. Puis il avait découvert une sorte de barre de loquet et, en la soulevant, il avait réussi à la faire tomber et elle avait failli lui écraser le

34

pied. Elle était dévorée par la rouille mais pesante.

De son épaule, il avait poussé sur l'un des battants, certain qu'il s'agissait d'une porte, mais il n'avait que douze ans et le battant n'avait pas cédé.

Alors, il avait ramassé la barre et s'était mis à faire pression dans la mince fente. Après quelques minutes, il avait trouvé un point d'appui.

Alors un horrible grincement s'était élevé. Ses cheveux s'étaient presque dressés droit sur sa tête, il avait lâché la barre et couru vers son poney.

Une fois sur sa monture, il avait senti diminuer quelque peu sa terreur. Après tout, le bruit avait peut-être été provoqué par les gonds rouillés. Peut-être pas par un monstre.

Il était revenu près de la porte et avait repris la barre. Oui, c'étaient bien les gonds qui faisaient gronder la porte.

Par l'entrebâillement, une odeur atroce lui arriva. Elle réveilla sa frayeur. Il y avait une faible lumière à l'intérieur et il risqua un œil.

Il vit un grand escalier qui conduisait vers le bas et dont les marches étaient remarquablement régulières. Elles auraient même été propres si...

Elles étaient couvertes de squelettes épars. Des squelettes qui portaient des lambeaux de vêtements – des vêtements tels qu'il n'en avait jamais vus.

Des fragments de métal, dont certains brillaient encore, étaient répandus entre les ossements.

Une fois encore, il battit en retraite, mais il ne rejoignit pas son poney. Il venait soudain de prendre conscience qu'il aurait besoin de preuves.

Il rassembla son courage comme il ne l'avait encore jamais fait, revint sur ses pas, entra avec précaution et ramassa un fragment de métal. Le dessin qui y était gravé était joli : un oiseau aux ailes déployées qui tenait des flèches dans ses serres.

Mais son cœur faillit bien s'arrêter quand le crâne sur lequel il avait pris le fragment de métal bascula sur le côté et se transforma en poussière sous ses yeux. Il crut lire brièvement un reproche dans les cavités des yeux.

Quand il fit son entrée dans le village, le poney était recouvert d'une robe d'écume.

Pendant deux jours, il ne dit pas un mot, réfléchissant à la meilleure manière de poser ses questions. Ses précédentes expériences l'avaient rendu prudent.

En ce temps-là, le maire Duncan était encore vivant. Jonnie était venu s'asseoir auprès de lui et avait attendu que le géant soit rassasié de gibier, calme et silencieux si l'on exceptait ses rots réguliers.

– Il y a cette grande tombe, dit Jonnie brusquement.

– Quoi? avait grogné le maire Duncan.

– Cet endroit, en haut du canyon noir, où l'on mettait les morts.

– Mais quel endroit?

C'est alors que Jonnie avait montré la plaque de métal avec l'oiseau.

Duncan l'avait prise entre ses doigts et l'avait examinée sous plusieurs angles en la retournant.

Et le père Staffor, qui était encore un homme vif et plein d'allant, s'était penché par-dessus le feu pour s'emparer de la plaque.

La conversation qui s'était ensuivie n'avait pas été particulièrement agréable. Il s'était agi des gamins qui allaient rôder dans les lieux interdits, au risque d'amener des ennuis à tout le monde, plutôt que d'écouter les prêches sur les légendes, et qui, de toute façon, se croyaient plus malins que tout le monde.

Cependant, le maire Duncan avait montré quelque curiosité et réussi à tirer une explication plausible du père Staffor.

– C'est la tombe des anciens dieux, avait dit enfin le pasteur. Nul ne s'y est jamais rendu de mémoire d'homme, et les enfants ne comptent pas. Mais mon arrière-grand-père, qui a vécu très longtemps, connaissait son existence. Les dieux avaient coutume de gagner ces montagnes pour enterrer les plus valeureux des hommes dans des grottes profondes et vastes. Quand les éclairs rayaient le ciel au-dessus du Grand Pic, c'était parce que les dieux étaient venus déposer un grand homme d'au-delà des eaux. Il fut un temps où ils étaient des milliers et des milliers qui vivaient dans des villages cent fois plus grands que celui-ci. Ces villages se trouvaient à l'est, et l'on dit qu'on peut trouver les restes de l'un d'entre eux où vivaient des milliers d'hommes. Il se trouve sur un lieu plat avec quelques rares collines. Lorsqu'un grand homme mourait, les dieux le portaient jusque dans la tombe des dieux.

Le père Staffor avait brandi la plaque de métal gravé.

— On plaçait ceci sur le front des grands hommes quand on les installait dans la tombe des dieux. Voilà ce dont il s'agit. Et les anciennes lois disent aussi que nul ne doit pénétrer dans la tombe, qu'il vaut mieux s'en tenir à l'écart à jamais. Et cela s'applique surtout aux jeunes garçons...

Il avait mis la plaque de métal dans sa bourse et c'était la dernière fois que Jonnie avait pu la voir. Mais, après tout, Staffor était un saint homme et il avait la garde des choses sacrées.

Pourtant, malgré tout, Jonnie estimait que son père aurait dû être enterré dans la tombe des dieux. Il n'y était jamais retourné et n'y repensait que lorsqu'il voyait des éclairs couronner le Grand Pic.

— Quelque chose te tourmente ? demanda Chrissie.

Interrompu dans sa rêverie, Jonnie la regarda. Le feu mourant parait d'un reflet rouge ses cheveux et mettait des étincelles dans ses yeux noirs.

— C'est de ma faute.

Chrissie sourit en secouant la tête. Rien ne pouvait être de la faute de Jonnie.

— Mais oui, insista-t-il. Il y a quelque chose de mauvais dans ce lieu. Les os de mon père... Durant cette dernière année, ils se sont effrités comme ceux des squelettes dans la tombe des dieux.

— La tombe de quoi ? demanda Chrissie d'un air nonchalant. Jonnie pouvait dire n'importe quelle absurdité, peu lui importait. Au moins, il lui parlait.

— J'aurais dû l'enterrer là-bas. C'était un homme valeureux. Il m'a appris tant de choses. Comment tresser l'herbe, comment attendre le puma et le frapper à l'instant où il bondit... Parce qu'il ne peut pas se retourner en plein bond, tu sais... Il m'a appris aussi à découper la peau en lanières...

— Jonnie, tu n'es coupable de rien.

— Ce n'était pas un bon enterrement.

— Mais, Jonnie, c'est le seul dont je me souvienne.

— Mais ce n'était pas un bon enterrement. Il était mauvais. Et Staffor n'a même pas prononcé de sermon funèbre.

– Mais il a parlé. Je ne l'ai pas écouté parce que je cueillais des fraises, mais je sais qu'il a parlé. Qu'a-t-il dit de mauvais?...

– Rien. Mais ce n'était pas ce qu'il fallait dire.

– Qu'a-t-il dit, Jonnie?

– Oh, tu sais, il a parlé de toutes ces choses... des dieux en colère contre le peuple... Mais tout le monde connaît cette légende. Moi aussi, je peux la réciter.

– Alors, récite-la.

Jonnie eut un reniflement d'impatience. Mais Chrissie semblait passionnée et il se sentit aussitôt un peu mieux.

– Vint un jour où Dieu fut en courroux. Et lassé de la fornication et des plaisirs vils du peuple. Et il suscita un nuage miraculeux qui partout se répandit. Et la colère de Dieu étouffa le souffle de quatre-vingt-dix-neuf hommes sur cent. Et le désastre se répandit sur la Terre, les épidémies et les pestes frappèrent les impies, et quand cela fut fait, les méchants avaient disparu et seuls demeuraient les justes et les saints, les vrais enfants du Seigneur, sur le sol nu et ensanglanté. Mais Dieu n'avait pas de certitude et il les soumit encore à l'épreuve. Il leur envoya des monstres afin de les obliger à fuir dans les collines et en des lieux secrets, et les monstres les pourchassèrent et ils réduisirent leur nombre jusqu'à ce que seuls demeurent les plus saints, les plus bénis, les seuls justes sur la Terre. Ah même!

– Ah! Cette légende! Tu la dis si bien, Jonnie!

– C'est de ma faute, insista Jonnie d'un air morose. J'aurais dû obliger mon père à m'écouter. Il y a quelque chose de mauvais ici. Je suis certain que s'il m'avait écouté, nous serions partis ailleurs et il serait vivant aujourd'hui. *Je le sens!*

– Mais où aller?

– Il y a une grande plaine là-bas. On peut mettre des semaines à la traverser, j'en suis certain. On dit que l'homme y vivait, dans un grand village.

– Oh, non, Jonnie. Il y a les monstres.

– Mais tu as vu toutes ces choses brillantes qui passent dans le ciel tous les deux ou trois jours?

– Ah, ça... Mais la lune et le soleil passent aussi au-dessus de nos têtes. Ainsi que les étoiles. Et il y a même des étoiles filantes.

Chrissie, soudain, avait peur.

— Jonnie, tu n'as pas l'intention de faire quelque chose, n'est-ce pas ?

— Si. A la première lueur du jour, je partirai pour aller voir s'il y avait vraiment ce grand village dans la plaine.

Chrissie eut le cœur serré. Elle regarda son profil, son air déterminé. Il lui sembla qu'elle s'enfonçait dans le sol, qu'elle était déposée dans une tombe froide et obscure.

— Jonnie, je t'en prie...

— Non, je pars.

— Je viens avec toi.

— Non, tu restes ici. (Rapidement, il chercha quelque moyen de la dissuader.) Il se peut que je sois absent toute une année.

Les larmes brillèrent dans les yeux de Chrissie.

— Que ferai-je si tu ne reviens pas ?

— Je reviendrai.

— Jonnie, si tu n'es pas de retour dans un an, je partirai à ta recherche.

Il fronça les sourcils. Cela ressemblait à un chantage.

— Jonnie, tu vois ces étoiles là-haut ? Quand elles seront à la même place l'année prochaine, et si tu n'es pas revenu, je partirai à mon tour.

— Tu te feras tuer dans les plaines. Il y a les cochons, les taureaux sauvages...

— C'est ce que je ferai pourtant, Jonnie. Je le jure.

— Tu penses que je vais partir pour ne plus jamais revenir ?

— Tu peux t'en aller. Mais je ferai ce que j'ai dit. Je le ferai, Jonnie.

5

La première lueur rose de l'aube effleurait le Grand Pic. La journée allait être belle.

Jonnie Goodboy chargeait un cheval de bât. Fend-le-Vent paissait à proximité, mais il mordillait l'herbe sans vraiment manger. Il ne quittait pas Jonnie de l'œil. Il se préparait à l'évidence à partir et Fend-le-Vent n'avait pas l'intention de rester en arrière. Des bouffées de fumée venaient du foyer des Jimson, non loin de là. Ils étaient occupés à faire rôtir un chien.

La veille, durant le festin d'enterrement, une bonne vingtaine de chiens s'étaient mis à se battre comme des idiots alors que les os et la viande abondaient. Un gros mâle avait été tué et il semblait bien que la famille Jimson ne manquerait pas de viande jusqu'au lendemain.

Jonnie essayait de fixer son esprit sur les détails pratiques et d'éviter de penser à Chrissie et Pattie, qui le regardaient sans rien dire, un peu à l'écart.

Brown le Boiteux était là aussi, un peu plus en retrait. Il avait un pied bot et il aurait dû être supprimé à sa naissance, mais c'était l'unique rejeton des Staffor et, après tout, Staffor était le pasteur du village. Et sans doute également le maire, à présent.

Entre Jonnie et le Boiteux, il n'existait aucune affection. Pendant la danse funèbre, Brown était resté sur le côté à faire des remarques sarcastiques sur la cérémonie, la danse, le festin, la viande, les fraises. Mais lorsqu'il avait fait allusion au père de Jonnie – « Peut-être qu'il avait les os mal placés » – Jonnie lui avait envoyé un grand revers. Et il en avait eu honte car ce n'était pas bien de frapper un infirme.

Brown épiait les préparatifs de Jonnie. Une trace bleue marquait sa joue. Il avait l'air d'un pantin désarticulé. On pouvait lire sur son visage que tout ce qu'il souhaitait à Jonnie, c'était un mauvais sort. Deux autres garçons qui avaient à peu près son âge – ils n'étaient que cinq dans le village à avoir moins de vingt ans – s'approchèrent pour demander à Brown ce qui se passait et il leur répondit par un haussement d'épaules.

Jonnie se concentrait sur ce qu'il avait à faire. Il emportait sans doute trop de choses, se dit-il, mais il ne savait pas ce qui l'attendait. Nul ne pouvait le savoir. Dans les deux sacs en peau de daim dont il avait chargé le cheval, il avait mis des pierres à feu, des nids de rats pour servir d'amadou, des pelotes de lanières de cuir, quelques-uns de ces éclats de rochers acérés qui étaient parfois si difficiles à trouver, trois bâtons-à-tuer (dont un était assez lourd pour fracasser le crâne d'un ours en cas de besoin), quelques couvertures bien chaudes qui ne sentaient pas trop. Plus des peaux de daim pour confectionner des vêtements.

Il sursauta en découvrant Chrissie à moins d'un mètre de lui. Il espérait qu'il n'aurait pas à lui adresser la parole.

C'était du chantage. Rien d'autre. Un chantage éhonté. Si elle l'avait simplement menacé de se tuer au cas où il ne reviendrait pas, il aurait pu mettre ça sur le compte des humeurs habituelles des filles. Mais elle avait juré de se lancer à sa poursuite dans un an et cela jetait une ombre bien différente sur ses projets. Cela signifiait qu'il devrait être encore plus prudent. Afin de ne pas se faire tuer. C'était une chose que de veiller à sa propre existence – car il se souciait peu du danger – mais c'en était une autre de savoir que Chrissie partirait à son tour pour les plaines s'il ne revenait pas. Cette seule pensée lui glaçait le ventre. Elle pourrait être éventrée, mutilée ou dévorée vive, et ce serait sa faute à lui. Elle l'avait condamné à la prudence, à la méfiance. C'était exactement ce qu'elle avait souhaité.

Elle lui tendait quelque chose. Une longue aiguille d'os avec un chas bien dessiné, et une alène. Les deux ustensiles étaient polis, usés, précieux.

– Ça appartenait à maman, dit Chrissie.

– Je n'ai besoin de rien.

– Non, prends-les!

– Mais ça ne me servira à rien!

– Tu peux perdre tes vêtements. Comment coudras-tu?

D'autres gens étaient arrivés. Jonnie ne souhaitait pas de querelle. Il prit l'aiguille et l'alène des mains de Chrissie, défit le lacet d'un sac et les fourra à l'intérieur. Il vérifia qu'elles étaient bien en place avant de refermer le sac.

Chrissie parut rassérénée. Jonnie lui fit face. Il eut un choc. Le visage de Chrissie était gris. Il semblait qu'elle n'avait que peu dormi et qu'elle eût la fièvre.

Jonnie sentit sa résolution ébranlée. Puis, immédiatement derrière Chrissie, il aperçut Brown le Boiteux qui chuchotait quelque chose à Petie Thommso en pouffant de rire.

Son visage se tendit. Il étreignit Chrissie et l'embrassa. Ce fut comme s'il venait d'arracher une planche sur un canal d'irrigation : des larmes coulèrent sur les joues de Chrissie.

– Écoute, dit-il. Surtout ne me suis pas!

Elle fit un effort immense pour contrôler sa voix.

– Je te suivrai si tu n'es pas de retour d'ici un an. Je le jure par tous les dieux du Grand Pic, Jonnie.

Il la regarda longuement. Puis il fit signe à Fend-le-Vent, qui s'approcha aussitôt. D'un seul et souple élan, il sauta sur lui et saisit la bride de sa monture de bât.

– Tu peux prendre mes quatre autres chevaux, dit-il à Chrissie. Mais ne les mange pas. Ils ont été bien dressés. (Il s'interrompit.) A moins bien sûr que tu n'aies terriblement faim, comme en hiver.

Chrissie, un instant encore, s'accrocha à sa jambe, puis elle fit un pas en arrière. Tout son corps parut s'affaisser.

Jonnie stimula Fend-le-Vent d'un coup de talon et ils s'éloignèrent. Ils ne partaient pas au galop vers l'aventure, libres comme le vent. Ils allaient en exploration, avec prudence. Chrissie avait su veiller à cela!

A l'entrée du défilé, il se retourna. Une quinzaine d'habitants du village le regardaient. Ils avaient tous l'air abattus. D'un appel du talon, il fit se cabrer Fend-le-Vent et leur adressa un signe de la main. Ils lui répondirent tous, dans une animation soudaine.

Et il descendit la piste qui suivait le fond du canyon sombre vers les vastes plaines inconnues.

Les villageois se dispersèrent. Chrissie seule demeura sur place, espérant follement qu'il reviendrait sur ses pas.

Pattie se suspendit à sa jambe.

– Chrissie, Chrissie... est-ce qu'il reviendra?

– Au revoir, murmura Chrissie, et sa voix était très basse et ses yeux pareils à des cendres dans un feu mourant.

Terl rota. C'était une façon polie d'attirer l'attention, mais cela ne fit guère d'effet dans les sifflements et les plaintes des machines du dôme d'entretien des engins de transport.

Zzt parut se concentrer encore plus sur son travail. Le chef du service de transport de l'exploitation minière n° 16 n'accordait que peu d'importance au responsable de la sécurité. Chaque fois qu'un outil disparaissait, qu'il manquait un véhicule ou une réserve de carburant, chaque fois qu'il y avait une panne quelque part, il avait droit à une visite de la sécurité.

Trois véhicules accidentés avaient été démantelés et les pièces étaient éparpillées un peu partout, aux différents stades de réassemblage. L'une des carcasses avait des taches vertes de sang psychlo sur son revêtement intérieur. Les grands forets accrochés aux rails du plafond pointaient leurs têtes au hasard, interrompus dans leur programmation. Les mâchoires des broyeuses étaient vides, prêtes à tordre et à écraser. Et les courroies de transport grondaient et claquaient dans le vide.

Terl observait Zzt. Avec ses serres, il faisait preuve d'une adresse surprenante pour démonter les petites coques concentriques d'un moteur de jet hypersonique. Il avait entretenu l'espoir de surprendre un tremblement ou deux dans les pattes de Zzt. Il serait plus facile de faire affaire avec le chef du transport s'il était tourmenté par sa conscience. Mais il n'y avait pas le moindre tremblement dans ses pattes.

Zzt acheva de démonter la pièce et lança le dernier anneau sur un établi. Il se tourna vers Terl et les orbes jaunes de ses yeux se contractèrent.

– Eh bien? Qu'est-ce que j'ai encore fait?

Terl se rapprocha et jeta un regard aux alentours :

– Où sont les hommes de l'équipe d'entretien?

– On a quinze mécanos de moins. Ils ont été transférés aux opérations le mois dernier. Tu le sais aussi bien que moi. Alors, pourquoi es-tu ici?

En tant que chef de la sécurité, Terl avait appris à ne jamais aborder directement les choses. S'il demandait tout simplement un engin de reconnaissance, Zzt exigerait une attestation d'urgence que Terl n'obtiendrait pas et sa réponse serait : « Aucun transport disponible. » Et, sur cette morne planète, l'état d'urgence n'existait pas. Pas vraiment. Durant toutes ces centaines d'années d'exploitation, l'Intergalactique Minière n'avait pas connu la plus infime menace. Tout était parfaitement calme et monotone et, par conséquent, le chef de la sécurité n'était pas considéré comme étant très important. Non, les menaces apparentes devaient être fabriquées de toutes pièces et l'unique ingrédient était la ruse.

– J'enquête au sujet d'une conspiration de sabotage dans le service de transport, dit Terl. Je n'ai pas arrêté depuis trois semaines.

Il appuya sa lourde carcasse contre un engin accidenté.

– Pas celui-là, dit Zzt. Tu vas lui abîmer l'aile.

Terl décida qu'il valait mieux se montrer aimable et alla s'installer sur un tabouret, près de l'établi où travaillait Zzt.

– Confidentiellement, Zzt, j'ai une idée pour faire venir du nouveau personnel de l'extérieur. J'y travaille, et c'est pour cela que j'ai besoin d'un engin de reconnaissance manuel.

Zzt battit des os-paupières et prit place sur un autre tabouret qui craqua désespérément sous sa masse de cinq cents kilos.

– Cette planète, déclara Terl d'un ton plein d'assurance, abritait une race intelligente.

– Laquelle? s'enquit Zzt d'un ton soupçonneux.

– L'homme.

Zzt lui adressa un regard inquisiteur. Les officiers de sécurité n'étaient pas particulièrement réputés pour leur sens de l'humour. Certains étaient réputés pour tendre des pièges avant de rassembler des charges contre vous. Mais ce fut plus fort que Zzt. Ses os-bouche s'écartèrent, il crut une seconde qu'il allait se dominer, puis son rire éclata à la face de Terl. Presque aussitôt, il se reprit et se pencha à nouveau sur son établi.

– Tu ne pensais à rien d'autre? demanda-t-il, comme pris d'une arrière-pensée.

Ça ne se passait pas bien, se dit Terl. Voilà ce qu'on

récoltait quand on était franc. Honnêteté et sécurité ne faisaient pas bon ménage.

– Cette conspiration de sabotage que nous soupçonnons, dit Terl en observant les engins accidentés, les os-paupières à demi baissés, pourrait remonter très haut.

Zzt posa une clé avec fracas et gronda doucement, tout au fond de lui. Il restait immobile, regardant fixement droit devant lui. Il réfléchissait.

– Qu'est-ce que tu veux en réalité? demanda-t-il enfin.

– Un avion de reconnaissance. Pour cinq ou six jours.

Zzt se leva, arracha un plan de transport du mur et l'étudia. Il pouvait presque entendre ronronner Terl.

– Tu vois ce programme? demanda-t-il en le lui mettant sous le nez.

– Oui.

– Et tu vois qu'il y a six drones de reconnaissance affectés à la sécurité?

– Bien sûr.

– Tu vois que ça dure depuis... (Zzt se mit à éplucher les pages.) Pff! Depuis des siècles je suppose!

– Une planète minière doit être constamment surveillée, déclara Terl d'un ton complaisant.

– Pour quoi faire? Le moindre bout de minerai a été repéré et estimé il y a plus longtemps que toi et moi ne pouvons nous en souvenir. Il n'y a que des mammifères dans ce coin. Des organismes qui respirent *l'air*.

– Un ennemi pourrait débarquer.

– Ici? railla Zzt. Les sondes de la Compagnie détecteraient un vaisseau dans l'espace des années avant qu'il n'arrive. Terl, le transport a pour charge de ravitailler, d'entretenir et de réparer les drones deux ou trois fois par an. Tu sais aussi bien que moi que la Compagnie est lancée dans un programme d'économie. Je vais te dire quelque chose.

Terl attendit, irrité.

– Si tu nous laisses annuler ces drones de reconnaissance, je mettrai un tricycle de sol à ta disposition pour une durée limitée.

Terl fit entendre un petit cri aigu.

Zzt corrigea aussitôt son offre.

– D'accord, un engin à ta disposition quand tu voudras.

Terl fit quelques pas lourds jusqu'au véhicule fracassé qui avait des taches de sang sur ses sièges.

– Je me demande si c'est dû à un mauvais entretien.

Zzt demeura de marbre. L'accident était dû en fait à une trop grande consommation de kerbango pendant le travail.

– Un seul drone de reconnaissance programmé pour couvrir l'ensemble de la planète une fois par mois, avança Zzt. Et je mets un engin à ta disposition en permanence.

Terl regarda les autres épaves mais aucune idée ne lui vint. Toutes les enquêtes avaient été faites et classées. Ça lui apprendrait à classer aussi vite les dossiers!

Il revint auprès de Zzt.

– Un engin *blindé et armé* à ma disposition en permanence avec réserve illimitée d'atmosphère, de carburant et de munitions.

Zzt prit les formulaires dans le tiroir de l'établi et les remplit. Puis il tendit les feuillets à Terl.

Tout en signant, Terl se dit qu'il devrait peut-être chercher un peu du côté du chef du transport. Peut-être y avait-il une histoire de vol de minerai!

Zzt reprit les papiers et décrocha du tableau la carte de contact de l'engin de surface le plus vieux, le plus déglingué, qui prenait la poussière dans le garage. Il y assortit une liasse de coupons pour les munitions, une autre pour les réserves de gaz et une troisième pour le carburant.

Le marché n'apparaîtrait pas comme tel dans les dossiers car Zzt avait pris soin que les dates des bons de ravitaillement ne coïncident pas. Et ni l'un ni l'autre ne soupçonnaient qu'ils venaient de modifier considérablement l'avenir de la planète. Et pas pour le plus grand bien de l'Intergalactique. Mais c'est bien souvent comme ça dans les grandes sociétés.

Lorsque Terl s'en fut allé prendre possession de son Mark II (blindé, armé), Zzt se dit que c'était merveilleux d'entendre tous les mensonges que les cadres de la mine étaient capables d'inventer pour aller chasser. Ils étaient tous fous de massacre. Et aussi fous avec les machines, s'il en jugeait par les réparations qu'il avait à faire. Quelle histoire, quand même! L'homme, une race intelligente! Et puis quoi encore! Il reprit son travail en riant.

7

Jonnie Goodboy Tyler galopait librement dans le vaste océan d'herbe. Fend-le-Vent était lancé à grandes foulées exubérantes et le cheval de bât suivait derrière, fougueusement.

Quelle journée! Le ciel était bleu et le vent doux et frais sur le visage de Jonnie.

Il était parti depuis deux jours et il avait atteint le bas des collines pour pénétrer dans la plus vaste plaine qu'il ait jamais pu imaginer. Derrière lui, il distinguait encore le point infime du Grand Pic. Avec le soleil, cela lui permettait d'orienter sa course et il se sentait rassuré à la pensée qu'il pourrait retrouver le chemin du village quand il le désirerait.

Aucun danger ne le menaçait! Les troupeaux de bœufs sauvages étaient nombreux, mais il avait vécu avec eux toute sa vie. Il y avait bien quelques loups, mais après tout ce n'étaient que des loups... Jusque-là, il n'avait rencontré aucun ours, aucun puma. Pourquoi donc, par tous les dieux, restaient-ils tous claquemurés dans les montagnes?

Et les monstres? Où étaient les monstres? Autant d'histoires folles!

Sans parler de ce cylindre brillant qu'il avait vu traverser le ciel tous les deux ou trois jours durant toute sa vie : où était-il? Il l'avait toujours vu passer là-haut, d'ouest en est, comme tous les astres. Mais il semblait avoir disparu.

En tout cas, étant donné la direction qu'il avait prise, il aurait dû le voir.

Pour tout dire, Jonnie Goodboy traversait une crise de confiance excessive. Et le premier désastre fut causé par les cochons.

Les cochons, d'ordinaire, étaient assez faciles à abattre – pour autant qu'on fût un peu adroit et qu'on prenne garde aux charges des vieux sangliers. Mais un petit porcelet, c'était exactement ce qu'il fallait à Jonnie pour le dîner.

Dans la lumière de fin d'après-midi, droit devant lui, il venait de découvrir un troupeau compact de cochons sauvages. Il y en avait de très gros et de plus petits, mais ils étaient tous bien gras.

Il tira sur la bride de Fend-le-Vent et sauta à bas. Il s'aperçut qu'il était sous le vent et que les cochons ne tarderaient pas à le sentir s'il marchait droit sur eux.

A demi accroupi, en silence, il décrivit un demi-cercle pour se placer contre le vent.

Puis il prit son bâton en main. L'herbe haute lui arrivait presque à la taille.

Les cochons rongeaient les racines tout autour d'un creux humide où l'eau devait stagner durant les saisons de pluie, le transformant en une espèce de marais. Oui, les racines devaient abonder, songea Jonnie. Il y avait là des dizaines de cochons, tous occupés à grignoter, le groin dans la terre.

Il s'avança, mètre après mètre, le corps ployé, maintenant la tête au-dessous des herbes.

A présent, il n'était plus qu'à quelques pas des plus proches. Silencieux, il se redressa, lentement, jusqu'à ce que ses yeux émergent de l'océan d'herbe. Tout près de là, à trois portées de bras, il vit un jeune pourceau, une cible facile.

– Et voilà mon dîner, souffla Jonnie entre ses dents. Il leva son bâton-à-tuer et l'abattit sur la tête du porc.

Il poussa un couinement strident et tomba, mort.

Mais ce ne fut pas tout. Immédiatement, ce fut la confusion.

A la droite de Jonnie, un peu à l'arrière et jusqu'alors dissimulé à son regard par les hautes herbes, un sanglier de cinq cents livres, repu, s'était assoupi.

Le couinement du porcelet agit à la façon d'un coup de fouet sur l'ensemble du troupeau et toutes les bêtes chargèrent en même temps, droit sur les montures de Jonnie.

Pour le gros sanglier, voir c'était charger.

Jonnie eut l'impression de se trouver pris dans une avalanche. En un instant, il se retrouva étendu au sol puis piétiné.

Il roula sur le côté. Mais tout le ciel, au-dessus de lui,

n'était qu'un ventre de sanglier. En fait, il ne voyait rien mais il sentait ces crocs et ces défenses qui cherchaient à le blesser.

Il roula encore une fois sur le côté. Les couinements féroces se mêlaient au grondement du sang dans ses oreilles.

Une troisième fois, il roula sur lui-même et, cette fois, il vit la lumière du jour et le dos d'une bête.

En un clin d'œil, il se retrouva sur le sanglier.

Il lui passa un bras autour du garrot et serra.

La bête rua et se cabra sous lui comme un cheval rétif.

Il serra jusqu'à ce qu'il entende craquer les tendons.

Et le sanglier, étouffé, s'effondra en tressautant.

Jonnie sauta au sol et battit en retraite. La bête ahanait. Puis elle se redressa en vacillant et, ne voyant plus d'adversaire, elle s'éloigna d'un trot hésitant.

Jonnie alla ramasser le pourceau sans quitter de l'œil le sanglier qui s'éloignait. La bête, bien qu'apparemment furieuse, agitée de soubresauts rageurs, mais ne voyant toujours personne devant elle, ne tarda pas à suivre la piste du troupeau à travers l'herbe piétinée.

Le troupeau avait disparu.

De même que les chevaux!

Plus de chevaux! Jonnie demeura figé sur place avec le porcelet entre ses bras. Il n'avait plus d'éclats de roc pour le dépecer. Plus de silex pour allumer le feu et le faire rôtir. Et il n'avait plus de montures.

Cela aurait pu être pire. Il examina ses jambes, s'attendant à voir des blessures laissées par les défenses du sanglier. Mais il n'en vit aucune. Il avait le dos et le visage douloureux à la suite du choc et de sa chute, mais c'était tout.

Il s'adressa quelques jurons silencieux – il était plus honteux qu'effrayé – puis suivit la piste d'herbe foulée. Après un temps, il se sentit moins déprimé et presque optimiste. Il se mit à siffler son cheval. Ses montures n'avaient certainement pas fui devant le troupeau de cochons mais s'étaient probablement éloignées pour se mettre à l'abri quelque part.

Le crépuscule venait quand il aperçut Fend-le-Vent à quelque distance, broutant paisiblement.

Le cheval leva la tête et le regarda avec l'air de dire :

« Mais où étais-tu donc passé ? », avant de venir vers lui avec une sorte de rictus moqueur et de le cogner affectueusement du museau.

Il fallut encore dix minutes de recherches angoissées à Jonnie pour retrouver enfin le cheval de bât et son ballot.

Puis il revint sur ses pas jusqu'auprès d'une petite source qu'ils avaient rencontrée et établit son campement. Ensuite, il entreprit de se confectionner une ceinture et une besace dans laquelle il mit des pierres acérées, un silex et de l'amadou. Il se tressa une lanière plus solide pour son gros bâton-à-tuer et la noua à sa ceinture. Il n'avait pas l'intention de se laisser surprendre une seconde fois les mains nues dans la vaste prairie. Certainement pas.

Cette nuit-là, il rêva de Chrissie étranglée par des porcs. Chrissie piétinée par des ours, déchiquetée par des sabots tandis qu'il voyait tout cela impuissant, du haut du ciel, dans le domaine des esprits.

8

Le « Grand Village » où vivaient « des milliers d'hommes » était à l'évidence un autre mythe, comme celui des monstres. Mais Jonnie était décidé pourtant à tenter de le trouver. Dans la demi-clarté jaune de l'aube, il s'était remis en route vers l'est.

La physionomie de la plaine changeait. Certains détails inhabituels étaient apparus. Ces monticules, par exemple. Jonnie s'écarta de son chemin pour s'approcher de l'un d'eux.

Il s'arrêta, penché sur l'encolure de Fend-le-Vent, pour examiner les lieux.

Cela ressemblait à une petite colline, mais il y avait un trou dans le côté. Un trou rectangulaire. Par ailleurs, le monticule était entièrement couvert de terre et d'herbe. Une bizarrerie de la nature ? Une fenêtre ?

Jonnie descendit de sa monture et s'approcha. Il fit le tour du monticule. Puis il en prit les mesures. Il était long de trente-cinq pas sur dix de large. Ah! Mais alors, le monticule lui aussi était rectangulaire!

Il y avait une vieille souche fendillée sur le côté et Jonnie en arracha un fragment.

Puis il s'approcha de la fenêtre et, en se servant du morceau de bois, il entreprit de repousser l'herbe. Il découvrit alors avec surprise qu'il creusait non pas dans la terre mais dans du sable.

Lorsqu'il eut dégagé le bas du rectangle, il put regarder à l'intérieur. Le monticule était creux.

Il se retourna pour jeter un coup d'œil sur ses chevaux et promener un regard méfiant sur le paysage. Il n'y avait rien de menaçant en vue.

Il se courba et rampa à l'intérieur.

C'est alors que la fenêtre le mordit!

Il se redressa brusquement et examina son poignet.

Il saignait.

La coupure n'était pas vilaine. Mais c'était le fait de s'être coupé qui le stupéfiait.

Avec précaution, il entreprit d'examiner la fenêtre.

Elle avait des dents!

D'accord, ce n'étaient peut-être pas vraiment des dents. Elles avaient un éclat terne, elles étaient pleines de couleurs et elles étaient disposées tout autour de l'encadrement extérieur de la fenêtre. Il réussit à en arracher une car elles ne tenaient pas bien. Puis il préleva un bout de lanière à sa ceinture et le passa sur le tranchant.

Merveille des merveilles! La dent trancha net la lanière, bien mieux que le meilleur des éclats de roc.

Eh! se dit-il, extasié. Regardez un peu ce que j'ai trouvé! Et, avec les plus grandes précautions – car la chose mordait bel et bien si l'on n'y prenait garde – il arracha les éclats, petits et grands, de l'encadrement et en fit une pile régulière. Il prit un bout de peau de cerf dans son ballot et les y enveloppa. C'était précieux! Avec ça, il pourrait découper, dépecer et gratter. Cela ressemblait à une espèce de roc. Ou alors ce monticule était le crâne de quelque bête étrange et c'était là tout ce qui subsistait de ses dents. Merveilleux!

Lorsqu'il les eut bien calées dans son ballot – à l'exception d'une qui était particulièrement belle et qu'il glissa dans la besace de sa ceinture – il reprit ses efforts pour essayer de pénétrer à l'intérieur du monticule.

Il ne risquait plus d'être mordu, à présent, et il escalada le rebord du rectangle. Au-delà, il n'y avait pas de puits. Le sol, à l'intérieur, semblait même plus haut que le terrain alentour.

Un bruissement soudain le fit sursauter de frayeur. Mais ce n'était qu'un oiseau qui nichait là et il s'envola par la fenêtre dans un grand battement d'ailes. Il se posa au-dehors et se mit à piailler.

Jonnie s'orienta à tâtons dans la pénombre. Il n'y avait pas grand-chose, surtout de la rouille. Mais cette rouille ainsi que les traces sur les murs attestaient qu'il y avait bel et bien eu des *choses* ici.

Des murs? Oui, c'était bien des murs. Des sortes de gros blocs de pierre régulièrement assemblés.

Des murs. Aucun animal ne savait faire ça.

Ni ce casier qu'il venait de trouver. Il avait dû faire partie de quelque chose d'autre dont il ne restait plus qu'une poudre rougeâtre. Au fond, il y avait plusieurs disques de la taille de trois ongles de pouce. Et, en bas du petit tas de disques, il y en avait un qui était presque brillant.

Jonnie le prit et le tourna entre ses doigts. Il retint son souffle.

Il alla jusqu'à la fenêtre pour mieux voir. Non, il ne se trompait pas.

C'était le grand oiseau avec ses ailes déployées et des flèches entre ses serres.

Le même dessin que dans la tombe des dieux.

Un instant, il demeura immobile, frissonnant d'excitation, puis parvint à se calmer. Il comprenait, à présent. Le mystère était éclairci. Il sortit et montra le disque à Fend-le-Vent.

– La maison des dieux, lui dit-il. C'est là qu'ils habitaient en attendant de conduire les valeureux jusqu'à leur tombe. C'est joli, n'est-ce pas?

Fend-le-Vent finit de mâcher une bouchée d'herbe et donna un coup de museau affectueux à son maître. Il était temps de se remettre en route.

Jonnie glissa le disque dans sa besace. Bien sûr, il n'avait pas trouvé le Grand Village, mais il avait la preuve absolue qu'il y avait des découvertes à faire dans les plaines. Des murs. Incroyable! Ces dieux savaient construire des murs.

L'oiseau, rassuré, cessa de piailler en voyant Jonnie remonter à cheval et s'éloigner. Il l'observa un instant encore puis, sur deux derniers cris d'irritation, il regagna son nid dans la ruine.

9

Terl était heureux comme un bébé psychlo gavé de kerbango. Le jour touchait à sa fin. Il allait prendre la route!

Il lança le Mark II sur la rampe, franchit le sas atmosphérique et se retrouva à l'extérieur.

La plaque fixée devant le siège du pilote disait :

SITUATION DE COMBAT A OBSERVER EN PERMANENCE! Bien que cet habitacle soit sous compression atmosphérique, conservez vos masques faciaux et vos systèmes respiratoires autonomes. L'utilisation à titre personnel et non autorisée est interdite (signé). Département politique, Compagnie Minière Intergalactique, Vice-directeur Szot.

Terl eut un sourire. En l'absence d'officiers politiques – sur une planète où il n'y avait pas de problèmes politiques avec les indigènes – et en l'absence d'un département de la guerre – sur une planète où il n'y avait personne à combattre – le chef de la sécurité cumulait ces fonctions. L'existence de cet engin de combat sur cette planète prouvait qu'il devait être très, très vieux et que, de plus, il avait dû faire partie d'une attribution fixe de véhicules pour chacune des exploitations de la Compagnie. Les employés des services de la planète 1, galaxie 1, n'étaient pas toujours très bien informés quand ils débitaient leurs éternelles instructions destinées aux lointains avant-postes de l'empire commercial. Terl lança son masque et son réservoir atmosphérique sur le siège du mitrailleur, à côté de lui, et, satisfait, frotta son visage rugueux.

Quel bonheur! Le vieil engin filait comme une foreuse bien graissée. Il était petit, guère plus de neuf mètres de long sur trois de hauteur, et glissait au-dessus du sol comme un oiseau sans ailes. D'habiles mathématiciens avaient conçu sa surface extérieure pour que les projectiles ricochent. Des meurtrières de verre à l'épreuve des missiles permettaient de très bien voir le terrain. Même les bouches des canons étaient adroitement dissimulées. Le revêtement intérieur, quoique usé et déchiré par endroits, était d'un beau violet réconfortant.

Terl se sentait bien. Il disposait de cinq jours de carburant et d'atmosphère ainsi que de cinq jours de rations réparties en paquets de dix livres. Il avait pris soin de vider jusqu'au dernier papier de ses corbeilles et n'avait entamé aucun « programme urgent ». Il disposait d'un analyseur de minerai avec picto-enregistreur qu'il avait « emprunté » et qui pouvait donner de très bons clichés quand on l'employait à d'autres fonctions. Il était parti!

Un moment d'évasion dans la morne existence d'un chef de la sécurité sur une planète qui ne connaissait pas l'insécurité. Une planète qui offrait bien peu de possibilités à un chef de la sécurité ambitieux rêvant de promotion.

Quand on lui avait assigné ce poste sur la Terre, ç'avait été un rude coup. Sur le moment, il s'était demandé ce qu'il avait bien pu faire, qui il avait insulté par inadvertance, qui il avait bien pu se mettre à dos. Mais on lui avait assuré qu'il ne s'agissait de rien de tout cela. Il était jeune. La durée moyenne de vie d'un Psychlo était de 190 ans et Terl n'en avait alors que 39. On lui avait fait remarquer qu'il y avait peu de fonctionnaires de la sécurité qui soient devenus chefs aussi jeunes. Et cela apparaîtrait comme un bon point dans son dossier. A son retour de mission, on verrait. Les bons coins, les planètes dont l'atmosphère était respirable revenaient aux plus anciens.

Mais il n'avait pas été abusé. Personne, parmi les stagiaires de l'école de sécurité, n'avait voulu entendre parler de ce poste. Il imaginait déjà très bien la future entrevue.

– Dernier poste?
– La Terre.

– Quoi?

– La Terre. Étoile de la périphérie, troisième planète, dans la galaxie secondaire n° 16.

– Oh... Et qu'y avez-vous fait?

– C'est dans mon dossier.

– Justement, il n'y a rien dans votre dossier.

– Mais il doit bien y avoir quelque chose. Laissez-moi voir.

– Non, non. Les dossiers de la Compagnie sont confidentiels.

Puis, l'horreur finale :

– Employé Terl, il se trouve que nous avons un poste vacant sur une planète périphérique de la galaxie 32. C'est un endroit tranquille. Pas d'indigènes. Pas d'atmosphère.

Ou pis encore :

– Employé Terl, l'Intergalactique est depuis quelque temps en baisse à la bourse et nous avons reçu des instructions dans le sens de l'économie et de la restriction. Je crains que votre dossier ne permette pas de continuer à vous employer. Ne nous appelez pas. C'est nous qui vous appellerons.

Il y avait déjà eu des signes avant-coureurs. Un mois auparavant, il avait appris que sa mission allait être prolongée et qu'il n'était nullement question de le relever. Un sentiment d'horreur l'avait effleuré, la vision d'un Terl à 190 ans cloué sur la même planète, depuis longtemps oublié par sa famille et ses amis, finissant ses jours à demi fou d'ennui sous le dôme, porté jusqu'à une tombe étroite, son nom rayé des registres par un employé qui n'avait jamais vu son visage.

La perspective d'un tel destin appelait une réaction – une réaction rapide.

Mais il lui arrivait aussi de rêver à des choses plus gaies : il attendait dans un grand hall, les soldats se mettaient au garde-à-vous et l'un d'eux chuchotait à l'oreille de son voisin :

– Qui c'est?

Et l'autre de répondre :

– Comment, tu ne sais pas? Mais c'est *Terl*, voyons!

Alors, les grandes portes s'ouvraient.

– Le président de la Compagnie vous attend,

monsieur. Si vous voulez bien me suivre...

Les rapports de reconnaissance indiquaient qu'il y avait une ancienne autoroute dans la direction du nord. Terl passa en pilotage automatique et déplia une grande carte. Oui, l'autoroute était bien portée. Elle allait d'est en ouest. Et c'était à l'ouest qu'il voulait aller. Elle devait être passablement détériorée et envahie par les herbes, peut-être même difficile à repérer, mais elle constituait un terrain relativement plat et elle le conduirait tout droit dans les montagnes. Il avait tracé un grand cercle autour de la prairie qui était son objectif.

L'« autoroute » apparut droit devant.

Il repassa en pilotage manuel en tâtonnant quelque peu. Il n'avait plus conduit ce genre de véhicule depuis l'école de sécurité, des années auparavant. L'engin fit une embardée.

Il franchit le bord de la route, tira sur la poignée des gaz en appuyant sur le frein. Le véhicule toucha le sol dans un geyser de poussière, au milieu de l'autoroute. Sans douceur, certes, mais ce n'était pas si mal que ça, pas si mal... L'habitude reviendrait.

Il mit en place son masque et sa réserve de gaz. Puis il appuya sur le bouton de décompression afin que les réservoirs récupèrent l'atmosphère de l'habitacle. Il y eut un bref instant de vide, un peu pénible pour les os-tympans, puis, avec un soupir, l'atmosphère extérieure envahit la cabine.

Terl souleva le capot et se redressa, le tank vibrant et craquant sous son mouvement. Il sentit un vent frais sur son visage, autour du masque.

Il regarda au loin avec quelque répugnance. Le panorama était immense. Immense et vide. Il n'entendait que le bruissement de l'herbe sous le vent. Et le silence, un silence vaste et absolu, rendu plus lourd encore par l'appel d'un oiseau solitaire au loin.

Le sol était brun et roux. L'herbe et les rares buissons étaient verts. Le ciel était d'un bleu intense, semé de nuages blancs. Étrange paysage. Là-bas, sur sa planète, les gens n'auraient pu le croire : rien de violet nulle part.

Obéissant à une inspiration soudaine, Terl prit le picto-enregistreur et le promena selon un large cercle. Il enverrait la bobine à ses amis. Ainsi, ils le croiraient quand il leur dirait quelle atroce planète c'était, et peut-être le plaindraient-ils

« Mon spectacle quotidien », dit-il dans l'enregistreur en terminant son panoramique. Et ces mots, résonnant sous son masque, avaient une sonorité grave et triste.

Pourtant, il distinguait quelque chose de *violet*. Droit à l'ouest, il y avait des montagnes et elles semblaient violettes. Il posa l'enregistreur et regarda les montagnes lointaines avec un sourire. C'était mieux qu'il ne l'avait espéré. Pas étonnant que les hommes vivent dans ces montagnes. Elles étaient violettes. Peut-être ces hommes étaient-ils intelligents, après tout. Il l'espérait mais sans trop de confiance. Il était probablement optimiste. Mais cela donnait quelque substance à ses plans par ailleurs nébuleux.

Comme il observait l'horizon d'ouest, il distingua soudain un détail dans le paysage, quelque part entre lui et les montagnes. Une forme lointaine qui se dessinait dans les rayons du soleil déclinant. Il actionna un levier sur le côté de son masque afin d'obtenir une vue rapprochée. La forme parut bondir à sa rencontre. Oui, il ne s'était pas trompé. C'étaient les ruines d'une ville. Les bâtiments étaient imprécis, à peine distincts, mais ils semblaient très hauts. Et la ville était très grande.

Le vent fit claquer sa carte. Oui, l'autoroute allait tout droit vers l'ouest jusqu'à cette ville. Il se pencha pour saisir un épais volume au sommet de la pile qu'il avait disposée sur le siège arrière et l'ouvrit à un passage qu'il avait marqué. Il y avait un dessin sur la page, exécuté par un artiste du département de la culture, des siècles auparavant.

Le département culturel de la Compagnie avait autrefois mis en poste des Chinkos parce qu'ils étaient capables de respirer de l'air. Les Chinkos étaient originaires de la galaxie 2. Ils avaient la taille des Psychlos, mais ils étaient minces comme des fils et très délicats. C'était une race très ancienne et les Psychlos admettaient difficilement que c'était des Chinkos qu'ils tenaient leurs quelques connaissances dans le domaine des arts. Si les Chinkos respiraient de l'air et s'ils étaient légers comme des plumes, ils étaient par contre faciles à transporter et ne coûtaient pas cher. Hélas, ils n'étaient plus. Même dans la galaxie 2, on n'en trouvait plus : ils avaient déclenché une grève générale – incroyable, mais vrai ! – et l'Intergalactique les avait effacés de l'univers. Mais cela s'était passé bien longtemps après que l'on eut mis un terme à l'existence du département de la culture et de l'ethnologie sur Terre. Et Terl n'avait jamais vu un Chinko. Pour dessiner ainsi, les Chinkos avaient sans doute été des êtres remarquables. Et toutes ces couleurs... Quelle idée de vouloir *dessiner* des choses !

Il compara la forme qu'il distinguait au loin avec le croquis. Il ne vit aucune différence, à l'exception des traces laissées par les ans.

Le texte disait : *A l'est des montagnes, on trouve les ruines d'une cité humaine, remarquablement préservées. Cette cité-d'homme s'appelait « Denver ». Esthétiquement, elle ne présente pas autant d'intérêt que les cités du Centre ou de l'Est. On trouve peu ou quasiment pas de décorations sur les portes miniatures. Les intérieurs évoquent des maisons de poupée un peu plus grand. Le concept architectural semble avoir été dominé par le sens pratique plutôt que par l'ambition artistique. On y trouve trois cathédrales qui étaient apparemment dédiées à différents dieux domestiques, ce qui prouve que cette culture n'était pas monosectaire, bien qu'elle ait peut-être été dominée par une prêtrise. Un dieu en particulier, « banque », semble avoir été particulièrement populaire. On y a découvert une bibliothèque-d'homme remarquablement approvisionnée. Le département a fait sceller les différentes salles après avoir prélevé les volumes les plus importants afin de les archiver, particulièrement ceux concernant l'exploitation minière. Aucun filon n'ayant été détecté sous les fondations et aucun minerai précieux n'ayant été employé par les constructeurs de la cité, celle-ci demeure remarquablement préservée, grâce en grande partie au climat particulièrement sec. Un budget de restauration a été requis.*

Terl eut un rire silencieux. Pas étonnant que le département de la culture et de l'ethnologie ait été banni de cette planète : il avait exigé des crédits pour reconstruire les cités-d'homme ! Il entendait d'ici la réaction des directeurs de la Compagnie. Ils avaient dû creuser des puits de mines dans la tête de tous ces artistes !

En tout cas, qui sait? Ce genre d'information pouvait lui être très utile.

Il revint à ses préoccupations immédiates. Il se trouvait au milieu de l'autoroute qui s'étirait vers l'horizon. A cet endroit, elle devait être large d'une soixantaine de mètres et il en discernait clairement le tracé. Elle devait être recouverte d'une couche de sable de cinquante centimètres, mais l'herbe était uniforme et les buissons, sur les bas-côtés, constituaient un repère très net.

Terl, une fois encore, regarda tout autour de lui. Il distingua un troupeau ainsi qu'une horde de chevaux dans le lointain. Rien qui méritât d'être abattu : aucun Psychlo ne pouvait manger la chair des animaux vivants ayant un métabolisme terrestre. Et il n'y avait rien là qui fût assez dangereux pour présenter un intérêt sportif. En tout cas, c'était un luxe que d'être équipé pour la chasse et d'avoir le temps d'y songer sans avoir à la pratiquer! Le gibier qu'il traquait était plus important.

Il reprit place dans le siège de pilotage et commanda la fermeture du capot de l'habitacle. L'air irrespirable fut expulsé de la cabine pour être remplacé par l'atmosphère psychlo. Terl ôta son masque facial envers et contre toutes les règles et le posa sur le siège du mitrailleur. Il fut soulagé en retrouvant l'intérieur violet.

Maudite planète! Même au travers du pare-brise mauve, elle avait l'air hostile!

Terl se pencha à nouveau sur la carte. Maintenant, il allait avoir besoin de chance. Il savait qu'il ne pourrait s'engager dans ces montagnes à cause de l'uranium que les drones de reconnaissance avaient toujours repéré dans cette région. Mais ils avaient également indiqué que les choses-hommes s'aventuraient parfois jusqu'au pied des collines, qui étaient une région sans danger.

Terl récapitula ses plans. Ils étaient splendides. Richesse et pouvoir. Car les drones lui en avaient appris plus qu'aux autres. Leurs faisceaux-sondeurs avaient repéré une veine d'or quasiment pur qui avait échappé aux reconnaissances de l'Intergalactique à la faveur d'un glissement de terrain. Une veine précieuse, fabuleusement riche, à découvert. Un filon dont la

Compagnie ignorait totalement l'existence. Car le glissement de terrain était récent et Terl avait pris soin de détruire les archives. Et il riait encore d'avoir entendu Zzt lui demander de supprimer les reconnaissances sur cette région.

Les gisements d'uranium étaient très importants dans les montagnes et, par conséquent, les Psychlos ne pouvaient exploiter l'or. Il suffisait de quelques traces de poudre d'uranium pour provoquer l'explosion de l'atmosphère psychlo.

Terl, en songeant à son plan génial, eut un sourire. Tout ce qu'il lui fallait, c'était une chose-homme, plus quelques autres. Eux pourraient creuser, et il n'aurait plus à se soucier de l'uranium. Ensuite, il arriverait bien à trouver un moyen d'emporter l'or jusque chez lui. Il avait quelques idées sur la question. Et alors, à lui le pouvoir et la richesse! Cette planète ne serait plus qu'un mauvais souvenir.

Le plus important, pour le chef de la sécurité, était d'empêcher les autres de soupçonner ce qu'il faisait en réalité, d'invoquer des motifs absolument différents. Et Terl était un expert dans cette discipline.

S'il avait vraiment de la chance, il arriverait à capturer une chose-homme sur ce côté de la prairie. Il ne disposait pas de suffisamment de temps pour guetter à l'affût. Mais il avait le sentiment que la chance était avec lui.

Il était parti très tard et le soleil était déjà bas sur l'horizon. Il passerait la nuit dans cette cité-d'homme et dormirait dans son véhicule.

Il démarra et le Mark II fila au ras de la chaussée de l'ancienne autoroute.

10

Une forme à l'horizon!

Jonnie Goodboy Tyler tira si brusquement sur la bride que Fend-le-Vent se cabra.

Oui, c'était bien ça, droit devant à l'est. Ce n'était pas des collines ou une montagne. Encore moins une illusion de l'œil. C'était net et rectangulaire.

Il ne s'y attendait plus.

En quittant le monticule en ruine, il avait suivi un chemin plus facile. Une large chaussée qui semblait partir du monticule.

A droite comme à gauche, il y avait des arbustes qui formaient deux rangées régulières séparées par une soixantaine de mètres et qui allaient droit vers l'est. Sous les pas, l'herbe était régulière. Il fallait pourtant se méfier car des creux apparaissaient par endroits. Si l'on examinait le sol entre ces creux, on découvrait quelque chose de gris-blanc. Jonnie était descendu de cheval pour examiner cela de plus près. Il avait gratté les bords de l'une de ces failles et découvert que la matière gris-blanc formait apparemment une surface continue.

Tout comme la surface des murs de la ruine.

Il s'agissait peut-être d'un mur fait par les anciens qui était tombé sur le côté... Mais non, il se serait cassé en tombant.

Devant le tribunal, au village, il y avait des pierres plates qui servaient de dallage. Mais qui pouvait donc avoir besoin d'un dallage large de soixante mètres? Et pour un trajet aussi long? Et pourquoi?

Le grand chemin n'avait pas été utilisé depuis longtemps. Si c'était bien un chemin. Il courait entre des buttes, les coupait parfois, franchissait des cours d'eau, quoique à ces endroits il parût irrégulier et cassé.

Pendant un moment, Jonnie avait été très excité, puis il s'était habitué au chemin et se concentrait à présent pour éviter que Fend-le-Vent ne trébuche dans les crevasses.

Quand il était petit, une famille du village avait eu une carriole à roues pour transporter le bois. On lui avait expliqué qu'autrefois, il y avait eu beaucoup de carrioles semblables, dont une qui était traînée par une jument. Pour sûr qu'une carriole devait bien rouler sur ce grand chemin d'herbe. Et aller vite et loin.

Comme l'après-midi s'avançait, il en vint à penser que le Grand Village était sans doute né de l'imagination débordante de ceux qui avaient visité la maison des dieux avant lui.

Et tout à coup il était là!

Mais était-ce bien le Grand Village?

Il lança Fend-le-Vent au trot sans plus se soucier des petites crevasses de la chaussée. La forme qu'il distinguait au loin ne parut pas se préciser pour autant. Il lui sembla même qu'elle s'éloignait de lui.

Il s'arrêta. C'était peut-être une illusion après tout. Mais non. Les silhouettes étaient nettes, bien droites, plates au sommet. Et il y en avait un très grand nombre.

Ce n'était pas des montagnes ou des collines. Il n'y avait que des bâtiments pour être aussi réguliers.

Il reprit son chemin, plus calmement, se rappelant tout à coup qu'il fallait être prudent.

Après un temps, il vit qu'il se rapprochait.

Mais le soleil allait se coucher et il n'était pas encore arrivé. La perspective de pénétrer dans ce lieu à la nuit tombée n'avait rien de rassurant. Qui sait ce qu'il pourrait y trouver? Des fantômes? Des dieux? Des gens?

Des monstres? Ah, non! Pas des monstres. Ce n'était que des histoires inventées par les mères pour faire peur aux petits enfants.

Il franchit un ruisseau et s'arrêta pour installer son camp. Il fit réchauffer un peu de porc rôti et se servit de la chose tranchante et brillante pour découper la viande.

Incroyable! songea-t-il. Rien ne coupe aussi bien. Avec ça, la vie serait un vrai plaisir. Il fallait prendre garde à ne pas se blesser. Deux fois déjà, il s'était légèrement coupé. Il était peut-être possible de recouvrir le tranchant de bois, ou de fixer une poignée. Là, ce serait un outil vraiment précieux.

Après avoir fini son repas, il attisa le feu afin d'éloigner les loups. Il y en avait deux qui le guettaient non loin de là. Ils semblaient affamés et il distinguait leurs yeux d'ambre dans le reflet des flammes.

– Partez! cria Jonnie. Sinon je vais m'offrir votre peau. Mais les loups restèrent immobiles à le regarder.

Fend-le-Vent et le cheval de bât restaient à proximité du feu. Les loups les rendaient nerveux. Alors Jonnie alla ramasser deux cailloux gros comme le poing dans le lit du ruisseau.

Il n'avait pas envie de chasser le loup mais ses chevaux devaient paître.

Il lança un os de porc en direction des loups, à quelques mètres à peine du feu.

Il vit les deux grandes choses s'élancer. Le premier loup plongea sur l'os avec un grognement. L'espace d'un instant, toute son attention fut concentrée sur l'os.

Jonnie eut un geste rapide. Le loup qui se trouvait le plus loin du feu reçut le caillou droit entre les deux yeux.

Jonnie lança le deuxième caillou. Le loup qui était le plus près ne parvint pas à bondir à temps et il mourut à son tour.

– Alors il faut que je fasse tout le travail? lança Jonnie à Fend-le-Vent. Puis il alla jusqu'au premier loup qu'il avait abattu et traîna sa dépouille jusqu'au feu. Il fit de même pour l'autre. Ni l'un ni l'autre n'avait un pelage qui valût la peine de le dépecer. Ce n'était pas la bonne saison et, de plus, ils avaient été en proie aux tiques.

– Allez, mangez, dit Jonnie à ses deux montures.

Puis il relança le feu, au cas où les deux loups auraient eu des amis à proximité. Ensuite, il s'enveloppa dans ses peaux. Demain serait un jour important.

11

Avec prudence, Jonnie s'approchait du Grand-Village.

Il s'était levé avant la première lueur de l'aube. Dans la clarté jaune du jour, il s'était retrouvé aux limites du Grand Village, nerveux, vigilant, s'arrêtant fréquemment pour observer l'étrange paysage.

Le sable recouvrait tout. Il y avait de l'herbe et même de la broussaille dans les larges chemins qui séparaient les bâtiments.

Jonnie sursautait chaque fois qu'un rat ou un lapin surgissait, dérangé par son approche. Dans le silence, même le bruit des sabots, pourtant étouffé par l'herbe et le sable, semblait énorme.

Jonnie n'avait encore jamais entendu d'écho. Le retour des sons l'inquiéta beaucoup. Durant un moment, il se dit qu'il devait y avoir un autre cheval à proximité. Mais il finit par comprendre.

Il prit deux de ses bâtons-à-tuer et les cogna l'un contre l'autre. Il entendit le même bruit répété, comme une moquerie. Il attendit un instant mais cela ne se répéta pas. Alors, il frappa de nouveau et le son lui revint. Il décida que rien ne se passait s'il ne faisait rien le premier.

Il regarda autour de lui. A droite comme à gauche se dressaient des bâtiments. Ils étaient vraiment très hauts, creusés par le vent, décolorés par les siècles, mais ils étaient toujours debout, imposant, solides, stupéfiants. Qui avait donc pu construire de telles choses? Les dieux, peut-être?...

Il évalua du regard la taille des blocs de pierre. Nul homme n'aurait pu en soulever un tout seul.

Il arrêta sa monture au milieu de ce qui avait dû être le chemin principal du Grand Village. Il fronça les sourcils, essayant de deviner comment l'on avait pu édifier un tel site. Combien d'hommes cela avait-il exigé? Et comment avaient-ils pu porter les blocs à de telles hauteurs?

Il se concentra. Peu à peu, il en vint à concevoir qu'il était possible d'édifier un escalier de poutres. Si des hommes, suffisamment nombreux, passaient des cordes autour d'un bloc de pierre, ils pourraient le monter jusqu'en haut. Une fois le travail fini, il leur suffirait d'ôter l'escalier. Merveilleux, étourdissant, et dangereux. Mais c'était possible.

Ainsi satisfait et soulagé d'avoir découvert que cet endroit n'avait pas été créé par des monstres ou des dieux, Jonnie reprit son exploration.

Il se demanda quelle était cette bizarre espèce d'arbre qui poussait au bord du chemin.

Descendant de monture, il s'approcha d'une souche. Elle était dure, ébréchée. L'arbre avait été creux et il était profondément enfoncé dans la roche à l'apparence étrange. Ce n'était pas du bois. C'était un métal rougeâtre mais, lorsqu'on grattait la rouille, il était noir en dessous. Il explora du regard le grand chemin entre les bâtiments. Oui, ces choses avaient été à des emplacements précis. Il était incapable de deviner à quoi elles avaient pu servir, mais il était évident qu'elles avaient été mises en place, tout comme les bâtiments.

Les fenêtres, innombrables, paraissaient l'épier.

Le soleil s'était levé et éclairait les façades. Çà et là, il remarqua de grandes surfaces recouvertes de cette matière brillante dont il avait récupéré des fragments sur la fenêtre du monticule, là-bas dans la plaine. Elle n'était pas vraiment transparente, mais plutôt blanche ou teintée de bleu comme les yeux des anciens lorsqu'ils étaient atteints de cataracte. En certains endroits, ces plaques brillantes étaient encore intactes. Il prit conscience que ce devait être une sorte de revêtement destiné à protéger du froid ou de la chaleur, mais qui laissait cependant pénétrer la lumière. Les gens du village utilisaient parfois pour cela le tissu de l'estomac de certains animaux. Mais ceux qui avaient construit le Grand Village avaient disposé d'une certaine espèce de rocher ou de matière dure en feuilles. A n'en pas douter, ils avaient été infiniment habiles.

Il découvrit à quelque distance un seuil béant. Les portes écroulées étaient à demi enfouies dans le sable.

L'intérieur était obscur.

Il fit avancer sa monture au-delà du seuil. Il tenta de percer la pénombre du regard. Il était entouré de débris méconnaissables. Mais il y avait aussi une série de plates-formes hautes d'un mètre, faites d'une pierre blanche magnifique, veinée de bleu.

Il se pencha et examina les murs au-delà. Il vit des portes massives, très massives, dont l'une était béante et deux autres simplement entrouvertes. Une grande roue de métal brillant était fixée sur chacune d'elles.

Jonnie amena sa monture derrière les plates-formes et se laissa glisser à terre. Prudemment, il s'approcha de la niche ouverte.

Il découvrit des rayons et, sur ces rayons, entre des lambeaux de tissu qui avaient dû être des sacs, il vit des amoncellements de disques. Certains étaient ternes et gris, près de tomber en poussière. Mais il y avait aussi un petit tas de disques d'un jaune brillant.

Jonnie en prit un. Il avait bien deux ongles de pouce de large et il était incroyablement lourd. Il le fit tourner entre ses doigts et écarquilla les yeux.

C'était le même oiseau! Avec des flèches dans ses serres. Fiévreusement, il ramassa d'autres disques dans les autres piles. La plupart portaient la même image d'oiseau. Avec le visage d'un homme, de plusieurs hommes différents, en fait, sur l'autre face.

Le visage d'un homme!

Et il y avait aussi quelques visages de femmes.

Ce n'était pas le symbole des dieux. Mais des hommes.

L'oiseau aux flèches appartenait à *l'homme!*

En réalisant cela, il se sentit étourdi. Durant un instant, il dut s'appuyer contre la paroi. Sa tête bourdonnait d'idées nouvelles.

Les portes de cette niche avaient été construites par l'homme. De même que le Grand Village. Et les portes de la tombe, dans les montagnes, avaient été faites d'un matériau similaire, même si elles étaient considérablement plus grandes.

Ce n'était pas la tombe des dieux. Et le monticule dans la plaine, lui aussi, avait été fait par l'homme.

Autrefois, l'homme avait construit toutes ces choses : il en avait désormais la certitude.

Il avait fallu de nombreux hommes pour construire ce Grand Village. Donc, les hommes avaient dû être très nombreux à une certaine époque.

Il guida Fend-le-Vent vers l'extérieur, l'esprit brumeux. Les idées et les valeurs avec lesquelles il avait grandi venaient d'être gravement perturbées et il lui faudrait un certain temps pour s'habituer à ce qu'il venait d'apprendre. Quelles légendes étaient vraies? Quelles légendes étaient fausses?

Le Grand Village était une de ces légendes, et il s'y trouvait à présent. Il était évident que c'était l'homme qui l'avait conçu, que des hommes y avaient vécu en des temps oubliés.

Peut-être la légende qui disait que Dieu s'était mis en colère contre l'homme et l'avait balayé de la surface de la terre était-elle vraie? Mais peut-être pas. Peut-être n'y avait-il eu qu'une grande tempête.

Il examina plus attentivement les bâtiments et les chemins qui couraient entre eux. S'il y avait eu un orage ou une tempête, il n'en distinguait pas la moindre trace. Les bâtiments étaient toujours debout et beaucoup avaient encore cet étrange revêtement brillant sur leurs fenêtres. Bien sûr, il n'apercevait nulle part des squelettes, mais, avec le temps, les ossements avaient dû disparaître.

C'est alors qu'il découvrit une structure dont les portes étaient fermées et dont les fenêtres étaient recouvertes de feuilles de métal. En s'approchant, il vit que les portes étaient maintenues par une lourde attache de métal. Il descendit de cheval pour aller l'examiner de près.

Elle n'était certainement pas aussi vieille que le Grand Village : elle ne portait pas la moindre trace de ternissure. Elle était ancienne, mais pas aussi ancienne que les bâtiments alentour.

Quelqu'un ou quelque chose avait repoussé le sable accumulé devant les portes. Depuis, l'herbe avait repoussé mais il était visible que le sàble avait été dérangé.

Jonnie fronça les sourcils. Ce bâtiment n'était pas comme les autres. Il était assez bien conservé. Quelqu'un avait placé des feuilles de métal sur les fenêtres, un métal bien différent de celui qu'on trouvait ailleurs dans la cité, car il ne montrait aucune trace de corrosion.

Oui, quelqu'un avait réservé à ce bâtiment un traitement tout spécial.

Il recula afin d'avoir une vision d'ensemble. Oui, ce bâtiment ne ressemblait à aucun autre. Il avait beaucoup moins de fenêtres. Il était tout d'un bloc.

Avec son instinct de vieux pisteur, Jonnie évalua les différences de temps perceptibles. Longtemps, bien longtemps après que le Grand Village eut été abandonné, quelqu'un était venu ici, quelqu'un avait tracé un chemin dans le sable, quelqu'un avait pénétré dans le bâtiment avant de refermer soigneusement les portes. Et tout cela s'était passé bien des années auparavant.

Avec curiosité, il examina la façade. L'une des plaques de métal qui recouvraient les fenêtres était presque détachée. Elle était située plus haut que sa tête. Il se mit debout sur son cheval pour essayer de la déloger. Elle céda un peu. Encouragé, il inséra la poignée de son bâton-à-tuer dans l'interstice. Avec un gémissement de protestation, la feuille de métal tomba et Fend-le-Vent, apeuré, s'écarta.

Jonnie demeura suspendu au rebord, les pieds pendant dans le vide.

Il réussit à se hisser. La plaque de matière transparente était toujours en place. Il prit son bâton et frappa.

Le claquement puis le tintement de la chose quand elle se brisa furent un véritable fracas dans le silence.

Jonnie était maintenant averti du pouvoir coupant de cette matière, aussi se maintint-il d'une main sur le rebord tout en balayant les fragments avec son bâton.

Puis il entra.

L'endroit était si sombre qu'il lui fallut un certain temps pour accommoder son regard. Une faible clarté filtrait par quelques fentes dans les autres fenêtres. Quand il y vit suffisamment, il se laissa glisser avec précaution jusqu'au sol. Il libéra ainsi la fenêtre et il distingua tout plus clairement.

La poussière et le sable recouvraient tout. Il vit des tables, des tables, et encore des tables, des chaises, des chaises et encore des chaises, toutes disposées en rangées régulières. Mais ce n'était pas cela le plus intéressant.

Tous les murs, à quelques rares exceptions près, étaient recouverts de rayonnages. Certains s'avançaient loin à l'intérieur de la pièce. Quelqu'un avait disposé sur eux un revêtement au travers duquel on pouvait voir. Et, sur chaque rayon, il semblait y avoir quelque chose.

Jonnie s'approcha prudemment. Il ôta doucement les attaches du revêtement et regarda.

Il vit des rectangles épais, bizarres. Il y en avait des rangées et des rangées. Tout d'abord, il crut qu'ils ne faisaient qu'une seule pièce, puis il s'aperçut qu'il pouvait prendre l'un ou l'autre indifféremment.

Le premier faillit se briser en fragments entre ses doigts! Un instant, il jongla maladroitement pour rassembler les morceaux et y parvint.

Quel objet bizarre! C'était une boîte qui n'en était pas vraiment une. Les deux couvercles s'écartaient. A l'intérieur, il y avait des plaques très minces, très nombreuses, avec des marques minuscules et noires, disposées en rangs. Quelle chose étrange! Et tellement compliquée!

Il reposa la première sur le rayon et en prit une deuxième, plus petite, qui s'ouvrit aussi entre ses doigts.

Jonnie se retrouva en train d'examiner une *image*.

Elle n'avait pas de profondeur. Elle lui parut en avoir tout d'abord mais son doigt lui apprit que la surface était plane. L'objet qu'il contemplait était un grand cercle rouge, plus gros qu'une fraise, mais bien plus lisse, avec une tige. Et, à côté, il y avait une tente noire avec un croisillon au milieu.

Il tourna la plaque. Il vit l'image d'une abeille. Jamais il n'y avait eu d'abeille aussi grosse, mais il n'y avait pas le moindre doute : c'était bien une abeille. À nouveau, il promena le doigt sur l'image pour s'assurer qu'elle n'avait pas de relief. A côté de l'abeille, il y avait une chose noire avec deux renflements identiques *.

Une autre page. Un chat – un petit chat, il est vrai, mais un chat néanmoins. Et, à côté, un signe courbe et noir, pareil à une demi-lune.

Sur la plaque suivante, il y avait l'image d'un daim. Avec un piquet noir qui n'avait qu'un seul renflement.

Jonnie fut soudain pris d'un tremblement. Il retint son souffle. Puis il reprit le premier rectangle et l'ouvrit à nouveau. Oui, c'était bien la même tente noire. Et il y avait aussi la marque noire pour l'abeille.

Il serra les deux rectangles entre ses mains, pris d'un étourdissement. Puis il les regarda une fois encore.

Cela signifiait quelque chose. Des abeilles? Des chats? Des daims? Des tentes noires, des piquets, des nouvelles lunes?...

Toutes ces choses avaient un sens!

Mais lequel? A propos des animaux? Du temps?

Il tirerait cela au clair plus tard. Il fourra les deux rectangles dans sa besace. Tout ce qui se rapportait aux animaux ou au temps avait de la valeur.

Oui, ces rectangles signifiaient quelque chose. Et cette seule idée faisait naître des étincelles sous son crâne.

Il remit en place le revêtement transparent, regagna

---

* L'alphabet illustré que découvre Jonnie est, bien entendu, un alphabet anglais. Le « A » est représenté par « apple », pomme, et le « B » par « bee », abeille. (N.d.T.)

la fenêtre, essaya tant bien que mal de remettre en place la feuille de métal, puis siffla Fend-le-Vent et sauta sur son dos.

Il promena longuement son regard autour de lui. Qui pouvait dire combien de choses infiniment précieuses se trouvaient là, dans le Grand Village? Il était tout à coup surexcité. Il avait le sentiment d'être riche.

Les siens n'avaient plus aucune raison de se terrer dans les montagnes. Ici, ils avaient des abris, beaucoup d'abris! Et le bois pour le feu ne manquait pas dans les rues. Ils auraient toute la place qu'ils voudraient!

Et puis, maintenant qu'il y pensait, il devait s'avouer que jamais encore il ne s'était senti aussi bien. Bien physiquement.

Et il ne lui avait pas fallu un an, mais à peine quelques jours.

Il prit la bride de son cheval de bât et lança Fend-le-Vent au trot le long des larges chemins, vers la partie est du Grand Village.

Tandis que ses yeux dévoraient tout ce qu'ils voyaient, son esprit était occupé à imaginer une vaste migration depuis les montagnes jusqu'à cet endroit. Que devrait-il ramener pour leur fournir des preuves? Qu'allait-il dire à Staffor? Et comment pourraient-ils transporter tous leurs biens?... Peut-être en construisant une carriole? Mais il y en avait peut-être dans le Grand Village. Il lui suffirait de capturer quelques chevaux. Ces tas de poussière rouge qu'il voyait de temps en temps sur le bord des grands chemins de la cité étaient peut-être les restes d'une espèce de véhicule. Mais il était difficile d'imaginer la forme qu'il avait pu avoir. Il avait cru discerner des roues. Des feuilles de roc translucide aussi. Ce n'était pas des chevaux qui avaient traîné ces véhicules. Non, probablement pas... Jonnie se mit alors à les examiner avec plus d'attention.

C'est alors qu'il aperçut l'insecte.

Il faisait grand jour à présent. Et il ne pouvait pas se tromper.

La chose était étrangère.

Ce devait certainement être un insecte. Seuls les cafards avaient cette apparence. Ou les scarabées. Non... les cafards.

Mais il n'existait pas de cafards aussi gros. Il n'existait pas de cafards longs de neuf mètres, larges de quatre mètres et hauts de plus de trois mètres.

Et d'un brun affreux. Et lisse.

Jonnie avait arrêté Fend-le-Vent et le cheval de bât s'était collé derrière lui. La chose étrangère était accroupie au milieu du chemin. Elle paraissait avoir deux yeux fendus. Dans toutes les montagnes et les plaines, jamais Jonnie n'avait rien vu de semblable. Et dans le centre du Grand Village non plus. C'était neuf, lisse, brillant, avec une très fine couche de poussière.

Il sentait que c'était vivant. Quelque chose le lui disait. Oui, c'était vivant. Ce n'était pas du métal inanimé. Il comprit alors pourquoi il avait cette certitude.

Il discernait un léger balancement. Derrière les fentes des yeux, quelque chose bougeait.

Sans le moindre mouvement brusque, il fit faire demi-tour à Fend-le-Vent, tira le cheval de bât par la bride et commença à battre en retraite. Il avait remarqué que tous les chemins du Grand Village se coupaient à angle droit et qu'on pouvait ainsi contourner les bâtiments pour revenir à la même place.

Il savait qu'il se retrouverait en terrain découvert pas très loin vers l'est. Il lui suffisait de prendre un chemin de côté et de faire le tour des bâtiments pour retrouver les plaines. Si la chose le suivait, il pourrait toujours la distancer. Du moins il l'espérait.

Il y eut un grondement déchirant!

Jonnie se retourna, terrifié. La chose s'était élevée à un mètre au-dessus du sol dans un jaillissement de poussière et commençait à avancer. Elle était vivante!

Il lança Fend-le-Vent au galop. Il franchit un angle

de rue, puis un autre. La chose le suivait. Elle n'était plus qu'à deux rues de distance.

Il fit tourner sa monture dans un chemin perpendiculaire tout en tirant sur la bride du cheval de bât. Au carrefour suivant, il tourna à nouveau. Droit devant lui, il vit deux grands bâtiments. S'il continuait, il serait bientôt en terrain découvert, dans la plaine. Il y arriverait.

Brusquement, il vit une nappe de flammes. Le bâtiment de droite, devant lui, explosa. Son sommet se brisa et, lentement, s'écroula dans la rue, lui bloquant le passage.

Pris dans le nuage de poussière, Jonnie tira sur la bride de son cheval.

Il percevait le grondement de la chose derrière les décombres. Il tendit l'oreille en retenant son souffle. Oui, le grondement se déplaçait. Il allait vers la droite.

Il écouta pour suivre son déplacement. Maintenant, la chose descendait la rue suivante. Elle était à présent à son niveau. Puis derrière lui.

Apparemment, la chose avait décidé de lui bloquer le passage puis de lui couper la retraite.

Il était pris au piège.

Il contempla l'amas de décombres fumants, à quelques mètres devant lui. C'était une barricade de près de six mètres de haut.

Mais il n'éprouvait plus de panique, à présent. Il sentait les battements de son cœur ralentir. La seule chose à faire était d'attendre que le monstre se montre immédiatement derrière lui. A ce moment-là, il franchirait la barricade. Il fit reculer Fend-le-Vent afin qu'il puisse prendre de l'élan.

Il entendit le grondement de la chose derrière lui. Elle abordait le tournant. Il se retourna. Elle arrivait. Des jets de fumée sortaient de ses narines.

Il enfonça ses talons dans les flancs de Fend-le-Vent tout en serrant la bride du cheval de bât.

Puis il cria : « Hue ! »

Les chevaux se mirent à galoper droit sur la redoutable barricade de parpaings et de gravats.

Ils l'escaladèrent dans un ruissellement de débris. Jonnie se demanda si leurs jambes tiendraient le choc.

Ils la franchirent. Au sommet de l'obstacle, Jonnie jeta un bref regard derrière lui : la chose venait d'atteindre le bas de la barricade.

Les chevaux continuèrent au galop dans un jaillissement de poussière et de débris.

Ils ne ralentirent pas en atteignant le niveau de la rue.

Les hauts murs résonnaient du fracas de leurs sabots. Jonnie suivait une rue après l'autre, se rapprochant régulièrement de la plaine.

Il n'entendait plus le grondement de la chose derrière lui. Rien que le martèlement puissant des sabots des chevaux.

Toujours plus loin. Les bâtiments étaient maintenant plus espacés. Il entrevit la plaine sur sa droite, entre deux structures, dévala un talus et fila vers la liberté.

Il ne ralentit que lorsque les bâtiments furent derrière lui.

Fend-le-Vent et son cheval de bât étaient haletants. Il les mit au pas jusqu'à ce qu'ils aient repris leur souffle. Sans cesse, il explorait du regard les alentours de la cité.

Il entendit le grondement et épia l'apparition de la chose.

Elle arrivait !

Il glissa entre deux bâtiments et fonça droit sur lui.

Il lança ses montures au trot.

La chose se rapprochait.

Il se mit au galop.

Non seulement la chose le rejoignit mais elle essayait de le dépasser.

Il tourna à angle droit.

La chose vira, le dépassa, prit quelques mètres d'avance, fit demi-tour et lui bloqua le passage.

Jonnie s'arrêta. La chose était devant lui, grondante, scintillante, affreuse.

Il fit demi-tour et tenta de fuir.

Dans un vrombissement terrible, la chose le frôla et se mit une fois encore en travers de sa route.

Jonnie s'arrêta une fois encore, les traits roidis par la détermination.

Il saisit le plus grand de ses bâtons-à-tuer.

Il ajusta solidement la lanière à son poignet. Puis il

libéra le cheval de bât. Mettant Fend-le-Vent au pas, il s'avança droit sur la chose qui ne bougeait plus. Il fit halte à une trentaine de mètres. Elle ne bougeait toujours pas. Il repéra soigneusement la position d'un de ses yeux fendus.

Il fit tournoyer son bâton-à-tuer qui se mit à siffler.

Et lança Fend-le-Vent droit sur la chose.

Le bâton s'abattit en plein sur l'œil de la chose, la vitesse du cheval s'ajoutant au coup.

Il y eut un bruit assourdissant.

Jonnie ralentit, puis s'arrêta. La chose n'avait pas bougé.

Il revint au trot à sa position initiale, à une trentaine de mètres de distance. Il se retourna et se prépara à une seconde charge.

Le cheval de bât vint se ranger derrière lui, à sa place habituelle. Jonnie lui jeta un coup d'œil puis regarda à nouveau la chose. Il estima la distance pour frapper l'autre œil.

Il lança Fend-le-Vent.

Et une grande tache jaune jaillit d'entre les yeux du monstre. Il eut l'impression que tous les vents du Grand Pic soufflant en même temps venaient de le frapper.

Fend-le-Vent fut cueilli de plein fouet. Cheval et cavalier volèrent dans les airs. Avant de s'abattre brutalement sur le sol.

13

Terl ne savait pas ce qu'il regardait.

Il avait garé l'engin dans les faubourgs. Il avait la vieille carte chinko de l'ancienne cité, mais il ne l'avait même pas consultée.

Après quelques rasades de kerbango, il avait trouvé le sommeil. Il avait l'intention de se réveiller à l'aube, de traverser la ville et de se diriger droit sur les montagnes. C'était déraisonnable, voire dangereux, de progresser de nuit.

Avant qu'il ne se réveille, la cabine était devenue chaude sous le soleil du matin. Et, à présent, il regardait une chose étrange dans la rue, devant lui. C'était peut-être le bruit des sabots qui l'avait éveillé.

Il ne savait pas ce que c'était. Il avait déjà vu des chevaux – ils tombaient souvent dans les puits de mine. Mais jamais un cheval à deux têtes.

Oui : deux têtes. Une devant et l'autre au milieu du corps.

Et il y avait un deuxième animal presque semblable qui suivait derrière. Mais celui-là avait un autre corps au milieu, comme si la deuxième tête était baissée, hors de vue.

Les os-paupières de Terl battirent d'étonnement. Il se pencha pour observer plus attentivement les choses à travers le pare-brise blindé.

Les deux bêtes avaient fait demi-tour et s'éloignaient, aussi Terl se mit-il à les suivre.

Il lui apparut aussitôt que les bêtes avaient compris qu'il les suivait. Il consulta rapidement la carte de la ville : il pouvait contourner très vite quelques immeubles et leur couper la retraite.

Au lieu de ça, ce furent les bêtes qui tournèrent.

Terl s'aperçut qu'elles s'étaient engagées dans une voie sans issue. Il savait qu'elles devraient faire le tour d'un bloc et c'était une affaire élémentaire de les coincer.

Il regarda une nouvelle fois la carte et repéra les bâtiments qui lui permettraient de dresser une barricade sur la route des chevaux.

La puissance de feu du Mark II était limitée, mais elle serait bien suffisante pour ce qu'il avait en tête.

Il régla le levier de force d'une patte inexpérimentée et fit pivoter le tank. Puis il appuya sur le bouton de tir.

L'explosion qui se produisit eut un résultat extrêmement satisfaisant. Un bâtiment tout entier s'effondra pour se transformer en une barricade de décombres.

Il lança le tank à pleine vitesse et dévala la rue. Puis il tourna et il les vit, droit devant. Ils étaient pris au piège !

L'instant d'après, la bouche béante de surprise, il vit les bêtes escalader la barricade encore fumante et disparaître.

Il demeura immobile une minute ou deux. Est-ce que cela avait un rapport quelconque avec ce qu'il avait entrepris?

Les bêtes l'intriguaient, mais elles n'avaient rien à voir avec ses plans.

Oh, et puis après tout, il avait du temps devant lui. Et la chasse, c'était la chasse. Il appuya sur un bouton pour lancer une capsule-antenne réglée afin de planer à cent mètres d'altitude, puis alluma l'écran d'observation.

Aucun doute : c'était bien les bêtes! Elles couraient en zigzaguant entre les blocs d'immeubles. Tout en grignotant un petit breakfast, il les observa. Une petite gorgée de kerbango, et il relança l'engin. En poursuivant l'image que montrait l'écran il se retrouva bientôt en terrain découvert, avec sa proie droit devant.

Il vint se placer devant, bloquant le passage. Les bêtes, une fois encore, firent demi-tour. Il répéta sa manœuvre.

Qu'étaient-elles donc exactement? Le deuxième cheval avait encore la tête baissée, mais celui qui galopait en avant avait bel et bien deux têtes. Aucun doute. Terl décida de ne pas en parler dans la salle de récréation. On se moquerait de lui.

Avec curiosité, il vit la bête qui venait en tête s'arrêter brusquement, prendre un bâton à sa ceinture, et foncer sur lui. Et sa curiosité se changea en stupéfaction. La chose s'apprêtait à l'attaquer! Incroyable!

Le bâton s'abattit sur le pare-brise avec un fracas assourdissant. Ses os-tympans résonnèrent. Mais il y avait plus grave.

Presque aussitôt, l'atmosphère de la cabine s'était mise à grésiller.

Terl fut pris d'un étourdissement. Des lumières jaillirent sous son crâne. L'air! L'air envahissait la cabine!

Ce vieux Mark II avait connu des jours meilleurs. Le prétendu pare-brise blindé avait cédé dans sa monture. Terl était stupéfait. La garniture de côté avait sauté!

Il éprouva un début de panique. Puis son regard tomba sur les instructions relatives au port obligatoire du masque. Fébrilement, il prit le masque et le réservoir d'atmosphère sur le siège du mitrailleur. Il mit le masque en place et ouvrit la valve. Il inspira profondément et son malaise se dissipa. Il prit trois longues bouffées pour chasser l'air toxique de ses poumons.

Il reporta son attention sur l'étrange bête. Elle se préparait à une nouvelle charge! Il porta les pattes sur le contrôle de tir. Il ne voulait pas que le souffle de l'explosion détruise définitivement le pare-brise et il plaça le levier sur « paralyseur » en espérant que ça suffirait.

La bête commençait à courir. Terl appuya sur le bouton de tir.

Ce fut bien suffisant. Les ions éclatèrent en grésillant et les deux bêtes furent soulevées de terre et projetées en arrière.

Terl les observa intensément afin de s'assurer qu'elles demeuraient bien immobiles là où elles étaient tombées. Parfait! Elles ne bougeaient plus du tout.

Il se détendit et soupira sous son masque. Puis il se redressa brusquement, surpris une fois encore. A l'instant où il avait abattu les bêtes, il avait pensé avoir affaire à deux animaux à quatre jambes. Mais elles s'étaient séparées en heurtant le sol!

Il ouvrit une porte et se glissa à l'extérieur. Avant de se diriger vers les bêtes abattues, il vérifia que son arme était bien à sa ceinture.

Devant lui, il y avait trois bêtes à présent, quatre peut-être.

C'était si compliqué!

Il secoua la tête pour tenter d'éclaircir ses idées. Les effets de l'air qu'il avait respiré ne se dissipaient pas suffisamment vite : il y avait encore de petites étincelles qui dansaient devant ses yeux.

Il se pencha sur la première bête, la plus éloignée, en écartant l'herbe haute. C'était bien un cheval. Il avait déjà vu de nombreux chevaux car ils abondaient dans les plaines. Mais celui-là avait un ballot attaché sur le dos. Mais oui, c'était aussi simple que ça. Le ballot s'était défait dans la chute. Il lui donna un coup de pied. Ce n'était rien de vivant. Il n'y avait là que quelques peaux d'animaux et des objets épars dont il ne pouvait deviner l'utilité.

Il rebroussa chemin à travers l'herbe dense, en direction du tank.

L'autre animal était également un cheval. Et là-bas, sur la droite...

Terl s'approcha, écarta les herbes. Par la nébuleuse d'or! Quelle veine! C'était un *homme*.

Il retourna le corps. Il était si petit! Il n'avait des poils que sur le visage et la tête. Sa peau était blanche, vaguement brunie. Il avait deux bras et deux jambes.

Terl refusait d'admettre que la description de Char correspondait à peu près. Elle était presque parfaite et cela le hérissait.

La poitrine palpitait – très faiblement, certes – mais la chose était encore vivante. Il songea que la chance était avec lui. Il avait réussi son expédition sans même atteindre les montagnes.

Il tendit la patte, saisit la chose-homme et la souleva, puis regagna le tank. Il jeta sa prise sur le siège du mitrailleur.

Puis il entreprit de réparer la garniture du pare-brise avec un peu de permastick. Tout un côté du panneau de verre avait été desserti. Aucune fêlure n'était visible mais l'impact avait été violent. Il regarda la chétive créature au fond du siège. Non, impossible! La chose-homme avait eu un coup de chance. Le tank était trop vieux, voilà tout. Et les garnitures du pare-brise étaient défectueuses.

Oui, l'engin était presque une épave. Il trouverait bien quelque chose à propos de Zzt, une histoire de pièces détachées, de mauvaises réparations... Il examina toutes les garnitures et les joints des portes et de l'autre pare-brise. Tout était usé mais tenait encore. Après tout, il ne comptait pas aller sous l'eau et il n'affronterait sûrement pas d'autres attaques comme celle-là.

Il se dressa sur son siège pour observer l'horizon. Il ne vit rien. Pas la moindre trace d'autres bêtes.

Il rabattit le capot et s'installa aux commandes. Il régla la compression et ressentit un sentiment de soulagement en entendant le sifflement de l'air chassé de la cabine et le gargouillement de l'atmosphère respirable soudain libérée.

Il faisait de plus en plus chaud et son masque était visqueux de sueur, moins supportable que jamais. Il aurait tant donné pour un monde à l'air respirable, avec une pesanteur normale, une végétation violette.

La chose-homme fut brusquement prise de convulsions.

Terl se rejeta en arrière, effrayé. L'homme était devenu bleu et tremblait spasmodiquement. Il n'avait certainement pas besoin d'une bête déchaînée dans la cabine!

Il remit en hâte son masque, inversa la compression et ouvrit précipitamment la porte. D'un coup de patte, il poussa l'homme au-dehors et il tomba dans l'herbe.

Terl l'observa un moment avec inquiétude. Il avait peur tout à coup que ses plans n'échouent. La chose avait été plus gravement atteinte qu'il ne l'avait pensé. Au diable! Ces choses étaient tellement faibles.

Il rouvrit le capot et regarda l'un des chevaux.

Il vit que ses flancs se soulevaient régulièrement. La bête respirait sans la moindre convulsion. Elle était même en train de se remettre du choc. Mais un cheval est un cheval et un homme pouvait très bien...

Brusquement, il comprit. La chose-homme ne pouvait respirer l'atmosphère de la cabine. Elle était à présent moins bleue et les convulsions avaient cessé. Elle respirait la bouche ouverte, la poitrine palpitante.

Cela posait un problème à Terl. Il n'avait pas la moindre envie de retourner à l'exploitation avec son masque facial.

Il descendit du tank et alla jusqu'au deuxième cheval. Lui aussi se remettait du choc. Le contenu du ballot s'était répandu à proximité. Terl chercha un instant jusqu'à ce qu'il ait trouvé quelques lanières.

Il retourna au tank et installa l'homme sur le haut de l'habitacle. Il lui écarta les bras et confectionna un lien suffisamment long en nouant bout à bout les lanières. Il attacha l'homme par un poignet, passa la corde sous le tank, grognant légèrement sous l'effort qu'il dut faire pour soulever un peu l'engin, et noua l'extrémité à l'autre poignet. Puis il vérifia soigneusement les nœuds, secouant l'homme pour s'assurer qu'il ne risquait pas de tomber.

Parfait. Il ramassa le contenu du ballot, le jeta sur le siège du mitrailleur et referma le capot avant d'ouvrir à nouveau la compression.

Le premier cheval essaya de se remettre sur ses jambes. Il ne souffrait que de quelques ecchymoses à la suite du coup de paralyseur et semblait reprendre rapidement des forces, ce qui signifiait sans doute que la chose-homme se remettrait à son tour.

Un sourire dilata les mâchoires de Terl : tout semblait bien se passer, somme toute.

Il démarra le tank et fit demi-tour en direction de l'exploitation minière.

DEUXIÈME PARTIE

1

Terl était tout efficience : de vastes plans bouillonnaient sous son crâne caverneux.

Les anciens Chinkos avaient créé une espèce de zoo hors du dôme et, bien qu'ils eussent disparu depuis très longtemps, les cages étaient encore là.

L'une d'elles en particulier convenait parfaitement. Le sol était sale mais il y avait un bassin en ciment et elle était enveloppée dans un filet de câbles épais. Elle avait abrité des ours que les Chinkos avaient prétendu étudier. Les ours étaient morts après quelque temps, mais jamais ils ne s'étaient échappés.

Terl enferma sa prise dans la cage. Elle semblait à peine consciente et ne se remettait que lentement des effets du gaz. Terl regarda autour de lui. Il fallait prendre toutes les précautions et ne pas faire la moindre erreur.

La cage avait un verrou. Mais elle était à ciel ouvert car les ours n'étaient pas censés escalader des barreaux de dix mètres de haut.

Cependant, il n'était pas impossible que ce nouvel animal s'attaque à la porte. C'était improbable, mais le verrou ne valait rien.

Terl avait jeté les sacs à l'intérieur de la cage parce qu'il ne disposait d'aucun autre endroit. La corde qu'il avait confectionnée était posée sur les sacs et il décida qu'il serait plus prudent de ligoter sa prise. Il lui passa donc le lien autour du cou, fit un nœud simple, et noua l'extrémité à un barreau.

Il recula pour tout vérifier du regard. Satisfait, il

sortit et referma. Il faudrait qu'il change le verrou de la cage. Pour le moment, il devrait se satisfaire de celui qui était en place.

Il ramena le tank au garage et se rendit à son bureau.

Il n'y avait pas grand-chose à faire. Quelques circulaires, rien d'urgent. Terl expédia rapidement le travail et réfléchit. Quel triste endroit! Mais il rentrerait bientôt chez lui : il venait de mettre la machine en branle.

Il décida qu'il valait mieux aller s'assurer de l'état de la chose-homme. Il prit son masque, changea la cartouche et traversa les bureaux. Ils étaient plutôt déserts depuis quelques jours. Il n'y avait plus que trois secrétaires psychlos et elles lui accordaient peu d'intérêt.

En arrivant devant la cage, il s'arrêta, et ses os-paupières claquèrent.

La chose était près de la porte!

Avec un grognement, il entra dans la cage, souleva la créature et la remit à l'endroit où il l'avait attachée. Elle avait défait le nœud.

Terl la regarda. Apparemment, la chose-homme était terrifiée. Et pourquoi pas? Après tout, elle lui arrivait à peine à la ceinture et devait faire le dixième de son poids.

Terl remit le lien autour de son cou. Comme tous les employés de la mine, il avait la pratique des amarres et des câblages et connaissait tous les nœuds. Cette fois-ci, il fit un double nœud qui ne risquait pas d'être défait!

Rasséréné, il alla au garage, prit un tuyau et se mit à arroser le Mark II. Différents plans se formaient dans sa tête. Tous dépendaient de la chose-homme, là-bas dans sa cage.

Cédant à une brusque intuition, il alla jeter un coup d'œil à la cage. La chose s'était encore une fois libérée et se tenait devant la porte!

Terl se précipita à l'intérieur, furieux, ramena la chose-homme au fond de la cage et examina la corde. La créature avait bel et bien défait le double nœud.

Prestement, Terl noua encore une fois la corde autour du cou de la créature et fit un nœud d'amarre.

Elle le regardait en émettant de drôles de sons, comme si elle parlait.

Terl ressortit, verrouilla la porte et se retira. Mais il n'était pas chef de la sécurité pour rien : dissimulé derrière un bâtiment, il trouva un poste d'observation, abaissa la visière de son masque et la régla en longue focale.

Presque instantanément, la chose vint à bout du nœud compliqué !

Terl se rua vers la cage avant qu'elle n'ait atteint la porte, entra, la cueillit d'une patte et la rejeta tout au fond.

Il enroula la corde plusieurs fois autour de son cou et fit un nœud si complexe que seul un vétéran aurait pu en venir à bout.

Il retourna à sa cachette pour observer la créature.

Qu'allait donc faire la chose, maintenant qu'elle se croyait à nouveau seule ?

Elle porta la main à une sorte de besace fixée à sa ceinture. Elle en retira quelque chose de brillant et trancha la corde !

Terl retourna au garage et fouilla dans des outils abandonnés et autres rebuts jusqu'à ce qu'il trouve un morceau de flexicâble, une lampe à souder, une cartouche de gaz et une bande de métal.

A son retour, la chose était devant la porte une fois encore et tentait d'escalader les barreaux.

Terl ne laissa rien au hasard. Avec la bande de métal, il fabriqua un collier qu'il souda au cou de l'homme. Puis il souda l'extrémité du flexicâble au collier. Ensuite, il fixa un anneau au bout du flexicâble et l'arrima à un barreau, à neuf mètres au-dessus du sol de la cage.

Il recula. La chose grimaçait, luttant pour arracher de son cou le collier encore brûlant.

Désormais, elle se tiendra tranquille, se dit Terl.

Mais il n'avait pas encore fini. Il retourna à son bureau et régla deux caméras extérieures sur la longueur d'onde de son écran d'observation.

Il retourna à la cage, installa une caméra en haut, braquée vers le sol, et l'autre à quelque distance pour couvrir l'extérieur de la cage.

Maintenant, la chose montrait sa bouche en continuant d'émettre des sons. Qui pouvait savoir ce que cela signifiait?...

Terl pouvait enfin se détendre.

Ce soir-là, il demeura seul à l'écart dans la salle de récréation, sans répondre à aucune question, buvant tranquillement son kerbango avec une expression satisfaite.

2

Jonnie Goodboy Tyler regardait avec désespoir ses sacs, à l'autre bout de la cage.

Le soleil était brûlant.

Le collier le faisait souffrir.

Il avait la gorge desséchée et il avait faim.

Dans les sacs jetés devant la porte, il y avait une vessie de porc remplie d'eau. Et des restes de viande rôtie, si toutefois ils n'étaient pas encore gâtés. Et aussi des peaux qu'il pourrait utiliser pour s'abriter du soleil.

Immédiatement, il avait voulu s'enfuir.

La seule idée d'être enfermé dans une cage le rendait malade. Encore plus que le manque de nourriture et d'eau.

Il n'y comprenait rien. La dernière chose dont il se souvînt, c'était d'avoir chargé l'insecte et de s'être retrouvé projeté dans les airs. Puis il s'était réveillé ici. Non. Il s'était passé quelque chose entre-temps, après le premier choc.

Il avait commencé à revenir à lui. Il était étendu sur une surface lisse et douce. Il lui avait semblé être à l'intérieur de l'insecte. *Quelque chose de gigantesque* se trouvait à côté de lui. Puis il avait eu l'impression qu'il respirait du feu, les poumons brûlants, les nerfs à la torture, et il avait été pris de convulsions.

Un autre souvenir vague : il avait retrouvé des bribes de conscience durant quelques instants. Il lui avait semblé cette fois qu'il était attaché sur l'insecte qui fonçait à travers la plaine. Puis sa tête avait cogné contre la carapace de la chose et il s'était réveillé dans cette cage!

Il récapitula les événements. Il avait blessé l'insecte, mais sans gravité. Puis l'insecte l'avait avalé et recraché avant de l'emporter sur son dos jusqu'à son repaire.

Mais c'est le monstre qui avait été vraiment un choc.

C'était vrai, il le savait maintenant : il avait toujours été « trop malin ». Il avait douté de ses aînés. Il avait douté de l'existence du Grand Village, et pourtant il l'avait trouvé. Il avait douté des monstres et il en avait rencontré un.

Lorsqu'il avait repris conscience et qu'il l'avait vu devant lui, il avait senti sa tête vaciller. Il s'était appuyé de toutes ses forces contre les barreaux pour essayer de s'enfuir. Un monstre!

Il devait mesurer au moins trois mètres. Et il était large de plus d'un mètre. Deux jambes, deux bras. A la place du visage, il avait une chose luisante et un long tube qui allait du menton à la poitrine. Derrière la plaque brillante, il voyait deux yeux d'ambre à l'éclat ardent.

Le sol tremblait à l'approche du monstre. Combien pesait-il? Une demi-tonne? Plus peut-être. Ses énormes pieds bottés s'enfonçaient dans la terre.

Et il avait des pattes velues avec de longues griffes. Jonnie avait été certain qu'il allait le dévorer. Mais non. Il l'avait attaché comme un chien.

Le monstre avait des pouvoirs de perception étranges. Chaque fois que Jonnie avait tenté de se libérer et de sortir de la cage, le monstre était réapparu. Comme s'il était capable de le voir sans être là.

Il était impossible que les petites sphères aient quelque chose à voir avec ça. Le monstre était arrivé en les tenant dans ses pattes; on aurait dit des yeux détachables. Jonnie en voyait une qui brillait tout au sommet de la cage, dans un angle. L'autre était placée plus loin, près d'un bâtiment.

Mais le monstre l'avait surpris en train d'essayer de fuir avant d'avoir installé les yeux.

Quel était donc cet endroit? Il entendait une sorte de grondement permanent, pareil à celui de l'insecte. La seule idée qu'il pouvait y avoir d'autres insectes le glaçait.

Au milieu de la cage, il y avait un grand bassin de

pierre, profond de plus d'un mètre, avec des marches sur un côté et beaucoup de sable au fond. Une tombe? Un endroit pour rôtir la viande? Non, il ne voyait pas de cendres, ni de restes de brandons.

Ainsi, les monstres existaient. Sa tête arrivait à la hauteur de la boucle de ceinture de la créature. Une boucle de ceinture? Oui, une chose brillante qui maintenait la ceinture. Une pensée se fit jour en Jonnie : le monstre portait un *vêtement* par-dessus sa peau. C'était bel et bien un vêtement, comme ceux que l'on taillait dans les peaux. Un pantalon. Un manteau. Un col.

Le col était décoré. Et une espèce d'ustensile était fixé à la boucle de ceinture. Jonnie l'avait gravé dans son esprit : il y avait un dessin. On voyait le sol et de petits blocs carrés avec des piquets d'où semblaient sortir des nuages de fumée. Et il y avait des tourbillons de fumée en haut de l'image. Ces nuages de fumée éveillèrent une trace de souvenir chez Jonnie, mais il avait trop chaud, trop soif et trop faim pour y réfléchir.

Le sol sous lui se mit à trembler en mesure. Il savait que le monstre approchait.

Il ouvrit et entra. Il portait quelque chose et il se pencha sur lui. Il jeta sur le sol sale des bâtonnets mous, à l'aspect répugnant. Et il attendit, immobile.

Jonnie regarda les bâtonnets. Il n'avait jamais rien vu de tel.

Le monstre se mit alors à faire des gestes, montrant alternativement sa tête et les bâtonnets. Ne parvenant à rien, il prit un bâtonnet et l'écrasa contre la bouche de Jonnie en disant quelque chose d'une voix grondante. Un ordre.

C'était censé être de la nourriture. Jonnie mordit dans le bâtonnet et avala.

Aussitôt, brutalement, il fut malade. Violemment malade. Il lui semblait qu'il allait cracher son estomac. Il fut pris de convulsions incontrôlables.

Il cracha. Mais il était trop assoiffé pour avoir suffisamment de salive. Il lutta pour rejeter jusqu'à la dernière miette, jusqu'à la dernière trace d'acide.

Le monstre avait simplement reculé et l'observait.

— De l'eau, implora Jonnie en essayant de dominer son tremblement et sa voix. Je vous en prie. De l'eau.

N'importe quoi. N'importe quoi pour se débarrasser de ce goût atroce.

Il montra sa bouche : « De l'eau! »

Le monstre ne bougeait pas. Derrière la plaque faciale, les fentes de ses yeux luisaient d'un feu mauvais.

Jonnie lutta pour se dominer. C'était une erreur d'avoir l'air faible et de supplier. La fierté, cela existait. Il prit un air impassible.

Le monstre s'avança et vérifia le collier et le câble avant de repartir. Il ferma la porte avec un claquement et passa un lien autour des barreaux, puis il s'éloigna.

Les ombres s'étiraient avec le soir.

Jonnie regardait les sacs près de la porte. Ils auraient aussi bien pu être au sommet du Grand Pic!

Il sentit tout le poids de son malheur s'abattre sur lui. Il supposait que Fend-le-Vent était mort ou gravement blessé. Et il supposait aussi que ce serait son sort dans quelques jours. Il périrait de faim ou de soif.

Le crépuscule venait.

Il réalisa avec un choc que Chrissie tiendrait sa promesse et qu'elle était vouée à une mort certaine. Il sombra dans un total abattement.

Le petit œil brillant, tout en haut de la cage, le regardait fixement.

3

Le jour suivant, Terl alla explorer les quartiers abandonnés où avaient vécu les anciens Chinkos.

Ce n'était pas un travail particulièrement agréable. Les quartiers chinkos étaient situés à l'extérieur des dômes de l'exploitation et, une fois encore, il dut porter un masque facial. Les Chinkos respiraient l'air de la Terre. On avait mis leurs quartiers sous scellés, mais plusieurs siècles d'abandon et d'intempéries avaient laissé leur empreinte.

Terl découvrit des rayonnages interminables de livres. Des rangées sans fin de classeurs remplis de documents. Des bureaux usés, marqués par le temps, qui tombaient en miettes. Des amas de débris enfermés dans des armoires. Tout était recouvert d'une fine couche de poussière blanche. C'était finalement une bonne chose qu'il n'ait pas à respirer cette atmosphère.

Les Chinkos avaient été des êtres si bizarres. La Compagnie Minière Intergalactique les avait engagés pour répondre aux accusations de divers mondes belliqueux qui prétendaient que les mines ruinaient l'écologie des planètes. La Compagnie faisait alors des bénéfices appréciables et l'un des plus crétins parmi les directeurs du Bureau Central avait créé le département de la culture et de l'ethnologie, le C.E. Au départ, sans doute, il y avait eu simplement le département de l'écologie, mais les Chinkos savaient peindre et il s'était trouvé que l'épouse d'un autre directeur avait commencé à se faire une petite fortune en vendant des œuvres chinkos sur les autres planètes. C'est ainsi que le département avait acquis son nom officiel. Il y avait peu de choses secrètes pour le département de la sécurité.

C'était parce que les Chinkos avaient inventé la grève, et non parce qu'ils avaient été coupables de corruption, qu'on avait fini par les exterminer. En cas de corruption au niveau de la direction, la sécurité fermait les yeux. Mais lorsqu'une grève était déclenchée quelque part, elle intervenait plutôt deux fois qu'une.

Cependant les Chinkos avaient disparu de la Terre longtemps avant leur extinction, et l'état de ces lieux le prouvait. Après tout, où était donc la culture sur cette planète ? La population indigène n'était pas suffisamment importante pour que l'on s'en préoccupe. Et qui s'en souciait, finalement ? Mais les Chinkos avaient été des bureaucrates. Et, comme tous les bureaucrates, ils n'avaient cessé de s'agiter. Il suffisait de voir toutes ces armoires et tous ces livres alignés sur des centaines de mètres pour comprendre...

Terl était en quête d'un manuel concernant les habitudes alimentaires de l'homme. Ces insatiables Chinkos avaient probablement étudié la question. Il se mit à chercher d'une patte fébrile. Il ouvrit et feuilleta des centaines d'index. Puis il fouilla dans les armoires.

Il savait à peu près ce qui se trouvait dans ces archives croulantes, mais il ne découvrit rien à propos des habitudes alimentaires de l'homme. Il apprit tout sur ce que mangeaient les ours. Sur ce que mangeaient les chèvres des montagnes. Il découvrit même tout un traité pédagogique, somptueusement imprimé, à propos d'un animal connu sous le nom de « baleine ». Il apprit ce que mangeait ladite « baleine », ce qui était d'autant plus drôle que l'espèce était éteinte depuis longtemps.

Il demeura un instant immobile, dégoûté. Rien d'étonnant à ce que la Compagnie ait rayé le département C.E. de la Terre. Il imaginait très bien tout ce débordement d'activité, ce gaspillage de carburant, cette usine qui servait uniquement à imprimer des livres à la pelle, des livres, des livres, encore des livres. De quoi s'user la vue...

Pourtant, ce n'avait peut-être pas été vain. La carte ancienne et jaunissante qu'il tenait entre ses pattes lui avait appris qu'il existait quelques autres communautés d'hommes sur la Terre. C'était du moins vrai quelques centaines d'années auparavant.

Certaines se trouvaient dans une région que les Chinkos appelaient « les Alpes ». Plusieurs dizaines, en vérité. Il y en avait une quinzaine dans la ceinture glaciaire que les Chinkos appelaient « Pôle Nord » et « Canada ». Un nombre incertain dans un pays appelé « Écosse », quelques-unes en « Scandinavie » et dans un secteur appelé « Colorado ».

« Colorado. » Terl venait d'apprendre le nom que les Chinkos avaient donné à l'exploitation. Il regarda une fois encore la carte avec un certain amusement. « Montagnes Rocheuses », « Pic du Brochet »... Les noms chinkos étaient tellement bizarres... Si les Chinkos, par loyauté, avaient toujours rédigé leurs œuvres en un psychlo rigoureux, leur imagination avait été débordante.

Mais tout ça ne le menait nulle part. Cependant, pour les plans qu'il projetait, c'était une bonne chose de savoir qu'il avait existé d'autres hommes un peu partout.

Il ne pouvait se reposer que sur une chose : la sécurité. Les techniques de sécurité. Il fallait immédiatement les mettre à l'œuvre.

Il sortit, ferma la porte et s'arrêta un instant pour parcourir du regard cet univers étranger. Les anciens casernements chinkos, les bureaux, ainsi que le zoo, avaient été installés sur le flanc de la colline, au-dessus de l'exploitation. Très près mais un peu plus haut. Oui, les Chinkos avaient vraiment été une bande de cons prétentieux et arrogants. D'ici, on pouvait tout voir. La plate-forme de transfert du minerai aussi bien que le terrain de chargement du fret. Il ne semblait pas y avoir beaucoup d'activité. L'Intergalactique allait continuer de leur passer des savons jusqu'à ce qu'ils aient rattrapé les quotas. Il espérait qu'on ne l'accablerait pas de demandes d'enquête.

Ciel bleu. Soleil jaune. Arbres verts. Et ce vent chargé d'air qui soufflait sur lui.

Il haïssait cet endroit.

A la seule pensée de devoir rester ici, il grinçait des crocs.

Mais que pouvait-il attendre d'autre d'une planète étrangère?

Quand il aurait classé l'enquête à propos de ce tracteur disparu, il consacrerait toute la technologie de sécurité (une technologie éprouvée!) à la chose-homme.

C'était le seul moyen de sortir de cet enfer.

4

Jonnie surveillait le monstre.

Affamé, assoiffé, désespéré, il dérivait dans un océan d'inconnues.

La chose venait de pénétrer dans la cage, faisant vibrer le sol à chacun de ses pas. Elle demeura immobile un moment, à l'épier, avec des étincelles dans ses yeux d'ambre. Puis elle se mit à farfouiller un peu partout sans but apparent.

Ensuite, elle secoua les barreaux pour éprouver leur solidité. Apparemment satisfaite, elle fit alors le tour de la cage en examinant le sol souillé. Elle s'arrêta pour observer longuement les bâtonnets qu'elle avait tenté de faire ingurgiter à Jonnie. Jonnie les avait repoussés aussi loin que possible car leur puanteur était insupportable. Le monstre les comptait, à présent. Tiens, il savait compter...

Il examina ensuite le collier et le lien. Puis il fit une chose très étrange. Il décrocha le lien de l'anneau qui le maintenait en haut des barreaux. Jonnie retint sa respiration. Il réussirait peut-être à atteindre ses sacs.

Mais le monstre attachait déjà le flexicâble à un autre barreau. Il fit une dernière boucle et se dirigea vers la porte de la cage.

Il s'y arrêta encore un instant pour resserrer les câbles qui assuraient la fermeture et ne parut pas se rendre compte, quand il tourna le dos, que l'un d'eux venait de céder.

Il s'éloigna en direction du dôme et disparut.

Jonnie avait peur d'entretenir un faux espoir. Sous l'effet de la faim et de la soif, son esprit flottait. Peut-être était-il victime d'une illusion?

Mais non : il *pouvait* se libérer du lien et défaire le câble de la porte.

Il attendit afin d'être certain que le monstre était bien parti.

Puis il entra en action.

Il tira d'un coup sec sur le lien et le libéra du barreau.

Rapidement, il le noua autour de son corps afin de n'être pas gêné dans ses mouvements et glissa l'extrémité sous sa ceinture.

Puis il se précipita sur ses sacs.

D'une main tremblante, il les ouvrit. Et sentit mourir un peu de son espoir. La vessie de porc avait éclaté, probablement sous l'effet du premier choc, et il ne subsistait qu'une vague humidité. La viande de porc, enveloppée dans la peau, avait souffert du soleil et il valait mieux ne pas essayer d'en manger.

Jonnie se tourna alors vers la porte. Il fallait qu'il tente sa chance.

Il s'empara d'un de ses bâtons-à-tuer, ainsi que d'une corde et chercha un silex dans sa besace. Puis, prudemment, il s'approcha de la porte.

Toujours aucun signe du monstre.

Les câbles qui maintenaient la porte étaient énormes, mais visiblement usés par les ans. Il s'y déchira cependant les mains.

Ils cédèrent enfin!

Il pesa contre la porte de tout son poids.

Quelques secondes après, il courait entre les broussailles et les ravines, droit vers le nord-ouest.

Il restait baissé et mettait à profit le moindre couvert afin de demeurer hors de vue. Mais il progressait rapidement.

Il fallait absolument qu'il trouve de l'eau. Sa langue était gonflée et ses lèvres craquelées.

Il fallait aussi qu'il trouve à manger. Il avait la tête de plus en plus vide et souffrait des premiers effets de la faim.

Ensuite, il devait regagner les montagnes. Il fallait arrêter Chrissie.

Il parcourut ainsi plus d'un kilomètre avant de se retourner pour observer le paysage derrière lui. Rien. Il tendit l'oreille. Il n'entendit ni le grondement de l'insecte, ni le martèlement des pieds du monstre sur le sol.

Il parcourut quatre kilomètres de plus, s'arrêta une fois encore et écouta attentivement. Toujours rien. L'espoir grandit en lui.

Droit devant, il distinguait un peu de verdure, un buisson au bord d'une ravine : de l'eau à proximité.

Le souffle rauque et douloureux, il atteignit la ravine.

Le spectacle qui se présenta à ses yeux lui mit du baume au cœur. Il vit du bleu et du blanc. Le gargouillement joyeux d'un petit ruisseau entre les arbustes.

Il se rua en avant et, l'instant d'après, il plongeait la tête dans l'eau si précieuse.

Il savait qu'il ne fallait pas trop boire. Il se contenta de se rincer la bouche, puis se mouilla longuement la tête et le torse, laissant l'eau pénétrer sa peau.

Le goût atroce du bâtonnet qu'il avait ingurgité disparut. L'eau du ruisseau était fraîche et douce, autant dans sa bouche que sur son corps.

Il but encore quelques gorgées prudentes et s'étendit sur le dos en reprenant son souffle. Le jour lui semblait plus lumineux.

Derrière lui, il ne voyait toujours rien. Tout semblait calme. Il pourrait peut-être s'écouler plusieurs heures avant que le monstre ne s'aperçoive de sa disparition. L'espoir revenait en lui.

Loin vers le nord-ouest, un peu au-dessus de la courbure de la plaine, il y avait les montagnes. Et son village.

Jonnie regardait autour de lui. Il y avait une petite cabane branlante de l'autre côté du ruisseau. Le toit s'était effondré jusqu'au niveau du sol.

Il fallait maintenant qu'il trouve à manger.

Il but encore quelques gorgées et se redressa. Il empoigna son bâton et traversa le ruisseau.

Dans sa fuite, il n'avait pas rencontré le moindre gibier. Peut-être n'y en avait-il pas à proximité du camp. Mais il ne cherchait pas de gros gibier. Un lapin ferait l'affaire. Il fallait qu'il fasse vite et reprenne sa route.

Quelque chose bougea à l'intérieur de la cabane écroulée. Il continua de s'avancer, aussi silencieusement que possible.

De gros rats surgirent de la cabane. Jonnie était déjà prêt à frapper mais il interrompit son geste. Il fallait vraiment être au seuil de la mort pour manger du rat.

Pourtant, le temps lui manquait et il ne voyait de lapin nulle part.

Il ramassa un caillou et le lança contre la cabane. Deux autres rats apparurent et il lança son bâton avec précision.

L'instant d'après, il tenait un gros rat.

Est-ce qu'il pouvait courir le risque d'allumer un feu? Non, il n'avait pas le temps. Du rat cru. Brrr!

Il prit dans sa besace le fragment de pierre transparente et coupante, retourna au ruisseau et se mit à nettoyer le rat.

Affamé ou non, il fallait du courage pour mordre dans du rat cru. Il faillit vomir et s'évertua à mâcher, puis à avaler. C'était de la nourriture, après tout.

Il mangea très lentement pour ne pas être malade.

Ensuite, il but de l'eau du ruisseau.

Il enveloppa ce qui restait de viande dans un lambeau de peau et le mit dans sa besace. Puis il donna quelques coups de pied dans le sable pour recouvrir les restes.

Très droit, il observa les montagnes en inspirant profondément. Il fallait repartir.

Il y eut alors un sifflement grave et quelque chose s'abattit sur lui.

Il roula sur le sol.

C'était un filet.

Et il ne pouvait s'en dépêtrer.

Plus il luttait, plus ses membres étaient entravés. Il regarda autour de lui, frénétique.

Et, par une déchirure, il vit ce qui se passait.

Sans la moindre hâte, le monstre venait de sortir d'entre les arbres. Il tenait l'extrémité de la corde à laquelle le filet était attaché.

Il ne montrait aucune émotion. Il s'avançait comme s'il avait l'éternité devant lui.

Il enroula Jonnie dans les mailles jusqu'à en faire un ballot qu'il prit sous son bras avant de rebrousser chemin en direction du camp.

5

Terl jouait avec les paperasses posées sur son bureau. Il était d'humeur joyeuse.

Tout se passait bien, très bien. Les techniques de sécurité, c'était ce qu'il y avait de mieux. Toujours. A présent, il savait très exactement ce qu'il avait voulu savoir : la chose buvait de l'eau en plongeant la tête jusqu'aux épaules dans un cours d'eau ou une mare. Et, plus important encore, elle se nourrissait de rat cru.

Cela allait lui faciliter les choses. S'il y avait un animal disponible à proximité de la mine, c'était bien le rat.

Il se dit qu'il aurait pu en remontrer aux anciens Chinkos. C'était élémentaire de laisser la chose-homme libre et la faire suivre par une caméra volante. Bien sûr, c'était plutôt épuisant de courir à l'extérieur avec un masque facial. La chose-homme ne courait pas très vite par rapport à un Psychlo, mais la poursuite avait été éprouvante.

Et il n'avait pas perdu son talent pour jeter le filet, même si ce sport était quelque peu passé de mode. Il n'avait pas voulu se servir à nouveau d'un paralyseur car la chose-homme lui semblait fragile et, à chaque fois, elle était prise de convulsions.

Eh oui, avec l'expérience, on apprenait.

Il se demanda combien de rats l'homme pouvait consommer quotidiennement. Mais ce serait facile à trouver.

Il se pencha avec ennui sur le rapport qu'il avait devant lui. Le tracteur disparu avait été retrouvé avec son pilote psychlo au fond d'un puits de mine de quatre kilomètres. Ces derniers temps, ils perdaient beaucoup de personnel. Ils n'allaient pas tarder à entendre hurler le Bureau Central à propos des coûts de remplacement. Il s'en réjouit : cela cadrait parfaitement avec ses plans.

Il vérifia qu'il n'avait pas d'autre urgence à expédier et mit de l'ordre sur son bureau.

Puis il ouvrit une armoire et choisit le plus petit éclateur qu'il pût trouver. Il mit une charge en place et le régla sur la puissance minimale.

Il nettoya soigneusement son masque et introduisit une cartouche neuve.

Ensuite, il sortit.

A quelques centaines de mètres au nord du camp, il aperçut le premier rat. Avec la précision qui lui avait valu une place d'honneur dans l'équipe de tir de son école, il lui fit sauter la tête en pleine course.

Vingt mètres plus loin, un autre rat jaillit d'un trou et il le décapita au bond. Il mesura la distance pas à pas. Quarante-deux. Non, il n'avait pas perdu la main. D'accord, ce n'était pas une cible très honorable, mais il fallait savoir tirer.

Deux rats. Cela devrait suffire pour commencer.

Il leva la tête vers le ciel bleu. Il vit la verdure autour de lui. Le soleil jaune. Bientôt, il serait loin d'ici.

Il reprit le chemin du vieux zoo, le moral au beau fixe.

Un sourire étira ses os-bouche. La chose-homme était accroupie au fond de la cage et le regardait avec fureur. *Avec fureur?* Oui, c'était indéniable. C'était la première fois que Terl remarquait une émotion chez elle.

Mais qu'avait-elle donc encore fait?

Elle avait réussi à atteindre les sacs – Terl se

souvenait de l'avoir vu agrippée à eux quand il l'avait remise dans la cage, la veille – et elle était maintenant assise dessus. Elle regardait des livres. Des livres? Nom d'une nébuleuse pourrie! Comment les avait-elle trouvés? Impossible qu'elle les ait pris dans les anciens quartiers des Chinkos. Le collier était toujours en place, ainsi que le flexicâble... Il faudrait qu'il enquête, et sans perdre de temps. Mais la chose était là, et c'était le plus important.

Terl s'avança. Il souriait sous son masque. Il montra les deux rats à la chose-homme, puis les lui jeta.

Elle ne bondit pas avidement comme il s'y était attendu. Elle parut même reculer. Mais, après tout, la reconnaissance n'existait pas chez les animaux. Aucune importance. Terl n'avait pas espéré la moindre gratitude de cette créature.

Il s'approcha du bassin de ciment qui avait été prévu pour les ours. Il ne vit aucune fissure. Il vérifia l'arrivée d'eau. Tout semblait en ordre.

Il ressortit de la cage et se mit à chercher dans l'herbe, en quête des valves d'arrivée d'eau. Il finit par en trouver une et essaya de l'ouvrir. Mais elle était très ancienne et il craignait, avec sa force, de l'arracher. Il alla prendre de l'huile à dégripper au garage et, finalement, il réussit à ouvrir la valve. Mais il ne se produisit rien.

Il suivit l'ancien circuit de distribution d'eau jusqu'au réservoir construit par les Chinkos. En découvrant la construction primitive du mécanisme, il secoua la tête. La pompe était encore en place mais la cartouche était depuis longtemps épuisée. Il la remplaça. Louées soient les étoiles, l'Intergalactique n'avait jamais eu le goût du changement et le type de cartouche était le même.

La pompe se mit à ronronner mais l'eau n'arrivait pas. Terl finit par trouver la mare et constata que la canalisation n'était pas dans l'eau. D'un coup de botte, il la remit en place.

L'eau se déversa dans le réservoir et, dans la cage, le bassin commença à se remplir rapidement. Terl sourit. Un mineur savait s'y prendre avec les fluides. Là aussi, il n'avait pas perdu la main.

En regagnant la cage, il vit que le bassin était presque plein. L'eau avait un aspect boueux à cause du sable. Mais c'était quand même de l'eau!

Elle ne tarda pas à déborder et à se répandre sur le sol.

La chose-homme ramassait en hâte ses affaires et les coinçait entre les barreaux pour qu'elles échappent à l'eau.

Terl alla fermer la valve. Il attendit que le réservoir se remplisse pour couper l'arrivée d'eau.

La cage était presque complètement inondée, à présent, mais l'eau s'écoulait rapidement entre les barreaux. Parfait.

Terl alla droit vers la chose-homme, faisant jaillir des gerbes de boue à chaque pas. Elle était cramponnée aux barreaux et avait glissé ses peaux d'animaux entre les croisillons. Pour qu'elles restent sèches?

De l'autre main, elle serrait ses livres.

Terl regarda autour de lui. Tout semblait maintenant en ordre. Il ferait peut-être bien de jeter un coup d'œil sur ces livres.

Il tendit la patte pour les prendre mais la chose résista. Terl, d'un geste impatient, lui frappa le poignet et se saisit des deux livres à l'instant où ils tombaient.

C'était des livres d'homme.

Intrigué, il les feuilleta. Comment la créature s'était-elle procuré des livres d'homme? Ses os-paupières se rapprochèrent comme il réfléchissait.

Le guide chinko! Il y avait une bibliothèque dans la ville où il avait capturé la chose. Peut-être y avait-elle vécu?

Des livres? Ça se passait de mieux en mieux. Peut-être ces animaux avaient-ils un certain entendement, comme l'avaient prétendu les Chinkos. Terl était incapable de déchiffrer l'alphabet des choses-hommes, mais il était évident que ces caractères avaient un sens.

Le premier livre devait être un alphabet. Et l'autre était visiblement destiné à des enfants.

Des livres d'initiation.

Stoïque, l'animal regardait dans une autre direction. Il était bien sûr inutile de chercher à lui parler et à...

Terl interrompit le cours de ses pensées.

Mais c'était de mieux en mieux! L'animal savait parler! Il se rappelait très bien à présent. Ces couinements et ces grognements lui avaient rappelé *des mots*!

Et en plus, la chose avait des livres!

Il prit la créature par la tête et la força à le regarder. Il montra le livre, puis désigna la tête de la créature.

Elle n'eut pas le moindre signe de compréhension.

Terl approcha alors le livre de son visage et montra sa bouche. Il n'y avait toujours aucune réaction visible dans le regard de la chose.

Soit elle ne savait pas lire, soit elle ne voulait pas.

Il fit encore d'autres tentatives. Si ces choses étaient capables de parler et de lire, alors ses plans ne pouvaient pas échouer. Il se mit à tourner les pages une à une devant le visage de l'animal. Sans succès.

Pourtant, il avait des livres. Il avait des livres, mais il était incapable de les lire. C'était peut-être pour les images. Terl lui présenta une page avec l'image d'une abeille et il crut surprendre une étincelle d'intérêt dans son regard. Il obtint la même réaction avec l'image d'un renard. Puis il montra à la créature plusieurs pages sans images, couvertes de caractères, et elle ne réagit pas.

Terl avait compris. Il glissa les livres dans sa poche de poitrine.

Il savait à présent ce qu'il devait faire. Il connaissait tout ce qui se trouvait dans les anciens quartiers d'habitation chinkos. Par exemple, les disques qui portaient le langage des choses-hommes. Les Chinkos n'avaient jamais rien écrit sur ce qu'elles mangeaient, mais ils s'étaient donné beaucoup de mal pour étudier la façon dont elles s'exprimaient. C'était typique des Chinkos. Délaisser l'essentiel pour se perdre dans la stratosphère.

Terl savait déjà quel serait le programme du lendemain. Oui, les choses allaient de mieux en mieux.

Il vérifia encore une fois le collier et le câble et boucla soigneusement la cage avant de partir.

6

La nuit avait été vraiment affreuse, dans l'humidité et le froid.

Jonnie était restée cramponné aux barreaux durant des heures sans pouvoir s'asseoir ni même poser un pied au sol car la boue avait tout envahi. L'eau avait fait se répandre le sable et la saleté dans toute la cage et la couche était épaisse. Elle lui arrivait aux chevilles. A la fin, épuisé, il s'était laissé aller dans la boue et avait sombré dans le sommeil.

Le soleil du matin buvait quelque peu l'humidité. Les deux cadavres de rats avaient dérivé et ils étaient hors d'atteinte, mais peu lui importait.

Il était à nouveau déshydraté et les premiers rayons du soleil réveillèrent sa soif. Il contempla un instant le bassin boueux dans lequel s'était accumulée toute la crasse de la cage. Impossible de boire ça.

Il était affaissé contre les barreaux, désespéré, quand le monstre réapparut.

Il tenait un objet métallique entre ses pattes. Il s'arrêta devant la porte et ses yeux parcoururent la cage. Puis il regarda la boue, et Jonnie, pendant un instant, pensa qu'il avait enfin compris qu'il ne pouvait s'asseoir ou dormir dans la boue.

Mais il s'éloigna.

Jonnie pensa qu'il ne reviendrait pas, mais il réapparut presque aussitôt. Il portait toujours le même objet de métal mais aussi une grande table et une énorme chaise.

Le monstre eut beaucoup de mal à passer la porte avec son chargement. Il réussit finalement à entrer et posa la table dans la cage, et l'objet de métal dessus.

Tout d'abord, Jonnie avait pensé que la grande chaise lui était destinée. Mais il fut très vite détrompé. Le monstre installa la chaise à une extrémité de la table et il y prit place. Les pieds du siège s'enfoncèrent dangereusement dans la boue.

Il désigna ensuite le mystérieux objet, prit les deux livres dans une poche et les jeta sur la table. Jonnie tendit la main. Il n'avait pas pensé les revoir. Hier, il avait commencé à comprendre à quoi ils pouvaient servir.

Le monstre lui saisit la main et la pointa vers l'objet. Puis il promena une patte au-dessus des livres en une sorte de geste négatif avant de revenir à l'objet.

A l'arrière de l'objet, Jonnie remarqua une pochette qui contenait des disques larges comme deux mains.

Le monstre en prit un et l'examina. Le disque avait un trou en son centre et portait des sillons. Le monstre le posa sur la machine. Une sorte de tige s'ajustait parfaitement dans le trou central.

Jonnie était extrêmement soupçonneux et son poignet portait les traces de la prise du monstre. Tout ce que faisait le monstre était vicieux et dangereux. Il l'avait amplement prouvé. Il fallait que Jonnie soit patient, qu'il soit vigilant, qu'il apprenne. C'était le seul moyen de reconquérir sa liberté.

Le monstre désignait maintenant deux fenêtres sur le devant de l'objet.

Puis il montra un levier qu'il abaissa ensuite.

Jonnie écarquilla les yeux et recula.

L'objet *parlait* !

Il avait dit nettement... « Excusez-moi... »

Le monstre releva le levier et l'objet se tut.

Jonnie recula encore. Mais le monstre posa une patte entre ses omoplates et le poussa avec une violence telle qu'il se cogna le cou contre le rebord de la table. Le monstre levait à présent un index menaçant.

Il releva une fois encore le levier. Dressé sur la pointe des pieds, Jonnie put voir que le disque tournait dans l'autre sens.

Le monstre abaissa le levier et l'objet dit : « Excusez-moi, mais je suis... » Le monstre plaça le levier au centre du disque et la machine s'arrêta net. Puis il releva le levier et le disque tourna en arrière.

Jonnie essaya de regarder sous la machine, puis derrière. Elle n'était certainement pas vivante. Elle n'avait pas d'oreilles, ni de bouche. Mais si, pourtant, elle avait une bouche. Un trou rond sur le devant. Mais cette bouche ne bougeait pas. Il en sortait simplement des sons. Et elle parlait la langue de Jonnie !

Le monstre abaissa encore une fois le levier et la machine dit : « Excusez-moi, mais je suis votre... » Cette fois, Jonnie vit que des signes bizarres étaient apparus dans la fenêtre du haut, en haut de la machine, en même temps qu'un étrange visage dans celle du bas.

Une nouvelle fois, le monstre leva le levier et le disque revint en arrière. Puis il centra le levier, pointa une serre vers la tête de Jonnie avant de montrer la machine.

Jonnie remarqua alors que le monstre avait déplacé le levier complètement vers la gauche, à partir du centre. A présent, il le déplaçait vers l'extrême droite, il l'abaissait, et si les signes qui apparaissaient étaient différents, le visage restait le même. La machine dit quelque chose dans une langue bizarre.

Le monstre ramena le levier en arrière, vers le centre, ni à gauche ni à droite, et l'abaissa. D'autres signes apparurent, accompagnés de sons tout à fait différents, le visage toujours présent.

Derrière son masque, le monstre avait l'air de sourire. Il répéta la manœuvre et se désigna. Jonnie comprit brusquement qu'il entendait le langage du monstre.

La curiosité qu'il éprouva brusquement était intense, brûlante.

Il tendit la main pour repousser la patte du monstre. Ce qui était difficile, parce que la table était tellement haute et large.

Il prit le levier et le déplaça vers la gauche. Puis il le laissa retomber. La machine dit : « Excusez-moi, mais je suis votre instructeur... » Ensuite, Jonnie fit la même opération à droite et la machine lui parla dans cette langue bizarre qu'il avait déjà entendue. Puis il posa le levier au centre et la machine parla le langage du monstre.

Le monstre le dévisageait d'un air soupçonneux, ses yeux d'ambres étrécis. Puis il esquissa un geste en direction de la machine, comme s'il voulait brusquement l'emporter.

Une fois encore, Jonnie le repoussa et manipula le levier. Il le mit sur le sillon de gauche et laissa tourner le disque.

— Excusez-moi, dit la machine, mais je suis votre instructeur, si vous me permettez cette fatuité. Je n'ai pas l'honneur d'être un Psychlo. Je ne suis qu'un misérable Chinko.

Le visage, dans la fenêtre en bas de la machine, s'inclina deux fois, puis plaça une main devant ses yeux.

– Je suis Joga Stenko, Esclave-Junior Assistant Linguiste de la Division Linguistique du Département de la Culture et de l'Ethnologie, Planète Terre.

Les signes défilaient rapidement dans la fenêtre supérieure.

– Veuillez excuser ma suffisance, mais ceci est une leçon de lecture et d'élocution dans les langues d'homme anglaise et suédoise. Sur la piste de gauche de cet enregistrement, j'espère que vous n'aurez aucune peine à trouver la version anglaise. Sur la piste de droite, le même texte a été enregistré en suédois. Au centre, vous trouverez la version psychlo, le noble langage des Conquérants.

– L'équivalent écrit apparaîtra à chaque fois dans la fenêtre supérieure, avec des images correspondantes dans la fenêtre inférieure.

– Veuillez me pardonner ma prétention à vous instruire. Bien entendu, la sagesse est l'apanage des Gouverneurs de Psychlo et de leur grande compagnie, la puissante Intergalactique Minière. Qu'elle soit florissante !

Jonnie plaça le levier au centre. Il avait du mal à respirer. Le langage qu'il entendait était guindé, avec une prononciation curieuse et des mots qu'il ignorait, mais il comprenait.

Il examina encore plus attentivement la machine, fronçant les sourcils. Oui, c'était bien une machine, et non pas un être vivant. Ce qui signifiait que l'insecte, lui non plus, n'avait pas été vivant.

Il se retourna vers le monstre. Qu'est-ce qu'il pouvait bien vouloir ? Il ne lisait pas la moindre douceur dans ses yeux d'ambre. Quelles tortures, quelles privations avait-il encore en tête ? Ils étincelaient comme ceux d'un loup à la lueur d'un feu.

Le monstre désigna la machine et Jonnie amena le levier sur la gauche.

– Excusez-moi, mais nous allons devoir commencer par l'alphabet. La première lettre est le A. Veuillez regarder la fenêtre du haut.

Jonnie obéit et regarda le signe qui venait d'apparaître.

– A... se prononce *A*. Comme dans *papa*, *parc*, *variable*, *agréable*... Excusez-moi, mais je vais vous demander de bien regarder afin de pouvoir la reconnaître... La lettre suivante est le B. Regardez bien la fenêtre. *B* comme *bien, bon...*

Le monstre, à cet instant, leva la main et ouvrit le livre d'initiation à la première page. Il posa une serre sur le A.

Jonnie avait déjà compris. Une langue s'écrivait et se lisait. Et cette machine allait le lui apprendre. Il plaça le levier au centre, l'abaissa, et comprit qu'il entendait l'alphabet psychlo. Le petit visage dans la fenêtre du bas formulait les sons. Il déplaça le levier sur la droite et entendit... du suédois?...

Le monstre se leva. Il dominait Jonnie de plus d'un mètre. Il sortit deux rats morts de sa poche et les lui présenta.

Qu'est-ce que ça signifiait? Une récompense? Jonnie avait tout à coup le sentiment d'être un chien que l'on dressait. Il ne fit pas le moindre geste.

Le monstre eut une espèce de haussement d'épaules et émit quelques sons incompréhensibles. Mais quand il fit mine de reprendre la machine, Jonnie comprit. Il avait dû lui dire quelque chose comme: « Fini pour aujourd'hui. »

Immédiatement, Jonnie repoussa les deux bras du monstre. Avec un air de défi, il se plaça devant lui, lui barrant le chemin. Il ne savait pas ce qui allait se produire. Le monstre allait peut-être l'envoyer dinguer à l'autre bout de la cage. Mais Jonnie ne bougea pas.

Et le monstre non plus. Il se contenta de pencher la tête d'un côté, puis de l'autre.

Il émit un grondement. Jonnie demeura imperturbable. Un autre grondement et Jonnie devina enfin que le monstre riait, et il en fut soulagé.

La boucle de ceinture du monstre, avec ses nuages de fumée dans le ciel, n'était qu'à quelques centimètres de ses yeux. Le rire du monstre, pareil à un roulement de tonnerre, lui écorchait les oreilles. Le motif sur la boucle lui rappela la vieille légende concernant la fin de sa race.

Le monstre quitta la cage sans cesser de rire.

A présent, on pouvait lire de l'amertume et de la détermination sur le visage de Jonnie. Il devait en apprendre plus. Beaucoup plus. Ensuite, il pourrait agir.

La machine était toujours sur la table.

Il tendit la main vers le levier.

7

Avec la chaleur de l'été, la boue avait séché.

Dans le ciel, des nuages blancs étaient apparus.

Mais Jonnie n'avait qu'une seule préoccupation : la machine à instruire.

Il avait réussi à déplacer l'énorme chaise et, en empilant des peaux, il put se pencher au-dessus de la table. Il était maintenant en face du vieux Chinko qui multipliait les politesses à chaque phrase.

C'était déjà difficile de maîtriser l'anglais. Mais pire encore avec le langage psychlo.

C'était tellement plus facile de pister le gibier, de lire ses traces et de savoir depuis combien de temps il était passé et ce qu'il faisait. Les signes et les symboles de la machine semblaient, eux, fixés éternellement sur l'écran et leur sens était incroyablement compliqué.

Après une semaine, cependant, il pensa qu'il était dans la bonne voie. L'espoir était revenu. Il en arrivait même à se dire que c'était plutôt facile.

« *B* comme *beaucoup*, *Z* comme *zoo*, *C* comme *couteau*, *M* comme *moi*. » Et le même alphabet en psychlo devenait, de façon plutôt incompréhensible, *femmes, kerbango, pelle*... Mais il finit par comprendre que les mots psychlos, pour *zoo, moi, couteau* ou *beaucoup*, ne commençaient pas du tout par les mêmes lettres que dans le langage humain.

Il en vint après quelque temps à pouvoir réciter l'alphabet en anglais puis, avec un peu d'effort, en psychlo. Avec toutes les nuances sonores.

Il savait qu'il ne pourrait consacrer trop de temps à cela. Le régime de rat cru auquel il était soumis aurait bientôt raison de lui : il était à la limite de la famine.

Le monstre venait lui rendre visite tous les jours durant un moment. Jonnie restait silencieux en sa présence. Il savait que ses exercices d'alphabet provoquaient le rire du monstre, et ce rire lui faisait dresser les cheveux sur la tête. Il restait donc impassible pendant que le Psychlo l'observait.

Mais c'était une erreur. Car, derrière le masque facial, les os-paupières se rapprochaient en un froncement de plus en plus prononcé.

Jonnie n'eut guère le temps de se réjouir de sa victoire sur l'alphabet : par un beau matin, le monstre fit irruption dans la cage et se rua sur lui en grondant !

Il hurla pendant plusieurs minutes et les barreaux de la cage en tremblaient. Jonnie s'attendait à tout instant à être frappé, mais il ne recula pas devant la patte du monstre.

Puis il s'aperçut que c'était à la machine qu'il en avait, et non à lui. Il abaissa le levier à fond vers le bas, dans une position que Jonnie n'avait pas encore découverte.

Il vit alors de nouvelles images et entendit de nouveaux sons !

Le vieux Chinko lui déclara en anglais :

– Je suis désolé, très honorable étudiant, mais veuillez pardonner mon outrecuidance : nous allons à présent procéder à des exercices d'association d'objets, de symboles et de mots.

S'ensuivit une nouvelle série d'images.

Le son du H fut prononcé et son image apparut lentement. Puis vint la lettre psychlo équivalente, toujours avec le son et l'image. Ensuite, progressivement, tout s'accéléra jusqu'à former un défilé fou.

Jonnie était tellement fasciné et éberlué qu'il ne s'aperçut pas de la disparition du monstre.

Ce qu'il voyait était absolument nouveau. Le levier était tellement lourd et difficile à manipuler qu'il n'avait pas compris ce qui se trouvait à sa portée.

Mais s'il suffisait d'appuyer un peu vers le BAS, que se passerait-il s'il remontait le levier vers le HAUT ?

Il essaya.

Sa tête faillit exploser.

Les ombres des barreaux sur le sol eurent le temps de changer avant qu'il retrouve suffisamment de courage pour recommencer.

La même chose se produisit !

Il faillit tomber de la chaise.

Il recula et examina la chose avec méfiance.

Qu'est-ce qui en était sorti ?

Un rayon de soleil ?

Il essaya une fois encore et cela frappa sa main.

C'était chaud.

Et piquant.

Il se tint de côté, prudemment, et vit les images qui apparaissaient dans les lucarnes. Et il entendit des mots, de façon étrange, non pas avec ses oreilles mais dans sa tête :

– Au-dessous du niveau du conscient, nous allons maintenant réciter l'alphabet : A, B, C...

Que se passait-il ? Est-ce que la « voix » passait par sa main ? Non, impossible ! Il n'entendait rien, si ce n'était un pépiement d'oiseau.

Les « sons inaudibles » venaient de la MACHINE !

Il recula encore. L'impression diminua. Il se rapprocha : il crut que son cerveau allait griller.

– A présent, nous allons étudier les mêmes sons en psychlo...

Jonnie s'éloigna autant que le lui permettait le câble et s'assit contre les barreaux.

Il réfléchit.

Il comprit enfin que les exercices d'association des symboles, des sons et des noms étaient destinés à le faire aller de plus en plus vite, de façon qu'il n'ait pas à chercher dans sa mémoire ce qu'on lui avait appris et qu'il s'en serve sans hésitation.

Mais ce « rayon de soleil » qui sortait de la machine ?

Il s'enhardit et retourna auprès de la machine, trouva un disque dont les leçons devaient être très avancées et le posa. Puis, le visage tendu, décidé, il poussa le levier complètement vers le haut.

Et tout à coup il SAVAIT : si les trois côtés d'un triangle étaient égaux, les angles compris entre ces trois côtés étaient égaux.

Il recula. Peu importait ce qu'était un angle, ou un triangle. Maintenant, il SAVAIT.

Il retourna s'asseoir contre les barreaux. Soudain, il pointa un doigt vers le sol et dessina dans la poussière une figure à trois côtés. Il désigna chacun des angles l'un après l'autre. Il murmura d'un air perplexe :

– Ils sont égaux.

Égaux à quoi?

Égaux l'un à l'autre.

Et alors?

Cela avait peut-être de la valeur.

Jonnie observa la machine. Elle pouvait lui apprendre les choses de la façon ordinaire. Elle pouvait aller plus vite et accélérer les leçons. Mais elle pouvait aussi faire cela instantanément et en douceur grâce au « rayon de soleil ».

Tout soudain, une expression de joie sinistre se dessina sur son visage.

L'alphabet? Mais c'était toute la culture des Psychlos qu'il devait apprendre!

Est-ce que le monstre réalisait pourquoi?

La vie de Jonnie devint une longue parade de disques, de piles de disques. Quand il n'était pas obligé de sacrifier une heure au sommeil, il était devant la table. Il absorbait la connaissance en regardant les images, en suivant les leçons accélérées d'association de mots et de sons, et en se servant du puissant « rayon de soleil ».

Affamé, il dormait d'un sommeil agité, peuplé de cauchemars dans lesquels des Psychlos morts se mêlaient à des rats crus poursuivant des chevaux mécaniques qui savaient voler. Mais toujours, les disques tournaient sur la machine.

Des semaines et des mois passèrent qui étaient pour Jonnie autant d'années d'éducation. Il avait TANT à apprendre! Il fallait qu'il sache TOUT!

Avec un seul objectif à l'esprit : la vengeance contre ceux qui avaient exterminé sa race! Est-ce qu'il pourrait apprendre suffisamment vite pour mener à bien son projet?

8

Terl avait nagé dans une euphorie béate, jusqu'au jour où il avait reçu la convocation du Directeur Planétaire. A présent, il était tendu et attendait nerveusement de le rencontrer.

Les semaines avaient passé et l'été s'achevait avec les premières froidures d'automne. L'animal-homme se comportait bien. Il semblait passer ses moindres moments à assimiler le langage psychlo avec la machine à instruire.

Pourtant, il n'avait pas encore commencé à parler, mais ce n'était après tout qu'un animal. Et stupide, de surcroît. Il n'avait même pas réussi à saisir le principe des leçons par association en accéléré et Terl avait dû le lui montrer. Il n'était même pas assez sensé pour se placer correctement devant l'émetteur de connaissance conceptuelle instantanée.

Était-il donc vraiment incapable de comprendre que, pour bénéficier de l'impulsion d'ondes, il fallait que celle-ci traverse le crâne? Oui, il était vraiment stupide. A ce rythme-là, il lui faudrait des mois pour parachever son éducation! Mais que pouvait-on attendre de la part d'un animal qui se nourrissait de rat cru?

Pourtant, parfois, en entrant dans la cage, Terl avait cru lire le danger dans les étranges yeux bleus. Mais peu importait. Il avait décidé que si jamais l'animal s'avérait dangereux, il se contenterait de l'utiliser pour mettre son projet en branle, rien d'autre. Et si ensuite il échappait à son contrôle, il pourrait toujours le vaporiser. D'une simple pression sur un éclateur. Et zip! Plus d'animal-homme. Pratique et facile.

Oui, tout s'était bien passé jusqu'à cette convocation. Ce genre de chose le rendait nerveux. Impossible de savoir ce que le Directeur Planétaire avait pu découvrir, ce que certains employés avaient pu lui raconter. Généralement, on ne consultait guère le chef de la sécurité. En fait, par un subtil jeu hiérarchique, le chef de la sécurité n'était pas directement placé sous l'autorité du Directeur Planétaire, du moins pas pour tout. Ce qui rassérénait quelque peu Terl. On avait connu en fait plusieurs cas où le chef de la sécurité avait destitué le Directeur Planétaire – des cas de corruption.

Mais le Directeur Planétaire n'en restait pas moins l'administrateur en chef et c'était lui qui établissait les rapports dont dépendaient les mutations ou bien les affectations au même poste.

La convocation était arrivée tard le soir et Terl avait mal dormi. Il s'était tourné et retourné dans son lit, imaginant la conversation qui l'attendait. Il avait fini par se lever au milieu de la nuit pour se plonger dans ses dossiers en quête de ce qu'il pouvait détenir sur le Directeur, au cas où cela s'avérerait nécessaire. Mais il n'avait pas le souvenir de quoi que ce fût à son encontre et il ne découvrit rien. Cela le déprima. Il ne se sentait en sécurité et en position de force que lorsqu'il disposait de moyens de pression, sous forme de chantages potentiels.

Ce fut presque avec soulagement qu'il vit arriver l'heure du rendez-vous et qu'il pénétra dans le bureau du responsable psychlo de la Terre.

Numph, Directeur Planétaire de la Terre, était vieux. La rumeur prétendait qu'il avait été écarté du Directeur Central de la Compagnie. Non pas pour corruption mais simplement pour incompétence notoire. On l'avait expédié aussi loin que possible. On lui avait donné un poste sans importance, sur une étoile mineure d'une galaxie perdue. L'idéal pour oublier quelqu'un.

Numph était assis derrière un bureau capitonné, contemplant le centre de transfert à travers le dôme pressurisé, mordillant d'un air absent le coin d'un dossier.

Terl s'approcha avec méfiance. L'uniforme de Numph était impeccable. Son pelage virait au bleu mais il était bien lisse et peigné avec soin. Il ne semblait pas particulièrement contrarié, quoique le regard de ses yeux d'ambre fût pensif.

Il ne tourna même pas la tête vers Terl et dit simplement, d'un air indifférent :

– Asseyez-vous.

– Je suis venu suite à votre convocation, Votre Planétarité.

Le vieux Psychlo se tourna enfin vers lui et le dévisagea d'un air las.

– Oui, c'est évident.

Il n'attachait pas grande importance à Terl, mais il ne le détestait pas non plus : c'était toujours pareil avec ces cadres qui n'étaient décidément pas du premier échelon. Autrefois, sur d'autres planètes, il avait connu des postes meilleurs et des équipes plus brillantes.

– Nous ne faisons pas le moindre bénéfice, dit Numph.

Il jeta le dossier sur son bureau, ce qui fit tressauter deux gamelles de kerbango. Mais il n'offrit rien à Terl.

– Les filons de cette planète sont probablement épuisés, avança Terl.

– Ce n'est pas le cas. Il y a suffisamment de minerai exploitable en profondeur pour des siècles et des siècles. Et puis c'est un problème qui concerne nos ingénieurs, pas la sécurité.

Terl resta indifférent devant cette rebuffade.

– J'ai entendu dire que de nombreux marchés de la Compagnie connaissent une dépression économique, que les prix chutent.

– C'est fort possible. Mais cela regarde le département de l'économie de notre siège, et pas la sécurité.

Cette fois, Terl s'agita quelque peu. Sa chaise émit un grincement inquiétant.

Numph prit le dossier et le feuilleta avant de poser un regard lourd sur Terl.

– Les dépenses, dit-il enfin.

– Les dépenses concernent la comptabilité et non la sécurité, rétorqua Terl, prenant ainsi une petite revanche.

Numph l'observa durant plusieurs secondes. Il n'arrivait pas à savoir si Terl était ou non insolent. Il préféra ignorer le problème et reposa le dossier.

– Mais une mutinerie, dit-il, cela concerne la sécurité.

Terl se roidit.

– Quelle mutinerie?

Il n'avait pas entendu la moindre rumeur. Que se passait-il donc? Numph disposait-il d'un réseau d'information parallèle?

– Elle n'a pas encore éclaté, mais lorsque j'annoncerai les réductions de salaires et les suppressions de primes, il est probable qu'il y en aura une.

Terl frissonna et se pencha en avant. Cela l'affecterait de bien des manières.

Numph lui tendit le dossier.

– Les frais de personnel. Nous avons sur cette planète 3 719 employés répartis dans cinq exploitations minières et trois sites d'exploration. Cela comprend également le personnel au sol du terrain de débarquement, les équipes de transfert et de chargement. Avec un salaire moyen de 30 000 crédits galactiques par an, cela représente 111 570 000 crédits... L'alimentation, l'hébergement et les dépenses en gaz sont estimées à 15 000 crédits pour chaque poste, ce qui nous donne 55 785 000 crédits. Nous obtenons un total de 167 355 000. Ajoutez à cela les primes, les frais de transport, et nous dépassons largement le chiffre de notre production. Sans compter les investissements et le taux d'usure, de détérioration et de destruction.

Terl n'avait été que faiblement conscient de cette situation. En fait, il n'avait utilisé ce faux argument qu'afin de réaliser son plan.

Il ne pensait pas que le temps était venu de révéler ce qu'il était en train de faire. Mais il n'avait pas prévu que la riche et prospère Compagnie Intergalactique en arriverait à réduire les salaires et annuler les primes. Certes, il en était directement affecté, mais ses ambitions personnelles pour parvenir à la richesse et au pouvoir étaient bien plus importantes.

Le moment était-il venu de déclencher une nouvelle phase de son projet? L'animal-homme se comportait très bien. Il pourrait sans nul doute être entraîné pour des travaux de forage élémentaires. Et aussi pour recruter d'autres animaux. Terl était complètement convaincu qu'il saurait extraire le filon en dépit des dangers.

Exploiter cette veine sur la paroi abrupte de la falaise battue par le blizzard serait un travail difficile et sans doute mortel pour un grand nombre des choses-hommes qui y participeraient, mais qui s'en souciait? De toute façon, quand le métal aurait été extrait, il faudrait bien vaporiser les animaux afin que le secret ne filtre pas.

— Nous pourrions augmenter notre production, dit Terl, en pensant à son projet.

— Non, non, c'est tout à fait impossible, dit Numph. (Il soupira.) Nous sommes limités en personnel.

Ce fut comme une caresse sur les os-tympans de Terl.

— Vous avez raison, rétorqua-t-il en poussant Numph un peu plus avant dans le piège. Si nous ne résolvons pas ce problème, nous affronterons une mutinerie.

Numph approuva d'un air morose.

– Et dans une mutinerie, poursuivit Terl, les travailleurs exécutent les cadres en premier.

Une fois encore, Numph ne put qu'approuver, mais cette fois il y eut un éclair de peur dans ses yeux d'ambre.

C'était prématuré et Terl n'avait pas eu l'intention de révéler ce qu'il faisait, mais le moment était venu.

– J'y travaille, dit-il. Si nous parvenons à leur donner l'espoir que les réductions de salaire ne seront pas permanentes et si nous n'engageons pas de personnel supplémentaire, les risques de mutinerie diminueront.

– C'est vrai, c'est vrai. D'ailleurs, nous n'engageons plus personne. Mais, dans le même temps, les ouvriers travaillent vraiment très dur et certains commencent à grogner.

– Je l'admets, dit Terl en se lançant à l'eau. Mais que diriez-vous si je vous déclarais qu'en ce moment même je travaille sur un projet afin de diminuer de moitié notre personnel minier dans les deux années à venir?

– Je dirais que c'est un miracle.

Voilà le genre de chose que Terl prenait plaisir à entendre. Il imaginait déjà les applaudissements du Bureau Central.

Numph avait presque l'air enthousiaste.

– Pas un Psychlo n'aime cette planète. Personne ne peut sortir sans porter un masque...

– Ce qui augmente encore nos dépenses de gaz atmosphérique, remarqua Numph.

– Ce dont nous avons besoin, c'est d'un personnel pouvant respirer l'air et capable d'effectuer les travaux mécaniques élémentaires.

Numph se rencogna dans son siège, visiblement saisi de doute.

– Si vous pensez aux... comment les appelait-on... les Chinkos... Ils ont été supprimés il y a des générations.

– Je ne pense pas aux Chinkos. Mais je félicite Votre Planétarité de sa connaissance de l'histoire de notre Compagnie. Non, il ne s'agit pas des Chinkos. Il existe sur ce monde un potentiel de main-d'œuvre locale.

– Où ça?

– Je ne peux vous en dire plus pour le moment, mais

je tiens à vous assurer que je suis en bonne voie et que j'espère beaucoup.

— Qui sont ces gens?

— Eh bien, à vrai dire, ce ne sont pas des « gens », ainsi que vous le dites. Mais ce sont des êtres intelligents qui vivent sur cette planète.

— Ils pensent? Ils parlent?

— Manuellement, ils sont très capables.

Numph soupesa cette réponse.

— Ils parlent? Vous pouvez communiquer avec eux?

— Oui, dit Terl en s'avançant un peu. Oui, ils parlent.

— Sur le continent inférieur, il existe un oiseau qui sait parler. L'un des directeurs de mine m'en a envoyé un. Il était capable de jurer en psychlo. Quelqu'un a oublié de remplacer la cartouche d'air dans son dôme et l'oiseau est mort. (Numph plissa le front.) Mais un oiseau, manuellement...

— Non, non, non! s'exclama Terl, interrompant le radotage du Directeur. Je parle de petits animaux avec deux jambes, deux bras...

— Des singes! Mais Terl, vous n'êtes pas sérieux!

— Il ne s'agit pas de singes. Ils seraient incapables de manœuvrer les machines. Je parle des hommes.

Numph le dévisagea pendant plusieurs secondes. Puis il dit :

— Mais il n'en reste que très peu, même s'ils sont capables de faire ce que vous prétendez.

— C'est vrai, c'est vrai. Ils ont été classés comme espèce en voie de disparition.

— Comment?

— Leur race va s'éteindre.

— Mais quelques-uns ne suffiraient pas à résoudre notre...

— Votre Planétarité, je vais être franc. Je n'ai pas fait le compte de ceux qui survivent...

— Mais il y a des années qu'on n'en a pas un seul, Terl...

— Les drones de reconnaissance en ont repéré. Dans ces montagnes que vous apercevez là-bas, il y en avait tente-quatre. Et il en existe en grand nombre sur les autres continents. J'ai toute raison de croire que, si l'on m'en donnait les moyens, je pourrais en rassembler plusieurs milliers.

– Ah, oui... les moyens. Des dépenses...

– Non, non. Pas de vraies dépenses. J'ai mis au point un programme d'économie. J'ai même réduit le nombre des drones de reconnaissance. Et les hommes se reproduisent vite, si on leur en donne la chance.

– Mais si personne n'en a jamais vu un... Quelles fonctions pourraient-ils remplir?...

– Ils pourraient remplacer les opérateurs à l'extérieur. Plus de soixante-quinze pour cent du personnel. Les tracteurs, les chargeurs. Ça ne demande pas de spécialisation.

– Oh, je ne sais pas, Terl. Si personne n'a jamais vu un de ces...

– J'en possède un.

– Comment?

– Ici même. Dans une des cages du zoo, près du camp. Je suis allé le capturer à l'extérieur. Ça n'a pas été facile, mais j'y suis arrivé. J'avais d'excellentes notes en tir, à l'école, vous savez.

Numph était déconcerté.

– Oui, oui... j'ai entendu certaines rumeurs à propos d'un animal bizarre dans le zoo, comme vous dites. Je crois que c'est un des directeurs de la mine qui m'en a parlé. Oui, c'est Char... Ça le faisait rire.

– Il n'y a pas de quoi rire si cela peut influer sur les profits et les salaires, dit Terl d'un ton irrité.

– Exact. Parfaitement exact. Mais Char a toujours été un imbécile. Ainsi, vous essayez de dresser cet animal afin qu'il remplace le personnel... Bien, bien. Remarquable.

– Si vous me donniez un ordre de réquisition pour le transport..., risqua Terl.

– Eh bien... Est-ce qu'il serait possible de voir cet animal? Vous comprenez, juste pour avoir un aperçu de ce qu'il pourrait faire. Si nous pouvions diminuer ou enrayer le taux d'accidents chez nos ouvriers, cela suffirait à faire pencher la balance, car nous n'aurions pas autant de pensions à verser. Il y a aussi le potentiel de détérioration des machines. Et le Bureau Central n'aime pas ça du tout.

– Je ne travaille là-dessus que depuis quelques semaines et il faudra encore un peu de temps pour entraîner l'animal à manœuvrer une machine. Mais je pense pouvoir m'arranger pour que vous voyiez par vous-même ce qu'il sait faire.

– Très bien. Faites-moi savoir quand ce sera possible. Vous me dites que vous l'entraînez? Vous savez qu'il est illégal d'enseigner à une race inférieure la métallurgie ou la stratégie. Ce n'est pas ce que vous faites, n'est-ce pas?

– Non, non, non. Je lui apprends seulement à manœuvrer une machine. A appuyer sur les boutons, à tirer sur les leviers, c'est tout. Mais il faut qu'il sache parler si je veux lui donner des ordres. Je vous ferai une démonstration quand il sera prêt. Maintenant, si vous voulez bien me signer cet ordre de réquisition.

– Il sera bien temps quand j'aurai vu cette démonstration.

Terl s'était redressé. Il avait à moitié sorti les documents qu'il avait préparés et il les remit dans sa poche. Il faudrait qu'il trouve un autre moyen – mais il était un maître en la matière. L'entretien s'était passé de façon plutôt satisfaisante et il se sentait à l'aise. C'est alors que Numph lui lâcha sur la tête la mine toute entière.

– Terl, j'apprécie votre soutien. L'autre jour, justement, le Bureau Central m'a adressé un message à propos de votre contrat avec nous. Comme vous le savez, ils font leur planning à l'avance. Ils avaient besoin d'un chef de la sécurité expérimenté sur la planète-mère et ils ont pensé à vous. Je me félicite d'avoir rejeté leur demande. Et de vous avoir recommandé pour un nouveau contrat de dix ans.

– Mais je n'avais plus que deux ans, parvint à balbutier Terl.

– Je sais, je sais. Mais les bons chefs de la sécurité sont très précieux. Et le fait que vous soyez très demandé améliorera votre dossier.

Terl gagna la porte. Sur le seuil, il eut la nausée. Il était pris au piège. Et par sa propre faute. Il était cloué sur cette maudite planète!

Il y avait cette veine d'or scintillante dans les montagnes. Tous ses plans avançaient bien. Il lui faudrait encore deux ans peut-être pour s'emparer de ces richesses interdites. Sa mission sur cette planète se serait achevée sur un triomphe personnel. Même la chose-homme était presque prête. Tout s'était passé tellement bien.

Et voilà qu'il avait devant lui dix années de plus! Par

toutes les fientes, il ne pourrait pas supporter ça!

Il lui fallait absolument un moyen de pression. Un moyen de pression sur Numph. Un gros moyen de pression.

9

L'explosion avait été nette et violente. Tout à fait différente du grondement sourd qui, tous les cinq jours, secouait la cage et le camp.

Avec un peu d'entraînement et d'agilité, Jonnie s'était aperçu qu'il pouvait grimper après les barreaux dans l'un des coins et, en se calant avec le dos et les pieds, observer les plaines jusqu'aux montagnes, par-delà le dôme des Psychlos. Et dans cette position précaire, il arrivait même à se détendre.

L'hiver était venu. Depuis quelque temps, les montagnes étaient blanches. Mais, aujourd'hui, sous le ciel gris, elles étaient invisibles.

A l'est du camp, il y avait une vaste plate-forme bizarre. Elle était entourée de poteaux très espacés et de câbles. La surface, claire et luisante, devait être faite d'une sorte de métal. Sur le rebord sud se dressait une structure en forme de dôme. Des Psychlos y entraient ou en sortaient en permanence. Au nord, de l'autre côté, il y avait une zone où d'étranges engins cylindriques se posaient ou décollaient sans cesse dans un grand nuage de poussière. Leurs flancs s'ouvraient et ils déversaient des blocs de rochers et divers fragments avant de repartir vers le ciel et de disparaître à l'horizon.

Les matériaux étaient poussés jusqu'à une courroie qui circulait entre des tours et emportés jusqu'à la grande plate-forme brillante.

Les engins cylindriques se posaient régulièrement, jour après jour, et au cinquième jour, la pile, sur la plate-forme, était énorme.

C'était alors qu'un événement mystérieux se produisait. Tous les cinq jours, très exactement à la même heure, il y avait un bourdonnement et la pile de débris se mettait à briller, très brièvement. Puis on entendait un grondement, pareil à un coup de tonnerre. Et, brusquement, elle disparaissait!

Depuis son poste d'observation, en haut de la cage, c'était la chose la plus mystérieuse que Jonnie avait pu observer et elle captait toute son attention.

Où allait donc la pile de rochers? L'instant d'avant, c'était comme une petite montagne sur la plate-forme et – bzzz! boum! – il ne restait plus rien. Et rien ne réapparaissait jamais sur la surface luisante de la plate-forme. Tout ce que les choses volantes déversaient et qui était poussé sur la courroie disparaissait.

Jonnie avait si souvent assisté à l'événement qu'il pouvait maintenant prévoir le moment exact. Il savait que le dôme du sud allait s'illuminer, que les câbles qui entouraient la plate-forme allaient se mettre à vibrer en bourdonnant et que, après le grand claquement, toute la pile de matériaux ne serait plus là.

Pourtant, cela ne s'était pas produit aujourd'hui. L'une des machines qui poussaient d'ordinaire le chargement sur la courroie avait explosé. Des Psychlos s'étaient précipités tout autour. Ils s'occupaient du conducteur. Et d'autres avaient entrepris d'éteindre le feu qui avait pris sur la machine elle-même.

Ces machines étaient équipées d'une pelle sur le devant et recouvertes d'un dôme sous lequel s'installait le pilote. Le dôme de celle-ci avait sauté, apparemment sous l'effet de l'explosion.

Un véhicule trapu arriva. On avait à présent allongé le pilote sur le sol. On le plaça dans une corbeille qui fut hissée sur le véhicule. Celui-ci repartit.

Une nouvelle machine surgit qui repoussa l'engin accidenté sur le côté avant de charger les matériaux sur la courroie. Les Psychlos retournèrent à leurs machines ou reprirent le chemin du dôme.

C'était un accident, se dit Jonnie. Il attendit encore un moment, mais il ne se passait plus rien de spécial.

Si, pourtant. Les barreaux de sa cage tremblaient. Mais c'était un événement ordinaire. La cage tremblait parce que le Psychlo approchait et Jonnie se laissa glisser jusqu'au sol.

Le monstre déverrouilla la porte et entra. Il regarda Jonnie avec fureur.

Depuis quelque temps, il était imprévisible. Un jour, il semblait calme et le lendemain, il était brutal et nerveux.

Aujourd'hui, il était particulièrement excité. Il eut un geste sauvage à l'adresse de Jonnie puis de la machine à langage.

Jonnie inspira profondément avant de se décider. Il avait passé chacune de ses heures de veille devant la machine. Il avait travaillé sans arrêt, mais jamais il n'avait adressé un seul mot au monstre.

Le moment était venu.

– En panne, dit-il en psychlo.

Le monstre lui adressa un regard perplexe. Puis il alla jusqu'à la machine et abaissa le levier. Il ne se produisit rien. Le monstre foudroya Jonnie du regard comme s'il le tenait pour responsable, puis il souleva la machine et examina le dessous. Pour Jonnie, c'était un véritable exploit, car il aurait été bien en peine de bouger la machine d'un centimètre.

La machine s'était arrêtée ce matin même, peu avant l'explosion. Jonnie se rapprocha afin de voir ce que faisait le monstre. Il venait d'enlever une petite plaque sous la machine et un bouton tomba. Le monstre lut quelques chiffres sur le bouton, puis bascula la machine sur le côté avant de quitter la cage.

Il revint peu après avec un autre bouton qu'il remit en place avant de fixer la plaque. Il remit la machine à l'endroit et toucha le levier. Le disque se mit à tourner et la machine déclara :

– Excusez-moi, mais l'addition et la soustraction...

Le monstre mit le levier en position neutre.

Puis il pointa une serre menaçante sur Jonnie et ensuite sur la machine.

Jonnie prit un deuxième risque et dit en psychlo :

– Je connais tous ceux-là. Il m'en faut d'autres.

Le monstre contempla la pile importante d'enregistrements qui représentait des centaines d'heures de leçons, puis son regard revint sur Jonnie. Il avait une expression sinistre derrière son masque facial. Jonnie s'attendait à recevoir un coup qui l'enverrait rouler jusqu'au milieu de la cage, mais le monstre parut changer d'avis.

Il prit la pile de disques et sortit. Quand il revint, il portait un lot encore plus volumineux qu'il plaça dans le compartiment à l'arrière de la machine. Il mit le premier enregistrement en place, puis désigna Jonnie et la machine. Il était évident que Jonnie devait se remettre au travail, et sans perdre un instant.

Une fois encore, Jonnie déclara en psychlo, après avoir pris son souffle :

– L'homme ne se nourrit pas de rat cru et d'eau boueuse.

Le monstre demeura figé sur place à le regarder. Puis il s'assit sur la chaise, toujours sans le quitter des yeux.

10

Terl savait reconnaître un moyen de pression quand il en rencontrait un.

En tant que vétéran de la sécurité, il en dépendait à chaque instant. De même qu'il profitait du chantage, une technique qui permettait de plier les autres à sa volonté.

Mais, à présent, il était pris à son propre jeu. La chose-homme avait senti qu'elle disposait d'un moyen de pression.

Il l'observait. Est-ce qu'elle se doutait de ses plans ? Non, bien sûr que non. Mais peut-être s'était-il montré trop insistant, tous ces mois, et l'animal avait dû deviner qu'il attendait quelque chose de lui.

Il était possible qu'il se soit montré trop indulgent. Tous les jours ou presque, il était sorti pour tuer des rats. Et ne lui avait-il pas donné régulièrement de l'eau depuis les premiers jours ? Il s'était donné beaucoup de mal pour savoir ce que cette créature mangeait.

Et voilà qu'elle se dressait en face de lui, bravement, fièrement, pour lui annoncer qu'elle ne mangeait pas comme ça. Terl l'examina encore plus attentivement. Brave et fière... Non, ce n'était pas tellement ça. La créature semblait plutôt maladive en vérité. Elle était enroulée dans une couverture, mais elle avait la peau presque bleue sous l'effet du froid. Terl regarda le bassin. L'eau était gelée et sale.

Il promena les yeux autour de lui. La cage n'était pas aussi sale qu'il l'aurait pensé. A l'évidence, la chose-homme enterrait ses excréments.

— Animal, dit Terl, tu as tout intérêt à te remettre au travail.

Quelquefois, quand on ne disposait d'aucun moyen de pression, l'intimidation s'avérait souvent efficace.

— L'hiver est mauvais pour la machine, dit Jonnie au Psychlo. La nuit, ou bien lorsqu'il pleut ou qu'il neige, je la couvre avec cette peau de daim que j'ai prise dans mon sac. Mais l'humidité ne lui vaut rien. Elle est en train de rouiller.

Terl était sur le point d'éclater de rire. C'était tellement drôle d'entendre cet animal s'exprimer en psychlo. Bien sûr, avec un accent, chinko probablement. Ou peut-être pas, après tout, car les « pardonnez-moi » et les « excusez-moi » des enregistrements n'apparaissaient pas dans sa bouche. Terl n'avait jamais rencontré de Chinkos, puisqu'ils étaient tous morts, mais il avait connu un certain nombre de races asservies sur d'autres planètes et leur langage avait toujours été parfaitement obséquieux. Ce qui était normal.

— Animal, déclara-t-il, il se peut que tu connaisses maintenant les mots, mais tu ignores quelle doit être ton attitude. Veux-tu que je te l'enseigne ?

Jonnie ne doutait pas que, d'un coup de ses énormes pattes, le Psychlo pouvait l'envoyer s'écraser contre les barreaux.

Il se redressa et dit :

— Mon nom n'est pas « animal ». Je m'appelle Jonnie Goodboy Tyler.

Terl resta éberlué. Quelle impudence ! Quelle effronterie ! Il frappa la créature.

Le collier faillit briser le cou de Jonnie quand il fut rejeté en arrière, à la limite du câble.

Terl, furieux, quitta la cage en claquant la porte derrière lui. Le sol vibra comme sous l'effet d'un tremblement de terre tandis qu'il s'éloignait.

Il avait presque atteint l'entrée du camp quand il s'arrêta. Il demeura un instant sur place à réfléchir.

Il contemplait le monde gris et blanc qui l'environnait à travers le masque gelé qui brouillait en partie sa vue. Maudite planète !

Il fit demi-tour et revint vers la cage. Il ouvrit à

nouveau la porte et souleva la chose-homme du sol. Il essuya le sang sur son cou avec un peu de neige et le posa devant la table.

– Mon nom, dit-il, est Terl. De quoi parlions-nous déjà?

Il savait reconnaître un moyen de pression quand il en voyait un.

Mais, plus tard, jamais durant le temps de leur association il ne l'appela autrement que « animal ». Après tout, un Psychlo devait tenir compte du fait qu'il appartenait à la plus grande race de tous les univers. La race dominante. Mais cette chose... Pouah!

TROISIÈME PARTIE

1

Zzt s'agitait dans l'atelier de réparation du département de transport, démontant des pièces et jetant des outils un peu partout, frénétique et bruyant.

Il aperçut Terl à proximité et, immédiatement, l'incendia.

– Est-ce que tu es à l'origine de cette diminution des salaires ? lui demanda-t-il.

Tranquillement, Terl lui fit remarquer :

– Est-ce que ça n'est pas plutôt du ressort de la comptabilité, non ?

– Pourquoi ont-ils réduit mon salaire ?

– Pas seulement le tien, mais aussi le mien, et celui de tous les autres.

– J'ai trois fois plus de travail, personne pour m'aider, et maintenant voilà qu'on me donne la moitié de ce que je devrais toucher !

– J'ai entendu dire que nous travaillions à perte.

– Et plus de primes, insista Zzt.

Terl plissa le front. Ce n'était pas vraiment le moment de demander une faveur. Il avait absolument besoin d'un moyen de pression.

– Il y a eu pas mal de machines accidentées ces jours-ci...

Zzt se redressa et le regarda longuement. Il sentait une menace dans cette insinuation. Avec Terl, on ne savait jamais...

– Qu'est-ce que tu veux ? demanda-t-il enfin.

– Je travaille sur un projet qui pourrait résoudre tout ça. Qui pourrait nous permettre de retrouver nos salaires et nos primes.

Zzt parut ne pas entendre. Quand un chef de la sécurité avait l'air de vous rendre un service, il fallait être encore plus méfiant qu'à l'ordinaire.

– Qu'est-ce que tu veux? répéta-t-il.

– Eh bien, si mon projet aboutit, nos salaires et les primes seront même augmentés.

– Écoute, j'ai du travail. Tu vois tous ces engins accidentés?

– J'ai besoin d'une petite excavatrice, dit Terl.

Zzt eut un rire rauque, sarcastique.

– Il y en a une là-bas. Elle a explosé hier sur l'aire de transfert. Prends-la.

Le petit véhicule n'avait plus d'habitacle et le tableau de bord était souillé de sang vert séché. Tout le câblage intérieur avait grillé.

– Non, ce qu'il me faut, c'est un petit engin très simple, dit Terl.

Zzt se remit à jeter des outils et des pièces détachées à droite et à gauche et manqua Terl de peu.

– Alors? insista Terl.

– Tu as un ordre de réquisition?

– Ma foi...

– C'est bien ce que je pensais, fit Zzt en s'arrêtant pour le toiser. Et tu es toujours certain de ne rien avoir à faire avec cette histoire de réduction de salaire?

– Pourquoi?

– On murmure que tu aurais eu une entrevue avec le Directeur Planétaire.

– Pour des problèmes de routine à propos de la sécurité, c'est tout.

– Mon œil!

Zzt s'approcha de l'engin accidenté et attaqua au marteau les restes du capot.

Terl s'éloigna. Il n'avait pas le moindre moyen de pression. Pas le moindre.

Perdu dans ses réflexions, l'air sombre, il erra un moment entre les dômes. Il se pouvait après tout qu'il ait une solution. Il discernait certains signes de tension et il prit brusquement sa décision.

Un intercom se trouvait à proximité et il appela Numph.

– Votre Planétarité, c'est Terl. Pourrais-je avoir un rendez-vous avec vous dans une heure? Je désirerais vous montrer quelque chose... Oui, je vous remercie, Votre Planétarité. Dans une heure, donc.

Il raccrocha, prit son masque facial et le mit soigneusement en place avant de sortir sous les rafales de flocons de neige.

Il se rendit droit à la cage et dénoua l'extrémité du flexicâble qui maintenait la créature.

Jonnie était devant la machine à instruire et l'observait d'un œil méfiant. Tout en enroulant le lien, Terl remarqua que la chose-homme utilisait à présent la chaise pour s'asseoir. Il y avait quelque arrogance là-dedans mais, en même temps, c'était plutôt satisfaisant, en vérité. De plus, la créature avait accroché une de ses peaux aux barreaux de façon à abriter de la neige l'endroit où elle dormait. Elle avait également installé une autre peau au-dessus de la machine.

Terl tira sur le câble et dit :

– Suis-moi.

– Vous m'aviez promis que je pourrais faire du feu. Est-ce que nous allons chercher du bois ? demanda Jonnie.

Terl ne répondit pas. Il tira sur la corde pour forcer Jonnie à le suivre. Il se dirigea droit sur les anciens bureaux des Chinkos. D'un coup de botte, il ouvrit une porte.

Jonnie inspecta avec intérêt l'endroit où ils venaient de pénétrer. Ils ne se trouvaient pas sous le dôme. Ici, c'était de l'air qu'il respirait. Tout était recouvert de poussière. Et il y avait des papiers épars, et même des livres. Des plans et des cartes étaient fixés aux murs. Jonnie comprit que la chaise et le bureau qui étaient dans sa cage venaient d'ici car il voyait les mêmes autour de lui, un peu partout.

Terl ouvrit un tiroir et en sortit un masque facial ainsi qu'une bouteille. Il attira Jonnie tout contre lui et lui plaqua le masque sur le visage.

D'un geste vif, Jonnie l'enleva. Le masque était trop grand et il était recouvert de poussière. Il trouva un chiffon dans l'armoire et le nettoya rapidement. Puis il examina les sangles et vit qu'elles étaient ajustables.

Terl s'était mis à fouiller alentour. Il revint finalement avec une petite pompe dans laquelle il mit une nouvelle cartouche. Puis il l'adapta sur la bouteille et la remplit d'air.

– Qu'est-ce que c'est ? demanda Jonnie.

– Tais-toi, animal.

– Si cela doit fonctionner comme la vôtre, pourquoi avez-vous des bouteilles différentes?

Terl se taisait. Il continuait de remplir d'air la bouteille et Jonnie arracha son masque et s'appuya contre l'armoire en détournant le regard.

Les yeux du Psychlo s'étrécirent. Mutinerie, pensa-t-il. Encore de la mutinerie. Il lui fallait absolument des moyens de pression. Encore et encore. Et il n'en avait aucun.

– D'accord, dit-il enfin d'un ton dégoûté, c'est un masque chinko. Les Chinkos respiraient l'air. Tu respires l'air. Il faut que tu le portes pour aller jusqu'au camp, sinon tu mourras. C'est du gaz respiratoire *normal* qu'il y a dans mes bouteilles et sous les dômes du camp, pas de l'air. Satisfait?

– Vous ne pouvez pas respirer l'air, dit Jonnie.

Terl se maîtrisa.

– C'est *toi* qui ne peux pas respirer notre atmosphère! Les Psychlos viennent d'une planète normale avec une atmosphère normale. Et toi, animal, tu y mourrais. Mets ce masque chinko.

– Est-ce que les Chinkos devaient le porter dans le camp?

– Je croyais te l'avoir dit.

– Où sont-ils?

– *Étaient*-ils, *étaient*, dit Terl, croyant que la chose avait fait une faute de grammaire. Elle avait un accent. Pointu, criard. Ce n'était pas le ton grave qui convenait au psychlo. Et c'était irritant.

– Ils ne sont plus là?

Terl était sur le point de lui intimer l'ordre de se taire, mais il céda à une impulsion sadique.

– Non, ils ne sont plus là! Les Chinkos sont morts. Toute leur race. Et tu sais pourquoi? Parce qu'ils ont voulu se mettre en grève. Ils ont refusé de travailler comme on le leur avait dit.

– Ah, fit Jonnie.

Cela confirmait ce qu'il pensait. Une nouvelle preuve qui s'ajoutait au dessin de la boucle de ceinture, aux nuages de fumée. Les Chinkos avaient été une autre race. Ils avaient travaillé au service des Psychlos pendant longtemps et on les avait récompensés en les exterminant. Cela correspondait tout à fait à ce qu'il croyait avoir deviné du tempérament psychlo.

126

Il regarda autour de lui : les Chinkos avaient dû être massacrés longtemps auparavant.

— Tu vois cette jauge? demanda Terl en désignant la bouteille d'air qu'il avait remplie. Elle marque un-zéro-zéro quand elle est pleine. L'aiguille descend ensuite au fur et à mesure que la charge s'épuise. Quand elle est à cinq, ça veut dire que tu vas manquer d'air. Il y en a pour une heure. Mais ne quitte pas la jauge des yeux.

— On dirait que cela a été prévu pour deux bouteilles et que l'une doit porter la pompe, remarqua Jonnie.

Terl regarda la bouteille. Effectivement, il y avait des pattes prévues pour une deuxième bouteille et un emplacement pour la pompe. Il n'avait pas pris la peine de lire les étiquettes.

— Tais-toi, animal, fit-il.

Mais il n'en remplit pas moins la deuxième bouteille qu'il mit en place avant de fixer la pompe entre les deux. Il boucla sans douceur l'équipement et le masque sur Jonnie.

— Maintenant, écoute-moi, animal. Nous allons au camp. Je vais m'entretenir avec un chef important. Sa Planétarité en personne. Mais tu ne diras pas un mot et tu feras exactement ce que je te dirai de faire. Compris, animal?

Jonnie, derrière son masque, le regarda sans rien dire.

— Et si tu n'obéis pas, animal, je n'aurai qu'à t'arracher ce masque et tu seras pris de convulsions.

Le regard de ces yeux bleus comme la glace ne plaisait pas trop à Terl. Il tira violemment sur la lanière.

— Allons-y, animal.

2

Numph était nerveux. Il adressa un regard incertain à Terl lorsque celui-ci entra.

— Mutinerie? demanda-t-il.

— Non, pas encore.

127

– Qu'est-ce que vous m'amenez là?

Terl tira sur la lanière de Jonnie.

– Je désirais vous montrer la chose-homme.

Numph se pencha en avant. Il observa un instant cet animal sans fourrure, presque nu, avec deux bras et deux jambes. Mais non : il avait quand même un peu de fourrure. Sur la tête et au bas du visage. Et des yeux bleu pâle étranges.

– Ne le laissez pas pisser par terre, dit-il enfin.

– Regardez ses mains, fit Terl. Elles sont tout à fait adaptées à...

– Vous êtes vraiment *certain* qu'une mutinerie n'est pas en train d'éclater? Ils ont appris la nouvelle ce matin. Et je n'ai encore reçu aucune information des exploitations des autres continents.

– Cela n'a probablement pas plu, mais il n'y a pas encore de mutinerie, dit Terl. Si vous voulez bien examiner ses mains.

– Je vais surveiller la production de près, continua Numph. Il se pourrait bien qu'ils essaient de la réduire.

– Ça ne signifierait pas grand-chose. Nous manquons de personnel. Au transport, il ne reste plus un seul mécano pour l'entretien. Ils ont tous été transférés aux opérations pour augmenter la production.

– Je me suis laissé dire que le chômage se développe sur la planète mère. Je pourrais peut-être faire venir du personnel de renfort...

Terl soupira. Quel idiot! Numph n'arrêtait pas de radoter.

– Avec la réduction des salaires et la suppression des primes? Sur cette affreuse planète?... Non, je ne crois pas qu'il y aura beaucoup de candidats. Mais si vous voulez bien examiner cet animal...

– Oui, c'est ça. J'aurais dû faire venir du personnel avant les mesures de réduction. Vous êtes absolument certain que la mutinerie n'a pas commencé?

Terl se décida.

– Eh bien, la meilleure façon d'empêcher une mutinerie c'est de promettre une augmentation de la production. Et dans l'année qui vient, je pense que nous pourrons remplacer la moitié de nos conducteurs d'engins et de véhicules par ces êtres-là...

Bon sang! Il n'arrivait à rien.

– Il n'a pas pissé par terre, au moins? s'inquiéta Numph en se penchant un peu plus pour regarder. Vous savez que cette chose sent *vraiment mauvais*?

– Ce sont ces peaux non tannées qu'elle porte. Elle n'a pas de véritables vêtements.

– Des vêtements? Parce qu'elle peut porter des vêtements?

– Oui, je le crois, Votre Planétarité. Mais elle n'a que ces peaux pour l'instant. En fait, j'ai ici quelques demandes de réquisition.

Terl s'avança vers le bureau et tendit les documents afin de les faire signer par Numph. Il n'avait pas le moindre moyen de pression sur cet imbécile.

– Ce bureau vient à peine d'être nettoyé, dit Numph. Et maintenant, il va falloir le ventiler à fond. Qu'est-ce que vous me donnez là?

Son regard venait de se poser sur les demandes de réquisition.

– Vous vouliez que je vous démontre que cette chose-homme peut conduire des machines. Il y a là une demande de fournitures générales et une autre pour un véhicule.

– Elles sont marquées « urgent ».

– Si nous voulons vraiment éviter une mutinerie, il faut remonter rapidement le moral du personnel.

– C'est exact.

Numph était en train de lire la demande de réquisition comme s'il n'en avait jamais vu de toute sa carrière.

Jonnie attendait patiemment. Il était occupé à enregistrer tous les détails des lieux. Les évents d'arrivée du gaz respiratoire, la matière dont le dôme était fait, les arceaux qui le maintenaient...

Les Psychlos ne portaient pas de masque ici et c'était la première fois qu'il les voyait à visage nu. Ils avaient l'air presque humains, si ce n'est qu'ils semblaient avoir des plaques osseuses à la place des lèvres, des sourcils et des paupières. Leurs yeux couleur d'ambre rappelaient ceux des loups. Il commençait à pouvoir lire leurs émotions par rapport à leurs expressions.

En s'avançant dans le camp, ils avaient croisé un certain nombre de Psychlos. Tous l'avaient détaillé avec curiosité, mais les regards qu'ils avaient adressés à Terl avaient été franchement hostiles. Apparemment, sa fonction ou son rang ne le rendait pas particulièrement populaire. Mais toutes les relations entre ces êtres, avait remarqué Jonnie, étaient hostiles.

Numph releva enfin la tête.

– Vous pensez vraiment que ces choses peuvent conduire des machines?

– Vous m'avez demandé une démonstration. Pour cela, il me faut un véhicule. Afin de lui apprendre.

– Oh... Elle ne sait pas encore, donc. Alors comment pouvez-vous être sûr?

Bon sang! se dit Terl. L'autre était encore plus idiot qu'il ne le pensait. Mais quelque chose tourmentait Numph.

Quelque chose dont il ne parlait pas. Un chef de la sécurité avait toujours de l'intuition pour ça. Un moyen de pression! Il lui fallait un moyen de pression. S'il arrivait à savoir ce qui préoccupait Numph, il aurait ce moyen de pression. Il lui faudrait ouvrir les yeux et les oreilles.

– Il a très vite appris à se servir d'une machine à instruire, Votre Planétarité.

– Appris?

– Oui, il sait maintenant lire et écrire dans sa langue, mais aussi en psychlo.

– Non!

Terl se tourna vers Jonnie.

– Salue Sa Planétarité.

Jonnie le regarda bien en face sans dire un mot.

– Parle! lança Terl, puis il ajouta à mi-voix: « Tu veux que j'arrache ce masque? »

– Je crois, dit Jonnie, que Terl désire que vous signiez ces ordres de réquisition afin que j'apprenne à conduire une machine. Si vous lui en avez donné l'ordre, vous devriez signer.

Ce fut comme s'il n'avait pas prononcé un mot. Numph était perdu dans la contemplation de la fenêtre. Il réfléchissait intensément. Puis ses narines se dilatèrent et il déclara:

– Cette chose pue.

– Dès que j'aurai votre signature sur ces ordres de réquisition, promit Terl, nous nous retirerons.

– Oui, oui, marmonna Numph. Il griffonna ses initiales au bas des documents.

Terl les prit d'un geste vif et s'apprêta à se retirer.

Numph se pencha à nouveau et demanda :
– Vous êtes sûr qu'il n'a pas pissé par terre?

3

Terl n'avait pas dormi et il avait déjà eu droit à deux empoignades. Il n'était pas d'humeur à en subir une troisième.

La journée était grise et des flocons de neige dérivaient lentement, déposant une fine couche blanche sur la pelleteuse déglinguée parquée derrière le zoo. Sur le grand siège prévu pour un conducteur psychlo, la chose-homme avait l'air ridicule et Terl renifla avec mépris.

La première empoignade avait éclaté à propos de sa réquisition d'uniforme. Le responsable du magasin d'habillement – un crétin minable nommé Druk – avait prétendu que l'ordre était un faux. Il avait même ajouté que, connaissant Terl, cela ne faisait aucun doute. Et il avait poussé l'insolence jusqu'à vérifier auprès de ses supérieurs. Ensuite, il avait dit qu'il ne disposait d'aucun uniforme de cette taille, qu'il n'était pas là pour habiller des nains, et la Compagnie non plus. D'accord, il avait du tissu. Mais il était réservé aux cadres de la mine.

C'est alors que l'animal avait pris la parole pour déclarer qu'il ne porterait jamais de costume violet, sous aucun prétexte. Terl l'avait frappé, mais il s'était relevé pour répéter la même chose. Bon sang! Il n'avait aucun moyen de pression sur cet animal. Aucun!

Puis il lui était venu une inspiration. Il s'était rendu dans les anciens quartiers chinkos où il avait trouvé un rouleau de ce tissu bleu que les Chinkos portaient autrefois. Le tailleur avait jugé qu'il ne valait rien, mais il n'avait pas trouvé d'autre argument.

Il avait fallu une bonne heure pour découper et souder deux uniformes pour l'animal. Ensuite, il avait refusé de porter la boucle de ceinture réglementaire de la Compagnie. En fait, il avait piqué une crise et Terl, une fois encore, avait dû explorer les quartiers chinkos pour dénicher une sorte d'artefact – une boucle dorée sur laquelle était représenté un oiseau, un aigle avec des flèches. En tout cas, une chose était certaine : l'animal avait été impressionné. Terl avait cru que ses yeux allaient jaillir de sa tête.

Sa deuxième empoignade avait été avec Zzt.

Tout d'abord, Zzt n'avait pas dit un mot. Puis il avait enfin condescendu à poser les yeux sur l'ordre de réquisition. Il avait fait remarquer qu'il n'y avait aucun numéro d'enregistrement dans les blancs prévus à cet effet et que, en conséquence, il était libre de décider de ce qu'il pouvait lui attribuer. Terl n'avait qu'à prendre le véhicule accidenté. Certes, il était rayé des registres, mais il marchait encore. C'est comme ça que la bagarre avait commencé.

Terl avait frappé durement Zzt et ils avaient échangé des coups pendant cinq minutes avant que Terl ne trébuche sur un coffre à outils et que Zzt ne profite de l'occasion pour lui donner des coups de pied.

Terl avait donc pris le véhicule accidenté. Il avait été obligé de le pousser hors du garage. A présent, l'animal était aux commandes et il avait l'impression qu'une nouvelle empoignade était en préparation.

– Qu'est-ce que c'est que toutes ces taches vertes sur le siège et le sol? demanda Jonnie.

En dépit de la neige, les souillures étaient encore visibles car elles coloraient les flocons en vert pâle.

Dans un premier temps, Terl ne répondit pas. Encore une fois, ce fut le sadisme qui l'emporta.

– C'est du sang, dit-il.

– Mais ce n'est pas rouge.

– Le sang des Psychlos n'est pas rouge. C'est du sang *véritable* et il est vert. Il a la couleur du sang. Maintenant, tais-toi, animal. Je vais te montrer comment...

– Et ces traces de brûlure autour de ce grand cercle? insista Jonnie en montrant ce qui restait de l'habitacle.

Terl le frappa. Jonnie faillit décoller de son siège mais, avec une certaine agilité, il se rattrapa à une barre d'appui.

– Il faut pourtant que je sache, dit-il, lorsqu'il eut repris son souffle. Comment savoir si quelqu'un n'a pas appuyé sur le mauvais bouton et fait éclater ce truc?

Terl eut un soupir. Les bras de la créature n'étaient pas assez grands pour atteindre les commandes et elle devait rester debout.

— Non, personne n'a pressé le mauvais bouton, dit enfin Terl. Il y a eu une explosion, c'est tout.

— Mais pourquoi? Il faut bien qu'il y ait eu une cause.

C'est alors que Jonnie réalisa que ce véhicule était celui qu'il avait entendu exploser et qui avait provoqué la mort d'un Psychlo sur le terrain où se posaient les engins.

Il dégagea un peu de la neige qui s'était accumulée sur le siège, s'assit et détourna le regard.

— D'accord! gronda Terl. Quand ces véhicules sont pilotés par des Psychlos, ils sont munis d'un capot transparent. C'est nécessaire pour maintenir l'atmosphère respirable. Mais toi, animal, tu n'as pas besoin de cela, et il n'y a aucun risque d'explosion.

— Oui, mais *pourquoi* est-ce qu'il y a eu une explosion? Il faut que je le sache si je dois conduire cette chose.

Une fois encore, Terl soupira en frissonnant. Il était tellement exaspéré qu'il entendit grincer ses crocs. L'animal, quant à lui, continuait de détourner le regard.

— C'est à cause de notre gaz respiratoire, dit enfin Terl. Ils avaient un chargement d'or où se trouvait sans doute une trace d'uranium. Il a dû y avoir une fuite ou une fissure dans le capot. Le gaz est entré en contact avec l'uranium et cela a provoqué une explosion.

— Uranium? De l'Uranium?

— Non, ce n'est pas la bonne prononciation. On dit *uranium*.

— Comment ça se dit en anglais?

— Nom d'une nébuleuse pourrie! Comment veux-tu que je le sache? éclata Terl. C'en était vraiment trop.

Jonnie eut la prudence de ne pas sourire. L'uranium, se dit-il. L'uranium faisait exploser le gaz que respiraient les Psychlos!

Et, du même coup, il venait de découvrir que Terl ne parlait pas anglais.

— Comment fonctionnent les commandes? demanda-t-il.

Terl fut quelque peu rasséréné. Au moins, l'animal le regardait à nouveau.

– Ce bouton sert à s'arrêter. Si quelque chose va mal, n'importe quoi, il faut appuyer dessus. Cette barre, là, permet de tourner à droite, comme ça, et à gauche, comme ça. Ce levier fait monter la pelle, celui-ci l'incline et celui-là permet de l'orienter. Et c'est avec ce bouton rouge qu'on la ramène en arrière.

Jonnie leva la pelle et la fit basculer en se penchant par-dessus le capot pour surveiller la manœuvre. Puis il la leva tout en haut.

– Tu vois ce bouquet d'arbres, là-bas? demanda Terl. Va dans cette direction, très lentement.

Il se mit à marcher en suivant le véhicule.

– Arrête, maintenant.

Jonnie obtempéra.

– Maintenant, recule.

Jonnie obéit.

– Avance en tournant en rond.

Pour Terl, l'engin était petit, mais le siège du pilote était quand même à près de cinq mètres du sol et la pelle était large de six mètres. Et quand il fonctionnait, tout le sol tremblait.

– Maintenant, dit Terl, commence à pousser de la neige. Juste quelques centimètres.

Tout d'abord, Jonnie trouva très difficile de planter la pelle selon différents angles pendant que la machine avançait.

Terl l'observait. Il faisait froid et il n'avait pas dormi. Ses crocs le faisaient encore souffrir là où Zzt l'avait brutalement frappé. Il grimpa à bord, prit le lien de Jonnie, l'enroula autour d'une barre et l'attacha hors de sa portée.

Jonnie arrêta le véhicule, décidé à profiter d'une petite pause.

– Pourquoi Numph ne m'a-t-il pas entendu parler? demanda-t-il.

– Tais-toi, animal!

– Mais il faut que je sache. Peut-être mon accent est-il mauvais.

– Ton accent est affreux, mais ça n'est pas la raison. Tu avais un masque facial et Numph est un peu sourd.

C'était un mensonge absolu, bien digne d'un chef de la sécurité.

Numph avait parfaitement entendu et le masque facial de l'animal n'avait en rien étouffé son discours. Non, Numph avait été distrait par quelque chose. Quelque chose que Terl ignorait. Et s'il n'avait pas dormi la nuit précédente, c'est tout simplement parce qu'il avait passé des heures à fouiller dans les rapports et les dossiers de Numph pour en apprendre plus. Un moyen de pression. Il lui fallait absolument un moyen de pression. Mais il n'avait rien trouvé. Rien d'important. Pourtant, il y avait *quelque chose.*

Terl ne tenait plus debout. Il avait besoin d'une petite sieste.

– J'ai plusieurs rapports à rédiger, déclara-t-il. Tu continues à t'entraîner et à faire rouler l'engin. J'aurai vite fini.

Puis il sortit une caméra-bouton de sa poche et la fixa sur la barre de roulement arrière, hors d'atteinte de l'animal.

– Et ne te fais pas des idées. Ce véhicule n'est pas fait pour aller vite.

Sur ce, il sortit.

Mais la sieste, aidée par une bonne dose de kerbango, fut plus longue que prévue et il faisait presque nuit quand il retourna au véhicule.

Il s'arrêta, interdit. Le terrain d'exercice était entièrement labouré. Mais ce n'était pas ce qui le surprenait. L'animal avait abattu une demi-douzaine d'arbres et les avait poussés jusqu'à la cage, puis il les avait entassés devant la porte. Mieux encore, il s'était servi de la pelle pour découper les troncs en morceaux, avant de les fendre.

L'animal s'était installé sur le siège, à présent, recroquevillé sous le vent âpre qui s'était levé.

Terl dénoua le lien et Jonnie se redressa.

– Qu'est-ce que ça signifie? demanda Terl en montrant le tas de bois coupé.

– Du bois pour le feu, dit Jonnie. Maintenant que tu m'as détaché, je vais le porter dans la cage.

– Du bois pour le feu?

– Disons que j'en ai assez de ce régime de rat cru, mon ami.

Ce soir-là, après avoir absorbé sa première nourriture cuite depuis des mois et réchauffé ses os pénétrés par le froid de l'hiver devant le bon feu qu'il avait allumé au milieu de la cage, Jonnie soupira de bien-être.

Ses nouveaux vêtements étaient en train de sécher sur des piquets. Assis les jambes croisées, il se mit à fouiller dans sa besace.

Il en sortit le disque de métal doré, puis il prit la boucle de ceinture et les compara.

L'oiseau avec les flèches était le même sur l'un et l'autre. Et à présent, il pouvait déchiffrer les signes.

Sur le disque doré, il y avait : « États-Unis d'Amérique ».

La boucle de ceinture disait : « États-Unis d'Amérique. Air Force ».

Ainsi son peuple, il y a longtemps, avait été une nation. Et il avait eu une force, quelle qu'elle fût, vouée à l'air.

Les boucles des Psychlos disaient qu'ils étaient membres de la Compagnie Minière Intergalactique.

Avec un sourire qui aurait effrayé Terl s'il l'avait vu, Jonnie se dit qu'il était, à partir de cette minute, membre unique de l'Air Force des États-Unis.

Il glissa soigneusement la boucle sous une peau pliée qui lui servait d'oreiller et demeura longtemps immobile à regarder danser les flammes.

4

La puissante planète Psychlo, « la reine des galaxies », était baignée par les rayonnements ardents de trois soleils.

Le courrier attendait à l'écart de l'aire de transfert de l'Intergalactique. Au-dessus de lui, les cieux mauves se déployaient jusqu'à l'horizon où se dessinaient les collines violettes. Tout autour de lui se dressaient les usines qui crachaient leur fumée, les câbles énergétiques, la force crépitante de la Compagnie. Des machines et des véhicules circulaient en un tourbillonnement frénétique sur les multiples niveaux et les routes du gigantesque complexe.

Dans le lointain se dressaient les formes pyramidales de la Cité Impériale. Les multiples complexes des nombreuses compagnies étaient éparpillés dans les collines, et tous déversaient sans cesse leur production destinée à des galaxies entières.

Comment pouvait-on vivre ailleurs? se dit le courrier. Il était assis sur son petit sol-car et attendait, marquant une pause dans sa ronde quotidienne. Comment pouvait-on accepter de vivre et de trimer sur quelque planète perdue où la gravité était légère, où il fallait porter un masque, travailler sous des dômes, conduire des véhicules pressurisés, creuser dans un sol étranger? Ou bien être mobilisé et se retrouver dans une guerre sur quelque territoire dont personne ne se souciait? Pas lui, pas un Psychlo comme lui. Ça, c'était sûr.

Il y eut un sifflement perçant : c'était le signal d'évacuation de la plate-forme de transfert. Les engins de pelletage, de nettoyage et d'aspiration se retirèrent.

Par réflexe, le courrier regarda autour de lui. Tout allait bien, il était à l'extérieur de la zone dangereuse.

Le réseau de câbles et de fils qui encerclait la plate-forme se mit à bourdonner. Puis cela devint un sifflement qui alla crescendo jusqu'à finir dans le grondement d'une explosion.

Des tonnes de minerai se matérialisèrent sur la plate-forme, téléportées en un instant à travers les galaxies.

Le courrier observa la scène à travers le voile d'air brièvement ionisé. Ça, c'était un spectacle. Le minerai qui venait de se matérialiser était couvert d'une substance blanchâtre. Le courrier avait déjà vu cela. Quelqu'un lui avait dit une fois que c'était de la « neige ». Les flocons se transformaient peu à peu en eau ruisselante. Comment pouvait-on vivre sur une planète de fous comme celle-là?

Le signal de fin d'alerte retentit et le courrier lança son sol-car en direction du nouvel arrivage. Le contremaître de réception était déjà en train de fouiller dans le tas.

– Vous avez vu ça? s'exclama le courrier. De la neige!...

Le contremaître avait tout vu et connaissait tout, et il n'avait que du mépris pour les jeunes courriers de l'Administration.

– C'est de la bauxite, pas de la neige.

– Mais il y avait de la neige dessus quand c'est arrivé.

Le contremaître escalada le flanc droit de la pile et en extraya la boîte renfermant les messages. Il nota le numéro de la boîte sur son registre avant de redescendre vers le courrier.

Les pelleteuses étaient déjà au travail. D'un geste impatient, le contremaître présenta le registre au courrier qui le signa. Puis il lui lança la boîte. En réponse, il reçut le registre en plein dans son énorme poitrine.

Le courrier démarra instantanément son sol-car et fila entre les machines en direction du complexe de l'Administration Intergalactique Centrale.

Quelques minutes après, un employé entrait avec la boîte dans le bureau de Zafin, Second-assistant du Vice-président du Département des Planètes Secondaires Inhabitées. Le bureau de Zafin n'était en vérité qu'une sorte d'alcôve car l'Administration Centrale ne comptait pas moins de trois cent mille employés.

Zafin était un jeune cadre ambitieux.

– Pourquoi cette boîte est-elle humide ? demanda-t-il.

L'employé, qui s'apprêtait à poser la boîte sur le bureau, au milieu des paperasses, la retira précipitamment et l'essuya avec un chiffon. Puis il regarda l'étiquette :

– Ça vient de la Terre. Il devait pleuvoir là-bas.

– Typique, dit Zafin. Et ça se trouve où ?

L'employé appuya docilement sur le bouton du projecteur et une carte apparut sur le mur. Il en régla la netteté, examina un instant la carte et posa une serre sur un petit point.

Mais Zafin ne se donna même pas la peine de regarder.

Il venait d'ouvrir la boîte de messages et les répartissait pour les différents services dont il était responsable, apposant une initiale sur chacun. Il avait presque fini quand il prit un message qui demandait autre chose qu'une simple signature. Il l'examina un instant avec une expression dégoûtée.

– Vert avec avis d'urgence, dit-il.

L'employé prit le message, l'air de s'excuser, et lut.

– Ce n'est qu'une demande d'information.

– Alors la priorité n'est pas justifiée, dit Zafin en récupérant le message. Nous avons trois guerres en cours et voilà que quelqu'un qui se trouve... où déjà?...

– Sur Terre.

– Qui nous envoie ça?

Une fois encore, l'employé consulta le message.

– Un chef de la sécurité... Un nommé Terl.

– Que dit son dossier?

L'employé posa les serres sur une console, appuya sur quelques boutons et un dossier sortit d'une fente murale avec un claquement sonore. Il s'en saisit et le tendit à son supérieur.

– Terl, dit Zafin, l'air concentré. Est-ce que je n'ai pas déjà entendu ce nom-là?

L'employé regarda à son tour le dossier.

– Il a demandé sa mutation il y a cinq mois de notre temps.

– Je savais bien que j'avais un cerveau d'acier, dit Zafin. Et il le pensait vraiment. Il reprit le classeur et ajouta :

– Je n'oublie jamais un nom.

Il se mit à le feuilleter.

– La Terre... Ça doit être un endroit lugubre, mortel. Et voilà qu'on nous expédie un message dont la priorité n'est pas justifiée.

L'employé reprit le dossier.

– Mais où est donc passé ce message? dit Zafin d'un air irrité.

– Il est sur votre bureau, Votre Honneur.

– Il veut savoir quelles relations... dit-il après un instant. Numph? Numph?...

L'employé pianota avec diligence sur la console et l'écran s'illumina.

– Le Directeur de l'Intergalactique pour la Terre.

– Ce... Terl désire savoir de quelles relations il jouit au Bureau Central, dit Zafin.

L'employé pianota à nouveau et lut le résultat.

– C'est l'oncle de Nipe, Vice-président du Département de la Comptabilité pour les Planètes Secondaires.

– Bien. Marquez ça sur le message et renvoyez-le.

– Mais il porte aussi la mention « confidentiel », remarqua l'employé.

– Eh bien, marquez « confidentiel », grommela Zafin.

Puis il se rencogna dans son siège pour réfléchir. Il le fit pivoter et, à travers la baie, contempla la cité dans le lointain. La brise était douce et fraîche et elle dissipait quelque peu son irritation.

Il se tourna à nouveau face à son bureau.

– Bon, je ne crois pas qu'il y ait lieu de punir ce... comment déjà?

– Terl.

– Oui, Terl. Notez simplement dans son dossier qu'il accorde une priorité trop élevée à des demandes absurdes. Il est simplement jeune et ambitieux et il ne connaît pas encore très bien le rôle d'un cadre. Et c'est bien ce dont nous souffrons par ici : trop de fonctionnaires incompétents! Vous comprenez?

L'employé répondit qu'il comprenait parfaitement et récupéra la boîte et son contenu. Dans le dossier de Terl, il écrivit : « Accorde un ordre de priorité trop élevé à des demandes absurdes. Jeune, ambitieux, dépourvu d'habileté en tant que cadre. Rejeter toute autre communication. »

Dans l'intimité de sa propre alcôve, l'employé eut un sourire méchant en se disant que ce portrait correspondait aussi bien à Zafin. Il nota la réponse sur le message de Terl d'une écriture précise, calligraphiée, d'employé à l'Administration, et ne se donna pas la peine d'en classer une copie. Dans quelques jours, le message serait téléporté sur Terre.

Le monde puissant, arrogant et dominateur de Psychlo continuait de bourdonner autour de lui.

5

Le jour de la démonstration était arrivé et Terl s'était jeté dans une activité frénétique.

Tôt levé, il avait refait travailler l'animal. Il l'avait

mis aux commandes de la pelleteuse et il lui avait fait sillonner en tous sens le terrain d'exercice. En fait, Terl l'avait tellement poussé à multiplier les manœuvres que la machine avait fini par tomber en panne de carburant. Bon, c'était un problème qu'il pouvait résoudre.

Il alla voir Zzt.

— Tu n'as pas d'ordre de réquisition, lui dit l'autre.

— Mais je n'ai besoin que d'une cartouche de carburant.

— Je sais, je sais, mais j'ai des comptes à rendre pour ça aussi.

Terl sentit grincer ses crocs. Il n'avait aucun moyen de pression. Un moyen de pression aurait tout arrangé, mais il n'avait rien sur Zzt. Rien.

Soudain, Zzt interrompit sa tâche. Un sourire se dessina brièvement sur ses os-bouche. Et Terl fut sur la défensive.

— Je vais te dire ce que je vais faire, dit Zzt. Après tout, tu as abandonné cinq drones de reconnaissance. Je vais aller jeter un coup d'œil à cette machine.

Il mit un masque facial et Terl le suivit au-dehors.

L'animal était assis sur la machine. Son collier était bien en place et le câble était solidement attaché à une barre. Il avait le teint bleuâtre et frissonnait dans le vent mordant de cette fin d'hiver. Terl ne s'en préoccupa pas.

Zzt défit les attaches du capot qui s'ouvrit.

— Je m'assure seulement que tout est en ordre, dit-il. Sa voix était étouffée par le masque et aussi parce qu'il avait déjà plongé la tête dans le moteur.

— Vieille machine, dit-il.

— Elle a été accidentée, fit Terl.

— Oui, oui. (Zzt tirait et poussait certains contacts.) Mais au moins tu en as une, non?

L'animal surveillait le moindre geste de Zzt, assis sur le bord supérieur du tableau de commandes.

— Tu as laissé un fil débranché, dit-il.

— Euh... C'est exact, fit Zzt. Tu sais parler?

— Tu m'as parfaitement entendu.

— Oui, j'ai entendu, dit Zzt. Et ce que j'ai entendu n'était ni poli ni convenable.

— Ce n'est qu'un animal, dit Terl d'un ton méprisant. Qu'est-ce que tu entends par poli? Tu voudrais qu'il soit poli avec un mécano?

– Voilà, je pense que ça ira, dit Zzt en ignorant l'intervention de Terl.

Il sortit une cartouche de rechange, la mit en place et reverrouilla le couvercle.

– Démarre, dit-il.

Terl appuya sur un bouton et la machine se mit à tourner normalement.

Zzt coupa le contact et déclara :

– Si je comprends bien, tu dois donner une démonstration aujourd'hui. Je n'ai jamais vu un animal conduire. Ça ne te ferait rien que j'y assiste ?

Terl le dévisagea. Il n'avait aucun moyen de pression sur Zzt et son intérêt soudain et son apparente coopération ne correspondaient pas au personnage. Mais il n'avait pas pu mettre la patte sur quelque chose de suspect jusqu'à présent.

– Oui, tu n'as qu'à venir, grommela-t-il. Ça aura lieu ici dans une heure.

Plus tard, il s'en mordrait les doigts, mais sur l'instant, il était trop préoccupé.

– Est-ce que je pourrais me réchauffer ? demanda Jonnie.

– Tais-toi, animal ! fit Terl en se ruant vers le camp.

Nerveusement, il attendit devant la porte du bureau de Numph. L'un des employés l'avait annoncé mais il n'avait toujours pas été invité à entrer.

Finalement, au bout de quarante-cinq minutes, il demanda à un autre employé de l'annoncer et, cette fois, on lui fit signe d'entrer.

Sur le bureau de Numph, il n'y avait qu'une gamelle de kerbango. Il contemplait les montagnes au loin, à travers le dôme. Terl griffa sa ceinture pour attirer son attention. Numph finit par se retourner et le regarda d'un air absent.

– La démonstration que vous avez exigée peut avoir lieu dès maintenant, dit Terl. Tout est prêt, Votre Planétarité.

– Ce projet a-t-il un numéro ?

Aussitôt, Terl en trouva un.

– Il s'agit du Projet trente-neuf A, Votre Planétarité.

– Je croyais que ce numéro désignait l'opération de recrutement pour la nouvelle exploitation.

Terl avait eu l'habileté d'ajouter un A, ce qui n'existait pour aucun projet.

— Il s'agissait probablement du trente-neuf. Celui-ci est le trente-neuf A. Substitution de personnel...

— Ah, oui. Un transfert de personnel d'appoint depuis la planète mère.

— Non, Votre Planétarité. Vous vous souvenez de l'animal, bien sûr...

La mémoire se fit jour dans le cerveau embrumé de Numph.

— Ah, oui. L'animal.

Mais il demeura assis, sans réagir.

Je n'ai aucun moyen de pression sur ce vieil imbécile, se dit Terl. Aucun. Il avait passé au peigne fin tous les bureaux, tous les dossiers, et il n'avait rien trouvé. Le Bureau Central lui avait simplement appris qu'il était l'oncle de Nipe, Vice-président du Département de la Comptabilité pour les Planètes Secondaires. Tout ce que cela signifiait, apparemment, c'était qu'il avait obtenu son poste par piston et qu'il était un incapable notoire. C'était du moins la seule conclusion que Terl avait pu tirer de cette information.

A l'évidence, Numph n'avait nullement l'intention de bouger. Terl sentait que tous ses plans allaient s'effondrer. Il ne lui resterait plus qu'à vaporiser ce maudit animal et à tout oublier. Tout ça parce qu'il n'avait aucun moyen de pression.

Derrière son visage impassible, Terl réfléchissait avec une telle intensité qu'il lui semblait que des étincelles crépitaient dans son cerveau.

— Je crains, commença Numph, que...

Terl l'interrompit instantanément. Ne le laisse pas parler! Empêche-le de te condamner à rester sur cette planète! Par un miraculeux court-circuit mental, l'inspiration lui vint et les mots furent à l'instant même dans sa bouche.

— Avez-vous eu récemment des nouvelles de votre neveu? demanda-t-il.

Il n'avait posé cette question que pour alimenter la conversation et il était sur le point d'expliquer qu'il avait connu Nipe à l'école. Ce qui était un mensonge.

Mais l'effet que produisit sa question fut tout à fait disproportionné. Numph bondit et le dévisagea longue-

143

ment. Bien sûr, il n'avait pas sauté au plafond, mais sa réaction était une preuve suffisante.

Terl venait de toucher quelque chose.

Il n'ajouta rien. Numph semblait attendre. Il continuait de le dévisager. Avait-il peur? Bien sûr, il avait dit : « je crains », mais ce n'était qu'une figure de style.

— Il n'y a aucune raison d'avoir peur de l'animal, dit enfin Terl, d'un ton apaisant, désinvolte, jouant délibérément la méprise. Il ne mord ni ne griffe.

Numph ne faisait toujours pas le moindre mouvement. Mais qu'y avait-il donc dans son regard?

— Votre Planétarité a exigé une démonstration et je suis prêt.

— Ah, oui... La démonstration...

— Si vous voulez bien mettre un masque facial pour m'accompagner à l'extérieur...

— Oui, bien sûr.

Le Directeur de l'Intergalactique sur Terre finit son kerbango en quelques lampées décidées, se leva et décrocha son masque du mur.

Dans le hall, il ordonna à quelques-uns de ses employés de prendre eux aussi leur masque et de le suivre, puis sortit hors du dôme. Des regards inquisiteurs suivirent Terl. Un Terl surpris mais jubilant. Oui, le vieux crevait positivement de peur. Son plan allait réussir!

6

Jonnie était perché aux commandes de la pelleteuse. Des bouffées de neige, poussées par le vent âpre, glacé, estompaient parfois le camp. Jonnie porta son attention sur le groupe qui approchait. Les pas lourds faisaient trembler le sol.

Le lieu qui avait été choisi pour la démonstration était un petit plateau en saillie, au-dessus du camp. Il devait faire quelques centaines de mètres carrés, mais il s'achevait en une falaise abrupte haute de soixante mètres qui dominait un ravin profond. Il y avait suffisamment de place pour manœuvrer, mais il faudrait se tenir à l'écart du bord.

Terl avançait d'une démarche pesante à travers les légers flocons de neige. Il se hissa sur l'engin jusqu'à ce que son visage soit à la hauteur de celui de Jonnie.

– Tu vois cette foule? demanda-t-il.

Jonnie observa les Psychlos rassemblés près du camp. Il apercevait Zzt, là-bas sur la gauche.

– Et tu vois ce haut-parleur? ajouta Terl en agitant une chose en forme de trompe dans sa patte. Il s'en était déjà servi pour l'exercice.

– Tu vois aussi cet éclateur?

Il tapota l'arme énorme accrochée à sa ceinture.

– Si tu fais une seule chose de travers ou si tu fiches tout en l'air, je te fais sauter. Tu seras mort. En bouillie.

Puis il s'assura que la laisse de Jonnie était bien en place : il l'avait enroulée autour d'une barre de roulement avant d'en souder l'extrémité au pare-choc arrière. Ce qui empêchait pratiquement Jonnie de se mouvoir.

Personne, dans l'assemblée, n'avait entendu ses recommandations. Terl fit demi-tour, rejoignit le groupe et se tint immobile, ses énormes pieds écartés. Il parut se gonfler avant de crier :

– Démarre!

Jonnie obéit. Il ressentait un malaise, comme si un sixième sens l'avertissait de quelque chose. Comme lorsqu'un puma vous guettait. Ce n'était pas à cause des menaces de Terl. Il y avait autre chose. Il observa le groupe de Psychlos.

– Lève la pelle! gronda Terl dans sa trompe.

Jonnie s'exécuta.

– Baisse-la!

– Avance!

– Recule!

– Tourne en rond!

– Maintenant, fais un tas de neige à partir de tous les angles!

Jonnie commença la manœuvre. Il avait les commandes bien en main et prenait de petites pelletées de neige. En fait, il fit mieux que les mettre en tas : il édifia une pile bien carrée qu'il nivela sur le haut. Il

145

travaillait rapidement, manœuvrant l'engin d'avant en arrière à chaque pelletée et avec une précision géométrique.

Il ne lui restait plus qu'une manœuvre à faire, ce qui l'amènerait en direction du ravin, à une centaine de mètres du bord.

Et soudain les commandes ne répondirent plus. Il y avait eu un bourdonnement plaintif dans la boîte de contrôle.

Tous les leviers et les poignées du panneau de commandes étaient inertes!

La pelleteuse faisait des embardées, à droite et à gauche.

Jonnie frappait frénétiquement les commandes. Rien!

Brusquement, la pelle se leva haut dans les airs.

La machine continua d'avancer obstinément, escalada la pile de neige et faillit basculer en arrière. Au sommet, elle écrasa la neige puis faillit tomber en avant.

Elle roulait droit vers le bord de la falaise!

Jonnie appuyait sans cesse sur le bouton d'arrêt mais sans que cela ait le moindre effet sur le moteur vrombissant.

Il s'acharna alors sur les commandes, mais aucune ne répondait.

Il regarda désespérément vers la foule et crut discerner vaguement Zzt sur le côté. La brute tenait quelque chose dans une patte.

Jonnie agrippa le collier qui l'enchaînait à la machine de mort.

Il tira de toutes ses forces sur le flexicâble qui ne céda pas d'un millimètre.

Le bord de la falaise se rapprochait.

Sur la gauche du tableau, il y avait une commande manuelle pour la pelle, maintenue par un crochet. Jonnie lutta pour le libérer. S'il parvenait à faire tomber la pelle, elle pourrait peut-être rester plantée dans le sol et résister à la machine. Mais le crochet tenait bon.

Jonnie extirpa un silex de sa poche et cogna violemment sur le crochet qui céda. La pelle retomba de tout son poids et mordit dans le sol rocailleux.

La machine vacilla et ralentit.

146

Il y eut une petite explosion sous le capot. Un instant plus tard, de la fumée s'en éleva. Et presque aussitôt, une langue de feu jaillit.

Le bord de la falaise n'était plus qu'à quelques mètres. Jonnie l'entrevoyait au travers des flammes grandissantes. La machine avança en repoussant la pelle.

Jonnie se retourna vers la barre de roulement sur laquelle était enroulé le flexicâble. Il appuya le lien contre le métal et tenta de l'attaquer avec son silex. Il avait déjà essayé bien des fois sans succès. Mais il était dans une machine en feu qui allait tomber dans un ravin soixante mètres plus bas et il n'avait plus que l'espoir.

Il ressentit une brûlure dans le dos et se retourna. Le tableau de commandes était chauffé au rouge.

La machine, inéluctablement, se rapprochait du vide.

En éclatant, les instruments de bord faisaient entendre de faibles explosions. Le métal commençait à fondre.

Jonnie tira sur le flexicâble et en posa une longueur sur le métal en fusion. Le câble se mit à fondre!

Il fit appel à toute sa volonté pour laisser ses mains sur le lien. Des gouttes tombèrent du câble.

La machine tressauta. Dans un instant, la pelle serait dans le vide et l'engin basculerait.

Le flexicâble cassa!

Jonnie plongea hors de la machine et roula sur lui-même.

Avec un grondement vibrant, le dernier support de la pelle céda. Les flammes jaillirent en geyser. Comme lancée par une catapulte, la machine bondit dans le vide.

Elle toucha le flanc de la falaise tout en bas, rebondit, alla s'écraser dans le ravin et ne fut plus qu'une boule de feu.

Jonnie enfonça ses mains brûlées dans la neige.

Terl était à la recherche de Zzt.

Quand la machine avait finalement basculé, Terl avait regardé autour de lui, soudain pris d'un soupçon. Zzt n'était plus là.

Toute l'assemblée avait ri. Surtout à la fin, quand l'engin était tombé dans le vide. Et ces rires avaient été comme des poignards aux oreilles de Terl.

Numph était resté immobile, secouant la tête. Puis il avait apostrophé Terl sur un ton presque joyeux :

– Eh bien, ça montre en tout cas ce dont les animaux sont capables. Pisser par terre !

Et il s'était esclaffé à son tour.

Ils avaient regagné leur bureau et Terl, quant à lui, s'était dirigé vers le magasin de transport. Il l'avait fouillé de fond en comble. Dans les niveaux inférieurs, il avait défilé devant des rangées et des rangées de véhicules, d'avions de combat, de camions, de pelleteuses, tous hors d'usage. Et aussi de véhicules de reconnaissance dont certains étaient en parfait état. Jamais encore il n'avait eu conscience de la fourberie dont Zzt avait fait preuve en lui refilant un Mark II qui n'était qu'une vieille épave.

Il chercha sans succès pendant une demi-heure avant de décider de retourner à la salle des réparations.

Bouillonnant de rage, il surgit et regarda autour de lui.

Ses os-tympans perçurent le faible bruit du métal contre le métal.

Il connaissait ce bruit. C'était celui de la barrette de sûreté d'un éclateur que l'on venait de tirer en arrière.

– Ne bouge pas ! lança Zzt. Et garde tes pattes loin de ton arme.

Terl se retourna. Zzt était à l'intérieur d'une armoire à outils, à demi dissimulé dans l'ombre.

– Tu as installé un contrôle à retardement quand tu as « réparé » le moteur ! lança Terl, fou de rage.

– Et pourquoi pas ? Et aussi une charge explosive télécommandée.

Terl n'en croyait pas ses oreilles.

– Ainsi tu l'admets !

– Oui. Il n'y a pas de témoin pour nous entendre. C'est ta parole contre la mienne... Elle n'aurait aucune valeur.

– Mais cette machine était à toi!

– Rayée des livres. On en a plein.

– Mais pourquoi as-tu fait ça?

– Je me suis dit que c'était plutôt ingénieux, en fait.

Zzt s'élança, l'éclateur à long canon serré dans sa main.

– Mais pourquoi?

– Tu as laissé diminuer nos salaires et nos primes. Même si ça n'est pas toi qui as fait ça, tu l'as permis.

– Écoute-moi. Si je pouvais former des conducteurs animaux, nous ferions à nouveaux des bénéfices.

– Ça, c'est ton idée.

– C'est une bonne idée! répliqua Terl d'un ton cassant.

– D'accord. Alors, je vais être franc avec toi. Est-ce que tu as déjà essayé de réparer des machines sans mécanos pour t'aider? Tes animaux auraient bousillé le matériel. C'est bien ce qu'a fait celui-là, non?

– C'est *toi* qui as bousillé cette machine. Est-ce que tu as conscience que si ça figure dans un rapport, tu n'auras plus de travail?

– Mais il n'en sera pas question. Il n'y a pas de témoin. Numph m'a même vu partir avant que l'engin devienne fou. Il ne transmettrait jamais le rapport. Et puis, ils ont tous trouvé ça drôle.

– Il y a pas mal de choses qui peuvent être drôles, dit Terl.

Zzt agita le canon de son arme.

– Fiche le camp et va te faire aimer.

Un moyen de pression, pensait Terl. Il me faut un moyen de pression.

Il quitta le garage.

8

Dans sa cage, Jonnie était à la torture.
Le monstre l'avait planté là avant de disparaître.

Il faisait froid, mais Jonnie était dans l'impossibilité de prendre un silex pour allumer un feu. Ses doigts n'étaient plus que des ampoules. Et puis, se disait-il, il n'avait pas vraiment envie de voir des flammes.

Son visage était brûlé, ses sourcils et sa barbe avaient été calcinés, et il avait perdu des cheveux. Le vieil uniforme chinko avait dû être ignifugé, car il avait résisté à la chaleur, il n'avait pas brûlé et son corps était indemne.

Loués soient les Chinkos. Pauvres diables. Leur intelligence et leurs phrases pleines de courtoisie ne les avaient pas sauvés de l'extermination.

C'était une leçon qui méritait d'être apprise. Quiconque tentait de coopérer avec les Psychlós ou de s'attirer leur amitié était condamné d'avance.

Terl n'avait pas fait un pas pour essayer de le sauver de la mort. Pourtant il savait qu'il était attaché à la machine. La compassion et la pitié étaient inconnus des Psychlos. Terl avait une arme et il aurait pu s'en servir à tout moment pour couper le câble.

Jonnie sentit vibrer le sol. La créature entra dans la cage et le retourna de l'extrémité de sa botte. Les yeux d'ambre, mi-clos, l'observèrent.

– Tu vivras, déclara Terl d'un ton indifférent. Combien de temps te faudra-t-il pour aller mieux?

Jonnie ne dit rien. Il se contentait de regarder Terl.

– Tu es stupide, dit le Psychlo, tu ne connais rien aux télécommandes.

– Et qu'est-ce que j'aurais bien pu faire, attaché au siège? dit Jonnie.

– Ce salaud de Zzt avait placé une télécommande sous le capot. Et une bombe à retardement.

– Comment étais-je censé m'en apercevoir?

– Tu aurais pu inspecter le moteur.

Jonnie esquissa un sourire.

– Attaché à la cabine?

– Maintenant, tu sais. Quand nous recommencerons, je…

– Nous ne recommencerons pas.

Terl le dominait, menaçant.

– Pas dans ces conditions, ajouta Jonnie.

– Tais-toi, animal!

– Enlève-moi ce collier. Mon cou me brûle!

Terl examina le flexicâble détérioré. Il quitta la cage et revint bientôt avec un petit poste de soudure et un nouveau lien. Ce n'était pas du flexicâble. C'était plus mince et métallique. Il fit fondre le câble et souda le nouveau lien, indifférent aux efforts de Jonnie pour s'écarter de la flamme. Il fit une boucle à l'autre extrémité et la fixa au plus haut de la cage.

Suivi par le regard brûlant de Jonnie, Terl quitta la cage et verrouilla la porte.

Jonnie, enveloppé dans une peau sale, resta immobile et misérable sous la neige fraîchement tombée.

QUATRIÈME PARTIE

1

Dans les montagnes, l'hiver avait été rude. Très tôt, des avalanches avaient bloqué les cols des hautes prairies.

Chrissie, immobile, désespérée, était assise face au Conseil, dans le tribunal. Le vent sifflait et gémissait dans les fissures des murs. On avait allumé un feu au centre de la salle et des lambeaux de fumée flottaient sur l'assemblée. Le père Staffor était très malade. Il reposait dans une cabane proche. L'hiver avait eu raison du peu de vitalité qu'il lui restait et c'était le vieux Jimson qui le remplaçait et que tous appelaient maintenant « père ». Jimson avait à ses côtés un ancien nommé Clay et Brown Staffor. Le Boiteux semblait se comporter en membre du Conseil, même s'il était bien trop jeune et avait un pied bot. Il avait remplacé le père Staffor quand il était tombé malade et n'avait plus quitté le Conseil depuis. Les trois hommes avaient pris place côte à côte sur un des vieux bancs.

Chrissie, de l'autre côté du feu, ne leur accordait guère d'attention. Deux nuits auparavant, elle avait fait un horrible cauchemar. Elle s'était réveillée brusquement, en sueur, et elle n'avait pas retrouvé le sommeil. Elle en tremblait encore. Elle avait vu Jonnie brûlé dans un feu. Il l'avait appelée en criant son nom et elle l'entendait encore en cet instant.

— C'est de la folie pure, lui dit le père Jimson. Il y a trois jeunes gens qui veulent t'épouser et tu n'as absolument pas le droit de refuser. La population du village diminue. Nous ne sommes que trente à avoir survécu à l'hiver. Ce n'est guère le moment de ne penser qu'à toi.

Chrissie réalisait à peine qu'il s'adressait à elle. Elle fit un effort pour comprendre le sens de ses paroles. Il était question de population. Deux bébés étaient nés durant l'hiver mais deux autres étaient morts. Les jeunes hommes du village n'avaient pas réussi à ramener beaucoup de troupeaux avant que les cols ne soient bloqués et c'était presque la famine. Si Jonnie avait été là...

– Quand le printemps arrivera, dit Chrissie, je descendrai dans les plaines pour retrouver Jonnie.

Le Conseil ne réagit pas. Les trois hommes l'avaient entendue répéter cela bien des fois depuis le départ de Jonnie.

Brown Staffor la dévisagea au travers de la fumée. Un léger sourire de mépris se dessinait sur ses lèvres minces. Le Conseil le tolérait parce qu'il ne parlait guère et leur apportait de l'eau et de la nourriture quand les réunions se prolongeaient. Mais il ne put s'empêcher de dire :

– Nous savons tous que Jonnie doit être mort. Les monstres ont dû le tuer.

Jimson et Clay le regardèrent en fronçant les sourcils. C'était lui qui avait attiré leur attention sur le fait que Chrissie refusait d'épouser l'un des jeunes gens. Clay se demandait si le Boiteux n'en faisait pas une affaire personnelle.

Chrissie s'arracha à son chagrin.

– Ses chevaux ne sont pas revenus, dit-elle.

– C'est peut-être parce que les monstres les ont tués aussi, insista le Boiteux.

– Jonnie ne croyait pas aux monstres. Il est parti à la recherche du Grand Village de la légende.

– Oh si, les monstres existent, dit Jimson. Et c'est un blasphème que de douter des légendes.

– Alors, dit Chrissie, pourquoi ne viennent-ils pas jusqu'ici ?

– Les montagnes sont sacrées.

– La neige a bloqué les cols avant que les chevaux aient pu revenir, dit le Boiteux. Si les monstres ne les ont pas eus.

Ses deux aînés le firent taire d'un regard courroucé.

– Chrissie, dit le père Jimson, il faut oublier cette folie et permettre aux jeunes gens de te courtiser. Il est évident que Jonnie Goodboy Tyler a disparu.

– Quand l'année sera passée, je descendrai dans les plaines.

– Chrissie, dit Clay, c'est tout simplement un suicide.

Chrissie regardait le feu. Elle entendait encore l'écho du cri de Jonnie dans son cauchemar. Ils ne se trompaient pas : si Jonnie était mort, elle n'avait aucun désir de vivre. Et puis, soudain, le cri s'éteignit et il lui sembla entendre murmurer son nom. Elle releva la tête avec une expression de défi.

– Jonnie n'est pas mort, dit-elle.

Les trois hommes se regardèrent. Ils n'avaient pas réussi. Ils essaieraient à nouveau un autre jour.

Ils l'ignorèrent et se mirent à discuter de la volonté du père Staffor d'avoir un enterrement quand il mourrait. Il ne restait guère de provisions et il serait difficile de creuser dans le sol gelé. Certes, il avait droit à cette cérémonie car il était pasteur et peut-être aussi maire du village depuis des années. Mais cela posait des problèmes.

Chrissie comprit qu'elle pouvait se retirer et se leva, les yeux rougis par le chagrin et la fumée. Elle gagna la porte.

Sur le seuil, elle se drapa un peu plus dans sa peau d'ours et leva les yeux vers le ciel hivernal. Lorsque la constellation qu'elle voyait serait à cette même place au printemps, elle partirait. Le vent était mordant. C'était Jonnie qui lui avait offert sa peau d'ours et elle l'avait cousue. Il fallait qu'elle se mette au travail pour lui confectionner d'autres vêtements de daim. Puis il faudrait qu'elle prépare des sacs et des provisions et qu'elle empêche les villageois de manger les deux derniers chevaux.

Le moment venu, elle serait prête. Et elle partirait.

Une rafale de vent glacé venue du Grand Pic souffla sur elle, comme une réponse moqueuse. N'importe : le moment venu, elle s'en irait.

2

Terl était lancé dans une activité furieuse. Il dormait à peine. Et il ne touchait plus au kerbango. Il était hanté par l'idée des années d'exil à passer sur cette maudite planète. Dès qu'il s'interrompait dans ses activités, cette pensée atroce le tourmentait, ce qui l'incitait à travailler encore plus.

Il n'avait pas de moyens de pression! Pas le moindre moyen de pression. Zéro!

Il avait bien quelques petites choses sur divers employés, ici et là, mais des choses quasi insignifiantes : quelques peccadilles avec des employées femelles, ivresse pendant le travail ayant provoqué des dégâts, divers enregistrements de menaces dirigées contre les contremaîtres, lettres personnelles glissées clandestinement dans les transferts de minerai... Mais rien de vraiment *important*, rien qui fût utilisable. En tout cas, pas le genre de chose sur quoi édifier aisément sa fortune personnelle. Pourtant, il y avait des milliers de Psychlos ici et sa vieille expérience de chef de la sécurité disait à Terl qu'il avait un maximum de chances de trouver le moyen d'exercer un chantage. La Compagnie n'engageait pas des anges. Elle avait besoin de mineurs et d'administrateurs du genre dur. Et dans certains cas – particulièrement sur des planètes comme celle-ci qui n'avaient rien de favorable – elle avait tendance à préférer les ex-forçats. Non, si Terl ne disposait d'aucun élément pour exercer le moindre chantage, c'était à lui qu'il devait s'en prendre.

Numph, par exemple. C'était un cas intéressant. Parce qu'il disposait d'un moyen de pression potentiel sur lui, sauf qu'il ignorait lequel. Il savait que cela avait un certain rapport avec son neveu Nipe, à la comptabilité du Bureau Central. Mais il était dans l'impossibilité de savoir de quoi il s'agissait vraiment. Et il n'osait pas trop s'avancer. Car il risquait, s'il prétendait tout savoir, de commettre quelle bévue qui révélerait qu'il ne disposait en fait d'aucune information. Et son moyen de pression disparaîtrait en fumée dès que Numph réaliserait qu'il ne savait rien. Donc, il devait s'en servir avec tant de précautions qu'il ne lui était pratiquement d'aucune utilité. Bon sang!

Au fur et à mesure que passaient les jours puis les semaines et que l'hiver allait sur sa fin, un facteur nouveau se fit jour. La planète mère ne répondait plus à ses demandes d'information. Tout ce qu'il avait obtenu, c'était ce minuscule renseignement concernant Nipe. C'était quelque peu effrayant. Aucune réponse. Il avait beau ajouter des mentions « urgent » au point d'en épuiser son stylo, il ne recevait même pas d'accusé de réception.

Il avait même eu recours à la ruse et rapporté la découverte d'une cache d'armes imaginaire. En fait, il s'agissait de deux canons de bronze découverts par un mineur dans une exploitation sur un autre continent. Mais Terl avait rédigé son rapport dans un style alarmant, encore qu'il lui fût possible de se rétracter sans courir le moindre risque : c'était un rapport de routine qui signalait les faits essentiels. Mais personne ne lui en avait accusé réception. Il n'avait rien reçu. *Rien.*

Il s'était livré à une enquête fébrile pour savoir si les rapports des autres départements étaient pareillement traités – mais ce n'était pas le cas. Il avait pendant un temps soupçonné Numph de soustraire certains messages de la boîte de téléportation. Mais cela s'était révélé faux.

Le Bureau Central savait qu'il existait, c'était certain. Il avait confirmé le prolongement de dix ans de son contrat, avait accepté la recommandation de Numph et ajouté la clause d'*extension optionnelle de la Compagnie.* Donc, ils savaient qu'il était en vie et il était impossible qu'une action quelconque ait été entreprise contre lui, sinon il aurait intercepté des questionnaires le concernant. Et il n'en avait vu aucun.

Donc, sans le moindre espoir de coopération de la part du Bureau Central, il était évident qu'il devait se sortir seul de cette situation. Le vieil adage de la sécurité était constamment présent à son esprit, désormais : lorsqu'une situation est nécessaire mais n'existe pas, *il faut la créer.*

Il avait les poches bourrées de caméras-boutons et il était particulièrement habile à les dissimuler. Tous les picto-enregistreurs sur lesquels il avait pu mettre la patte garnissaient les rayons de son bureau – dont il gardait la porte soigneusement verrouillée.

En cet instant même, il était rivé à un viseur, observant l'intérieur du garage. Il attendait que Zzt s'absente pour déjeuner. Dans sa ceinture, il avait le double des clés du garage.

Ouvert à côté de lui, il y avait le manuel des règlements de la Compagnie relatif à la conduite du personnel (Sécurité, volume 989), et il était ouvert à l'Article 34a-IV (Code Uniforme de Sanctions).

L'article disait : « Vu et attendu que le vol est préjudiciable aux profits... » Suivaient cinq pages de sanctions prévues par la Compagnie pour le vol. « ... Vu et attendu que le personnel de la Compagnie possède aussi des droits quant à son argent, ses biens et primes... » Suivait une autre page sur les différents aspects de ces droits. « ... Le vol de fonds personnels par des employés dans les quartiers des employés, lorsqu'il aura été dûment prouvé, sera passible de la peine de vaporisation. »

C'était la clé de l'opération montée par Terl. Il n'était pas dit que le vol était consigné dans un dossier. Il n'y avait pas un mot sur le moment où le vol était puni après avoir été découvert. Les éléments clés étaient « lorsqu'il aura été dûment prouvé » et « vaporisation ». Il n'existait aucune chambre de vaporisation pénale sur cette planète, mais ce n'était pas vraiment un obstacle. Un éclateur pouvait parfaitement vaporiser n'importe qui.

Dans le manuel, il existait également deux autres clauses importantes : « Tous les cadres de la Compagnie, sans distinction de rang, devront se soumettre aux présentes règles », et « L'application de ces règles sera confiée aux officiers de la sécurité et à leurs assistants, adjoints et subalternes ». La première clause concernait à l'évidence Numph qui n'aurait pas un mot à dire. Quant à l'autre, elle intéressait directement Terl, seul et unique officier de la sécurité sur cette planète, à la fois son propre adjoint, assistant et subalterne.

Terl espionnait Zzt depuis quelques jours et il savait où il rangeait ses tenues de travail et ses casquettes sales.

Aha! Zzt s'en allait. Terl attendit un moment afin d'être certain que le chef du transport ne revenait pas parce qu'il avait oublié quelque chose. Bien. Il était parti pour de bon.

D'un pas vif, mais sans courir afin de ne pas donner l'alarme au cas où il rencontrerait quelqu'un dans les couloirs, Terl se rendit au garage.

Il entra avec l'un de ses doubles de clés et se rendit directement au vestiaire. Il prit une tenue de travail et une casquette sales et ressortit en refermant à clé derrière lui.

Durant les derniers jours, à l'aide d'une caméra-bouton artistiquement dissimulée, Terl avait également espionné la chambre du plus jeune des frères Chamco. Il avait découvert ce qu'il voulait. Après le travail, le jeune frère Chamco se changeait habituellement dans sa chambre. Il enlevait ses vêtements de travail et mettait un long manteau qu'il portait pour le dîner et les jeux dans la salle de récréation. Mieux encore : il mettait toujours son argent dans une vieille corne à boire accrochée au mur de sa chambre.

Terl explorait du regard le site de la mine. Il repéra finalement le plus jeune des Chamco à l'instant où il sortait du camp. Il avait fini de déjeuner et allait prendre le bus qui l'emmènerait jusqu'à l'aire de téléportation où il travaillait. Bien. Terl explora également les couloirs du camp. Les quartiers d'habitation étaient déserts pendant les heures de travail.

Terl ne perdit pas un instant. Il examina une photo de Zzt prise au picto-enregistreur, se regarda dans le miroir et commença à se maquiller. Il épaissit ses os-paupières, allongea ses crocs, rendit le pelage de ses joues un peu plus rugueux et affina les détails afin que la ressemblance fût aussi fidèle que possible. Il fallait être un maître pour travailler à la sécurité.

Quand ce fut achevé, il enfila la tenue de travail et coiffa la casquette.

Il prit cinq cents crédits en coupures dans son propre portefeuille. Sur le premier billet, il inscrivit lisiblement : « Bonne chance ! » Puis il gribouilla différents noms en se servant de différents stylos.

Il mit en télécommande le picto-enregistreur branché sur la chambre du frère Chamco, puis il vérifia tout, y compris son reflet dans le miroir.

Un dernier regard sur le garage. Oui, Zzt était de retour, avec un gros moteur. Cela l'occuperait pour un moment.

Terl suivit rapidement les couloirs et entra dans la

chambre de Chamco avec un passe. Il regarda dans la corne fixée au mur. Oui, il y avait bien de l'argent à l'intérieur. Il y mit les cinq cents crédits puis retourna à la porte. Il était prêt!

Il appuya sur le déclencheur de la télécommande dans sa poche.

En imitant la démarche chaloupée de Zzt, il s'approcha de la corne et, avec des gestes furtifs, prit les cinq cents crédits en regardant autour de lui comme s'il redoutait d'être observé. Puis il compta l'argent – le billet avec les inscriptions étant bien en vue – et s'enfuit de la chambre en fermant derrière lui.

Un des employés à l'entretien l'aperçut et Terl se mit à courir.

Il regagna sa chambre et ôta rapidement son maquillage. Puis il remit les cinq cents crédits dans son portefeuille.

Quand il vit sur l'écran que Zzt était parti dîner, il alla remettre la tenue de travail et la casquette au vestiaire.

En revenant chez lui, Terl se frottait les pattes d'un air satisfait.

La première phase était accomplie. Il avait un moyen de pression. Et il allait appuyer fort, très fort.

3

Cette soirée-là demeura longtemps dans le souvenir des habitués de la salle de récréation de l'exploitation.

Ils étaient assez habitués à voir Terl ivre, mais ce soir... Mazette! Le serveur lui servait gamelle sur gamelle et il buvait tout!

Au début de la soirée, Terl avait paru déprimé, ce qui était compréhensible, vu qu'il n'était pas très populaire depuis quelque temps – si toutefois il l'avait jamais été.

Char l'avait épié, les yeux mi-clos, pendant quelque temps, mais il était évident que Terl était parti pour se saouler. Terl finit par se secouer et joua même un peu à la patte de fer – un jeu qui consistait à voir quel joueur céderait le premier – avec quelques-uns des responsables de la mine. Mais il perdit à chaque fois parce qu'il était de plus en plus ivre.

A présent, il proposait une partie d'anneaux au plus jeune des frères Chamco. C'était un jeu de pari. L'un des joueurs prenait un anneau, le posait sur le dos de sa patte et, de l'autre, il devait le faire sauter et l'expédier sur un tableau. Le tableau était couvert de piquets auxquels correspondaient des numéros. Les gros numéros se trouvaient tout autour du tableau. Le joueur qui faisait le meilleur score gagnait et les paris recommençaient pour le tour suivant.

Tout d'abord, le jeune frère Chamco avait refusé : d'ordinaire, Terl était très bon au jeu des anneaux. Mais lorsqu'il vit que son ébriété empirait, il se laissa convaincre.

Ils commencèrent par des enjeux de dix crédits – ce qui était relativement élevé pour la salle de récréation. Chamco fit un quatre-vingt-dix et Terl un seize.

Terl insista pour augmenter les mises et Chamco, bien entendu, fut dans l'impossibilité de refuser.

Il fut le premier à lancer. L'anneau jaillit dans les airs et claqua sur le tableau : un quatre. Chamco grogna. N'importe qui pouvait battre ça. Et depuis quelque temps, il économisait. Quand il rentrerait chez lui – et il n'en avait plus que pour quelques mois – il s'achèterait une femme. Et il avait parié trente crédits sur ce coup-là !

Terl se contorsionna, posa l'anneau sur sa patte, visa et l'expédia en un éclair vers le tableau. Un trois ! Terl avait perdu.

En tant que gagnant, le jeune Chamco ne pouvait se retirer. Et Terl venait juste d'ingurgiter une autre gamelle de kerbango. Il regarda l'assistance d'un œil sauvage et augmenta les mises.

Autour d'eux, quelques spectateurs se mirent à parier de leur côté. Terl était ivre mort. Il avait la réputation d'être un bon joueur d'anneaux, ce qui freinait les paris, mais il était tellement saoul qu'il n'arrivait même plus à se placer dans la bonne direction et qu'il fallut l'aider.

Le jeune Chamco fit un cinquante. Et Terl un deux.

– Ah, non! Pas question que tu arrêtes! lança Terl. Le gagnant ne peut pas partir. (Son élocution commençait à être confuse.) Je parie... Je parie cent... cent crédits.

Avec les salaires diminués de moitié et la suppression des primes, personne ne refusait de gagner facilement de l'argent et le jeune Chamco accepta l'enjeu.

L'assistance rugissait chaque fois que Terl perdait. Et le jeune Chamco se retrouva bientôt en possession de quatre cent cinquante crédits.

Terl s'approcha en titubant du serveur pour une autre gamelle de kerbango. Tout en buvant, il fouillait dans ses poches. Finalement, il trouva un dernier billet, tout froissé et couvert de griffonnages.

– Mon billet porte-bonheur! sanglota-t-il.

En chancelant, il se remit en position de tir devant le tableau.

– Chamco Deux, encore un petit pari... Tu vois ce billet?

Le jeune Chamco vit que c'était effectivement un billet porte-bonheur. Les mineurs, avant de repartir vers des mondes lointains, se réunissaient le dernier soir pour une fête d'adieu et échangeaient parfois des billets porte-bonheur comme celui-ci. Tout le monde signait. Et celui que tenait Terl avait une bonne dizaine de signatures.

– Je vais jouer mon billet porte-bonheur, dit Terl. Mais tu vas me promettre de ne pas le dépenser et je te l'échangerai le jour de la paie si... si je le perds. D'accord?...

Le jeune Chamco était devenu peu à peu avide. Il avait ramassé presque deux semaines de salaire et les réductions avaient été douloureuses. Oui, il pouvait promettre ça à Terl.

En tant que gagnant, c'était à lui de jouer en premier. Il n'avait jamais été très bon au jeu des anneaux. Il lança, et aïe! Il avait fait un! N'importe quoi, mais vraiment n'importe quoi pouvait battre ça!

Terl regarda un moment le tableau. Tant'bien que mal, il s'en approcha et l'examina de plus près. Puis il regagna la ligne de tir en titubant et se plaça dans la mauvaise position. Il fallut l'aider encore une fois. Zip! L'anneau jaillit en sifflant vers le tableau.

Et toucha le mur.

Sur ce, Terl s'évanouit. Avec l'aide des Chamco, de Char et de quelques autres, le serveur parvint à placer Terl, inerte, sur une desserte roulante qui ploya et gémit sous le poids. Ils raccompagnèrent Terl chez lui en poussant des cris de triomphe, prirent la clé de sa chambre dans sa poche, ouvrirent la porte et le jetèrent sur le sol. Ils étaient passablement éméchés eux aussi et ils s'en retournèrent en entonnant le chant funèbre des Psychlos avec beaucoup de cœur.

Lorsqu'ils furent partis, Terl rampa jusqu'à la porte et la verrouilla.

Il avait absorbé des pilules contre les effets du kerbango après dîner et il n'avait plus qu'à évacuer l'excès de boisson. Ce qu'il fit au-dessus de l'évier en introduisant une serre au fond de sa gorge.

Calmement, satisfait, il se dévêtit et se glissa dans son lit. Il dormit merveilleusement bien et fit des rêves merveilleux sur le merveilleux avenir qui l'attendait.

4

Jonnie entendit le monstre entrer dans la cage et fermer la porte.

Durant les dernières semaines, les brûlures de son visage et de ses mains avaient guéri, et ses cheveux, ses sourcils et les poils de sa barbe avaient commencé à repousser. Il avait fait fondre de la neige dans une poêle et il avait ainsi pu voir son reflet. Sur ses mains, il n'y avait plus de cicatrices, mais la peau, par endroits, était encore rouge.

Il s'était enveloppé dans une peau et tournait le dos à la porte. Il ne se retourna pas en entendant le monstre. Il avait travaillé tard avec la machine à instruire.

— Regarde un peu ce que je t'apporte, animal! lança Terl.

Dans la voix du monstre, il y avait un accent différent. Il semblait presque jovial, pour autant que cela fût possible. Jonnie se redressa et le regarda.

Terl lui présentait quatre rats qu'il tenait par leur

163

queue. Récemment, la population des rats avait diminué et Terl s'était mis à abattre des lapins, ce qui avait été un changement de régime particulièrement heureux. Et voilà qu'une fois de plus le monstre lui apportait des rats, semblant persuadé de lui faire une faveur.

Jonnie s'étendit à nouveau. Terl lança les rats près du feu. L'un d'eux n'était pas tout à fait mort et essayait de ramper. Terl sortit brusquement son arme et lui fit sauter la tête.

Jonnie se redressa. Terl était occupé à rengainer son éclateur.

– L'ennui avec toi, animal, dit-il, c'est que tu ne sais pas apprécier. Tu as fini avec les disques sur les bases de l'électronique ?

Jonnie avait fini. Terl lui avait apporté ces disques des semaines auparavant, avec d'autres sur les mathématiques supérieures. Mais il ne se donna pas la peine de lui répondre.

– Quelqu'un qu'on peut tromper avec des contrôles télécommandés ne pourra jamais conduire de machines, dit Terl.

Il s'était déjà appesanti là-dessus à plusieurs reprises, omettant soigneusement la vérité, à savoir que c'était lui qui avait été trompé.

– Tiens, voilà d'autres textes. Tu ferais bien de triturer ta cervelle de rat si tu comptes conduire des machines de forage.

Terl lui lança trois volumes. Ils étaient énormes mais légers comme la plume. L'un d'eux frappa Jonnie mais il réussit à cueillir les deux autres au vol. Il les examina. Ils étaient en psychlo. Ils n'avaient pas été traduits par les Chinkos. Le titre du premier était : *Systèmes de contrôle pour ingénieurs débutants*. Celui du second : *Chimie électronique*. Quant au troisième, il concernait *L'énergie et sa transmission*.

Jonnie avait besoin de ces livres. La connaissance était la clé de sa liberté. Mais il les reposa et regarda Terl.

– Mets-toi ça dans ta cervelle de rat et tu n'enverras plus les machines par-dessus les falaises, dit Terl. (Puis il s'approcha, s'assit sur la chaise et dévisagea Jonnie.) Quand est-ce que tu vas te décider à vraiment coopérer ?

Jonnie n'ignorait pas qu'il avait en face de lui un monstre dangereux, un monstre qui désirait quelque chose qu'il n'avait pas encore nommé.

– Peut-être jamais, dit-il.

Terl continuait de le regarder fixement.

– Ça n'a aucune importance, animal. En tout cas, je vois que tu t'es bien remis de tes brûlures. Ta fourrure repousse.

Jonnie savait que cela était parfaitement indifférent à Terl et il se demanda ce qui allait bien pouvoir suivre.

– Tu sais, animal, tu m'as bien eu le premier jour. (Le regard de Terl était vigilant, mais il semblait seulement deviser tranquillement.) Je croyais que tu avais quatre jambes! (Il eut un rire qui sonnait affreusement faux.) Ç'a été une sacrée surprise quand tu t'es divisé en *deux* animaux. (Il rit à nouveau mais le regard de ses yeux d'ambre était plein de ruse.) Je me demande ce qu'est devenu ce cheval?...

Jonnie fut gagné par une vague de chagrin en pensant à Fend-le-Vent et il la repoussa aussitôt.

Terl ne le quittait pas des yeux. Puis il se leva enfin et se dirigea vers la porte. Il songeait : le cheval est bien l'une des clés du problème. Il ne s'était pas trompé. L'animal avait des liens émotionnels avec le cheval. Un moyen de pression. Il tenait un moyen de pression, cet outil précieux qui revêtait tant de formes et qui donnait le pouvoir.

Terl fit semblant de rire.

– Oui, tu m'as bien eu ce jour-là. Bon, je dois m'en aller. Travaille sur ces livres, cervelle de rat. Et il sortit en ajoutant :

– *Cervelle de rat*. Elle est bien bonne!

Jonnie le regardait. Il savait qu'il venait de trahir quelque chose. Et il savait aussi que Terl préparait quelque chose. Mais quoi? Se pouvait-il que Fend-le-Vent fût vivant?...

Jonnie alluma le feu et se pencha sur les livres, mal à l'aise. Il fut pris d'une brusque excitation : il venait de découvrir le mot « uranium » dans l'index de la *Chimie électronique*.

5

Terl ne fut pas du tout surpris de voir le jeune Chamco entrer dans son bureau d'un air nerveux.

– Terl, dit-il d'un ton hésitant, tu sais, ce billet porte-bonheur que je t'ai gagné. Eh bien, je ne peux plus l'échanger...

– Quel billet?

– Ce billet porte-bonheur. Je te l'ai gagné aux anneaux et j'avais promis de l'échanger. Je voulais te dire...

– Une minute, dit Terl en prenant son portefeuille pour y jeter un coup d'œil. Eh! Tu as raison. Je ne l'ai plus.

– Tu l'as perdu en jouant aux anneaux avec moi et j'ai promis de te l'échanger. Eh bien...

– Ah oui, je me rappelle vaguement. Quelle soirée! Je pense que j'avais pas mal bu. Qu'est-ce qu'il a ce billet?

Le jeune frère Chamco était très mal à l'aise. Mais Terl semblait tellement ouvert et de bonne humeur qu'il s'enhardit.

– Eh bien... je ne l'ai plus. On me l'a volé.

– Volé? aboya Terl.

– Oui, volé. En fait, on m'a volé les cinq cents crédits que je t'avais gagnés plus cent soixante-cinq autres. Dont ton billet porte-bonheur.

– Eh là! Doucement. Où est-ce qu'on t'a volé tout ça? (Il sortit un bloc-notes de service et commença à écrire.) Et à quel moment à peu près?

– Dans ma chambre. Peut-être hier. Hier soir, j'ai voulu prendre un peu d'argent pour aller boire et c'est alors que je me suis aperçu que...

– Hier. Mmm... (Terl se rassit, l'air songeur, mordillant le bout de son stylo.) Tu sais, ce n'est pas le premier vol qui m'est signalé dans les chambres. Il y en a eu deux autres. Mais tu as de la chance.

– Comment ça?

– Ma foi, tu sais quand même que je suis responsable de la sécurité...

Terl, consciencieusement, affecta de fouiller parmi les piles de paperasses qui encombraient son bureau.

Puis il se tourna à nouveau vers le jeune Chamco :

— Je ne devrais pas te le dire. (Il parut réfléchir intensément, puis prendre une décision.) Il faut que je sois certain que tu garderas ce secret pour toi.

— Absolument, dit le jeune Chamco.

— Le vieux Numph est inquiet. Il a peur qu'il y ait une mutinerie.

— Il peut, après ces diminutions de salaires.

— Et donc, tu comprends, je ne l'aurais pas fait de ma propre initiative, mais il se trouve que ta chambre était sous surveillance hier – ainsi que plusieurs autres, bien sûr.

Cela ne sembla pas choquer particulièrement le jeune Chamco. Souvent, la Compagnie faisait surveiller les quartiers aussi bien que les chantiers.

Terl cherchait parmi des piles de disques au milieu du fouillis.

— Je ne les ai pas regardés. En fait, je n'en avais pas l'intention. Mais tu sais comment c'est : il faut faire plaisir à la Direction... Ah oui! Le voilà. C'était à quelle heure environ?

— Je ne sais pas.

Terl posa le disque sur un lecteur et alluma l'écran.

— Tu as vraiment de la chance.

— Ça, je peux le dire.

— On va explorer le disque. Il y a deux ou trois jours d'enregistrement... Je le mets en avance rapide.

— Attends! s'exclama le jeune Chamco. J'ai vu quelque chose :

Docilement, Terl revint en arrière.

— C'est probablement toi, entrant ou sortant. Je te l'ai dit : je ne passe jamais ces machins. Ça prend trop de temps et il y a tant de choses à faire. Les règlements de la Compagnie...

— Eh! Attends! Regarde ça!

— Là? demanda Terl.

— Oui. C'est qui, ça?

Terl éclaircit un peu plus l'image.

— Mais c'est Zzt! s'exclama Chamco. Regarde ce qu'il fait! Il fouille dans ma chambre! Ah! Il l'a trouvé! Bon sang, regarde ça! C'est ton billet!

— Incroyable! fit Terl. Tu as vraiment de la chance qu'il y ait eu cette peur des mutineries. Eh! Où vas-tu?

Furieux, le jeune Chamco s'était rué vers la porte.

— Je descends et je vais lui crever la panse à ce foutu...

— Non, non. Ça ne te rendra pas ton argent.

Quant à cela, il n'y avait pas la moindre chance, puisque l'argent était dissimulé sous la ceinture de Terl. Il l'avait récupéré dans la chambre peu après que le jeune Chamco l'eut mis dans la corne.

— Cette affaire est désormais officielle, puisqu'elle a été détectée sur un disque d'enregistrement officiel pendant une période de surveillance officielle.

Terl ouvrit le manuel des règlements de la Compagnie, volume 989, article 34a-IV. Il tourna quelques pages, puis présenta le livre ouvert au jeune Chamco au passage précis où il était dit : « ... Le vol de fonds personnels par des employés dans les quartiers des employés, lorsqu'il aura été dûment prouvé, sera passible de la peine de vaporisation. »

Le jeune Chamco lut attentivement. Il fut surpris.

— J'ignorais que c'était aussi sévère.

— Oui, ça l'est. Et c'est parfaitement officiel, alors ne te précipite pas pour faire justice toi-même.

Terl saisit un éclateur à canon long sur un râtelier et le tendit au jeune Chamco.

— Tu sais comment te servir de ça. Il est à pleine charge. Tu es maintenant mon adjoint.

Le jeune Chamco fut impressionné. Il se mit à manipuler les réglages et s'assura que la sécurité était mise.

— Tu veux dire que je peux le tuer?

— Nous verrons. Tout cela est officiel.

Terl prit le disque, un petit écran portable ainsi qu'un lecteur, y ajouta le manuel des règlements et regarda autour de lui afin de s'assurer qu'il avait tout ce qu'il fallait.

— Viens. Reste derrière moi et ne dis rien.

Ils rencontrèrent un employé à l'entretien qui leur dit que, oui, il avait bien vu Zzt sortir de la chambre du jeune Chamco. Oui, il connaissait Zzt de vue. Il ne se rappelait pas si c'était le treizième ou le quatorzième jour du mois. Mais il était formel. On le prévint de ne rien répéter car « c'était officiel et en rapport avec la surveillance en cas de mutinerie ». Il signa docilement le rapport de témoignage, se promettant de garder le silence. Après tout, les histoires de cadres n'étaient pas son affaire.

Et c'est ainsi que Terl, suivi du plus jeune des frères Chamco armé d'un éclateur, entra dans l'atelier de réparation du garage. Terl plaça une caméra-bouton sur le mur et enclencha la télécommande.

Zzt leva les yeux. Il tenait une énorme clé dans sa patte. Il regarda les visages déterminés de Terl et de Chamco et le fusil-éclateur et la peur s'insinua en lui.

– Pose cette clé, dit Terl. Tourne-toi et mets tes pattes sur ce rail.

Zzt lança la clé et le manqua. Les pattes de Terl l'envoyèrent rouler par-dessus trois chariots à outils. Le jeune Chamco dansait autour d'eux en essayant de viser.

Terl écrasa le cou de Zzt sous sa botte et fit signe au jeune Chamco de reculer.

En s'interposant soigneusement pour que le jeune Chamco ne puisse pas voir, Terl s'agenouilla et, d'un geste expert, « sortit » la liasse de billets de la poche arrière de Zzt.

Il la tendit au jeune Chamco.

– Ce sont bien tes billets?

Zzt avait roulé sur le côté. Allongé sur le sol graisseux, il regardait fixement les deux autres.

Le jeune Chamco compta.

– Six cent cinquante crédits. Et voilà le billet porte-bonheur!

Il était ravi.

Terl dit :

– Tu es témoin qu'ils étaient dans sa poche arrière.

– Absolument!

– Montre ce billet à la caméra qui est sur le mur, dit Terl.

– Qu'est-ce que ça veut dire? gronda Zzt.

– Recule et tiens-toi prêt avec cet éclateur, dit Terl au jeune Chamco.

Puis, se tenant hors de la ligne de tir, il disposa tout ce qu'il avait apporté sur un établi, ouvrit le manuel des règlements et le présenta à Zzt. Furieux, l'autre lut à haute voix. Sur la fin, il se mit à bredouiller et regarda Terl.

– Vaporisation! Mais j'ignorais ça!

– L'ignorance n'est pas une excuse, mais il y a peu d'employés qui connaissent les règlements. C'est probablement parce que tu ne le savais pas que tu as fait ça.

– Fait quoi? hurla Zzt.

Terl mit le disque en marche. Zzt regarda, incrédule, stupéfait. Il se voyait *lui-même* en train de dérober l'argent!

Avant qu'il ait pu retrouver ses esprits, Terl lui montra le témoignage signé de la main de l'employé à l'entretien.

– Est-ce que je le vaporise maintenant? demanda le jeune Chamco d'un ton suppliant, en abaissant la sûreté du fusil qu'il pointa sur Zzt.

Terl leva la patte en un geste conciliant.

– Chamco, nous savons que tu as le droit – non, en fait, le devoir – de procéder à l'exécution. (Il se tourna vers Zzt, qui demeurait immobile, paralysé.) Zzt, tu n'as pas l'intention de répéter ce genre de chose, n'est-ce pas?

Zzt secouait la tête, non pas en guise de réponse, mais parce qu'il était sidéré.

Terl se tourna alors vers Chamco.

– Tu vois? Maintenant, écoute-moi, Chamco. Je comprends ta colère. Mais c'est le premier méfait de Zzt. Tu as récupéré ton argent – à propos, nous allons échanger ce billet porte-bonheur. J'en aurai besoin pour le dossier de flagrant délit.

Le jeune Chamco prit le billet que lui tendait Terl et il lui remit le porte-bonheur. Terl présenta le billet dans le champ de la caméra télécommandée et le posa sur le témoignage signé.

– Tu vois, Chamco, dit-il. Je peux garder ce dossier ouvert, mais en un lieu sûr où l'on pourra le retrouver si quoi que ce soit nous arrive à l'un ou à l'autre. Il peut prendre effet à tout moment. Et il prendra effet si d'autres délits sont commis. (Il prit un ton de commisération.) Zzt a été un camarade de valeur dans le passé. Considère que tu m'obligerais en suspendant ta vengeance et en oubliant cette histoire.

Le jeune Chamco était songeur. Sa soif de sang diminuait.

Terl regarda Zzt et ne décela aucun signe de menace

sur son visage. Il tendit la patte vers le jeune Chamco.

– Donne-moi ce fusil. (Le jeune Chamco s'exécuta et Terl remit la sûreté de l'arme.) Merci. La Compagnie t'est reconnaissante. A présent, tu peux retourner à ton travail.

Le jeune Chamco sourit. Terl était vraiment un bon Psychlo, efficace autant que juste.

– Je te remercie d'avoir retrouvé mon argent, dit-il avant de s'éloigner.

Terl arrêta la caméra-bouton qu'il avait placée sur le mur et la glissa dans sa poche. Puis il entreprit de ramasser les divers éléments qu'il avait disposés sur l'établi et en fit un paquet bien net.

Zzt demeurait immobile, luttant pour réprimer le tremblement qui s'était emparé de lui. Il avait senti l'aura de la mort de trop près. Il regarda Terl avec, dans les yeux, une expression de terreur absolue. En fait, ce n'était pas Terl qu'il voyait, c'était le plus monstrueux des démons qui eût jamais surgi de la mythologie des Psychlos.

– Ça va? demanda Terl, tranquillement.

Zzt s'affaissa doucement sur un banc.

Terl attendit un instant, mais Zzt ne semblait plus devoir bouger.

– Parlons affaires, dit-il. Je veux diverses choses pour mon département. Un engin de sol Mark III, modèle cadre. Deux avions de combat à rayon d'action illimité. Trois transports de personnel. Des munitions et du carburant sans inventaire. Plus quelques autres petites choses. En fait, j'ai justement ici des ordres de réquisition à te faire signer. Ah, oui... il y en a en blanc. D'accord?

Sans aucune protestation, Zzt prit le stylo que Terl lui glissait entre les griffes. Une liasse épaisse d'ordres de réquisition atterrit sur son genou. Zzt se mit à signer.

Ce soir-là, un Terl particulièrement joyeux, qui se sentait en veine, même s'il était un peu ivre, gagna six cent cinquante crédits au jeune frère Chamco dans une partie d'anneaux très serrée.

A la fin de la soirée, Terl offrit une tournée générale de kerbango sur ses gains et tous l'applaudirent quand il prit joyeusement congé pour s'en aller vers un sommeil bien mérité.

Cette nuit-là, il fit de merveilleux rêves dans lesquels les moyens de pression faisaient de lui un Psychlo riche, lui valaient la couronne de roi et l'arrachaient à ce monde maudit.

6

Jonnie posa son livre et se leva en s'étirant. Dans l'air, il y avait plus qu'un parfum de printemps. La neige avait fondu et ne subsistait que par endroits. Le ciel était d'un bleu limpide et l'air cristallin. Dans tous ses muscles, dans les moindres de ses fibres, il éprouvait une tension nouvelle. C'était une chose d'être enfermé dans une cage pendant l'hiver, c'en était une autre dès que venait le printemps.

Il vit ce qui l'avait distrait quelques instants auparavant : Terl venait de s'arrêter devant la cage dans un long tank noir, lisse et étincelant. L'engin ronronnait doucement et Jonnie devinait une terrible puissance derrière les meurtrières de ses hublots et les bouches de ses canons.

Terl, jovial, bondit à terre et le sol vibra.

– Animal, dit-il, habille-toi. Nous allons faire un tour.

Jonnie portait ses vêtements de daim.

– Ah, non! Non, non! protesta Terl. Des vêtements, pas des peaux. Tu vas empuantir mon nouveau véhicule. Il te plaît?

Tout à coup, Jonnie fut sur la défensive. Terl lui demandait son opinion, voire de l'admiration, et ça ne correspondait guère au personnage.

– Je suis habillé, lui dit-il.

Terl était occupé à décrocher la laisse de la cage.

– Bon, très bien. Quelle différence, après tout? Si tu peux supporter cette odeur, moi aussi. Mets ton masque à oxygène. Tu vas t'asseoir à l'intérieur et il est hors de question que je porte un masque... Prends aussi tes bâtons.

A présent, Jonnie était *vraiment* sur ses gardes. Il attacha sa ceinture autour de sa taille, y fixa la besace

172

où il avait mis les silex et les fragments de verre. Puis il noua la lanière du bâton-à-tuer à son poignet.

Terl vérifia les bouteilles d'air et, d'un air enjoué, fit claquer l'élastique du masque de Jonnie en le lui passant.

— Et maintenant, animal, installe-toi... Installe-toi... Bel engin, non?...

En effet, se dit Jonnie, enfoui dans le siège immense du mitrailleur. Il y avait du tissu violet brillant de tous les côtés, un tableau de bord flambant neuf avec des boutons scintillants.

— J'ai bien vérifié qu'il n'y avait aucun dispositif télécommandé, dit Terl, et il éclata de rire en grimpant à bord, heureux de sa plaisanterie. Tu sais à quoi je fais allusion, cervelle de rat. Pas question de prendre feu aujourd'hui et de basculer par-dessus la falaise...

Il appuya sur un bouton et les portes étanches se refermèrent. Puis il ouvrit les évents d'arrivée de gaz et l'atmosphère fut changée en un clin d'œil.

— Bon sang, ce que tu as pu être idiot! ajouta-t-il en s'esclaffant à nouveau.

Il dirigea le véhicule droit sur la plaine, volant à un mètre cinquante du sol. Le temps d'un souffle et ils étaient lancés à trois cents kilomètres à l'heure. Jonnie eut l'impression que son épine dorsale allait se briser.

Terl arracha son masque facial

Tu vois ces portes? N'essaie pas de les ouvrir quand je ne porte pas de masque, animal. Sans pilote, cette machine s'écraserait n'importe où.

Jonnie examina les boutons et les loquets des portes. Il prit soigneusement note de cette information. Quelle bonne idée!

— Où est-ce que nous allons? demanda-t-il.

— Oh, juste faire un tour. Pour voir le paysage.

Jonnie en doutait. Il épiait les moindres gestes de Terl aux commandes et il arrivait déjà à identifier certains boutons et leviers.

Ils firent d'abord route droit au nord puis, en une longue courbe, ils s'orientèrent au sud-ouest. Malgré la vitesse qui rendait flou le paysage, Jonnie put voir qu'ils suivaient une autoroute ancienne envahie par les herbes folles. D'après la position du soleil, il détermina leur direction.

173

A travers les meurtrières blindées du poste de mitrailleur, il distinguait un terrain et, au-delà, des bâtiments anciens et une haute montagne à l'horizon. Elle semblait appartenir à une chaîne qui allait vers l'ouest. L'engin ralentit et s'arrêta à quelque distance du bâtiment le plus important. Jonnie observa le paysage désolé de ruines.

Terl plongea dans le bar du véhicule et prit une petite gamelle de kerbango. Il la but d'un coup, fit claquer ses os-bouche et rota. Puis il remit son masque facial et appuya sur le bouton d'ouverture de la porte.

– Allez, sors. Sors et profite bien du paysage.

Jonnie coupa l'arrivée d'air et ôta son masque. Terl secoua la laisse pour lui donner un peu de mou et Jonnie put sortir. Il regarda autour de lui. Tout près, dans un champ, il découvrit des amas de choses qui avaient pu être des machines. Les bâtiments qui se dressaient plus loin étaient impressionnants. Non loin de là, il y avait une sorte de tranchée en courbe, depuis longtemps envahie par la végétation. Les herbes hautes sifflaient doucement dans le vent qui soufflait des montagnes.

– Quel était cet endroit? demanda Jonnie.

Terl était accoudé contre l'habitacle, indolent, détaché.

– Animal, ce que tu vois là était la base principale de défense de cette planète au temps des hommes.

– Vraiment?

Terl prit un guide chinko et le lui lança. Il y avait une marque à une page.

Jonnie lut :

A quelque distance de l'exploitation minière, on trouve des ruines militaires particulièrement impressionnantes. Treize jours après l'attaque psychlo, une poignée d'hommes réussit à repousser les attaques d'un tank psychlo pendant trois heures avec des armes primitives. Ce fut la dernière résistance que rencontrèrent les Psychlos.

C'était tout ce que disait le guide.

Jonnie regarda autour de lui.

Terl lui montrait la tranchée en courbe.

– Ça s'est passé ici, dit-il avec un geste large de sa patte. Regarde bien!

Il lui donna un peu de laisse et Jonnie put s'approcher de la tranchée. Il était difficile de dire où elle commençait et où elle s'achevait. Des pierres avaient été entassées près des bords et l'herbe était haute et s'agitait au souffle du vent.

– Regarde! répéta Terl. Regarde bien!

Jonnie descendit dans la tranchée. Et c'est alors qu'il vit. Beaucoup de temps avait passé, mais il devina que les fragments de métal qu'il voyait avaient été des fusils. Il y avait aussi des lambeaux d'uniformes, pour la plupart enterrés, à peine visibles.

Et, soudain, il lui vint une vision, celle d'hommes réduits à la dernière extrémité, vaillants et désespérés. En relevant les yeux, il crut voir le tank psychlo fonçant sur la tranchée avant de se retirer devant la défense des hommes, attaquant à nouveau, jusqu'à les détruire.

Son cœur s'enfla dans sa poitrine. Et il sentit le battement du sang dans ses oreilles.

Depuis le véhicule, d'un ton indolent, Terl lui demanda :

– Tu en as vu assez?

– Pourquoi m'as-tu montré ça?

Terl éclata d'un rire rauque derrière son masque.

– Parce que je ne voudrais pas que tu te fasses des idées, animal. Ceci était la base de défense numéro un de cette planète. Et il a suffi d'un ridicule petit tank psychlo pour la balayer en un rien de temps. Tu as compris?

Jonnie avait compris, mais bien autre chose. Terl ne lisait pas l'anglais, et il n'avait donc pu comprendre l'inscription sur le bâtiment. Elle disait : *États-Unis d'Amérique. Académie de l'Air Force.*

– Bon, mets ton masque et monte. On a d'autres choses à faire aujourd'hui.

Jonnie obéit sans commentaires. Cela n'avait pas été une « base principale de défense ». Seulement une école. Et cette poignée d'hommes avait été composée de garçons, de cadets. Qui avaient eu le courage de résister à un tank psychlo avec tout son armement pendant trois heures!

Jonnie se retourna vers la tranchée. Des hommes! Ceux de son peuple. Tout à coup, sa respiration était oppressée. Non, les siens n'étaient pas morts en esclaves. Ils s'étaient battus jusqu'au bout.

175

7

Terl se dirigeait droit vers le nord, suivant une ancienne autoroute envahie par les herbes. Il était exubérant mais réfléchissait intensément. A propos des moyens de pression et de la peur. On pouvait toujours utiliser la peur lorsqu'on manquait de moyens de pression. Et il avait le sentiment qu'il était déjà parvenu à quelque chose par ce moyen : l'animal avait semblé très impressionné par le spectacle de la tranchée. Mais Terl sentait aussi qu'il était loin du compte et qu'il lui faudrait davantage employer la peur et trouver de nombreux moyens de pression pour asservir complètement l'animal.

– Ça va ? demanda Terl.

Jonnie fut arraché à sa rêverie et instantanément sur la défensive. Ce n'était pas le Terl qui lui était familier. Il était trop désinvolte. Bavard. Amical.

– Où est-ce que nous allons ? demanda-t-il.

– On fait un tour, c'est tout. C'est un tank flambant neuf. Tu ne trouves pas qu'il marche bien ?

Oui, Jonnie trouvait que le tank était plutôt bien. Sur le plateau de commandes, la plaque annonçait : *Tank Mark III à usage général. Réservé aux cadres.* « *L'ennemi est mort.* » *Compagnie Minière Intergalactique. Numéro de série ET-5364724354-7. Utiliser exclusivement les cartouches et réserves de gaz FARO,* « *FARO, c'est le Souffle et la Vie* ».

– Est-ce que « FARO » appartient à l'Intergalactique ? demanda Jonnie.

Terl, un bref instant, se détourna de la conduite et le regarda d'un air soupçonneux. Puis il eut un haussement d'épaules.

– Ne surmène pas ta petite cervelle de rat à propos de l'Intergalactique et de son importance, animal. C'est un monopole et son pouvoir s'étend à toutes les galaxies. Ses dimensions sont telles qu'il te faudrait bien un millier de cervelles de rat comme la tienne pour comprendre.

– Mais tout est dirigé à partir d'une unique planète, non?...

– Pourquoi pas? Tu es contre?

– Non, dit Jonnie, non... Mais ça fait peut-être beaucoup pour une seule planète.

– Le pouvoir des Psychlos n'est pas limité à ça. Il existe des dizaines de sociétés comparables à l'Intergalactique, et les Psychlos les contrôlent toutes.

– Cette planète doit être très grande, remarqua Jonnie.

– Très grande et très puissante, dit Terl, en songeant qu'un supplément de crainte n'était pas inutile. Les Psychlos ont écrasé toutes les résistances qu'ils ont rencontrées dans le passé. Il suffit d'une signature de l'Empereur, et pffuit! Toute une race disparaît.

– Comme les Chinkos? demanda Jonnie.

– Oui, admit Terl, qui commençait à se lasser de la discussion.

– Et comme la race humaine?

– Exactement, et comme cet animal à cervelle de rat s'il ne se tait pas immédiatement! fit Terl, brusquement irrité.

– Merci, dit simplement Jonnie.

– Voilà qui est mieux. On dirait même que tu deviens poli! fit Terl.

Sa bonne humeur revint, mais il en eût été autrement s'il avait su que Jonnie l'avait remercié pour un renseignement vital.

Tout à coup, ils se retrouvèrent aux franges de la cité.

– Où sommes-nous? demanda Jonnie.

– Cet endroit s'appelait « Denver ».

Aha! songea Jonnie. Le Grand Village s'était appelé Denver. Donc, s'il avait eu un nom, cela signifiait qu'il y avait eu d'autres villages. Il s'empara du guide chinko et il en était au chapitre concernant la bibliothèque quand le véhicule s'arrêta brusquement.

– Où est-ce que nous sommes? demanda Jonnie en regardant autour de lui.

En fait, ils étaient dans les faubourgs, au sud-est de la ville.

– Je savais bien que tu avais une cervelle de rat! s'exclama Terl. C'est ici que... (Il éclata de rire et parut sur le point de s'étrangler.) C'est ici que tu as attaqué un tank!

Jonnie examinait les lieux. Oui, c'était bien ici que ça s'était passé.

– Pourquoi sommes-nous ici? demanda-t-il enfin.

Terl lui décocha ce qui, selon lui, devait être le sourire le plus amical dont il fût capable.

– Mais nous cherchons ton cheval, animal! Tu ne trouves pas ça bien?

Jonnie réfléchit à toute allure. Il y avait autre chose. Et il fallait qu'il garde son calme. Il ne voyait aucune trace d'os, mais cela ne signifiait rien avec tous les animaux sauvages qui devaient rôder dans les parages. Il regarda Terl et prit conscience que la brute croyait qu'un cheval attendait son maître. Mais il était probable que Fend-le-Vent les avait suivis quelque temps avant de reprendre le chemin des montagnes.

– Dans cette région, il y a d'innombrables animaux, dit-il enfin. Pour retrouver ces deux chevaux...

– Cervelle de rat, tu ne comprends rien aux machines. Regarde.

Terl se tourna vers un large écran serti dans le tableau de commandes et sur lequel apparaissait le paysage alentour. Il tourna un bouton et le point de vue changea au fur et à mesure.

Puis il appuya sur un bouton et il y eut un bruit mat en haut du véhicule, comme une petite explosion. En regardant par la meurtrière avant, Jonnie vit un objet qui s'élevait dans l'air en tournoyant, à plus de trente mètres de hauteur. Terl joua sur un levier et l'objet s'éleva encore, puis redescendit. C'était ce que l'objet observait qui apparaissait sur l'écran.

– Voilà pourquoi tu ne peux pas t'enfuir, dit Terl. Regarde.

Il appuya sur un autre lever et le champ de l'image fut élargi. Il appuya sur une touche marquée « Poursuite thermique » et l'écran ainsi que l'engin qui tournait dans le ciel furent placés en détection automatique.

Jonnie observa divers groupes d'animaux. L'objet plongeait sur eux, l'image était agrandie, puis réduite... Chaque animal était examiné de près.

– Contente-toi de regarder et de me dire si tu vois ton cheval, dit Terl. (Il rit.) Le chef de la sécurité dirigeant le bureau des objets perdus... Tout ça parce qu'un animal a perdu un autre animal...

178

Cette plaisanterie déchaîna son hilarité.

Sans cesse, l'image montrait des troupeaux de bétail. Mais aussi des loups – de petits loups venus des montagnes proches, mais aussi de grandes bêtes descendues du Nord. Elle montra également des coyotes et même un serpent à sonnette. Mais pas le moindre cheval.

– Bien, déclara Terl. Nous allons faire route vers le sud. Ouvre bien les yeux, animal, et tu récupéreras ton cheval.

Ils allaient à petite vitesse et Jonnie ne quittait pas l'écran des yeux. Le temps passait et il ne voyait toujours aucun cheval.

Terl, peu à peu, fut gagné par l'irritation. Vraiment, il n'avait pas de chance. Il lui fallait absolument un moyen de pression !

– Je ne vois pas le moindre cheval, dit enfin Jonnie. Mais il savait parfaitement qu'il n'aurait pas dit un mot s'il avait aperçu la silhouette de Fend-le-Vent.

Terl se pencha sur l'écran. Droit devant eux, il y avait une petite colline entourée d'arbres sombres, couronnées de rochers. Et juste derrière, au nord, un troupeau paissait. Certaines bêtes avaient de longues cornes. La peur, se dit Terl. Employons la peur. Comme ça, la journée n'aura pas été *complètement* perdue. Il dirigea le tank droit sur le petit bosquet et s'arrêta.

– Sors, ordonna-t-il à Jonnie.

Il mit son masque facial et ouvrit la porte. Il lâcha la laisse, puis sortit un fusil-éclateur et un sac de grenades du compartiment placé sous son siège.

Jonnie put enfin ôter son masque. Il intervertit les bouteilles d'air avant de déposer son équipement respiratoire sur le siège. Le trajet avait été long.

Terl avait pris position à la lisière des arbres, face à la plaine, adossé aux rochers.

– Viens ici, animal ! lança-t-il.

Jonnie obéit. Sa laisse traînait derrière lui. Il n'avait pas l'intention de donner au monstre une chance de l'abattre.

– Je vais t'offrir une petite démonstration, annonça le Psychlo. J'étais le meilleur tireur de mon école. Est-ce que tu as jamais remarqué que les rats que je t'apportais avaient été tués proprement ? Parfois à plus de cinquante pas de distance. Tu ne m'écoutes pas, animal.

Non, Jonnie ne l'écoutait pas. Il avait entendu un mouvement derrière lui. Il se retourna et discerna une ouverture dans les roches. Une grotte? A nouveau, quelque chose bougea.

Terl se pencha et tira sur la laisse. Jonnie faillit perdre l'équilibre. Mais il ne quitta pas l'orifice des yeux et porta la main à son bâton-à-tuer.

D'un geste adroit, Terl planta une grenade à l'extrémité de son fusil-éclateur.

– Regarde, dit-il.

A moins de quatre-vingts pas de là, une demi-douzaine de ruminants broutaient paisiblement l'herbe de la plaine. Il y avait deux vieux mâles redoutables, à longues cornes, et quatre vaches.

Terl leva le fusil et fit feu. La grenade décrivit un arc au-dessus du petit troupeau et éclata plus loin dans un éclair vert. L'une des vaches s'effondra, touchée par un fragment.

Les autres ruminants se mirent à courir. Ils fonçaient droit sur Terl.

Il ajusta posément son tir et dit à l'adresse de Jonnie :

– Elles sont en pleine course. Comme ça, tu ne pourras pas dire que j'ai eu de la chance.

Tête baissée, les deux taureaux approchaient à toute allure, suivis de très près par les vaches. Le sol résonnait sous leurs sabots. Bientôt, les bêtes furent à portée de tir.

Terl ouvrit le feu, tirant rapidement plusieurs coups successifs.

Il atteignit les vaches aux pattes et elles s'écroulèrent en meuglant.

Puis il brisa la patte avant droite du deuxième taureau. L'autre était déjà pratiquement sur eux.

Un dernier tir et le deuxième taureau tomba à moins de trois mètres dans un concert de meuglements douloureux.

Avec un sourire de triomphe, Terl regarda le troupeau. Jonnie le dévisageait avec une expression d'horreur. Derrière son masque, le Psychlo avait l'air absolument ravi. Et Jonnie eut un sursaut de répulsion. Terl lui apparaissait soudain comme... Non, il n'y avait pas de terme psychlo pour « cruel ». Il reporta son attention sur le troupeau.

A l'instant où il s'avançait en brandissant son bâton-à-tuer avec l'intention de mettre un terme aux souffrances des animaux, il perçut un son nouveau, un bruissement sourd.

Il pivota et aperçut, émergeant de l'ouverture dans les roches, le plus gigantesque grizzly qu'il eût jamais vu. L'ours monstrueux, rendu furieux par le tapage, chargeait droit sur le dos de Terl.

– Attention derrière! hurla Jonnie.

Mais sa voix fut noyée dans le concert de meuglements des ruminants et Terl ne fit pas un geste. Il demeurait sur place, souriant férocement.

L'ours gronda.

C'est seulement alors que Terl l'entendit. Il voulut se retourner, mais il était trop tard.

Le grizzly le frappa dans le dos avec une violence telle qu'une onde de choc fit frémir l'air.

Le fusil-éclateur, brutalement éjecté des pattes du Psychlo, fut projeté vers Jonnie. Il le cueillit prestement de la main gauche.

Mais pour lui, ce ne fut qu'un bâton de plus. Il avait déjà levé son bâton-à-tuer et frappa de toutes ses forces avant que l'ours ait pu porter une nouvelle attaque. Il l'atteignit en plein sur le crâne et la bête s'arrêta net, étourdie.

Jonnie frappa une deuxième fois..

Le grizzly riposta d'un coup de son énorme patte. Jonnie esquiva et lança encore une fois son bâton sur le crâne de la bête.

L'ours recula et happa le bâton à l'instant précis où Jonnie s'apprêtait à frapper encore, et la lanière céda avec un claquement. Jonnie saisit le fusil par le canon.

L'ours se rua sur lui, la gueule béante. Jonnie lui fracassa les crocs. Puis il leva à nouveau son bâton improvisé et l'abattit sur le crâne de la bête.

Dans un grondement déchirant, le grizzly s'effondra avec une dernière convulsion.

Jonnie prit quelques pas de recul. Terl était étendu sur le côté. Il n'avait pas perdu connaissance. Derrière son masque, il avait le regard fixe et les yeux grands ouverts. Jonnie recula encore un peu. Dieu merci, sa laisse ne s'était pas accrochée pendant le combat et il n'avait pas trébuché. Il examina le fusil-éclateur : la sécurité n'était pas mise et il y avait une charge en place. L'arme portait quelques éraflures, mais elle n'était pas endommagée.

Jonnie se tourna vers Terl et le Psychlo lui rendit son regard. Il attendait, tout en faisant jouer ses griffes. Il était certain que l'animal allait lever l'arme sur lui et l'abattre. Il porta la patte à sa ceinture pour prendre son éclateur.

Si Jonnie vit le mouvement, il l'ignora. Tournant le dos à Terl, il leva le fusil et, en six coups, abrégea l'agonie des ruminants.

Il remit la sûreté avant de poser l'arme, prit un morceau de verre particulièrement tranchant dans sa bourse et entreprit de dépecer le grizzly.

Le Psychlo l'observa durant un moment avant de se dire qu'il ferait tout aussi bien d'examiner ses blessures. Son dos le faisait souffrir, il avait une estafilade au cou et du sang sur une patte. Il palpa son dos. Rien de grave. Il monta dans le véhicule et s'installa sur le siège, laissant les portes ouvertes. Il se remit à observer Jonnie.

— Tu n'as pas l'intention de mettre cette peau dans le tank ? demanda-t-il.

Jonnie ne détourna pas les yeux de sa tâche.

— Je vais l'attacher sur le toit.

Il eut bientôt terminé et se dirigea vers la plus jeune des vaches. Rapidement, adroitement, il trancha la langue et l'aloyau, coupa une cuisse et enveloppa le tout dans la peau de l'ours.

Il noua plusieurs lanières autour du ballot et l'attacha ensuite à un canon sur le toit du tank.

Puis il tendit l'éclateur à Terl.

— La sûreté est mise, dit-il simplement, tout en frottant ses doigts souillés avec une poignée d'herbe.

Terl le regardait. Employer la peur ? Quelle blague ! Cet animal ne connaissait pas la peur.

Il n'y avait plus qu'une solution : trouver des moyens de pression. Beaucoup de moyens de pression.

— Monte, dit-il enfin. Il est tard.

8

Le lendemain, Terl se lança à nouveau dans un tourbillon d'activités en prévision de sa prochaine entrevue avec Numph.

Il voulait confectionner de fausses interviews de mutins. C'était un véritable travail d'art auquel il apporta le plus grand soin. Il interrogea pour cela un nombre important d'employés, à l'intérieur comme à l'extérieur du camp.

Tout cela fut conduit rondement et efficacement.

Terl demandait :

– Est-ce que vous connaissez les règlements de la Compagnie relatifs aux mutineries ?

Quelquefois surpris, toujours méfiants, ceux qu'il abordait citaient ce qu'ils connaissaient des règlements ou bien ce qu'ils croyaient en connaître.

Terl demandait ensuite :

– Dans vos propres termes, dites-moi ce que vous pensez de la mutinerie en général ?

Les employés se montraient intarissables et rassurants sur le sujet :

– La mutinerie, ce n'est pas bien. Les chefs nous feraient tous vaporiser sans exception. Je ne suis pas du tout partisan d'une mutinerie. Quoi qu'il arrive, *jamais* je ne prendrai part à une mutinerie.

Toute la journée, Terl travailla comme un forcené, à l'extérieur comme à l'intérieur, ce qui l'obligea à enlever et à remettre constamment son masque. Il enregistra des kilomètres de bande.

Lorsqu'il avait fini de poser ses questions, il hochait la tête avec un sourire et disait qu'il ne pouvait faire autrement car il s'agissait d'un ordre venant de la Direction, mais que lui, Terl, était bien entendu du côté des employés. Cependant, quand il repartait, il laissait une trace d'inquiétude, et chacun se jurait bien de ne jamais être mêlé à une quelconque mutinerie, baisse des salaires ou pas.

De temps en temps, lorsqu'il repassait par son bureau, Terl jetait un coup d'œil sur l'image de la cage retransmise par les caméras-boutons. Il obéissait à un vague sentiment de malaise.

L'animal lui paraissait bien industrieux. Il s'était levé à la première lueur du jour et, depuis, il n'avait pas cessé de travailler. Il avait nettoyé la peau d'ours en utilisant de la cendre. A présent, elle était pendue entre les barreaux.

Puis il avait allumé un feu et disposé autour un bizarre entrelacs de branchages. Il avait découpé le bœuf en longues lanières qu'il avait disposées sur les branches. Il avait jeté des poignées de feuilles dans les flammes pour faire beaucoup de fumée autour de la viande.

Terl n'arrivait pas à comprendre clairement ce qu'il faisait. Mais, vers la fin de la journée, il crut deviner. L'animal devait se livrer à quelque rite en relation avec le printemps. Il avait lu quelque chose à ce propos dans les vieux guides chinkos. Il y était question de danses et autres manifestations stupides. La fumée était censée emporter l'esprit des animaux morts jusqu'au domaine des dieux. En tout cas, la veille, ils avaient tué un nombre appréciable d'animaux. A cette pensée, il eut un frisson dans le dos.

Il n'avait jamais songé jusqu'alors que ces créatures de la Terre pouvaient blesser un Psychlo, mais cet ours grizzly avait quelque peu ébranlé sa confiance. Il avait été énorme et son poids devait approcher celui de Terl.

Il était probable qu'à la venue du soir, l'animal relancerait le feu pour danser autour. Terl conclut qu'il ne préparait rien de dangereux et retourna à ses interviews.

Ce soir-là, on ne le vit pas dans la salle de récréation. Il était trop occupé à monter ses bandes d'enregistrement. A tel point qu'il en oublia d'aller voir si l'animal dansait vraiment autour de son feu.

Avec l'art consommé d'un chef de la sécurité, il trafiquait les phrases, découpait et substituait les mots, gommait des paragraphes entiers et faisait dire aux employés des choses qui pouvaient leur valoir d'être exécutés.

Une réponse revenait fréquemment : « Je suis partisan de la mutinerie. Et dans ce cas, il vaudrait mieux vaporiser tous les chefs. » La tâche était épuisante, mais les bobines s'accumulaient.

Pour finir, il les copia sur des disques vierges pour qu'aucune trace de montage ou de découpage ne soit visible et lorsqu'il eut enfin terminé, l'horizon de l'est était gris.

Il bâilla et se mit en devoir de nettoyer les lieux,

détruisant les enregistrements originaux et les bouts de bandes, en attendant l'heure du petit déjeuner. C'est alors qu'il prit conscience qu'il avait complètement oublié de surveiller l'animal pour voir s'il dansait vraiment.

Il décida qu'il avait plus besoin de sommeil que de petit déjeuner et s'étendit pour une brève sieste. L'heure de son rendez-vous avec Numph avait été fixée après le déjeuner.

Par la suite, il devait se dire que c'était parce qu'il avait manqué à la fois le petit déjeuner et le déjeuner qu'il avait commis l'erreur qui allait le priver de son unique moyen de pression sur Numph.

Au début, l'entrevue se présenta plutôt bien. Numph était installé derrière son grand bureau capitonné, dégustant une gamelle de kerbango, égal à lui-même.

— J'ai ici le résultat des investigations que vous m'avez demandées, déclara Terl.

— Comment?

— J'ai interrogé un certain nombre d'employés.

— A quel propos?

— Sur la mutinerie.

Numph dressa aussitôt l'oreille.

Terl posa le lecteur de disque qu'il avait apporté sur le bureau de Numph.

— Bien sûr, tout cela est secret. J'ai dit aux employés interrogés que personne n'en saurait rien et ils ignoraient que tout était enregistré.

— Très habile, dit Numph. Il avait posé sa gamelle de kerbango et était tout ouïe.

Terl passa les disques. L'effet fut exactement celui qu'il avait escompté. Le visage de Numph prit une teinte de plus en plus grisâtre. Quand ce fut fini, il se versa une gamelle de kerbango qu'il engloutit d'un coup. Puis il demeura immobile et silencieux.

Terl se dit qu'il n'avait jamais lu une telle expression de culpabilité dans un regard. Numph était hagard.

— Je recommande donc que nous gardions tout ça secret, dit-il. S'ils apprennent qu'ils pensent tous la même chose, ils se mettront à conspirer et ce sera la mutinerie.

— Oui! fit Numph.

— Très bien. J'ai préparé certains documents à ce sujet. (Terl posa une liasse sur le bureau.) Le premier document m'autorise à prendre toute mesure que je jugerai nécessaire afin de régler ce problème.

— Oui, fit encore Numph, et il signa.

— Ce deuxième document m'autorise à réquisitionner tous les stocks d'armes des autres exploitations et à placer toutes les armes existantes dans une chambre forte.

— Oui, répéta Numph. Il signa.

— Celui-ci permettra de réquisitionner tous les avions de combat des autres exploitations et de les placer sous scellés à l'exception de ceux dont je pourrais avoir besoin.

— Oui, dit une fois encore Numph. Il signa.

Terl récupéra les trois premiers ordres et laissa Numph se pencher sur le suivant.

— Qu'est-ce que c'est?

— Une autorisation pour rassembler et entraîner les animaux-hommes sur les machines afin que la Compagnie puisse poursuivre les transferts de minerai en cas de mort de certains employés ou de refus de travailler.

— Je ne pense pas que ce soit possible, dit Numph.

— Ce n'est qu'une menace pour obliger les employés à reprendre le travail. Vous savez aussi bien que moi que ce n'est pas vraiment réalisable.

Numph signa avec réticence et seulement parce que l'ordre disait : « Plan d'urgence. Recours stratégique alternatif. Objectif : dissuasion antigrève. »

C'est alors que Terl commit son erreur. Tout en prenant l'autorisation et en l'ajoutant aux autres, il fit remarquer :

— Cela nous permettra de pallier une réduction éventuelle des effectifs.

Plus tard, il se rendit compte qu'il n'aurait jamais dû ajouter ce commentaire.

— Ah bon? fit Numph.

— Et j'ai la certitude, poursuivit Terl, s'enfonçant dans son erreur, que votre neveu Nipe approuverait chaleureusement.

— Approuverait quoi?

— La réduction des effectifs.

C'est alors qu'une expression nouvelle apparut sur les traits de Numph. Une expression de soulagement. Il avait compris quelque chose et il en éprouvait soudain une *très grande* satisfaction.

Numph regarda Terl d'un air presque amusé. Il

semblait totalement soulagé. La confiance avait remplacé la peur.

Et Terl comprit qu'il avait tout raté. Il n'avait eu qu'un début de moyen de pression. Un soupçon. Et voilà qu'il commettait l'erreur de montrer qu'il ne savait rien. Numph savait à présent que lui, Terl, ne savait rien. D'ailleurs il n'avait jamais vraiment su ce que Numph avait à se reprocher.

Oui, il avait commis une bourde énorme.

— Bon, dit Numph, soudain plein de verve. Allez faire votre travail. Je suis sertain que tout ira bien.

Terl s'arrêta sur le seuil. Qu'est-ce qui lui avait échappé? Quel était le moyen de pression? Numph n'avait plus peur. Il l'entendit glousser de rire.

Il fut sur le point d'éclater, mais se maîtrisa. Il sortit sans mot dire. Au moins, les animaux étaient à lui, désormais. Et quand il en aurait fini avec eux, il les vaporiserait tous. Si seulement il pouvait vaporiser Numph en même temps!

Il n'avait aucun moyen de pression sur lui. Et encore moins sur l'animal.

Il avait du pain sur la planche.

9

Sous le soleil du printemps, l'aire de transfert était pleine d'agitation et de bruit. Un transporteur venait de déverser sa cargaison de minerai et les pelleteuses s'activaient pour charger les convoyeurs. Les seaux géants répandaient leur contenu avec un vacarme épouvantable sur la courroie de chargement. Les énormes ventilateurs brassaient la poussière. Une pluie de minerai s'abattit sur la plate-forme de transfert.

Jonnie était assis au milieu du tumulte, enchaîné aux commandes de l'analyseur de poussière, à demi assourdi, couvert de poussière et de saleté.

Il contrôlait chaque chargement que le convoyeur déversait sur la courroie, pour vérifier la présence éventuelle d'uranium.

Les ventilateurs soulevaient un brouillard permanent de particules minérales et Jonnie était chargé de pousser un levier qui déclenchait des faisceaux lumineux qui traversaient le tourbillon. Il consultait alors un panneau pour voir si aucun voyant rouge ou violet ne s'illuminait, puis il manœuvrait les leviers qui expédiaient le chargement vers la plate-forme de transfert (violet) ou le bloquaient en cas d'alerte (rouge). Dans ce dernier cas, il fallait faire vite.

Il ne travaillait pas seul. Il était sous la surveillance de Ker, l'un des assistants opérateurs de l'exploitation. Ker était coiffé d'un casque de protection, alors que Jonnie recevait toute la poussière dans le visage et dans les yeux. Il n'avait même pas eu droit à des lunettes.

Ker lui donna une bourrade sur l'épaule pour lui indiquer qu'il pouvait expédier un autre seau et Jonnie joua sur les leviers.

Ker avait été tout spécialement choisi par Terl pour superviser l'animal dans les opérations mécaniques. Terl avait ses raisons propres.

Ker mesurait un peu plus de deux mètres, ce qui faisait de lui un nain pour un Psychlo. On l'avait surnommé « geyser » parce qu'il bavardait sans cesse. Mais personne ne l'écoutait jamais. En fait, il n'avait pas d'amis et essayait constamment de s'en faire. Il n'avait pas la réputation d'être très intelligent, même s'il connaissait parfaitement le fonctionnement de ses machines. Et si ces quelques raisons n'avaient pas été suffisantes, Terl disposait d'un moyen de pression : il avait surpris Ker dans une situation compromettante avec deux femelles psychlos dans un bureau extérieur. Terl avait promis de ne pas diffuser le picto-enregistrement et Ker et les deux femelles s'étaient montrés particulièrement reconnaissants. Il y avait quelques autres détails : Ker était un ex-criminel. Il n'avait pris cet emploi sur Terre que pour échapper à l'arrestation et c'est Terl qui lui avait procuré une identité de rechange. Avant que l'idée d'utiliser l'animal ne lui soit venue, il avait essayé de trouver un moyen d'utiliser Ker, mais il aurait été impossible à un Psychlo de survivre dans ces montagnes et il avait dû se résoudre à ne pas mettre Ker dans la confidence. Mais Ker lui était parfois utile.

A présent, le petit Psychlo bavardait, mais sa voix était à peine audible, étouffée par son casque et par le fracas ambiant.

– Il faut faire attention à détecter la moindre radiation. Il ne faut pas le moindre isotope sur la plateforme.

– Qu'est-ce qui se passerait? demanda Jonnie.

– Ça provoquerait une étincelle sur la planète mère, je te l'ai dit. La plate-forme de téléportation éclaterait et nous serions pris dans les flammes. C'est la poussière. Il ne faut pas une trace d'uranium dans la poussière!

– Est-ce que ça s'est déjà produit?

– Bon sang, non! gronda Ker. Et ça ne doit pas arriver. Jamais!

– Rien que la poussière? insista Jonnie.

– Rien que la poussière, oui.

– Et s'il y avait un morceau d'uranium?

– Tu ne pourrais pas le détecter.

– Mais qui pourrait le détecter, alors?

– Tu ne pourrais pas le détecter parce qu'il n'y en a jamais dans les chargements!

En fait, ils s'entendaient plutôt bien. Au début, Ker avait trouvé l'animal plutôt bizarre. Mais il semblait amical et Ker n'avait pas d'amis. Et puis, l'animal ne cessait de lui poser des questions et Ker adorait parler. Mieux valait parler à un animal que n'avoir personne. De plus, cela rendait service à Terl qui, en échange, gardait le silence à son sujet.

Terl amenait l'animal chaque matin, l'attachait aux commandes de la machine et revenait le prendre le soir. Il avait mis en garde Ker contre les conséquences d'une évasion éventuelle de l'animal. Mais il avait le droit de détacher l'animal quand il fallait le changer de machine.

L'opérateur en titre, ce matin-là, fut heureux d'être relevé. Le poste était particulièrement dangereux et de nombreux Psychlos avaient trouvé la mort au cours des dernières années. D'ordinaire, on avait droit à une prime de risque, mais celle-ci avait été supprimée dans le cadre des mesures d'économie.

Le dernier seau fut déversé sur la courroie de chargement et, pendant un instant, le calme revint. L'opérateur réapparut et examina la machine d'un air soupçonneux.

– Il n'a rien cassé? demanda-t-il en agitant les griffes à l'adresse de Jonnie.

– Encore jamais, dit Ker, sur la défensive.

– Je me suis laissé dire qu'il avait bousillé une pelleteuse.

– Elle était déjà bousillée. Tu sais, c'est celle dans laquelle Waler est mort il y a quelques mois.

– Oh, celle-là. Celle qui avait le toit fendu?

– Oui, exactement.

– Je croyais que c'était l'animal qui l'avait fait sauter.

– Ça, c'est ce qu'a raconté Zzt pour se trouver des excuses.

Mais l'opérateur continua à examiner son détecteur d'uranium.

– Pourquoi es-tu si nerveux? demanda Jonnie.

– Eh! Mais il parle psychlo!

– Il pourrait y avoir une fuite dans son casque, expliqua Ker à l'intention de Jonnie. Et tu aurais pu laisser de la poussière sur les commandes.

Jonnie se tourna vers l'opérateur.

– Ton casque a déjà explosé?

– Bien sûr que non! Je suis encore vivant, pas vrai? Et je ne tiens pas à ce qu'il y ait du gaz respiratoire qui explose ici. Allez, descends de ma machine. Un autre chargement arrive.

Ker détacha l'animal et le conduisit à l'ombre d'un pylône d'énergie.

– Tu as presque fini avec les machines du transfert. Demain, tu commences l'extraction du minerai.

Jonnie regarda autour de lui.

– Qu'est-ce que c'est que cette petite maison, là-bas?

Ker suivit son regard. C'était une structure en dôme avec, à l'arrière, des bobines de refroidissement.

– Oh, ça. C'est la morgue. La Compagnie exige que tous les Psychlos morts soient réexpédiés sur leur monde natal.

Jonnie sentit s'éveiller son intérêt.

– Une question de sentiment? A cause de leur famille?

– Oh, non. Rien d'aussi stupide. Ils pensent que si une race étrangère mettait la main sur des Psychlos morts, elle pourrait comprendre leur métabolisme et s'en servir contre nous. Ils font ça aussi pour tenir les comptes. Ils n'ont pas envie que la paye aille à quelqu'un d'autre après la mort d'un gars. Ça s'est vu.

– Que deviennent les corps?

– Eh bien, on les rassemble et on les téléporte comme n'importe quelle marchandise. Sur leur planète, on les enterre. La Compagnie a son propre cimetière sur Psychlo.

– Ça doit être une sacrée planète.

Ker eut un sourire radieux.

– Ça, tu peux le dire! Pas besoin de casque ou de masque respiratoire sur Psychlo. Parce qu'il y a une véritable atmosphère! Oui, c'est merveilleux. Et il y a aussi une vraie pesanteur, pas comme ici. Et tout est d'un violet splendide. Et il y a des femelles autant qu'on en veut! Quand je retournerai là-bas – si Terl peut m'arranger ça – je prendrai dix épouses et je passerai tout mon temps à me les envoyer en buvant du kerbango.

– Mais le gaz que vous respirez, il faut bien le faire venir ici?

– Oui, bien sûr. On ne peut pas le fabriquer sur les autres mondes. Il faut certains éléments qu'on ne trouve que très rarement loin de Psychlo.

– Mais votre planète pourrait être à court d'atmosphère?

– Oh, non! Les éléments se trouvent dans la roche et jusque dans le noyau planétaire. Il y a des réserves inépuisables. Tu vois ces fûts là-bas?

Jonnie regarda la pyramide de barils qui venait d'être téléportée depuis Psychlo. Des grues les chargeaient sur des camions. Un premier chargement avait été placé sur un transporteur.

– Ceux-là vont être expédiés au-delà des mers, dit Ker.

– Il y a combien d'autres mines?

Ker se gratta le cou.

– Seize, je crois bien.

– Et elles se trouvent où? demanda Jonnie d'un air indifférent.

Ker haussa d'abord les épaules, puis il eut une idée heureuse. Il sortit une liasse de papiers de sa poche arrière. Il avait utilisé le verso d'une carte pour prendre certaines notes. Il la déplia. Elle était sale et couverte de taches graisseuses, mais encore lisible. C'était la première fois que Jonnie voyait une carte de la Terre.

Ker compta d'une griffe.

– Ouais, c'est bien ça : seize, plus deux sous-stations. Ça fait le compte.

– Qu'est-ce que c'est qu'une sous-station ?

Ker lui montra le pylône. Il y en avait d'autres. Ils formaient une longue chaîne qui se perdait au sud-ouest. A l'horizon, ils n'étaient plus que de tout petits points.

– Cette ligne d'alimentation vient d'une installation hydro-électrique qui est située à plusieurs centaines de kilomètres d'ici. C'est un ancien barrage. La Compagnie a changé tout l'équipement et c'est ce barrage qui fournit l'énergie dont on a besoin pour le transfert. C'est ça, une sous-station.

– Et il y a des ouvriers, là-bas ?

– Oh, non. Tout est automatique. Il y en a une autre sur le continent Sud, de l'autre côté de la mer. Elle aussi est automatique.

Jonnie regarda la carte. Il était excité mais n'en montrait rien. Il compta cinq continents. Chaque exploitation minière était très exactement indiquée.

Il prit un stylo dans la poche de poitrine de Ker.

– Je dois apprendre sur combien de machines encore ? demanda-t-il.

Ker réfléchit.

– Il y a les foreuses... les chargeurs...

Jonnie prit la carte et la replia de façon à disposer d'un emplacement pour écrire et releva le nom des machines au fur et à mesure que Ker les citait.

Quand le Psychlo eut fini, Jonnie lui rendit son stylo et, d'un geste désinvolte, glissa la carte dans sa besace.

Il se redressa en s'étirant, puis il s'accroupit et demanda :

– Parle-moi encore de Psychlo. Ça doit être un endroit passionnant.

Le Psychlo se mit à bavarder et Jonnie l'écouta avidement. Tout ce qu'il apprenait était précieux et, dans sa besace, il sentait le craquement rassurant de la carte.

Pour un homme qui avait décidé de tout apprendre sur l'empire des Psychlos dans l'espoir de libérer son peuple, la moindre information avait une valeur inestimable.

Autour d'eux, les opérations se poursuivaient dans un tumulte assourdissant.

CINQUIÈME PARTIE

1

Une nuit, les yeux au ciel, Jonnie contemplait la lente rotation annuelle des constellations, et il sut qu'il devait fuir.

Dans trois semaines environ, une année se serait écoulée, et il lui était venu une affreuse vision : celle de Chrissie descendant des montagnes pour s'aventurer dans les plaines et, en admettant qu'elle parvienne à survivre, finissant par échouer dans le camp.

Les obstacles étaient nombreux. En fait, les difficultés seraient presque insurmontables, vu les moyens de recherche dont disposaient les Psychlos. Mais, avec un entêtement opiniâtre, il n'en continuait pas moins de préparer le chemin de la liberté.

Et ses plans étaient devenus plus compliqués encore depuis qu'il s'était fixé comme objectif de voir la Terre libérée de la présence psychlo pour que renaisse la race humaine.

Il était allongé, parfaitement éveillé, et la lune qui se levait révélait la hideur de la cage où il était enfermé. Il avait presque honte de sa docilité. Il était là, enchaîné comme un chien, avec un collier, derrière les barreaux de cette cage, certain d'être repéré et poursuivi si jamais il parvenait à s'échapper. Pourtant, même s'il devait y perdre la vie, il tenterait sa chance, et plutôt deux fois qu'une.

Avant tout, il devait s'enfuir.

Un moyen possible de recouvrer sa liberté se présenta deux jours après. En tout cas, un moyen de se libérer du collier.

Pour une raison connue de lui seul, Terl avait insisté pour qu'il apprenne la réparation électronique. Ses explications avaient été plutôt minces : il arrivait que les commandes d'une machine tombent en panne, que les télécommandes se dérèglent, et, dans tous les cas, c'était au conducteur de réparer. Le simple fait que Terl ait tenu à donner des explications indiquait que les raisons avancées étaient fausses. De plus, durant toute sa période de formation, jamais Jonnie n'avait vu un conducteur de machine réparer des circuits électroniques. Lorsque quelque chose n'allait pas, un spécialiste de la section d'électronique arrivait sur son trois-roues et le nécessaire était fait très rapidement. L'insistance de Terl pour que Jonnie apprenne ce genre de réparation – Ker n'avait pas soulevé la moindre objection – était une pièce supplémentaire qui venait s'ajouter au puzzle Terl. Une chose était sûre : quels que soient les projets que Terl avait en tête pour Jonnie, il n'y aurait aucun spécialiste en électronique à proximité.

Et c'est ainsi qu'il s'était mis à étudier composants, circuits et diagrammes, assis sur un banc psychlo qui le faisait paraître minuscule.

Cela ne lui paraissait pas trop difficile. Les électrons arrivaient par là, se transformaient ici et faisaient quelque chose d'autre là-bas. Les pièces de métal, les composants et les petits fils avaient un rôle très clair.

Mais il fut déconcerté au départ par les *outils*. Il y avait par exemple une chose qui ressemblait à un petit couteau avec un grand manche. Pour Jonnie, il était très grand, mais très petit pour un Psychlo. Et ce qu'il faisait était tout à fait remarquable. Quand on déplaçait une molette graduée qui se trouvait au bout du manche et que l'on appliquait la lame sur un fil, le fil était coupé. Et quand on inversait le réglage, les fils se recollaient et ne faisaient à nouveau plus qu'un. Mais pour cela, il fallait utiliser le même type de métal. Si l'on voulait attacher ensemble deux pièces faites de deux métaux différents, il fallait utiliser une substance pour les assembler.

Ker était parti manger un bout, comme cela lui arrivait fréquemment, et Jonnie était resté seul, attaché, dans l'atelier d'électronique. Il en profita pour essayer l'outil sur l'extrémité de sa laisse.

Il la trancha net.

Il inversa le réglage, rapprocha les deux bouts et posa à nouveau la lame sur le métal.

La laisse se reforma sans la moindre trace d'entaille.

Jonnie sut immédiatement qu'il pouvait faire la même chose avec son collier.

Il jeta un coup d'œil en direction de la porte. Ker ne serait pas de retour avant quelques instants et personne ne risquait de le déranger. Il explora la pièce du regard. A l'autre bout, il y avait une armoire à outils. Il valait mieux que le couteau qu'on lui avait confié ne disparaisse pas. Il trancha sa laisse une deuxième fois et courut jusqu'à l'armoire. Il l'ouvrit. Il découvrit un entassement de câbles, de fils, de pièces détachées et d'outils. Il farfouilla frénétiquement. Les secondes passaient. Puis, tout au fond, il vit ce dont il avait besoin : un outil usagé mais identique au sien.

C'est alors qu'il entendit un pas lourd qui se rapprochait.

Il retourna précipitamment à son banc et, avec le nouvel outil, ressouda sa laisse. Tout se passa très bien !

Ker entra, l'air indolent et indifférent. Jonnie avait eu le temps de glisser l'outil dans la manche de son vêtement.

– Tu te débrouilles plutôt bien, commenta Ker en inspectant son travail.

– Oui, plutôt bien, dit Jonnie.

2

Terl était perdu dans le puzzle de Numph. Quelque part, il était tombé sur quelque chose, et quelque part, ensuite, il avait tout gâché.

Ce problème le tenait éveillé chaque nuit et lui donnait des maux de tête.

Car, pour certaines des choses qu'il entendait accomplir bientôt, il lui faudrait être certain de disposer de moyens de pression importants sur Numph.

Il avait réussi à faire traîner les choses avec les mesures de prévention contre la « mutinerie ». De toute façon, ces mesures n'avaient plus aucune importance. Il était parvenu à faire rentrer les quelques avions de combat utilisés par les autres exploitations minières. Il avait fait réquisitionner leur arsenal et l'avait placé sous scellés. Il s'était assuré le contrôle de l'unique drone de reconnaissance restant. Et, durant son dernier survol des hautes montagnes, il avait pu se réjouir.

La veine merveilleuse était toujours là, à nu, exposée au regard, sur le versant d'une falaise haute de trois cents mètres, à trente mètres du sommet! Du quartz blanc pur, riche en filaments et en noyaux d'or d'un jaune éblouissant. A la suite d'un séisme, le devant de la falaise avait glissé jusque dans les sombres profondeurs du canyon pour révéler le trésor. L'ancien volcan, plus haut, avait dû vomir un geyser d'or liquide autrefois, puis la coulée avait été à peine recouverte. Au cours des âges, un torrent avait entaillé le canyon, puis la coulée.

Le site présentait cependant quelques désavantages. Les environs révélaient la présence d'uranium, sous une forme ou une autre, ce qui mettait le filon hors d'atteinte pour un Psychlo. La falaise était si abrupte que l'exploitation nécessiterait une plate-forme descendue du haut. Il faudrait ensuite travailler au-dessus d'un vide de plus de deux cents mètres dans les vents violents qui soufflaient depuis le canyon. L'espace pour le matériel, au sommet de la falaise, était limité et précaire. Les pertes en mineurs seraient particulièrement élevées.

Terl ne voulait que la crème du filon. Pas question de creuser jusqu'à la poche suivante. Il se contenterait de ce qui était exposé et qui devait bien représenter une tonne d'or.

Au taux de Psychlo – la rareté de l'or expliquant son prix élevé – cela représentait près de cent millions de crédits. Des crédits qui lui permettraient d'acheter, de soudoyer, et d'ouvrir des portes pour accéder au pouvoir absolu.

Terl savait comment il allait exploiter cette veine. Il avait même prévu son transfert jusqu'à la planète mère en toute discrétion. Une fois de retour là-bas, il n'aurait plus qu'à récupérer l'or.

Il examina à nouveau les clichés pris par le drone de reconnaissance, falsifia les dates et les marques de repérage avec habileté et les glissa parmi des dossiers sans intérêt.

Mais, comme ultime garantie, il avait besoin d'un moyen de pression sur Numph. En cas d'anicroche ou d'incident, il serait alors couvert.

Il fallait également qu'il convertisse sa peine de dix ans – il considérait son contrat comme une sentence – en *une* année supplémentaire de séjour sur cette planète maudite. Une seule année.

Terl réfléchissait, assis à son bureau. Quoi qu'ait pu faire Numph, Nipe y était mêlé, ce qui impliquait également son poste à la comptabilité sur la planète mère. C'était du moins la conclusion à laquelle était parvenu Terl.

Il avait également besoin d'un moyen de pression sur l'animal, un moyen de pression suffisamment important pour l'obliger à creuser sans être surveillé – et à livrer sa récolte. Jusque-là, il apprenait rapidement et bien, et Terl avait d'ores et déjà mis au point ses plans pour d'autres animaux. Mais il trouverait ce moyen de pression : Terl croyait en sa chance. Et quand les animaux auraient accompli leur tâche, il ne lui resterait plus qu'à les vaporiser et à transférer l'or sur Psychlo.

Mais il restait une inconnue : Numph. Il lui suffisait d'un ordre pour envoyer les animaux ou les faire abattre. Il pouvait également lui retirer l'autorisation d'utiliser le matériel. Et, à n'en pas douter, ce vieil imbécile ne tarderait pas à le faire lorsqu'il s'apercevrait qu'il n'y avait aucune mutinerie à redouter. Cette « mutinerie » était un prétexte bien trop mince pour la couverture dont Terl avait besoin.

Il regarda la pendule. Il lui restait deux heures avant le transfert.

Il se leva et prit son masque respiratoire. Quelques minutes plus tard, il était sur la plate-forme de transfert.

Il s'avança dans les tourbillons de poussière et d'escarbilles qui précédaient le transfert. La boîte de courrier était déjà là, scellée, dans un coin de la plate-forme, prête à être transférée. Char s'approcha, l'air hostile : on le dérangeait dans les ultimes préparatifs du transfert.

– Vérification de routine, lui annonça Terl. Question de sécurité.

Il brandit son autorisation.

– Alors fais vite, dit Char. Ce n'est pas le moment de traîner.

Il consulta l'heure.

Terl prit la boîte de courrier et regagna son véhicule. Il l'ouvrit avec sa clé passe-partout et posa le contenu sur le siège. Personne ne faisait attention à lui. Char était retourné auprès des conducteurs et des pelleteuses et les harcelait pour que le minerai soit disposé en tas nets et ordonnés.

Terl régla la caméra-bouton fixée à son col et filma rapidement les messages. Ce n'était que des rapports de routine sur l'exploitation.

Terl avait déjà fait cela bien des fois sans rien trouver, mais il gardait bon espoir. Le Directeur Planétaire devait tout parafer et il ajoutait parfois des commentaires ou des informations.

En quelques instants, la caméra eut tout enregistré.

Terl replaça les feuillets dans la boîte, la referma et alla la reposer sur la plate-forme.

– Tout va bien? lui demanda Char, soulagé de ne pas avoir d'autres détails à vérifier si peu de temps avant le lancement.

– Rien trouvé. Pas de courrier personnel, rien, dit Terl. Quand est-ce que vous renvoyez les morts?

Il désigna la morgue.

– Deux fois par an, comme toujours. Sors ta voiture de là. C'est un gros transfert et on n'a pas beaucoup de temps.

Terl regagna son bureau. Il projeta les copies du courrier sans trop d'espoir, examinant chaque rapport.

Il n'était intéressé que par ceux qui portaient des annotations de Numph. Il existait certainement un code de communication secret que seul Nipe était à même de déchiffrer. Terl en avait la certitude. Il n'y avait aucun autre moyen de transmettre des informations à destination de la planète mère.

Quand il aurait découvert ce code et quand il disposerait véritablement d'un moyen de pression sur l'animal-homme, il pourrait enfin lancer son opération minière.

Ce soir-là, il ne dîna pas. Il veilla tard à chercher dans le courrier, remontant dans le passé, jusqu'à ce que ses yeux d'ambre papillotent de sommeil.

Quelque part, il y avait quelque chose. Il en avait la certitude.

3

Ce n'était pas facile de rassembler les choses dont il aurait besoin pour s'échapper.

Tout d'abord, Jonnie avait pensé qu'il pourrait venir à bout des deux caméras qui surveillaient sa cage – une à l'intérieur, l'autre à l'extérieur. S'il réussissait à les neutraliser, il pourrait chaque nuit se libérer de son collier et faire ses préparatifs en toute liberté.

Il avait passé un temps considérable à étudier les caméras dans l'atelier d'électronique. C'étaient des appareils plutôt simples. L'image était captée par un petit miroir et transformée en électrons, puis enregistrée sur un disque. L'énergie était fournie par un circuit fermé, la source étant dans le récepteur et non dans la caméra.

Il essaya de modifier sa machine à instruire afin qu'elle ait la même fonction. Son intention était d'enregistrer une vue de la cage avec lui-même à l'intérieur. Ensuite, il lui suffirait d'une rapide inversion pour que les caméras transmettent cette seule image alors qu'il serait déjà ailleurs et loin. Le problème était qu'il y avait deux caméras qui enregistraient sous deux angles différents, alors qu'il ne disposait que d'un seul enregistreur.

Terl le surprit un jour avec la machine à instruire en pièces détachées. Il lui apportait un lapin qu'il venait juste d'abattre.

Le monstre le contempla un instant, puis déclara :

– Vous apprenez un tour à un animal et il le fait sur tout. Je crois que tu viens de bousiller cette machine.

Jonnie se mit à remonter les pièces.

– Si tu la reconstruis, tu auras ton lapin, ajouta Terl.

Jonnie ne parut pas l'avoir entendu. Mais quand il eut fini de remonter la machine, Terl lui jeta le lapin.

— Ne bricole pas les choses qui n'ont pas besoin d'être réparées, lui dit-il avec un air exaspéré qui signifiait : Grands-dieux-qu'est-ce-qu'il-faut-pas-faire-pour-apprendre-quelque-chose-à-cet-animal !

Mais une occasion se présenta peu après à Jonnie. La détection de la chaleur corporelle était le problème principal. Si Jonnie parvenait à déjouer ce système de surveillance, il aurait une chance d'atteindre les montagnes.

Ker l'avait mis au forage dans une mine de l'exploitation. Le trou mesurait une quinzaine de mètres de diamètre et Ker avait fait descendre la plate-forme de forage au fond. A cet endroit, un affleurement rocheux avait été dégagé. Un filet à minerai était fixé sous la plate-forme.

La foreuse était lourde, car elle avait été construite pour des Psychlos, et Jonnie bandait tous ses muscles en plantant la pointe dans la veine. Il avait un écouteur dans l'oreille et entendait le bavardage incessant de Ker.

— Ne pousse pas continuellement. Appuie et laisse aller, régulièrement. Quand tu as foré un trou, tu appuies sur la seconde détente et, à ce moment-là, la foreuse se dilate et fait éclater le minerai. Mets bien le filet en place pour récupérer les morceaux. Maintenant, tu recommences tout ça et...

— C'est chaud ! s'écria Jonnie.

C'était vraiment chaud. La foreuse tournait à grande vitesse et la roche était presque portée au rouge sous l'effet de la friction.

— Oh ! Tu n'as pas d'équipement de protection, fit Ker.

Il fouilla dans ses poches, sortit divers papiers et vieux restants de casse-croûte, avant de trouver un tout petit paquet qu'il fit descendre jusqu'à Jonnie au bout d'un filin.

Jonnie ouvrit le paquet et en sortit une feuille très mince, transparente. Il vit qu'il y avait deux manches.

— Enfile ça ! cria Ker.

Jonnie s'émerveilla qu'on ait pu faire tenir un tel

volume dans un si petit emballage. La tenue avait été conçue pour la taille d'un Psychlo et elle était trop longue, avec des manches qui lui parurent immenses. Il dut faire quelques plis avant de pouvoir la mettre. Il la fit glisser sur sa tête et la tira sur son corps avant de reprendre la foreuse. Il fut stupéfait de s'apercevoir qu'il ne sentait plus la chaleur.

Après que Ker eut décidé que Jonnie savait se servir de la foreuse et maîtrisait le matériel, il le ramena au niveau du sol. Comme Jonnie faisait mine de lui rendre la tenue de protection, il lui dit :

– Non, non! Tu n'as qu'à la jeter. Ça devient très vite sale et ça se déchire. Généralement, sur un forage, on en emporte une demi-douzaine. Je ne comprends pas comment j'ai pu oublier. Mais ça fait des années que je ne suis plus foreur.

– Je n'ai que celle-là, dit Jonnie.

– Oui, et maintenant, tu es un vrai foreur.

Jonnie replia donc soigneusement sa tenue de protection avant de la glisser dans sa besace. Il était prêt à parier qu'avec ça, il échapperait aux détecteurs de chaleur. Il lui suffirait de bien la fermer et le sondeur ne pourrait pas le repérer. Du moins, il l'espérait.

Il avait résolu le problème de la nourriture. S'il n'avait pas le temps de chasser, il pourrait survivre sur le bœuf séché.

Il répara consciencieusement ses mocassins et s'en confectionna une autre paire. Ce qui n'échappa pas à Terl.

– Tu n'as pas besoin de porter ça, tu sais, dit-il à Jonnie, un soir, alors qu'il était venu vérifier le verrou de la cage. On pourrait retailler de vieilles bottes chinkos. Ils ne t'ont pas donné de bottes avec tes vêtements?

Le lendemain, le tailleur du camp vint prendre les mesures de Jonnie en marmonnant derrière son masque respiratoire.

– Je ne suis pas cordonnier! protesta-t-il. Mais Terl lui présenta son ordre de réquisition et le tailleur prit aussi les mesures pour un manteau chaud et une casquette d'hiver.

– Nous allons bientôt être en été, remarqua le tailleur. Ce n'est pas le moment pour ce genre de vêtements.

Mais il s'était quand même exécuté et, peu de temps après, il avait apporté les bottes et les vêtements.

– Complètement tarés, les chefs, avait-il grommelé, pendant le dernier essayage. Ils s'amusent à habiller des animaux.

La sollicitude de Terl mettait Jonnie mal à l'aise. Il vérifia avec le plus grand soin tous ses préparatifs pour voir s'il n'existait pas un indice qui pût révéler ses projets d'évasion. Mais il n'y en avait aucun. Et Terl, depuis quelque temps, semblait très préoccupé, indifférent. Ou bien était-ce une attitude qu'il avait adoptée?

Mais ce qui tracassait avant tout Jonnie, c'était comment mettre la main sur une arme.

Avant les « mesures antimutinerie », certains des ouvriers de l'exploitation avaient porté à la ceinture des armes de calibre réduit. Jonnie avait supposé qu'ils s'en servaient pour s'exercer au tir ou pour chasser. Mais plus personne n'en portait. Terl seul avait gardé la sienne – une arme plutôt volumineuse.

Jonnie se demandait à quel point il pouvait faire confiance à Ker. Le « nabot » était indéniablement la créature de Terl. Mais s'il en croyait ses bavardages, Ker était un criminel endurci : il lui avait raconté qu'il avait triché dans certains jeux de hasard, qu'il avait dérobé du minerai « pour rire », qu'il avait fait croire à une femelle que son vieux père avait besoin d'argent et qu'il avait servi d' « intermédiaire » et empoché l'argent.

Un jour qu'ils attendaient qu'une machine soit libre, Jonnie décida de se livrer à un test. Il avait encore sur lui les deux disques qu'il avait trouvés dans le Grand Village. Il savait à présent que l'un était une pièce d'argent et l'autre une pièce d'or.

Il sortit la pièce d'argent de sa poche et se mit à jouer avec.

– Qu'est-ce que c'est? demanda Ker.

Jonnie lui tendit la pièce et Ker griffa le métal.

– J'en ai trouvé, une fois, dans une ville en ruine, sur le continent Sud, dit-il. Mais tu as dû dénicher celle-ci dans le coin.

– Pourquoi? demanda Jonnie, curieux de savoir si Ker, par hasard, pouvait lire les mots en anglais.

– C'est une pièce fausse. Un alliage à base de cuivre

avec un placage de nickel-argent. Les vraies – et j'en ai vu – sont en argent massif.

Il rendit la pièce à Jonnie, ayant visiblement perdu tout intérêt.

Jonnie sortit alors la pièce jaune et la lança en l'air.

Ker la saisit au vol avant qu'il ne la récupère. Il faisait soudain preuve d'un intérêt intense.

– Eh! Où est-ce que tu l'as eue, celle-là? demanda-t-il en égratignant la pièce d'un coup de griffe. Il l'examina attentivement.

– Pourquoi? fit Jonnie d'un air innocent. Ça vaut quelque chose?

Une expression de ruse apparut dans le regard de Ker. Cette pièce qu'il tenait, affectant un air désinvolte, valait au moins quatre mille crédits! De l'or, avec un alliage juste suffisant pour éviter l'usure. Ker regarda la pièce avec autant de détachement que possible et répéta :

– Tu l'as trouvée où?

– Eh bien, fit Jonnie, elle vient d'un endroit très dangereux.

– Et il y en a d'autres?

Ker en était tremblant. Il tenait dans sa patte l'équivalent de trois mois de paye! Rien qu'avec cette petite pièce. En tant qu'employé, il pouvait la garder comme « souvenir ». Sur Psychlo, il pourrait s'acheter une femme. Il essaya de se rappeler à partir de combien de pièces il n'était plus question de « souvenir » mais de propriété de la Compagnie. Dix? Treize? Pour autant qu'elles soient anciennes et authentiques, et non des faux fabriqués par un mineur de l'exploitation.

– Cet endroit est tellement dangereux qu'il faut au moins un pistolet pour y aller.

Ker le dévisagea d'un air inquisiteur.

– Est-ce que tu fais ça pour que je te donne un pistolet?

– Tu crois que j'en serais capable?

– Oui, dit Ker.

Cet animal était très rapide avec les machines. Très, très rapide. Plus, en vérité, que les apprentis Psychlos.

Ker examina encore une fois avec envie la pièce d'or (à moins que ce ne fût un médaillon), sans rien dire, puis la rendit à Jonnie. Il demeura immobile, ses yeux d'ambre cachés dans l'ombre de son masque respiratoire.

Jonnie tint un instant la pièce dans sa main.

– Je n'accorde pas d'importance à ces choses. Je ne peux rien acheter, tu comprends. Je garde cette pièce dans un trou, à droite de la porte de ma cage.

Ker demeura silencieux un moment, puis annonça :

– La machine est prête.

Mais cette même nuit, alors que Terl effectuait ses rondes dans l'exploitation, loin de son écran de contrôle, la pièce d'or disparut du trou où Jonnie l'avait mise. Au matin, en se plaçant soigneusement entre la caméra et le trou, il découvrit à la place un petit pistolet et des munitions.

Il avait une arme.

4

Il restait encore un obstacle : le *savoir* – certaines choses qu'il devait apprendre.

Les Chinkos étaient de bons professeurs, capables d'empiler des connaissances sur des disques que l'on pouvait assimiler en un éclair. Mais, fondamentalement, ils avaient travaillé au service des Psychlos, ils avaient essayé d'éduquer des Psychlos, et ils avaient omis un certain nombre de choses. Soit parce que les Psychlos les connaissaient déjà, soit parce qu'elles ne présentaient pas d'intérêt évident pour eux. Ce qui, pour Jonnie, créait autant de lacunes.

Jonnie en était arrivé à la déduction qu'il y avait de l'uranium dans les montagnes de l'ouest. Il le supposait parce qu'aucune exploitation minière n'avait jamais été tentée dans cette région par les Psychlos. Par rapport à l'accident dont il avait été témoin et pour bien d'autres raisons, il soupçonnait que l'uranium était un élément absolument mortel pour les Psychlos. Mais jusque-là, il n'en avait pas la certitude et il en ignorait la raison.

Il fut absolument consterné, en étudiant un texte sur la chimie électronique, de découvrir qu'il existait de très nombreuses formes d'uranium.

Il était auprès du feu, consultant alternativement les textes et la machine à instruire, quand il sentit le sol vibrer à l'approche de Terl, comme à l'ordinaire. Le monstre effectuait une de ses rondes de nuit.

– Qu'est-ce que tu étudies donc si assidûment, animal? demanda-t-il en se penchant sur lui.

Jonnie décida brusquement de tenter sa chance. Il leva les yeux vers le masque de Terl et dit :

– Les montagnes qui sont à l'ouest.

Terl le regarda d'un air soupçonneux durant un instant.

– Il n'y a pas grand-chose à ce sujet, ajouta Jonnie.

Terl demeurait méfiant. Qu'avait donc bien pu deviner cet animal?

– Je suis né et j'ai été élevé là-bas, poursuivit Jonnie. Il existe des informations sur toutes les autres montagnes, mais presque pas sur celles-là. (Il désigna les lointains sommets neigeux sous la pâle clarté de la lune.) Les Chinkos ont pris beaucoup de livres dans la bibliothèque. Des livres d'hommes. Est-ce qu'ils sont ici?

– Oh... (Terl grommela d'un air soulagé.) Des livres d'hommes. Haha!

Cela lui plaisait plutôt. Parce que ça cadrait avec ses plans. Il s'absenta un moment et revint avec, sous un bras, une vieille table défoncée et, sous l'autre, un fatras de volumes qu'il laissa tomber en arrivant. Ils étaient très vieux et fatigués, et certains se disloquèrent ou perdirent leur couverture.

– Je suis devenu une vraie nourrice pour toi, animal, dit Terl. Si tu trouves ton bonheur en cherchant dans ce charabia, tant mieux pour toi. (Il s'arrêta sur le seuil après avoir verrouillé la porte de la cage.) Souviens-toi bien d'une chose, animal. Toutes les sornettes que tu trouveras dans ces livres d'hommes n'ont rien pu contre les Psychlos. (Il rit.) Tu y trouveras sûrement beaucoup de recettes pour accommoder le rat cru, en tout cas.

Il s'éloigna et son rire s'estompa.

Jonnie, avec respect, toucha les livres. Et il sentit

monter un nouvel espoir en lui dès qu'il les ouvrit. Pour la plupart, ils avaient trait à la mine. Sa première découverte fut un texte sur la chimie. Il y trouva une table des « éléments » qui donnait la formation atomique de chacun des éléments connus de l'homme.

Brusquement intrigué, il prit le texte psychlo sur la chimie électronique. Là aussi, il y avait une table de la structure atomique des éléments.

Il les compara à la clarté vacillante du feu.

Elles étaient différentes!

Les deux tables étaient apparemment basées sur la « loi périodique » selon laquelle les propriétés des éléments chimiques se renouvellent périodiquement lorsque les éléments sont disposés dans l'ordre croissant de leurs nombres atomiques. Mais dans la table dressée par les hommes figuraient des éléments qui étaient absents de celle des Psychlos. Et la table psychlo comportait douze éléments supplémentaires, ainsi que de nombreux gaz. Et elle ne semblait pas fondée sur l'oxygène.

Jonnie pataugeait. Il n'était pas très habile à déchiffrer les abréviations, plus habitué au psychlo qu'à l'anglais.

Bon, les Psychlos avaient recensé le radium et lui avaient même attribué un nombre atomique : quatre-vingt-huit. Mais ils l'avaient classé comme un élément rare. Et il y avait des dizaines d'éléments classés au-dessus de quatre-vingt-huit.

Rien ne mettait autant en évidence qu'il avait affaire à une planète étrangère, à un univers étranger, que la différence entre ces deux tables. Certains métaux étaient compatibles, mais, dans l'ensemble, la distribution était différente et il existait même des différences au niveau de la structure atomique.

Il finit par se dire que les deux tables étaient imparfaites et incomplètes. La tête lui tournait et il abandonna. Il était un homme d'action, après tout, pas un Chinko!

Il restait une dernière question de taille. Y avait-il des mines d'uranium dans les montagnes?

Il finit par mettre la main sur des cartes et des listes. Il avait entretenu jusqu'alors la certitude que ces mines existaient. Mais il ne trouva que des notes qui indiquaient que ces mines avaient été exploitées.

Quoi? Plus la moindre mine d'uranium? En tout cas, aucune qui fût encore exploitable.

Pourtant, il ne pouvait se détacher de cette idée : il devait encore y avoir de l'uranium quelque part dans les montagnes. Autrement, pour quelle raison les Psychlos évitaient-ils cette région? Peut-être parce qu'ils *croyaient* qu'il y en avait. Mais non, il devait vraiment exister des filons d'uranium là-bas.

Certains de ses plans commencèrent à s'effriter et il faillit sombrer dans le désespoir.

Il se mit à chercher dans les livres, s'arrêtant à la moindre référence à l'uranium.

Et puis, brusquement, comme l'aurait dit Ker, il tomba sur le gros lot.

C'était un ouvrage sur la toxicologie des mines. *Les poisons qui peuvent affecter les mineurs*. Dans l'index, on trouvait : *Uranium; les maladies causées par les radiations*.

Jonnie passa la demi-heure suivante à lire tout ce qui concernait l'uranium. Il semblait qu'on avait tout intérêt à être habillé de plomb, quand on bricolait avec le radium, l'uranium ou même les radiations. Car il pouvait se passer des tas de choses terribles. Éruptions, chute des cheveux, brûlures, modifications globulaires...

Et puis, brusquement, il trouva : les gens bombardés par les radiations souffraient de perturbations dans leurs gènes et leurs chromosomes. Il en résultait la stérilité et des tares à la naissance.

C'était le mal dont souffraient les siens.

C'était pour cela que les naissances étaient devenues rares et que les nouveau-nés avaient souvent des malformations.

C'est ce qui expliquait la léthargie de la plupart. Et « le mal rouge ». Ainsi que la désagrégation des os de son père.

C'était écrit là. Ce texte décrivait très exactement ce qui arrivait aux siens. Pourquoi ils ne se multipliaient plus.

Il y avait des radiations dans la vallée du village!

Il se replongea en hâte dans les cartes des mines. Non, à proximité du village, il n'y avait même pas trace d'une mine d'uranium exploitée.

Pourtant il y avait des radiations. On ne pouvait se méprendre sur les symptômes.

Il savait à présent pourquoi les Psychlos ne s'aventuraient pas là-bas. Mais s'il n'y avait aucune mine, d'où venaient les radiations ? Du soleil ? Non, ce n'était pas ça. Les chèvres et les bouquetins, sur les plus hautes pentes, se reproduisaient sans difficulté, et jamais encore il n'en avait rencontré qui étaient difformes.

En tout cas, il avait plus ou moins la réponse, même si elle n'était pas parfaite : il y avait des radiations, mais pas de mines.

Il lui vint brusquement l'idée que l'homme devait avoir disposé d'un moyen de détecter les radiations. Ses connaissances semblaient tellement avancées dans ce domaine. Il finit par trouver. On appelait cela un « compteur Geiger », du nom d'un personnage dont Jonnie ne parvint pas à retrouver les dates de naissance et de mort. Il apparaissait en tout cas que les radiations, ou « particules ionisées », lorsqu'elles traversaient un gaz, y suscitaient un courant qui faisait réagir une aiguille. Les radiations créaient apparemment un courant dans un certain nombre de gaz.

Les diagrammes et les schémas restèrent inintelligibles pour Jonnie jusqu'à ce qu'il mette la main sur un index des abréviations. Lentement, laborieusement, il les traduisit par rapport aux termes psychlos. Et il se posa la question : était-il capable de construire un compteur Geiger ?

Il disposait désormais des ateliers d'électronique des Psychlos et il décida que oui, il pouvait y parvenir. Mais s'il s'échappait, ce ne serait plus possible. Et le désespoir s'insinua à nouveau en lui.

Finalement, il reposa les livres et, au plus tard de la nuit, il s'enfonça dans un sommeil d'épuisement. Il eut des cauchemars. Chrissie était assaillie et massacrée. Son peuple s'était éteint. Et le monde des Psychlos, plus vivant que jamais, se riait de lui.

Mais ce n'était pas le monde des Psychlos qui riait. C'était Terl.

Quand Jonnie s'éveilla, la cage était baignée par le soleil du matin. Terl était assis devant la deuxième table et tripotait les livres d'homme en riant.

Jonnie se redressa, drapé dans ses peaux.

– Tu as fini avec ça, animal?

Jonnie, sans répondre, gagna le bassin et se mouilla le visage. Depuis un mois, il avait réussi à persuader Terl de laisser couler en permanence un filet d'eau propre. L'eau était froide et il reprit très vite ses esprits.

Il y eut un grondement violent au-dessus de sa tête et, une seconde, il crut que quelque chose venait d'exploser. Mais ce n'était que le drone de reconnaissance qui passait.

Depuis quelques jours, il passait vers le milieu de la matinée. Ker lui avait expliqué à quoi servait cet engin : à la détection du minerai et à la surveillance. Il pouvait prendre des vues du terrain en permanence et il était télécommandé.

Toute sa vie, Jonnie avait vu passer ce genre d'engins dans le ciel. Il avait pensé qu'ils étaient des phénomènes naturels pareils aux comètes, ou au soleil et à la lune. Mais ceux qu'il avait vus passaient une ou deux fois par semaine, alors que celui-ci les survolait régulièrement tous les jours. Ceux qu'il connaissait n'émettaient pas un grondement en s'approchant du fond de l'horizon et ne causaient pas d'explosion en passant au-dessus de votre tête comme celui-ci. Jonnie pensait que cela avait quelque rapport avec la vitesse, mais Ker n'avait su le lui dire. Ces engins étaient très rapides. Impossible de les arrêter en plein vol ou de les faire dévier de leur course. On pouvait uniquement les guider et ils devaient faire le tour complet de la planète pour revenir à leur point de départ. C'était le cas de celui-ci. Il tournait une fois par jour autour de la planète et l'explosion qu'il produisait était terriblement désagréable.

Terl leva brièvement les yeux d'un air indifférent. Le personnel n'aimait pas le drone.

– Pourquoi tous les jours? demanda Jonnie, les yeux levés au ciel.

Cela faisait partie de son plan d'évasion. La chose se contentait de prendre des clichés du sol, mais cela serait suffisant pour ce qu'il avait en tête.

– Je t'ai demandé si tu en avais fini avec ces livres, gronda Terl.

Le drone de reconnaissance se perdait au loin et l'écho de son grondement balayait les grandes plaines à l'est. Il était venu tout droit des montagnes.

Jonnie se confectionna un breakfast de viande froide et d'eau, tandis que Terl entassait les livres entre ses pattes avant de se diriger vers la porte de la cage.

Il s'immobilisa sur le seuil et dit d'un ton indifférent:

– Si ces montagnes te passionnent autant, tu trouveras une carte du relief de toute cette région dans la bibliothèque de cette ville qui se trouve au nord. Tu veux y jeter un coup d'œil?

Jonnie fut instantanément sur ses gardes, mais n'en interrompit pas pour autant son repas. Lorsque Terl se montrait accommodant, il fallait se méfier, parce qu'il avait toujours une idée derrière la tête. Mais la chance qui s'offrait était telle qu'il n'avait même jamais osé y songer.

Il avait imaginé bien des plans pour que Terl l'accompagne à l'extérieur. Ensuite, il lui suffirait de déverrouiller une porte, de laisser entrer l'air extérieur tout en appuyant sur la touche d'alarme et de braquer son arme sur le Psychlo. C'était un plan désespéré, mais il avait une chance d'aboutir.

– Je n'ai rien de particulier à faire aujourd'hui, reprit Terl. Ton entraînement est fini. On pourrait aller jusqu'à la ville, regarder cette carte du relief. Et même chasser un peu. On pourrait aussi essayer de chercher ton cheval.

Ce Terl féru de randonnées était nouveau pour Jonnie. Est-ce que le monstre était au courant de quelque chose?

– Je voudrais te montrer quelque chose, ajouta-t-il. Prépare tes affaires. Je serai là dans une heure. J'ai plusieurs choses à vérifier. Mais sois prêt à mon retour, animal.

Jonnie s'activa. Tout cela était quelque peu prématuré et dérangeait ses plans mais, d'un autre côté,

210

c'était une chance inespérée, un don du ciel. Il fallait qu'il s'enfuie, il fallait qu'il rejoigne son peuple et qu'il arrête Chrissie, au cas où elle aurait tenu sa promesse. Ensuite, il conduirait les siens dans des lieux plus sains. Avant deux semaines, les constellations reprendraient la place qu'elles avaient lors de son départ.

Il glissa l'arme dans sa besace, le tranchoir de métal contre sa cheville, et prit un morceau de bœuf fumé. Puis il mit ses vêtements de daim.

Une heure s'était écoulée quand un véhicule s'approcha en grondant et s'arrêta devant la cage. Jonnie l'observa, intrigué. Ce n'était pas le tank Mark III qu'il connaissait, mais un simple camion tel que l'on en utilisait pour transporter du matériel. La cabine pressurisée était à l'avant et l'arrière était ouvert, entouré de pieux. Sa seule ressemblance avec le tank était l'absence de roues : il flottait à environ un mètre du sol.

C'est alors que Jonnie se dit que cela pourrait bien être à son avantage. Car l'engin n'avait pas d'armement ni de détecteurs thermiques.

Terl vint ouvrir la cage.

— Mets tes affaires derrière, animal. Tu vas voyager avec elles.

Il défit la laisse et poussa Jonnie pour qu'il monte à l'arrière. Il sortit un soudeur de poche et attacha la laisse à la cabine.

— Comme ça, dit-il, je n'aurai pas à supporter l'odeur de ces peaux!

Il riait en grimpant dans la cabine. Il ôta son masque et ouvrit l'arrivée de gaz. Jonnie prit soudain conscience qu'il n'avait aucun moyen de neutraliser Terl : il était dans l'impossibilité d'ouvrir la porte.

Le camion démarra. Il allait plus lentement que les tanks et il n'était pas bien amorti conte les dénivellations, car il ne transportait rien.

Jonnie se cramponnait, la tête au-dessous du toit de la cabine, essayant de s'abriter du vent de leur course qui soufflait à cent vingt kilomètres à l'heure.

Il réfléchit rapidement. Il pourrait peut-être s'emparer du camion. Il avait eu le temps d'entr'apercevoir les commandes et elles n'étaient guère différentes de celles qu'il connaissait. Chez les Psychlos, tout était affaire de leviers et de boutons.

Quel soulagement ce serait d'être enfin libéré de

son collier! Son cœur battait plus fort. Oui, s'il ne commettait pas d'erreurs, il serait libre!

6

Il n'était guère plus d'une heure quand ils se posèrent devant la bibliothèque de la ville. Terl sortit et la carcasse du véhicule frémit sous son poids.

Il continua à bavarder amicalement tout en défaisant la laisse de Jonnie.

– Pas de trace de ton cheval?

– Rien, dit Jonnie.

– Quel dommage, animal. Ce camion est exactement ce qu'il faut pour transporter un cheval, et même dix.

Terl s'approcha de la porte de la bibliothèque, sortit un outil et fit sauter la serrure. Il tira sur la laisse et envoya Jonnie au-devant.

L'endroit était un mausolée de poussière et l'intérieur était tel que Jonnie l'avait vu. Terl regardait autour de lui.

– Ah! s'exclama-t-il. C'est comme ça que tu es entré la première fois!

Il lui montrait les traces dans la poussière sous la fenêtre et les empreintes de pas.

– Tu avais même remis les stores de protection en place. Bon... (Il reprit son examen des lieux.) Voyons ce qu'on peut trouver sur ces montagnes de l'ouest.

Jonnie avait conscience des changements qui étaient intervenus en lui. Ces taches blanches qu'il avait vues la première fois étaient des pancartes faciles à déchiffrer. Il vit qu'il avait commencé sa première visite près de la « SECTION DES ENFANTS » et que les premiers rayons dont il s'était approché indiquaient « ÉDUCATION DES ENFANTS ».

– Une minute, fit Terl. Je ne crois pas que tu saches comment on déchiffre un index. Viens par là, animal.

Il tira sur la laisse. Il se trouvait devant une série de petits tiroirs. Il en ouvrit un en se penchant :

– Selon les Chinkos, tous les livres avaient une carte et les cartes sont rassemblées dans ces tiroirs. Par ordre alphabétique. Tu as saisi?

Jonnie regarda les tiroirs. Celui que Terl avait ouvert

était consacré au « Q ». Les cartes étaient grises et moisies, mais encore lisibles.

– Il n'y a rien là-dedans à propos des montagnes ? demanda Terl.

Bien qu'extrêmement tendu, Jonnie dut réprimer un sourire. Il avait une nouvelle fois la preuve que Terl était incapable de lire l'anglais.

– Non, ça concerne les véhicules, dit-il.

– Oui, je vois ça. Essaie de trouver les livres sur les montagnes.

Il s'éloigna sans lâcher la laisse, pris d'un soudain intérêt pour des affiches anciennes apposées au mur.

Jonnie se mit à ouvrir un tiroir après l'autre. Certains étaient complets, mais, dans d'autres, les cartes du devant manquaient. Il découvrit enfin le « M » et commença à explorer systématiquement les cartes. Il tomba sur « MILITAIRE MODERNE (Science) ».

– J'ai trouvé quelque chose, annonça-t-il. Est-ce que je pourrais avoir un crayon pour noter les numéros ?

Terl lui tendit un stylo trois fois trop grand pour la main de Jonnie, ainsi que quelques feuilles pliées, puis il s'éloigna à nouveau. Jonnie releva rapidement les numéros de plusieurs ouvrages.

– Il faut maintenant que j'aille voir sur les rayons, dit-il, et Terl lui laissa un peu plus de laisse.

Quelques instants plus tard et après s'être un peu battu avec une échelle qui s'était incrustée dans le sol, Jonnie parvint à atteindre un des rayons du haut de la bibliothèque et souleva le drap de protection. Il se retrouva très vite en train de parcourir un livre intitulé *Dispositifs de Défense des États-Unis.*

– Rien sur les montagnes ? interrogea Terl. Jonnie se pencha pour lui montrer une page qui portait en titre : *Silos Anti-Nucléaires MX 1.*

– Ah oui ! fit Terl.

Jonnie lui tendit le livre.

– On ferait bien de prendre celui-ci. Mais il y en a quelques autres.

Avec des gestes rapides et précis, il déplaça l'échelle au long des rayons et s'empara d'une demi-douzaine de volumes : *Physique nucléaire, Délibération du Congrès sur l'installation des missiles, Scandales sur les défaillances du programme nucléaire, La stratégie nucléaire dissuasive, L'uranium : l'espoir ou l'enfer, Les déchets nucléaires et la pollution.*

Il y en avait bien d'autres, mais il n'avait pas le temps et, déjà, ces sept volumes représentaient un certain poids pour un homme qui allait courir.

– Je ne vois pas de photos, remarqua Terl.

Rapidement, Jonnie déplaça l'échelle le long du rayon et saisit un livre : *Le Colorado, pays de contrastes*, y jeta un bref regard et le donna à Terl.

– Ça, c'est mieux, animal, bien mieux.

Le Psychlo était ravi de découvrir de splendides vues des montagnes, surtout que certaines étaient d'un beau violet et que l'encre d'imprimerie, avec le temps, avait viré au bleuâtre.

– Bien mieux...

Terl mit tous les livres dans un sac.

– Essayons de trouver cette carte du relief, dit-il.

Il tira d'un grand geste sec sur la laisse et Jonnie faillit tomber de l'échelle. Mais Terl ne se dirigea pas tout de suite vers un autre niveau. Il alla droit à la porte et parut écouter un instant. Puis il revint et grimpa quelques marches.

Une carte du relief avait été affichée. Terl s'agenouilla pour la consulter de près.

Jonnie, dans l'état d'excitation où il se trouvait, éprouva un certain malaise devant la carte en couleurs. Elle montrait très précisément les montagnes proches ; les cols et le Grand Pic étaient tout particulièrement évidents. Et la prairie de son village était parfaitement visible. Bien sûr, cette carte avait été dressée bien des années avant que le village existe, mais il reconnaissait tout. Et cela rendait Jonnie particulièrement nerveux. Il savait que le drone de reconnaissance avait survolé la région et tout repéré depuis longtemps et que Terl, sans nul doute, devait posséder des clichés.

On voyait également le grand canyon et cet endroit que Jonnie avait cru être une tombe ancienne. Il l'examina plus attentivement en essayant de ne pas attirer l'attention de Terl. Non, aucune tombe ou quoi que ce fût n'était indiqué en haut du canyon. Pour essayer de donner un peu le change, il déchiffra du doigt certaines indications : « MONTAGNES ROCHEUSES – PIKE'S PEAK – MOUNT VAIL ».

Et il s'aperçut alors qu'il n'avait pas eu besoin de cette diversion. Car toute l'attention de Terl était concentrée sur un autre canyon, long et profond. De la pointe d'une griffe, il délimitait une falaise et une rivière. Voyant que Jonnie l'épiait, le monstre se hâta de reporter son attention sur d'autres canyons proches. Mais bientôt, il revint au premier.

Il se roidit et demeura ainsi un instant, la tête dressée, puis demanda très calmement :

– Tu as vu tout ce que tu désirais voir, animal ?

Jonnie fut heureux de pouvoir l'écarter de la carte. Il lui semblait que le regard de Terl s'était trop longtemps attardé sur son village.

Terl descendit lourdement vers l'entrée en soulevant des tourbillons de poussière.

Par-dessus le bruit de leurs pas, Jonnie fut certain d'entendre les sabots d'un cheval !

7

Terl s'était immobilisé à l'extérieur, devant la bibliothèque, le regard fixé sur la rue envahie par les herbes.

Jonnie se déplaça pour essayer de distinguer ce que le Psychlo observait avec une telle intensité. Il fut pétrifié par la surprise : Fend-le-Vent était là, à moins de cent mètres de lui !

Quelqu'un le montait, et il y avait trois autres chevaux derrière.

Terl n'avait pas esquissé le moindre mouvement.

C'était le moment. Rien n'avait été préparé, mais Jonnie savait que c'était sa dernière chance qui se présentait là.

Il sortit l'outil de sa manche et, d'un geste net, il trancha la laisse.

En un éclair, il eut franchi la porte. Comme il passait à côté de Terl, les serres lacérèrent son vêtement.

Jonnie se mit à courir en zigzag comme un lièvre. Il voulait atteindre le couvert des arbres et s'attendait d'une seconde à l'autre à être atteint par un coup d'éclateur.

Il s'adossa à un grand pin, regarda autour de lui...

Et il vit Chrissie !

Et Pattie.

Un sanglot monta dans sa gorge.

– Chrissie! hurla-t-il. Éloigne-toi! Vite!

Chrissie arrêta sa monture et le regarda. Les trois chevaux s'immobilisèrent à leur tour.

– Jonnie! s'écria-t-elle d'un ton joyeux.

Et Pattie lui fit écho :

– Jonnie! Jonnie!

Fend-le-Vent s'était remis à trotter et venait droit sur lui.

– Non! Allez-vous-en! Fuyez!

Chrissie et Pattie s'arrêtèrent, perplexes, leur joie se changeant peu à peu en inquiétude. Derrière Jonnie, elles avaient aperçu *une chose*. Elles firent faire demi-tour à leurs chevaux.

Jonnie s'accroupit et se retourna. Terl était toujours immobile devant l'entrée de la bibliothèque. Jonnie prit l'arme dans sa besace et ôta la sûreté avant de la braquer sur Terl.

– Si tu leur tires dessus, tu es mort! cria-t-il.

Terl ne broncha pas.

Derrière lui, Jonnie entendit des hénnissements. Il risqua un bref regard. Fend-le-Vent s'était cabré. Il ne comprenait pas pourquoi il ne pouvait s'approcher de son maître et se débattait pour avancer.

– Va-t'en, Chrissie! Va-t'en! hurla Jonnie.

Terl s'avançait, la démarche lourde, l'air indifférent. Il n'avait pas sorti son arme.

– Dis-leur de se rapprocher, fit-il à Jonnie.

– Ne bouge pas! Ou je tire!

Terl continua d'avancer.

– Évite-leur d'être blessées, animal.

Jonnie quitta l'abri de l'arbre, pointant son arme droit sur le tube respiratoire du masque de Terl.

– Sois raisonnable, animal, grommela Terl, mais il s'arrêta néanmoins.

– Tu savais qu'elles seraient là aujourd'hui! lança Jonnie.

– Oui. Le drone de reconnaissance les a repérées depuis des jours. En fait, depuis qu'elles ont quitté ton village. Maintenant, animal, pose cette arme.

Derrière lui, Jonnie entendait piaffer les chevaux. Si seulement ils pouvaient partir au galop!

Terl, levant une patte loin de son arme, essayait de l'autre d'atteindre sa poche de poitrine.

– Ne bouge plus ou je tire! le prévint Jonnie.

– Écoute-moi bien : tu peux appuyer sur la détente si

tu le veux. Le fil du connecteur ne fonctionnera pas. Il a été changé.

Jonnie regarda son pistolet. Il inspira profondément, visa et appuya sur la détente.

Il ne se produisit rien.

Terl sortit alors la pièce d'or de sa poche et la lança dans l'air avant de la rattraper.

— C'est moi qui t'ai vendu cette arme, animal, et non pas Ker.

Jonnie sortit un bâton-à-tuer de sa ceinture et se prépara à l'attaque.

La patte du Psychlo eut un geste trop rapide pour le regard. Une arme s'y matérialisa. Il y eut une détonation sèche pareille à un aboiement.

Une plainte s'éleva quelque part derrière Jonnie. En se retournant, il vit qu'un cheval se débattait au sol.

— Après, ce sera le tour de tes deux amies, dit Terl.

Jonnie laissa retomber son bâton.

— C'est mieux comme ça, reprit le Psychlo. Maintenant, tu vas m'aider à rassembler ces créatures pour qu'elles montent dans le camion.

8

Le camion filait vers le sud avec ses passagers effrayés et désespérés.

Jonnie avait retrouvé son collier et il était à présent attaché à une entretoise. Au comble du chagrin, il contemplait ce qui l'entourait.

Pattie, couverte de contusions – elle était tombée de cheval – était assise les bras ligotés, attachée à l'un des pieux du camion, dans un état de choc absolu, le visage grisâtre. Elle n'avait que huit ans.

Le cheval blessé, dont la plaie à l'épaule droite saignait abondamment, était tombé sur le flanc. Il portait toujours son bât et des convulsions agitaient ses jambes de temps à autre. Terl s'était contenté de le ramasser et de le jeter dans le camion. Jonnie songeait avec inquiétude que le cheval blessé pouvait, dans une ruade de souffrance, briser la jambe d'une autre monture. C'était l'un des plus vieux chevaux de Jonnie : Blodgett.

Les trois autres avaient été solidement attachés et ils contemplaient la plaine qui défilait à toute allure de part et d'autre du véhicule, les naseaux dilatés par la peur.

Chrissie était attachée en face de Jonnie, les yeux clos, le souffle oppressé.

Bien des questions avaient surgi dans l'esprit de Jonnie, mais il se taisait, les lèvres serrées. Les plans qu'il avait dressés lui semblaient à présent futiles. Et il s'en voulait d'avoir tant retardé son évasion. Il aurait dû se douter que Terl avait tout prévu. La haine qu'il éprouvait à l'égard du Psychlo l'étouffait presque.

Chrissie, après un moment, ouvrit enfin les yeux et le regarda. Elle vit qu'il observait Pattie et lui dit :

– Je n'ai pas pu la laisser. Elle m'a suivie et je l'ai ramenée deux fois au village. Mais la troisième fois, nous étions trop loin dans la plaine. Il valait mieux continuer.

– Repose-toi, lui dit Jonnie.

Le camion traversa un terrain accidenté et se mit à tressauter. Blodgett fit entendre un hennissement.

– Je sais que je suis partie un peu tôt, poursuivit Chrissie, mais Fend-le-Vent était revenu. Les garçons étient sortis pour rassembler du bétail et ils l'ont trouvé juste en dessous du col, avec Danseuse.

Danseuse était la jument de bât que Jonnie avait emmenée en même temps que Fend-le-Vent.

Chrissie demeura silencieuse durant un moment puis reprit :

– Fend-le-Vent portait une cicatrice récente. Comme s'il avait été blessé par un puma. Chacun a pensé qu'il s'était peut-être enfui en t'abandonnant. Et je me suis dit que tu devais être blessé...

Oui, songea Jonnie, oui... Fend-le-Vent avait dû rebrousser chemin l'année d'avant et, quand il avait abordé les cols, il les avait trouvés bloqués par la neige. Il avait dû errer dans la plaine pendant tout l'hiver, suivi de Danseuse. Il portait encore sur la croupe une profonde cicatrice bien visible.

– Ne t'en fais pas, dit-il d'un ton apaisant.

– Je ne pouvais pas supporter de te savoir blessé.

De nouvelles secousses agitèrent le véhicule.

– Tu sais, Jonnie, le Grand Village existe vraiment, ajouta Chrissie.

– Je sais...

– Jonnie... (Chrissie inclina la tête vers la cabine.) C'est un des monstres, n'est-ce pas?

– Oui, mais il ne te fera aucun mal.

Il était prêt à tous les mensonges pour qu'elle retrouve son calme.

– Je t'ai entendu parler sa langue. Il sait parler. Et toi aussi, tu parles sa langue.

– Je suis son prisonnier depuis bientôt un an, dit Jonnie.

– Mais qu'est-ce qu'il va nous faire, à moi et à Pattie?

– Ne t'inquiète pas, Chrissie.

Oui, Dieu seul pouvait savoir ce que le monstre allait faire d'elles à présent. Jonnie n'avait aucune raison de lui expliquer que leur capture avait fait échouer ses plans. Chrissie n'y était pour rien. Lui seul était coupable, car il avait attendu trop longtemps.

Le camion aborda un pont en ruine et se mit à rebondir.

Jonnie ajouta, pour essayer de calmer Chrissie :

– Il attend quelque chose de moi. Il faudra que je le fasse. Mais il ne vous fera pas de mal. Il se contentera de vous menacer, c'est tout. Quand j'aurai fait ce qu'il veut que je fasse, il nous laissera partir.

Il n'aimait pas mentir. Il avait compris depuis longtemps déjà que Terl le tuerait dès qu'il aurait servi ses mystérieux desseins.

Chrissie parvint tant bien que mal à esquisser un sourire.

– Le vieux Jimson est maintenant notre pasteur et notre maire. Nous avons réussi à passer l'hiver. (Elle s'interrompit un instant.) Nous n'avons mangé que deux chevaux.

– C'est bien, Chrissie.

– Je t'ai fait de nouveaux vêtements. Ils sont dans ce sac.

– Merci, Chrissie.

Pattie se mit brusquement à crier, les yeux dilatés par la frayeur :

– Est-ce qu'il va nous dévorer?

– Non, non, Pattie... Il ne mange pas les êtres vivants. N'aie pas peur. Tout ira bien.

Elle se calma aussitôt.

– Jonnie... (Chrissie s'interrompit.) Tu es vivant. C'est tout ce qui compte. (Des larmes brillèrent dans ses yeux.) Je t'ai cru mort!

Oui, oui, il était vivant, se dit-il. Ils étaient vivants tous les trois. Mais il ignorait pour combien de temps encore. Il se souvenait de quelle manière Terl avait brisé les pattes des ruminants.

Ils traversaient maintenant une vaste étendue de broussailles.

– Jonnie, demanda soudain Chrissie, tu n'es pas en colère contre moi, n'est-ce pas?

Oh, Dieu... En colère contre toi?... se dit-il. Bien sûr que non... Mais il fut incapable de répondre et se contenta de secouer la tête.

Il percevait le grondement sourd de la mine dans le lointain.

9

Durant toute la nuit glaciale, Terl les avait laissés dans le camion. Il s'était contenté de disposer deux caméras à chaque extrémité du véhicule, puis avait regagné sa chambre.

A présent, on était au milieu de la matinée. Terl avait commencé à s'activer parmi les cages bien avant l'aube. Jonnie n'avait pas réussi à tourner suffisamment la tête pour voir ce qu'il faisait exactement. Jamais encore le collier et la laisse ne l'avaient serré à ce point.

Terl vint s'occuper d'eux. Il fit sortir les chevaux et les attacha à un arbre. Puis il fit glisser la monture blessée hors du camion et elle s'abattit sur le sol. Il la traîna un peu à l'écart. Le cheval tenta de se relever et il le frappa pour le forcer à rester étendu.

Ensuite, il s'occupa de Pattie. Il lui passa un collier autour du cou, le souda et y fixa une laisse, puis il souleva la petite fille entre ses pattes et s'éloigna avec elle.

Lorsqu'il fut de retour, Chrissie fit des efforts frénétiques pour s'éloigner de lui. Il tenait un deuxième collier qu'il passa autour de son cou avant de le souder comme le premier. Jonnie put le voir d'un peu plus près quand le Psychlo y fixa la laisse et il remarqua que ce collier-ci portait une sorte de renflement rouge sur le côté. Tout comme celui de Pattie, d'ailleurs, se dit-il.

Terl se retourna vers lui, et Jonnie le contempla avec des yeux d'un bleu glacé, mortel.

– Je m'occupe de toi dans une minute, animal. Inutile de te mettre en colère. Une vie nouvelle va commencer pour toi.

Il souleva Chrissie et l'emporta.

Il demeura absent un certain temps. Jonnie entendit la porte s'ouvrir et se fermer plusieurs fois, comme si on l'essayait.

Puis le camion trembla sous la masse énorme de Terl qui venait de remonter à bord.

Il se pencha sur Jonnie.

– Pas de circuit trafiqué? Tu es bien certain de ne pas être assis sur un éclateur dont la détente ne fonctionne plus? (Terl rit, heureux de sa plaisanterie.) Tu sais, je crois que je vais sonner les cloches à Ker pour n'avoir pas su t'apprendre... Cervelle de rat.

Terl se débattait avec les liens et la laisse de Jonnie.

Le ronflement du drone de reconnaissance s'éleva dans le lointain et il passa au-dessus de leurs têtes dans un grondement à déchirer les tympans. Jonnie le suivit d'un regard haineux.

– Parfait, dit Terl d'un ton approbateur. Parfait... Tu sais maintenant comment elles ont été repérées et comment tu le seras, toi, si tu tentes quoi que ce soit. On obtient de très belles photos avec cette chose. Jusqu'au moindre détail. Allez, descends de ce camion.

Il tira Jonnie en direction de la cage. Il était évident au premier regard que le Psychlo s'était particulièrement activé. Il y avait de nombreux changements. Par exemple, la machine à instruire et la table sur laquelle elle était posée se trouvaient maintenant à l'extérieur de la cage. Terl tira sur la laisse pour forcer Jonnie à s'arrêter.

Chrissie et Pattie étaient attachées à un piquet de fer au bord du bassin. Chrissie était en train de masser les bras et les jambes de Pattie pour rétablir la circulation et la petite fille pleurait de douleur.

– A présent, animal, je vais te donner quelques explications. Alors sois très attentif.

Il désigna une boîte de connexion électrique sur un mur proche. D'une griffe, il indiqua un câble qui allait jusqu'en haut de la cage et s'enroulait autour de chaque barreau avant de revenir à la boîte de connexion. Chacun des barreaux était maintenant muni d'un élément isolant au niveau du sol.

Terl entraîna Jonnie jusqu'à un fourré. Il y avait là un coyote muselé qui poussait des grognements étouffés. Terl enfila un gant à isolation et s'empara du coyote.

– Maintenant dis aux autres animaux de bien regarder ce qui va se passer, fit-il.

Jonnie ne broncha pas.

– Bon, ça ne fait rien, grommela Terl. Je vois qu'ils nous regardent.

De sa patte gantée, Terl lança le coyote contre les barreaux.

Il y eut une bouffée de lumière aveuglante et le coyote poussa un cri aigu.

L'instant d'après, ce n'était plus qu'une carcasse carbonisée, craquante et noire.

Terl pouffa de rire.

– Tu vois, animal... Dis-leur de ne pas toucher les barreaux, sinon, c'est ce qui leur arrivera.

Jonnie répéta l'avertissement à l'adresse de Chrissie et de Pattie.

– Pour la suite, dit Terl en ôtant son gant et en le glissant dans sa ceinture, je t'ai réservé un cadeau de choix.

Il sortit de sa poche une boîte de contact.

– Maintenant, tu connais tout sur la télécommande, animal. Tu te souviens de ta pelleteuse? Regarde. (Il désigna les deux filles.) Si tu examines attentivement leurs colliers, tu peux voir qu'ils sont différents. Tu vois cette bosse rouge?

Jonnie ne la voyait que trop bien. Il se sentait mal.

– C'est une petite bombe. Suffisante pour leur briser le cou et leur faire sauter la tête. Tu comprends, animal?

Jonnie le regarda avec colère.

– Ce contact, continua Terl en lui montrant la boîte de contact, correspond au petit animal. Et celui-là... (Il désigna un deuxième bouton.) Il contrôle le collier de l'autre. Et cette boîte...

— Et le troisième contact? demanda Jonnie.

— Ah, je te remercie de me poser la question. J'avais l'impression que ta cervelle de rat n'enregistrait pas bien ce que je disais. Le troisième contact déclenche une explosion totale à l'intérieur de la cage. Tout saute.

Terl souriait derrière la visière de son masque. Ses yeux d'ambre mi-clos, pétillants, il dévisageait Jonnie.

— Cette boîte, reprit-il enfin, je l'ai toujours sur moi. Et il en existe deux autres dont tu ignores l'emplacement. A présent, est-ce que tout cela est bien clair pour toi?

Jonnie lutta pour réprimer un tremblement de colère et rétorqua :

— Ce qui est clair pour moi, c'est qu'un des chevaux pourrait s'approcher de la cage et être électrocuté. Ce qui est tout aussi clair, c'est que tu pourrais bien déclencher accidentellement ces contrôles.

— Animal, nous sommes là à jacasser en oubliant le fait que j'ai vraiment de l'amitié pour toi.

Jonnie fut plus que jamais sur ses gardes.

Terl brandit un découpeur et trancha le collier de Jonnie. D'un geste ironique, il lui tendit ce qui en restait en même temps que la laisse.

— Va te promener où tu veux. Profite de ta liberté. Va gambader!

Puis le Psychlo se détourna et entreprit de ramasser les outils et les objets qu'il avait semés un peu partout durant son travail. La puanteur du coyote électrocuté était encore lourde dans l'air.

— Et pour ça, qu'est-ce je vais avoir à payer? demanda Jonnie.

Terl revint vers lui.

— Animal, en dépit de ta cervelle de rat, tu as dû finir par comprendre que ton intérêt est de coopérer avec moi.

— Et comment?

— Voilà qui est mieux, animal. J'aime que l'on me montre de la gratitude.

— Et comment?

— La Compagnie a plusieurs projets en train. Bien sûr, ils sont très confidentiels. Tu me promets ta pleine coopération, n'est-ce pas?

Jonnie le regarda sans répondre.

– Quand tout sera accompli, je te couvrirai de cadeaux et tu pourras regagner tes montagnes.

– Avec elles? dit Jonnie en montrant Chrissie et Pattie.

– Bien sûr, et aussi avec tes compagnons à quatre pattes.

Jonnie savait quand Terl mentait.

– Bien sûr, ajouta le Psychlo, si tu essaies de t'échapper – mais je pense que tu auras compris maintenant que c'est impossible – ou si tu cherches à me jouer un tour, ou encore si tu échoues, alors, le plus simplement du monde, les deux petits animaux perdront leur tête. Et si tu tentes d'ôter le câble de la cage, tout saute. Maintenant, ai-je ta promesse de coopérer avec moi?

– Je peux aller où je veux?

– Bien entendu, animal. J'en ai assez de tuer des rats pour toi. Et je n'ai pas l'intention de le faire pour les deux autres! (Terl éclata de rire, en toute jovialité.)

– Et je peux entrer dans la cage?

– Si je suis à l'extérieur avec ma petite boîte de télécommande, oui...

– Et je peux aller dans la plaine?

– Si tu portes ça.

Terl sortit de sa poche une caméra-bouton dont il passa la bride au cou de Jonnie.

– Si tu l'éteins ou si tu t'éloignes de plus de dix kilomètres, eh bien, j'appuie sur le premier bouton.

– Tu n'es pas un monstre, mais un démon.

Terl comprit clairement qu'il avait gagné.

– Alors, tu promets?

Déprimé, Jonnie regarda la boîte de contrôle, dans la poche de Terl, puis les deux filles qui le guettaient avec confiance.

– Je te promets de t'aider pour ce projet, dit-il enfin, et c'était bien la limite de ce qu'il pouvait céder au Psychlo.

Mais cela parut suffire à Terl. Ce fut presque gaiement qu'il entassa ses outils à l'arrière du camion et démarra.

Jonnie retourna auprès de la cage. Prenant garde à ne pas toucher les barreaux, il entreprit d'expliquer sommairement à Chrissie et Pattie ce qui se passait. Il se sentait coupable. Car, si jamais il avait lu la trahison quelque part, c'était bien dans le regard de Terl.

SIXIÈME PARTIE

1

Terl parcourait les documents de la Compagnie dans son bureau avec une idée unique en tête : un moyen de pression.

Il devait *absolument* trouver la clé de l'énigme Numph. Dès qu'il en saurait suffisamment sur le Directeur Planétaire, Terl pourrait démarrer son projet en toute confiance. Le pouvoir et la richesse l'attendaient sur la planète mère. Numph seul, désormais, pouvait encore lui mettre des bâtons dans les roues. Terl était fermement décidé à ne pas passer dix années de plus sur cette atroce planète, dès que son projet aurait été mené à bien. Lorsqu'il aurait suffisamment d'éléments sur Numph, il pourrait aboutir très vite, effacer toutes les preuves (en vaporisant les animaux, entre autres choses), quitter son poste et se vautrer dans le luxe sur sa planète natale. Mais, depuis quelque temps, Numph se montrait plutôt nerveux. Lors de leur dernière entrevue, quelques jours auparavant, le Directeur s'était plaint des passages bruyants du drone de reconnaissance et, tout en déguisant cela comme un compliment, il avait fait remarquer à Terl qu'il n'était plus tellement question de « mutinerie ».

Quelque part, il devait exister quelque chose sur Numph. Terl en avait l'absolue certitude.

Il feuilletait un magazine de la Compagnie, *Les Marchés de Métaux de la Galaxie*, qui paraissait plusieurs fois par an. Il était destiné aux départements de vente, mais il n'y en avait pas sur cette planète, étant donné que le minerai était directement expédié sur

Psychlo et n'était vendu par la Compagnie qu'à partir de la planète mère. Néanmoins, le magazine était adressé à toutes les exploitations minières de la galaxie et Terl avait pris le dernier numéro dans le courrier qui venait d'arriver.

Tant de crédits pour tel ou tel métal. Tant de crédits pour tel ou tel minerai brut, selon son pourcentage. C'était particulièrement indigeste. Mais Terl explorait tout consciencieusement dans l'espoir de pêcher un indice.

De temps en temps, il jetait un coup d'œil à ses écrans de surveillance. La caméra-bouton qu'il avait passée au cou de l'animal fonctionnait parfaitement et les caméras placées près de la cage lui donnaient une vue d'ensemble. Il voulait savoir comment l'animal allait réagir. La boîte de contrôle était à portée de sa patte sur son bureau encombré.

Jusqu'alors, l'animal s'était comporté de manière satisfaisante et Terl avait été frappé par le sens des priorités dont il faisait preuve.

Il avait réussi tant bien que mal à retourner le cheval blessé et à lui ôter son bât. Puis, en prélevant de la résine sur un arbre, il avait pansé la plaie. Cela semblait avoir été efficace, car le cheval se tenait maintenant debout sur ses jambes tremblantes et commençait à brouter l'herbe haute.

L'animal avait ensuite attaché les trois autres chevaux en se servant d'une espèce de lien tressé qu'il avait trouvé dans les paquets. Un cheval en particulier essayait de suivre l'animal partout où il allait en le poussant du museau. Terl fut très intrigué de constater que la chose lui parlait. Elle avait aussi parlé au cheval blessé. C'était très bizarre. Terl ne pouvait comprendre le langage qu'elle employait et il écoutait intensément pour surprendre la réponse des chevaux. Peut-être répondaient-ils. Des ultra-sons? En tout cas, ils devaient lui dire certaines choses, puisque la chose-homme répondait. Le langage qu'ils utilisaient était-il différent de celui que l'animal employait avec les deux créatures femelles enfermées dans la cage? Terl en vint à se dire qu'il devait exister plusieurs langages. De toute façon, ça n'avait pas d'importance : il n'était pas Chinko, se dit-il en songeant avec mépris à la race disparue.

L'attention de Terl fut de nouveau attirée lorsque les écrans lui montrèrent l'animal-homme chevauchant jusqu'à la mine. Les Psychlos ne lui accordèrent qu'un bref regard et les machines continuèrent leur travail.

La chose-homme s'approcha de Ker.

A cet instant, l'intérêt de Terl devint plus vif et il augmenta le volume. Ker essayait de se dérober.

L'animal-homme lui dit quelque chose d'étrange :

– Ce n'est pas ta faute.

Ker s'arrêta avec une expression confuse.

– Je te pardonne, ajouta l'animal.

Ker ne dit rien. Terl ne parvenait pas à bien distinguer son visage dans l'ombre du casque, mais il lui semblait que Ker était soulagé. Il nota soigneusement ce détail : ce devait être une sorte de truc employé par les animaux. En tout cas, jamais il ne lui serait venu à l'idée d'avoir ce genre d'attitude.

Mais ce qui se passa ensuite le laissa stupéfait. L'animal venait d'emprunter une pelleteuse à Ker. Char intervint pour dire qu'il n'était pas d'accord et Ker l'envoya promener! L'animal attacha alors son cheval derrière l'engin et retourna en direction du plateau. Ker avait vraiment eu une attitude menaçante à l'égard de Char. Est-ce que l'animal avait semé là discorde entre les deux Psychlos? Comment s'y était-il pris?

Terl décida qu'il était le jouet de son imagination. Après tout, l'image était tremblotante et le son perturbé par le ronronnement des machines. Il se concentra sur le vrai problème du moment : Numph.

Quand il reporta son attention sur l'écran, il vit que l'animal avait utilisé la pelleteuse pour abattre une demi-douzaine d'arbres et les entasser à proximité de la cage. Il manœuvrait la pelle avec précision et découpait les troncs selon différentes longueurs. Terl s'en réjouit : l'habileté dont faisait preuve l'animal lui serait très utile.

Terl se replongea dans le marché de la bauxite dans les diverses galaxies et ne surveilla plus l'écran jusqu'à la tombée de la nuit.

L'animal avait restitué la pelleteuse et il avait presque achevé la construction d'une clôture qui faisait le tour de la cage! Terl demeura perplexe jusqu'à ce qu'il se souvienne que l'animal lui avait dit que les chevaux risquaient de s'approcher des barreaux électrifiés. Bien sûr! Il voulait protéger les femelles au cas où les chevaux viendraient à provoquer un court-circuit!

Durant une heure encore, Terl étudia les cours des métaux et des minerais, puis il mit son masque et se dirigea vers la cage.

Il vit que l'animal s'était construit une petite hutte avec les branches d'un arbre, qu'il y avait installé la machine à instruire, ainsi que la table et ses affaires, et qu'il était occupé à allumer un feu devant l'entrée. Jusqu'à présent, Terl n'avait pas eu conscience que les choses-hommes étaient capables de créer des maisons sans avoir de pierres ou de poutres taillées à leur disposition.

L'animal s'empara d'une branche qui flambait et, avec diverses choses dans l'autre main, se dirigea vers la cage. Il avait édifié une sorte de chemin d'entrée en zigzag devant la porte – pour en interdire l'accès aux chevaux.

Terl appuya sur un bouton de la boîte de contrôle pour interrompre le courant entre les barreaux de la cage, afin que l'animal puisse entrer. Il le vit offrir la branche enflammée à une femelle et déposer ce qu'il avait apporté. Puis il ressortit pour prendre un peu de bois qu'il vint déposer à l'intérieur de la cage.

L'intérêt de Terl s'était éteint. Il remarqua à peine que les femelles avaient lavé leurs vêtements, démonté le séchoir à viande et nettoyé les lieux. Il vérifia leurs colliers et leurs laisses et le piquet auquel il les avait attachées. Elles s'écartèrent de lui comme s'il avait la peste, et cela l'amusa.

Il venait de pousser l'animal hors de la cage et verrouillait la porte quand une idée lui vint soudain. En toute hâte, il remit le courant et courut jusqu'à son bureau.

Il ôta son masque et plaça une énorme calculatrice au milieu de son bureau. Ses serres se mirent à claquer sur les touches. Les rapports pour le Bureau Central concernant les tonnages de minerais expédiés sur la planète mère apparurent bientôt en chiffres scintillants sur l'écran, et la calculatrice les digéra.

Avec des gestes fébriles, Terl introduisit les prix de vente au cours actuel et calcula la valeur du minerai terrien sur la planète mère.

Quand il regarda le résultat sur l'écran, il demeura un instant abasourdi.

Si l'on comparait les frais d'exploitation supportés par l'Intergalactique sur Terre et la valeur courante du minerai sur le marché, il en ressortait un fait stupéfiant : non seulement les exploitations terriennes ne perdaient *pas* d'argent, mais elles rapportaient cinq cents fois le coût initial d'investissement. En fait, cette planète était incroyablement rentable !

Des mesures d'économie ? Par la nébuleuse pourrie ! Sur ce monde, les salaires et les primes auraient dû être multipliés par dix ou quinze !

Mais Numph les avait diminués.

C'était une chose que la Compagnie fasse des bénéfices énormes. C'en était une autre que Numph mente à ce propos.

Terl travailla tard dans la nuit. Il passa en revue tous les rapports que Numph avait adressés au Bureau Central durant les derniers mois. Ils semblaient parfaitement normaux et conformes. Les relevés des salaires, par contre, n'avaient pas l'air nets. On mentionnait simplement le nom et le grade de chaque employé en ajoutant : « Salaire habituel pour ce poste. » C'était purement symbolique. Quant aux primes, elles étaient indiquées : « Comme prévu. » Curieuse comptabilité.

Bien sûr, on pouvait toujours faire remarquer que cette exploitation minière n'était nullement un centre administratif, que le personnel y était restreint et que le Bureau Central pouvait se charger de parachever les rapports. Après tout, il disposait d'un service comptable doté d'un nombreux personnel et tout y était automatisé. Ici, on ne faisait que donner leur paye aux employés, sans le moindre reçu, et de toute manière, la plupart d'entre eux ne savaient pas écrire. Cette absence de reçu était l'une des raisons pour lesquelles il fallait renvoyer les corps des mineurs tués.

Et puis, vers minuit, Terl tomba sur quelque chose de curieux concernant les rapports sur les véhicules en usage pour chaque période de travail de cinq jours. Les véhicules utilisés étaient mentionnés avec leur numéro de série. La première anomalie était que Numph *lui-même* établissait les rapports. Ce n'était quand même pas le rôle d'un Directeur Planétaire. Mais Terl reconnaissait parfaitement l'écriture de Numph sur les documents.

Il découvrit soudain un véhicule dont il savait pertinemment qu'il n'était *pas* en fonction. C'était l'un des vingt avions de combat qu'il avait fait retirer des autres exploitations. Les vingt appareils étaient garés dans un champ, non loin du camp, car il n'y avait plus de place disponible dans le garage. Pourtant, celui-là était bel et bien noté : « Avion de combat 3-450-967 G. » Numph l'avait mentionné comme ayant été utilisé durant la dernière période.

Terl poursuivit son exploration rapport après rapport. Il remarqua que la position des véhicules variait de l'un à l'autre. L'ordre était différent à chaque fois.

Il sentit qu'il y avait un code là-dessous.

Et, aux approches de l'aube, il l'avait déchiffré.

En utilisant les numéros d'immatriculation des innombrables véhicules de la planète et en se limitant aux trois derniers chiffres, on pouvait remplacer les nombres par des lettres pour écrire n'importe quoi.

Avec une joie immense, il lut le premier message qu'il venait de décoder : « Pas de plaintes ici. Différence bancaire habituelle. »

Terl poursuivit ses calculs.

Il exultait. Ces rapports étaient adressés à Nipe. Le neveu de Numph, qui était au département de la comptabilité du Bureau Central. Le total des primes et des salaires pour les exploitations de la Terre aurait dû avoisiner cent soixante-sept millions de crédits galactiques par an. En fait, aucune prime n'était plus versée et les salaires avaient été diminués de moitié.

Ce qui signifiait que Nipe, sur la planète mère, continuait d'établir des rapports sur des primes et des salaires normaux et qu'il faisait virer sur son compte et sur celui de Numph près de cent millions de crédits par année. Leurs deux salaires réunis n'auraient pas dépassé 75 000 crédits. Cent millions par an!

Il avait tout ce qu'il lui fallait : le code, les relevés de salaires incomplets.

Terl se mit à marcher de long en large dans son bureau et le sol vibra sous ses pas.

Puis il s'arrêta. Est-ce que Numph et Nipe pourraient le faire entrer dans leur combine? Oui, certainement. Ils y seraient bien obligés.

Mais non, après tout. Terl était peut-être un chef de

la sécurité compétent, mais il avait parfaitement conscience que, s'il avait su découvrir cette escroquerie, un autre en serait capable. C'était beaucoup d'argent, mais de l'argent dangereux. Nipe et Numph couraient un risque immense, et s'ils étaient pris, ils seraient vaporisés sans autre forme de procès. Terl n'avait pas la moindre envie d'être impliqué là-dedans. Jusque-là, on ne pouvait rien lui reprocher. Même pas de n'avoir pas mis au grand jour l'escroquerie, puisque la comptabilité ne dépendait pas de son département. Et il n'avait pas reçu la moindre plainte. Il possédait des ordres écrits de Numph concernant une éventuelle mutinerie, mais aucune instruction lui demandant d'enquêter sur des cadres du Bureau Central.

Non, il se contenterait de ses cent millions de crédits à lui, merci. Tout se passerait très bien. Ce n'était pas du minerai exploité par la Compagnie. Il ne se servirait d'aucun employé. Il appellerait ça une expérience et il pourrait même prouver qu'on lui en avait donné l'ordre. Rien n'apparaîtrait dans les archives de la Compagnie. Seule la dernière phase, la plus petite, comportait des risques – le transfert sur la planète mère – mais, même s'il venait à être pris, il pourrait s'en sortir. Et il ne serait pas pris.

Que Numph et Nipe restent donc avec leur fortune et avec tous les risques qu'ils encouraient! Il conserverait tous ces rapports le temps qu'il faudrait, pour convaincre Numph si le besoin s'en faisait sentir, puis il les détruirait.

Il attendait en jubilant sa prochaine entrevue avec Numph!

2

– Je vois que vous avez acquis d'autres animaux, remarqua Numph d'un ton maussade le lendemain après-midi.

Terl avait obtenu un rendez-vous en insistant quelque peu. Il n'était guère aprécié dans le service de Numph. Et Numph ne l'appréciait guère non plus.

Le Directeur Planétaire était assis comme à l'accoutumée derrière son bureau capitonné. Il ne regardait pas Terl mais contemplait avec une expression de dégoût les montagnes dans le lointain.

– Exactement comme vous m'y avez autorisé, remarqua Terl.

– Mouais... fit Numph. Vous savez que je ne vois pas le moindre signe de cette mutinerie dont vous m'avez parlé.

Terl avait posé la patte sur ses os-bouche. Numph remarqua ce geste d'avertissement et se tourna vers lui.

Terl avait apporté une liasse de documents et un appareil. Il leva une serre impérative pour intimer le silence au Directeur Planétaire, puis prit son appareil en main.

Il se mit à le promener autour de la pièce, sur le pourtour du dôme, autour du tapis, sur le bureau, et même sous les accoudoirs du fauteuil. Numph l'observait et, chaque fois qu'il faisait mine de poser une question, Terl levait la patte, impérieusement. De toute évidence, le chef de la sécurité s'assurait qu'aucune caméra-bouton ou aucun picto-enregistreur n'avaient été cachés dans la pièce.

Finalement, il examina les alentours, puis sourit d'un air confiant et se rassit.

– Je n'aime pas ce drone de reconnaissance qui passe tous les matins, déclara Numph. Ce bruit me donne mal à la tête.

Terl prit des notes.

– Je vais faire changer sa trajectoire immédiatement, Votre Planétarité.

– Et ces animaux... On dirait que vous montez un zoo. Char m'a dit ce matin que vous en avez encore amené six!

– En fait, dit Terl, il en faudra plus de cinquante pour mener à bien notre projet. Ainsi que des machines pour leur entraînement et des autorisations pour...

– Certainement pas! s'exclama Numph.

– Cela économisera des sommes importantes à la Compagnie et augmentera nos bénéfices...

– Terl, je vais donner l'ordre de vaporiser ces choses. Si jamais le Bureau Central entendait parler de...

– C'est confidentiel, dit Terl. C'est une surprise. Ils seront tellement reconnaissants quand ils verront les primes et les salaires diminuer et leurs bénéfices monter en flèche.

Numph se renfrogna. Il se sentait en terrain solide. Terl savait parfaitement quelle était la bévue qu'il avait commise quelque temps auparavant. Numph avait au contraire intérêt à augmenter le nombre d'employés psychlos, car la moitié de chaque nouveau salaire tombait dans sa poche.

– Je connais d'autres moyens d'augmenter les envois de minerai, dit-il. J'envisage de doubler l'apport de personnel en provenance de la planète mère. Elle regorge de chômeurs.

– Mais cela réduirait la marge bénéficiaire, remarqua Terl d'un air innocent. Vous m'avez dit vous-même que les bénéfices étaient au centre de la bataille actuellement.

– Davantage de minerai, davantage de bénéfices, fit Numph d'un ton agressif. Et ils toucheront un demi-salaire dès leur arrivée. C'est dit.

– A propos de ces autorisations pour former un groupe de travail indigène... commença Terl sans se laisser démonter.

– Vous m'avez entendu? demanda Numph d'un ton coléreux.

– Oh oui, je vous ai entendu. (Terl souriait.) Mais croyez bien que l'augmentation des bénéfices de la Compagnie est *mon seul souci*.

– Vous insinuez que ce n'est pas le mien? lança Numph avec un air de défi.

Terl posa ses papiers sur le bureau, devant Numph. Tout d'abord, le Directeur Planétaire les dispersa d'un vague coup de patte. Puis il se figea soudain. Son regard était devenu fixe, ses pattes tremblantes. Il lut les estimations de bénéfices. Puis il vit le cercle que Terl avait tracé autour des informations incomplètes sur les salaires. Il lut aussi la liste des numéros des véhicules, puis le message qui disait : « Pas de plaintes ici. Différence bancaire habituelle. »

Il leva les yeux sur Terl. Des yeux emplis de terreur, hagards.

– Selon les règlements de la Compagnie, dit Terl, j'ai le droit de vous remplacer.

Numph avait les yeux fixés sur l'arme que Terl portait à la ceinture. Il semblait hypnotisé sous l'effet du choc.

– Mais à vrai dire, je me moque pas mal de l'administration. Je comprends que quelqu'un dans votre position, sans avenir, confronté avec la vieillesse, puisse chercher d'autres moyens de résoudre ses problèmes. Je suis très compréhensif.

Le regard apeuré de Numph était fixé sur la poitrine de Terl. Il attendait.

– Les crimes de quelqu'un qui se trouve sur la planète mère né sont pas de mon ressort, reprit Terl.

Une étincelle passa dans le regard de Numph. L'incrédulité.

– Vous avez toujours été un bon administrateur. *Surtout parce que vous avez laissé d'autres employés faire ce qu'ils jugeaient bon, afin de servir les intérêts de la Compagnie.*

Il reprit les preuves.

– Par égard pour vous, je vais cacher cela afin que personne n'en ait connaissance – à moins, bien sûr, qu'il ne m'arrive quelque chose. Je ne ferai pas de rapport au Bureau Central. Je ne sais rien. Même si vous parliez, il n'y aurait pas de preuves et on ne vous croirait pas. Si vous en veniez à être vaporisé à cause de cela, ce serait parce que vous auriez commis des fautes sur d'autres points. Cela ne me concernerait en rien.

Terl se leva. Numph le fixait toujours, les yeux emplis d'effroi.

Terl posa devant lui une pile importante d'ordres de réquisition et d'autorisations.

– Votre signature !

Tous les documents étaient en blanc, non datés. Tous émanaient du Directeur Planétaire lui-même.

Numph voulut dire : « Mais ces ordres sont en blanc. Vous pouvez y mettre n'importe quoi. De l'argent, des machines, des opérations de change et même vous faire transférer loin de la planète ! »

Mais aucun son ne sortit de sa bouche. Et il prit conscience que son cerveau, également, lui refusait tout service.

Terl lui glissa un stylo entre les griffes et, durant

quinze minutes, Numph apposa sa signature sur chaque document, lentement, comme inconscient.

Terl reprit la liasse d'ordres signés. Il n'avait pas l'intention d'en égarer un seul avant qu'ils ne soient tous remplis!

– Pour le plus grand bien de la Compagnie! fit-il en souriant.

Il mit les ordres de réquisition dans une mallette qu'il verrouilla, glissa les preuves concernant Numph dans une grande enveloppe et reprit son appareil.

– Si l'on vous destituait, la carrière d'un employé de valeur serait brisée. Je suis votre ami, mais je désire réduire au minimum les pertes encourues par la Compagnie. J'ai le plaisir de vous assurer que vous n'avez rien à craindre de moi. Il faut me croire. Je suis un fidèle employé de la Compagnie, mais je sais protéger mes amis.

Il s'inclina brièvement et quitta le bureau.

Numph demeura inerte, incapable de la moindre réaction, comme un sac de minerai.

Une seule pensée tournait sans cesse dans sa tête. Le chef de la sécurité était un démon, un démon intouchable qui, désormais, pourrait faire exactement ce qu'il voulait. Numph ne songeait même pas à l'en empêcher. Il était pour toujours en son pouvoir. Il était tellement paralysé, qu'il ne songea pas un instant à prévenir Nipe. Désormais, Terl était le véritable maître sur cette planète et il pourrait agir comme bon lui semblait.

3

La chasse avait été bonne et Jonnie s'en revenait vers le camp.

Au matin, il avait découvert avec tristesse la mine accablée des deux filles. Elles avaient fait de leur mieux pour nettoyer leur cage sordide, mais c'était peu. Elles avaient essayé de lui faire bonne mine quand il leur avait parlé par-dessus les clôtures. Pattie semblait se remettre un peu, mais elle n'avait pas ri quand il lui avait dit – c'était une vieille plaisanterie entre eux deux – qu'elle épouserait bientôt le roi des montagnes. Elle avait éclaté en sanglots l'instant d'après, et Chrissie, qui essayait de la consoler, s'était mise à pleurer à son tour.

Il fallait absolument trouver quelque chose pour les réconforter, ou du moins pour les occuper, se disait Jonnie.

Il était sorti avec les chevaux. Il allait devant sur Fend-le-Vent. Danseuse et le troisième cheval – que l'on appelait Vieux Cochon à cause de l'habitude qu'il avait de grogner – suivaient derrière. Blodgett était en voie de guérison, mais il s'écoulerait encore un certain temps avant qu'il puisse trotter à nouveau.

Jonnie était à la recherche de daims. Lorsqu'elles auraient de la viande à fumer et de la peau à découper et à tanner, les filles oublieraient quelque peu leur malheur.

Il sentit diminuer son amertume et son sentiment de culpabilité tandis qu'il galopait dans la plaine, et le vent de la course balayait son esprit, chassant les sombres pensées qui s'étaient accumulées en lui. Fend-le-Vent était lancé à toute allure et l'illusion de liberté qu'éprouvait Jonnie était grisante. Peut-être existait-il encore un espoir quelque part.

Il avait eu mieux qu'un daim. En suivant le cours d'un arroyo, il s'était trouvé à quelques pas d'une antilope qui, peu de temps après, était ficelée sur Vieux Cochon.

Et moins d'une demi-heure plus tard, il avait rencontré un jeune daim.

A présent que les chevaux étaient lourdement chargés de sa chasse, il était en quête de kinnikinnick, une plante sauvage qui donnait une excellente saveur au gibier. Il était encore trop tôt pour que les baies soient formées, mais les feuilles étaient bonnes.

Son attention fut attirée par un bourdonnement, loin derrière lui. Il s'arrêta pour examiner le ciel. Là-bas, un point grossissait. Se dirigeait-il vers lui ou vers le camp?

La curiosité de Jonnie se changea en inquiétude. L'objet volait très bas, mais pas très vite. Quelle était donc sa cible?

Brusquement, il comprit que c'était lui.

Il se rappelait les avions rangés à l'extérieur du camp. Il y en avait vingt, ramenés par Terl. Ce qu'il voyait, c'était un de ces avions.

Il était à une trentaine de mètres du sol, presque immobile à présent. Le grondement du moteur rendait les chevaux nerveux.

Jonnie stimula Fend-le-Vent et le lança au galop en direction du camp.

L'avion reprit de la vitesse, effectua un virage et piqua droit sur lui.

Il y eut des explosions de terre derrière les sabots des chevaux.

Fend-le-Vent se cabra et tenta de se dérober. Des mottes de terre volèrent autour des chevaux. La tête de Jonnie résonnait douloureusement sous les explosions. Il lança sa monture sur la droite.

Devant lui, la terre parut entrer en éruption sur une longue ligne.

Fend-le-Vent fit un bond de terreur. L'un des chevaux de bât s'enfuit.

Jonnie lança Fend-le-Vent droit vers le nord.

Une fois encore, le sol entra en éruption devant lui.

Il tenta de faire franchir le rideau de poussière à sa monture, mais Fend-le-Vent galopa vers le sud.

Cette fois, l'avion se posa devant eux et leur barra la route.

Fend-le-Vent se cabra, fou de peur, et Jonnie réussit à le maîtriser.

Terl était assis sur le seuil de la porte. Il riait à perdre haleine, ses poings martelant sa poitrine.

Jonnie eut beaucoup de mal à rattraper les deux chevaux de bât. Il mit pied à terre et alla resserrer les liens qui maintenaient en place les deux bêtes qu'il avait abattues.

— Tu avais l'air tellement drôle! dit Terl dans un souffle, tout en réajustant son masque respiratoire.

Les chevaux étaient encore frémissants, les yeux dilatés par la peur. Si les yeux de Jonnie avaient été des fusils-éclateurs, Terl serait mort sur l'instant.

— Je voulais juste te montrer combien il est facile de t'arrêter au cas où tu tenterais de t'échapper. Si je t'avais réellement visé, plutôt que de tirer devant toi, tu ne serais plus qu'un vague brouillard rose!

Jonnie essayait de calmer Fend-le-Vent en lui flattant l'encolure. Il avait attaché les brides des deux autres chevaux à son cou.

– Aujourd'hui, c'est la fête, reprit Terl. Renvoie tes chevaux au camp et monte avec moi.

– Je n'ai pas de masque respiratoire.

– Je te l'ai amené, dit Terl en lui tendant le masque. Allez, monte.

Jonnie, à présent, avait réussi à apaiser Fend-le-Vent. Il se pencha sur l'oreille du cheval et dit simplement :

– Va vers Chrissie.

Fend-le-Vent regarda l'avion puis, comme soulagé, s'élança vers le camp, suivi par les deux autres montures.

Oui, se dit Terl, l'animal parlait le langage des autres animaux.

Jonnie mit son masque et grimpa à bord de l'avion.

4

Très vite, la colère de Jonnie se dissipa : la sensation de voler était à peine croyable !

Il était perdu au fond du siège du copilote et la ceinture qui était censée le maintenir ne se contractait pas suffisamment. Il s'accrochait à une poignée tout en regardant la terre fuir sous lui.

Il était émerveillé. C'était donc ça, être un aigle ? Était-ce vraiment ainsi que le monde apparaissait vu du ciel ?

Le panorama des montagnes de l'ouest se déployait devant eux et, après quelques instants, il réalisa qu'ils étaient plus haut que le Grand Pic qui se dressait là-bas, blanc dans l'air glacé et limpide.

Durant un quart d'heure, il fut totalement fasciné. Ils étaient à près de six mille mètres d'altitude. Il n'avait jamais eu conscience que le monde était si grand ! Ni que l'on pouvait éprouver une telle émotion.

– Tu sais manœuvrer n'importe laquelle des machines de la mine, n'est-ce pas, animal? lui dit Terl. Eh bien, celle-ci n'a rien de différent, si ce n'est qu'elle fonctionne en trois dimensions, et non pas en deux. Les commandes que tu as devant toi sont les mêmes que les miennes. Vas-y, pilote!

Terl ôta brusquement ses pattes des commandes.

L'avion bascula instantanément. Jonnie fut projeté contre la porte. L'appareil tangua, puis entama un plongeon vertigineux vers le sol.

Jonnie n'avait pas prêté la moindre attention à la manière dont Terl se servait des commandes. Il avait devant lui une véritable confusion de boutons et de leviers. Il agrippa la ceinture de sécurité et s'installa afin de mieux atteindre les instruments de bord. Puis il se mit à pianoter sur divers boutons.

L'avion devint fou. Il grimpa à la verticale, tourbillonna. Le sol monta à leur rencontre, puis se déroba.

Le rire de Terl domina le grondement et Jonnie commença à comprendre que la créature avait un peu forcé sur le kerbango. Oui, c'était la fête.

Jonnie rassembla son calme pour se concentrer sur les commandes. Comme pour tout l'équipement psychlo, chaque fonction était indiquée. Certains termes lui étaient inconnus. Mais il repéra un bouton supplémentaire pour chacun de ceux qui lui étaient familiers dans le travail de la mine et comprit alors que cette troisième commande devait correspondre à la troisième dimension.

Son instinct lui disait que la chose la plus importante était de ne surtout pas s'approcher trop près du sol! Il trouva un bouton qui commandait l'altitude et le pressa. L'avion continua de tanguer, mais le sol s'éloigna.

Pour Terl, cela ressemblait trop à une victoire.

– Je reprends les commandes, lança-t-il. Comme pilote, à l'école, j'ai eu mon diplôme avec mention. Regarde comment je vais me poser sur ce nuage!

Droit devant eux, il y avait le sommet d'un nuage ébouriffé. Terl appuya sur quelques boutons et l'appareil s'immobilisa au-dessus de la brume.

– L'ennui, fit Terl, c'est que tu n'as pas regardé ce que je faisais, cervelle de rat! Tu étais bien trop occupé à baver devant le paysage. Mais je pense que si les rats avaient des ailes, ce seraient des oiseaux!

Il rit de sa plaisanterie, se pencha derrière son siège et brandit un bidon de kerbango. Il but une rasade et reprit :

Première leçon. Ne jamais laisser dériver un avion. Il se mettra en vrille et tu auras la cervelle en bouillie. Mais non... (Il éclata de rire.) C'est vrai, j'oubliais... Les rats n'ont pas de cervelle!

Il décolla et dit à Jonnie de répéter la manœuvre d'atterrissage et d'immobilisation. Au troisième essai, Jonnie réussit à ne pas s'enfoncer à moitié dans le nuage.

Puis il dirigea l'avion vers les montagnes. Instantanément – et avec une certaine frayeur, se dit Jonnie – Terl se précipita, écarta ses mains des commandes et fit faire demi-tour à l'avion.

– Pas tant que je suis avec toi, gronda-t-il, son hilarité évanouie.

– Pourquoi pas au-dessus des montagnes? demanda Jonnie.

Terl se renfrogna.

– Quand tu voleras au-dessus des montagnes, fais bien attention à ce que le gaz respiratoire ne fuie pas. Compris?

Jonnie avait compris. En fait, il comprenait tout à coup beaucoup plus de choses que Terl ne le croyait.

– Pourquoi est-ce que tu m'apprends à voler? demanda-t-il, plus pour tenter de distraire Terl de ses pensées que parce qu'il désirait une réponse. Il savait que le Psychlo mentirait. Il ne se trompait pas.

– Tout mineur doit savoir voler, dit Terl, laconique.

Ce qui était faux. Jonnie le savait. Ker savait voler, il en était certain, car il le lui avait dit. Mais il avait ajouté que les autres mineurs ne s'intéressaient qu'à ce qui se passait sous la terre.

Vers le milieu de l'après-midi, ils se posèrent et garèrent l'avion à côté des autres. Jonnie compta : il ne s'était pas trompé. C'était bien le vingtième avion. Terl l'aligna parfaitement au bout de la rangée, mit son masque, ouvrit la porte et poussa Jonnie dehors.

– N'essaie pas de te dire que tu pourrais démarrer

240

une de ces machines. Il faut une clé spéciale pour déverrouiller les ordinateurs. (Il fit danser celle qu'il tenait sous le nez de Jonnie.) Celle-là, je la garde près de la boîte de télécommande. (Il ouvrit la boîte et regarda à l'intérieur.) Bien, tous les contacts sont encore en place. Et pas de faux câbles! (Il se mit à rire.) Elle est bien bonne. Pas de faux câbles!

Jonnie s'éloigna pour rassembler les chevaux. Fend-le-Vent était retourné auprès de Chrissie et les trois montures se tenaient près de la clôture.

Pattie l'appela. Il prit conscience qu'elles avaient dû s'alarmer de voir les chevaux revenir sans lui.

— J'ai une antilope et un daim! lança Jonnie. Je me suis un peu attardé pour trouver du kinnikinnick. Je n'en ai pas beaucoup, mais ça parfumera la viande!

Chrissie était ravie.

— Nous pourrons découper la viande et la fumer, lui dit-elle par-dessus la double clôture. Nous avons suffisamment de cendres et nous pourrons tanner les peaux.

Jonnie se sentit rasséréné.

— Jonnie, dit Pattie, il y a une grande peau de grizzly, ici. C'est toi qui l'as tué?

Oui, lui dit-il, c'était bien lui qui l'avait tué. Mais il se demandait s'il ne s'était pas trompé d'animal.

Plus tard dans la soirée, quand Terl vint pour lui ouvrir la cage, il put donner la viande et les peaux aux deux filles. Il les caressa d'un air rassurant et cacha sa peine en voyant la manière dont les colliers leur blessaient la gorge.

Il ressortit. Terl verrouilla la porte et rétablit le courant.

— Je suis en train de me transformer en dresseur d'animaux, dit-il. En tout cas, je ne me laisse pas avoir par des faux câbles, *moi*!

Avant de s'éloigner, il lança quelques livres à Jonnie.

— Exerce ta cervelle de rat là-dessus, animal. Ce soir. Demain matin, Ker reprendra ton instruction, alors ne t'en va pas chasser le rat.

Jonnie se pencha sur les livres. Il commençait à avoir une vague idée de ce que Terl attendait de lui. Les titres étaient : *Manuel de pilotage à l'usage du débutant* et *La téléportation dans le vol automatique et manuel.* Cet ouvrage était marqué : *Secret. Ne pas distribuer aux races étrangères.* Était-il possible, se demanda Jonnie, que Terl agît à l'écart de la Compagnie ? Si tel était le cas, il était doublement certain qu'il les tuerait, les filles et lui, lorsqu'ils auraient servi ses desseins. Il n'avait certainement pas l'intention de laisser des témoins derrière lui.

5

Jonnie et Ker étaient occupés à transporter des engins et du matériel de forage jusqu'à la « base de défense ». L'ordre était venu de Terl ce même matin.

L'avion-cargo était garé près des appareils de combat, les portes ouvertes, les rampes abaissées.

Un Zzt remarquablement docile cocha sur son cahier de pointage la foreuse que Ker était en train de charger. Puis il releva les rampes et ferma les portes.

Jonnie se sangla dans le siège du copilote tandis que Ker s'installait aux commandes.

Le cargo décolla brusquement et piqua droit sur l'ouest. Ker volait à basse altitude, veillant à garder l'appareil stable pour qu'aucune machine ne soit endommagée.

Jonnie ne regardait plus la terre qui défilait sous eux : ils avaient fait ce court trajet plusieurs fois déjà. Il était fatigué. Depuis une semaine, il s'entraînait au pilotage et étudiait la nuit. Il commençait à en ressentir les effets.

Mais le mal de tête qu'il éprouvait, c'était à cause de la lecture intensive de *La téléportation dans le vol automatique et manuel.* La partie concernant le vol était bien moins intéressante que celle qui se rapportait à la téléportation. Il avait le sentiment que s'il parvenait à tout comprendre, il pourrait échapper au destin qui, un jour ou l'autre, devait être le sien.

Les implications mathématiques du texte lui échappaient complètement. Elles étaient psychlos et d'un niveau bien plus élevé que ce qu'il avait appris jusque-là. Les symboles lui faisaient tourner la tête.

Le livre s'ouvrait sur un chapitre historique très succinct. On y disait simplement en résumé que, cent mille ans auparavant, un physicien psychlo nommé En avait résolu l'énigme. Avant cela, on considérait que la téléportation consistait à transférer matière et énergie dans l'espace, puis à les reconvertir en un autre point, afin qu'elles assument leur forme d'origine. Mais on n'avait jamais réussi à prouver que cela était réalisable. Apparemment, En avait découvert que l'espace pouvait exister en totale indépendance par rapport au temps, à l'énergie et à la masse et que tous ces éléments étaient des entités à part entière. Ce n'était que lorsqu'elles étaient en combinaison qu'elles pouvaient former un univers.

L'espace ne dépendait que de trois coordonnées. Lorsqu'on établissait un nouvel ensemble de coordonnées spatiales, c'était l'espace lui-même qu'on déplaçait. Et toute énergie ou masse contenue dans cet espace se trouvait déplacée du même coup.

Dans le cas d'un moteur tel que celui qui équipait l'avion-cargo, il ne s'agissait que d'un habitacle clos à l'intérieur duquel on pouvait faire varier les coordonnées spatiales. Et lorsque ces coordonnées étaient changées, le volume suivait le déplacement, ce qui fournissait au moteur l'énergie nécessaire. Ce qui expliquait pourquoi ces avions étaient mus par un circuit et non par une poussée dans l'atmosphère. Ils n'avaient ni ailes ni commandes. Des habitacles beaucoup plus petits recevant une série de coordonnées similaires étaient installés dans la queue et de chaque côté, pour permettre à l'appareil de prendre de l'altitude ou de virer. Des séries de coordonnées étaient transmises au fur et à mesure jusqu'au moteur principal et l'avion pouvait ainsi aller en avant ou en arrière suivant l'espace déterminé tour à tour par les coordonnées.

La téléportation à longue distance obéissait au même principe. La matière et l'énergie étaient fixées à l'espace et, lorsque cet espace changeait, elles changeaient aussi. Ainsi l'énergie et la matière semblaient-elles disparaître à un endroit pour reparaître à un autre. Elles ne changeaient pas vraiment. Seul l'espace changeait.

Jonnie comprenait à présent comment la Terre avait

pu être attaquée. Les Psychlos, renseignés sur son existence, sans doute par l'une de leurs nombreuses stations réparties dans l'univers, n'avaient eu qu'à déterminer ses coordonnées.

Ils s'étaient vraisemblablement servis d'une espèce d'enregistreur. Ils l'avaient lancé pour essayer un certain choix de coordonnées, puis ils l'avaient rappelé et examiné les clichés qu'il avait pris. Si l'enregistreur disparaissait, ils savaient alors qu'il s'était retrouvé dans une masse planétaire. Il leur suffisait alors d'essayer de nouvelles coordonnées et de lancer un nouvel enregistreur.

Ils s'y étaient pris de cette façon pour envoyer le gaz empoisonné. Lorsqu'il s'était dissipé, les Psychlos étaient arrivés. Avec leurs armes.

C'était ainsi que la Terre avait été écrasée et conquise. Mais cela ne disait pas à Jonnie comment il pourrait inverser le processus. N'importe quelle station psychlo était à même de téléporter sur Terre de nouvelles cargaisons de gaz ou même une armée au complet. A force de réfléchir à ce problème, il avait des maux de tête.

— Tu n'es pas très bavard, aujourd'hui, remarqua Ker en entamant un cercle au-dessus de l'ancienne base de défense, très lentement, par égard pour le fret et les machines non arrimées. Jonnie fut brusquement arraché à ses préoccupations et montra la caméra accrochée à son cou.

— Ne t'en fais pas, dit Ker à son grand étonnement. Leur portée n'est que de quatre kilomètres.

Il lui montra le revers de la poche de son blouson de travail. Le bouton, marqué du symbole de la Compagnie, était en fait une caméra plus petite encore que celle de Jonnie.

— Pas dix ou plus? demanda Jonnie.

— Non, non! Les mesures de sécurité de la Compagnie sont bien assez pénibles comme ça! Il n'y a pas d'enregistreur dans cet avion. J'ai vérifié. Par toutes les miettes de l'astéroïde, qu'est-ce que nous faisons à trimbaler ces machines jusqu'à la vieille base de défense? (Il regarda vers le sol.) D'ailleurs, ça ne ressemble même pas à une base de défense.

Ce qui était exact. Il n'y avait que quelques bâtiments, pas même un terrain d'atterrissage. Aucun bunker. Çà et là, sur le côté, se dressaient d'étranges séries de choses pointues.

— C'est Terl qui donne les ordres, dit Jonnie, résigné.

— Ça non! J'ai vu les ordres. Ils étaient signés par le chef de la planète. Terl lui-même s'est plaint. Il se demandait si le vieux Numph n'avait pas fait péter les ordinateurs dans sa tête.

Ce qui apportait une nouvelle information à Jonnie. Pas exactement celle à laquelle pensait Ker. Terl était occupé à brouiller les pistes. Et ce projet était bel et bien de lui. Et de lui seul. Tout soudain, Jonnie en éprouvait un malaise.

— Tout ce matériel, ajouta Ker avec un vague mouvement de tête vers l'arrière, est censé être destiné à l'entraînement. Mais à l'entraînement de qui? Ces machines sont en parfait état. Cramponne-toi : on va se poser!

Il pianota sur quelques boutons de la console et l'avion-cargo descendit vers le sol et se posa en douceur.

Ker prit son masque.

— Ça aussi, c'est bizarre. On ne nous fournit pas de réserves de gaz respiratoire. On n'a que ce qui reste à l'intérieur des machines. Tu es le seul qui soit capable de les conduire sans avoir besoin de gaz respiratoire. Mais tu ne vas quand même pas les conduire toutes, non? (Il éclata de rire.) Tu risques d'y laisser ta santé! Allez, viens. On décharge!

Ils passèrent l'heure suivante à aligner les machines sur un terrain découvert, non loin du bâtiment principal. Il y avait des foreuses et des plates-formes volantes, des dérouleurs de câble, des filets à minerai, des pelleteuses et un unique camion de transport. Avec ce qu'ils avaient livré précédemment, il y avait là plus de trente machines, à présent.

— Faisons un tour, proposa Ker. Nous avons été vite. C'est quoi, ce grand bâtiment?

A l'intérieur, ils ne trouvèrent que des pièces, des pièces et encore des pièces. Avec des placards et des couchettes et, quelquefois, des salles d'eau. Ker cherchait à mettre la patte sur quelque chose, mais la neige et le vent qui s'étaient engouffrés par les fenêtres brisées, année après année, n'avaient pas laissé grand-chose. Les débris étaient difficilement identifiables sous l'épaisse couche de poussière.

– On a déjà tout pillé ici, déclara Ker. Allons voir ailleurs.

Il se dirigeait déjà vers l'entrée d'un immeuble voisin. Jonnie vit que c'était une bibliothèque. Mais les Chinkos n'avaient pas été là pour la préserver et ils n'y trouvèrent que des débris. Durant un millénaire, les cafards s'étaient nourris de papier.

Plus loin, ils entrèrent dans une bâtisse curieuse, à demi en ruine, qui autrefois avait eu dix-sept aiguilles – Jonnie les compta – et qui était sans doute une sorte de monument. Ker franchit le seuil. La porte n'était plus là depuis longtemps. Sur le mur, ils virent une croix.

– Qu'est-ce que c'est que ça? demanda le Psychlo.

Jonnie le lui dit, car il savait que c'était une église ainsi qu'une croix religieuse.

– C'est drôle d'avoir mis ça dans une base de défense, commenta Ker. Tu sais, je ne crois pas que c'était vraiment une base de défense. Ça ressemble plutôt à une école.

Jonnie le regarda. Il était possible que le petit Psychlo ait la réputation de n'être pas très malin, mais il était tombé en plein dans le mille. Jonnie n'alla cependant pas jusqu'à lui traduire l'inscription qui apparaissait sur la plupart des panneaux : *Académie de l'Air Force des États-Unis*.

Ils retournèrent lentement jusqu'au cargo.

– Je parie qu'on est en train de monter une école, déclara Ker. Je suis sûr que c'est ça. Mais pour éduquer qui? Sans gaz respiratoire, ça ne doit pas être pour des Psychlos, c'est certain. Remonte les rampes. Jonnie. On fiche le camp d'ici.

Jonnie s'exécuta, mais il ne regarda pas le cockpit. Il regarda autour de lui en quête de bois et d'eau. Il allait sans doute bientôt vivre ici. Oui, il y avait un torrent, tout près, venu d'un des grands pics enneigés. Et avec tous les arbres alentour, il disposerait de suffisamment de bois.

Il s'éloigna et alla regarder la tranchée où les humains avaient pour la dernière fois affronté le Psychlos. L'herbe était haute et ployait sous le vent.

Quand il revint à l'avion, il était profondément troublé.

6

Ce soir-là, quand il ouvrit la cage, Terl avait l'air excité.

– Animal, dis au revoir à tes femelles et à tes chevaux. Demain à l'aube, nous partons pour un long voyage.

Jonnie s'arrêta, avec la brassée de bois qu'il avait apportée.

– Combien de temps?

– Cinq jours, une semaine. Ça dépend. Pourquoi veux-tu savoir?

– Il faut que je leur laisse assez de nourriture... beaucoup de choses.

– Oh, ça... fit Terl, indifférent. Est-ce que je dois rester ici à t'attendre? (Il parut prendre une décision, referma la cage et rétablit le courant.) Je reviendrai plus tard.

Il s'éloigna en hâte.

Eh bien, nous y voilà, se dit Jonnie. Quel autre tour ce démon préparait-il maintenant?

Heureusement, le jour même, il avait eu un jeune taureau bien gras. Il se mit rapidement à la tâche. Il le dépeça et enveloppa deux quartiers dans la peau, puis les posa près de la porte.

– Chrissie! appela-t-il. Rassemble-moi suffisamment de viande fumée pour une semaine. Et réfléchis aussi à ce qu'il vous faudra durant ce temps.

– Tu pars?

Y avait-il une note de panique dans la voix de Chrissie?

– Pas longtemps.

Les deux filles avaient l'air inquiètes. Elles paraissaient tellement perdues ici. Jonnie jura silencieusement.

– Je reviendrai, ajouta-t-il. Occupez-vous de la nourriture.

Il examina la blessure de Blodgett. Le cheval pourrait marcher, mais les déchirures musculaires lui interdiraient de galoper à nouveau.

Le problème que posait la pâture des chevaux était un peu difficile. Il ne voulait pas les mettre en liberté, mais d'un autre côté, il ne pouvait pas envisager de les attacher à un piquet en espérant qu'ils aient de quoi brouter pour une semaine. Il décida de les laisser libres, mais demanda à Pattie de les appeler par-dessus les clôtures deux ou trois fois par jour pour leur parler et elle promit de s'acquitter de ce devoir.

Il prit sa besace, y glissa des silex et du verre à tailler, de l'amadou et divers objets, puis l'attacha à sa ceinture. Ensuite, il prit des vêtements de daim dont il fit un paquet, ainsi que deux bâtons-à-tuer.

Lorsque Terl fut de retour plus tard dans la soirée et qu'il ouvrit la porte de la cage, Jonnie apporta en toute hâte ce dont Chrissie aurait besoin. Elle pourrait fumer le bœuf et travailler sa peau. Cela occuperait les deux filles. Il prit le ballot qu'elle lui avait préparé.

– Tout ira bien, Jonnie? demanda-t-elle.

Il s'efforça de lui sourire.

– Ne t'en fais pas. Mon premier souci sera de revenir. Mets un peu de ce suif sur le cou de Pattie. Cela aidera la cicatrisation.

– Allez, viens! lança Terl avec irritation.

– Que penses-tu de ce verre pour trancher les choses? demanda Jonnie à Chrissie.

– C'est très bien si on ne se coupe pas avec.

– Fais attention en t'en servant, recommanda Jonnie.

– Hé! insista Terl.

Jonnie embrassa Pattie sur la joue.

– Prends bien soin de ta sœur, lui dit-il.

Puis il étreignit Chrissie :

– Surtout ne t'inquiète pas.

– Bon sang de bon sang! Est-ce que tu vas sortir de cette cage, oui ou non? gronda Terl.

La main de Chrissie s'attarda sur son bras. Un instant, leurs doigts se nouèrent, et des larmes coulèrent sur ses joues.

– Fais attention, Jonnie.

Terl poussa Jonnie hors de la cage et claqua violemment la porte. Tandis que Jonnie refermait la clôture de bois, le Psychlo rétablit le courant dans les barreaux de la cage.

– A l'aube, dit-il, je veux que tu sois au terrain, prêt à partir. Avion-cargo quatre-vingt-onze. Mets des vêtements décents et des bottes qui n'empuantissent pas toute la cabine. Amène ta pompe à air et un nombre suffisant de bouteilles, et aussi un masque supplémentaire. Tu as bien compris, animal ?

Il s'éloigna en trottant presque et le sol trembla sous ses pas. Depuis quelque temps, songea Jonnie, Terl était particulièrement occupé.

Plus tard, Jonnie cueillit des fleurs et des baies sauvages dans l'ombre et il essaya de les lancer entre les barreaux de la cage. Mais elles grillèrent sous l'effet du courant électrique et les choses lui parurent soudain plus sombres.

Il alla enfin se coucher, déprimé, persuadé que l'avenir allait être redoutable, sinon fatal.

7

Ils avaient pris l'air et volaient cap au nord-est, gagnant rapidement de l'altitude pour plafonner à plus de quinze mille mètres. Terl était penché sur le tableau de contrôle, silencieux, l'air lointain. Jonnie était assis devant la console de copilote, la ceinture bouclée deux fois autour de sa taille. Son masque était couvert de buée. L'air était de plus en plus froid dans la cabine.

Ils avaient pris du retard parce que Terl avait tenu à vérifier personnellement tous les préparatifs du vol, comme s'il soupçonnait quelque sabotage. L'immatriculation d'origine de l'appareil comportait dix-huit chiffres et se terminait par quatre-vingt-onze. C'était un avion très ancien, rescapé de quelque guerre sur une autre planète, couvert de cicatrices et de bosses. Il avait un compartiment de vol à l'avant, comme n'importe quel avion-cargo, mais il était aussi blindé et équipé de batteries de canon air-air et air-sol.

Le corps principal, vide à présent, était prévu pour emporter, non pas du minerai, mais une troupe d'attaque de cinquante soldats. Il y avait des bancs immenses, des coffres pour le matériel et des râteliers pour les fusils-éclateurs. Tous les hublots étaient blindés. Cela faisait des siècles que l'avion n'avait pas volé et encore moins transporté des troupes.

Jonnie, comprenant que la pression du gaz psychlo ne serait pas maintenue dans le compartiment, avait pensé qu'il pourrait s'y installer, mais Terl l'avait placé d'autorité dans le siège du copilote. Maintenant, il s'en réjouissait. A cette altitude, l'air était ténu et le vent soufflait à travers la cabine en milliers de doigts de glace.

Les montagnes et les plaines se déployaient sous eux. Elles paraissaient presque immobiles, bien que la vitesse de l'appareil fût hypersonique.

Bientôt, Jonnie sut qu'il contemplait le toit du monde. A l'horizon du nord, ils découvraient d'immenses étendues de glace blanche et une mer brumeuse, vert pâle. Ils ne se dirigeaient pas vers le Pôle Nord, mais ils n'en étaient guère éloignés.

L'ordinateur de la console dévidait sans cesse le ruban qui indiquait leurs positions successives. Jonnie le consulta et vit qu'ils s'orientaient un peu plus vers l'est.

– Où allons-nous? demanda-t-il enfin.

Pendant un moment, Terl ne répondit pas. Puis il sortit brusquement une carte de l'Intergalactique Minière d'une poche de son siège et la lança à Jonnie.

– C'est le monde que tu vois, animal. Il est rond.

Jonnie déplia la carte.

– Je sais qu'il est rond. Où allons-nous?

– Eh bien, nous n'allons pas là, dit Terl en pointant une serre vers le nord. Ce n'est que de l'eau, bien que ça ait l'air solide. De la glace. Ne te pose jamais dessus. Tu mourrais gelé.

Jonnie vit que, sur la carte, Terl avait tracé une ligne en rouge. Elle commençait à leur point de départ, traversait un continent puis une grande île, avant d'en atteindre une seconde. C'était une carte minière typique, avec des chiffres et pas un seul nom. Il traduisit mentalement par rapport à ce qu'il avait appris de géographie chinko. En termes anciens, leur route leur faisait survoler le Canada, le nord du Groenland, puis l'Islande, avant d'atteindre le nord de l'Écosse. Sur une carte minière, l'Écosse correspondait au numéro 89-72-13.

Après avoir composé une nouvelle série de coordonnées, Terl mit l'appareil en pilotage automatique et prit un bidon de kerbango derrière son siège. Il remplit le bouchon du bidon et avala le liquide cul-sec.

— Animal, dit-il enfin par-dessus le ronronnement de l'avion, je vais aller recruter cinquante choses-hommes.

— Je croyais qu'il n'y en avait presque plus.

— Si, cervelle de rat. Il en existe encore certains groupes dans des endroits inaccessibles de la planète.

— Et, dit Jonnie, quand nous les aurons pris, nous les ramènerons à la « base de défense ».

Terl le regarda et acquiesça.

— Et pour ça, tu vas m'aider.

— Si je dois t'aider, il vaudrait peut-être mieux que nous discutions de la façon dont nous allons nous y prendre.

Terl haussa les épaules.

— Très simple. Tu vois ce cercle rouge : il y a un village, là, dans les montagnes. Ceci est un avion de combat. Nous allons piquer droit dessus, les paralyser avec les canons-éclateurs, et puis nous sortirons et nous chargerons à bord ceux que nous voudrons.

Jonnie le regarda :

— Non.

D'un ton hostile, Terl commença :

— Tu as promis de...

— Je sais que j'ai promis. Je dis « non » parce que ton plan ne marchera jamais.

— On peut régler ces canons pour paralyser. Ils ne servent pas forcément à tuer.

— Tu ferais peut-être mieux de me dire ce que vont faire ces hommes.

— Eh bien, tu vas leur apprendre à conduire les machines. Je croyais que tu avais au moins compris ça, cervelle de rat. Tu t'es occupé du transport des machines toi-même. Alors, qu'est-ce qui ne va pas, dans mon plan ?

— Ils ne coopéreront pas, dit Jonnie.

Terl plissa le front et réfléchit. C'était vrai qu'il

251

n'aurait pas de moyen de pression sur les choses-hommes.

— Nous leur dirons que s'ils ne collaborent pas, nous tirerons pour de bon sur leur village.

— Je n'en doute pas, fit Jonnie. Puis il regarda Terl avec dégoût et se mit à rire.

Terl fut piqué au vif. Jonnie, à présent, se penchait de nouveau sur la carte. Il vit qu'ils contournaient une exploitation minière située au sud-ouest de l'Angleterre. Il était prêt à parier que Terl allait raser la crête des vagues pour atteindre le nord de l'Écosse.

— Pourquoi ça ne marcherait pas? insista le Psychlo.

— Si c'est moi qui dois les instruire, il vaut mieux me laisser aller les chercher.

Terl eut un rire pareil à un aboiement.

— Écoute-moi, animal : si tu entrais dans ce village, ils te perceraient comme une passoire. Ce serait du suicide! Quelle cervelle de rat!

— Si tu veux que je t'aide, dit Jonnie en montrant la carte, tu te poseras ici, sur cette montagne, et tu me laisseras faire les dix derniers kilomètres à pied.

— Et tu as l'intention de faire quoi?

Jonnie n'entendait pas le lui dire et il répondit :

— Je te ramènerai cinquante hommes.

Terl secoua la tête.

— C'est trop risqué. Je n'ai pas passé toute une année à te former, *toi*, pour tout avoir à recommencer!

Puis il réalisa qu'il venait peut-être d'en dire trop. Il décocha un regard soupçonneux à Jonnie en songeant : l'animal ne doit pas se considérer comme étant important.

— Et puis merde! Très bien, animal. Va en avant et fais-toi tuer. Un animal de plus ou de moins, quelle importance? Où elle est, ta montagne?

Quand ils approchèrent du nord de l'Écosse, Terl fit descendre l'avion au ras des flots. Ils touchèrent bientôt l'eau gris-vert, franchirent une falaise et se posèrent au milieu des arbres et des broussailles pour s'immobiliser enfin sous l'aplomb d'une montagne.

Jonnie avait gagné le pari qu'il avait fait avec lui-même : Terl avait bel et bien évité l'exploitation minière qui se trouvait au sud.

Jonnie prit pied dans un paysage différent.

La montagne dénudée et les broussailles rêches paraissaient baigner dans une brume douce. Tous les contours étaient estompés, teintés de bleu pâle. L'endroit semblait très beau, mais les gorges étaient sombres et les sommets apparemment inaccessibles. Toute cette douceur alentour semblait dissimuler quelque secret redoutable. Jamais jusqu'à présent il n'avait eu conscience que, quelque part, pouvait exister une région aussi différente des fières montagnes qu'il avait toujours connues.

Il avait revêtu son vêtement de peau et passé un bâton-à-tuer dans sa ceinture.

— C'est à une dizaine de kilomètres, lui dit Terl en désignant le sud. Le terrain est particulièrement accidenté. N'essaie pas de t'imaginer que tu vas pouvoir t'enfuir. Entre toi et ton pays, il y a un océan et un continent. Tu ne pourrais jamais retourner chez toi.

Il prit la boîte de contrôle et la posa sur le siège derrière lui. Il la montra à Jonnie.

— Demain matin, dit Jonnie sans se démonter, il se pourrait bien que je sois de retour pour te ramener au village, alors ne bouge pas.

— Demain, à midi, dit Terl, je descendrai et je prendrai cinquante hommes. A ma manière. Si tu es encore en vie, mets-toi à l'abri pour échapper au rayon paralysant des éclateurs. Maudit imbécile!

— A demain matin! lança Jonnie en s'éloignant.

— Au revoir, cervelle de rat!

Jonnie découvrit une vaste piste qui allait vers le sud et, tantôt marchant, tantôt courant, il se fraya un chemin à travers les ravins, les fourrés et les cailloux.

Pour ce qui était de la chasse, la région ne semblait pas très prometteuse. Il ne leva pas le moindre daim, mais releva de vieilles traces. Il ne voyait guère d'herbes à brouter. Au loin, sur le versant d'une montagne, il crut distinguer quelques moutons. Mais à pareille distance, les bêtes n'étaient qu'un petit nuage clair.

Devant lui, entre les broussailles, il vit briller de l'eau et escalada le lit d'un ravin pour essayer d'avoir un meilleur aperçu des alentours. Oui, c'était bien un plan d'eau, à quelque distance de là. Il redescendit en courant vers la piste qu'il avait suivie jusqu'alors.

Brusquement, trois épieux jaillirent du couvert. Il s'arrêta net. Lentement, très lentement, il leva les mains, présentant ses paumes vides.

Une voix sifflante, à l'accent guttural, dit :

– Prenez-lui son bâton. Faites vite !

L'un des épieux s'abaissa et un jeune homme costaud, à la barbe noire, s'avança et, avec un geste craintif, arracha le bâton de la ceinture de Jonnie. Puis il passa derrière lui et le poussa. Les autres épieux s'écartèrent.

– Y fait le bravache, hein, dit la voix sifflante. Le laissez pas partir.

Ils gagnèrent une petite clairière et Jonnie put enfin les voir. Ils étaient quatre : deux hommes bruns aux yeux noirs, un blond aux yeux bleus plus grand que les autres et un vieil homme qui semblait être le chef.

Ils étaient vêtus de peaux et d'étoffes tissées. Ils portaient des jupes qui leur arrivaient au genou, faites d'un tissu d'aspect rude. Ils étaient tous coiffés de bonnets.

– C'est un d'ces voleurs d'Orkney, dit l'un d'eux.

– Non, j'connais les Orkney.

– Ça se pourrait qu'il soit suédois, remarqua le blond. Mais non. Il n'est pas habillé comme.

– Arrêtez le bavardage, dit le plus vieux. Regardez dans sa besace. Ça s'pourrait qu'on y trouve la réponse.

Jonnie se mit à rire.

– La réponse, je peux vous la donner.

Ils furent aussitôt sur la défense. Puis l'un des deux hommes bruns s'avança et vint l'examiner sous le nez.

– C'est un Sassenach ! Vous avez entendu l'accent.

Le vieux l'écarta d'un geste impatient.

– Nan. Les Sassenach sont morts depuis des siècles. Sauf ceux qui vivent chez nous.

– Allons jusqu'à votre village, proposa Jonnie. Je suis un messager.

– Ah ! s'exclama l'autre homme à la barbe noire. Le clan des Argyll ! Ils veulent conclure la paix !

Le vieux intervint à nouveau :

– Nan, nan, nan... Il ne porte pas leur plaid. (Il se planta devant Jonnie.) Et tu es messager de qui ?

– Quand je vous le dirai, vous n'en reviendrez pas, dit Jonnie. Allons plutôt jusqu'à votre village. Mon message est destiné à votre maire ou à votre pasteur.

– Ah, c'est un pasteur que nous avons. Mais tu dois vouloir dire le chef de clan, Fearghus ! Mettez-vous derrière lui, les gars, et faites-le avancer.

9

Le village s'étalait sur le rivage d'un lac que les hommes appelaient le Loch Shin. Il en émanait une impression de provisoire, comme si ses habitants étaient prêts à tout moment à rassembler leurs biens pour fuir vers la montagne. Des poissons étaient accrochés sur une multitude de séchoirs. Derrière les murs en ruine, des enfants les épiaient. Quand ils pénétrèrent dans le village, Jonnie ne vit pas grand monde, mais il sentit pourtant le poids de nombreux regards.

Ici également, la brume adoucissait les contours du paysage. Les eaux du loch étaient vastes et paisibles dans le jour tranquille.

Ils mirent Jonnie dans la pièce de devant de l'unique maison de pierre qu'il ait aperçue. Le vieil homme le laissa et entra dans une autre pièce. Jonnie attendit. Il entendait des murmures. Un enfant l'épiait, à demi caché derrière un rideau bleu en lambeaux. Ses yeux bleus avaient un regard intense. Jonnie lui fit signe de s'approcher et il disparut tandis que le rideau retombait.

La maison avait de toute évidence une autre porte, et Jonnie l'entendit s'ouvrir et se refermer plusieurs fois. Le murmure des voix s'était fait plus fort. D'autres personnes étaient arrivées.

Finalement, le vieil homme réapparut.

– Y va t' voir maintenant, dit-il en montrant la salle intérieure.

255

Jonnie entra. Huit hommes étaient assemblés, assis contre le mur. Ils avaient tous des épieux ou des bâtons. Certains les tenaient à la main.

Un personnage vigoureux, aux cheveux et à la barbe noirs, se tenait dans un grand fauteuil, près du mur du fond. Il portait une jupe courte qui révélait des genoux osseux et des jambes musculeuses. Il arborait une paire de bretelles blanches qui se croisaient sur son torse, fixées par un grand insigne d'argent. Il était coiffé d'un bonnet posé très droit sur sa tête et tenait une épée ancienne, à lame large, posée sur ses genoux. Jonnie sut qu'il avait devant lui le chef du clan, Fearghus.

Fearghus promena son regard sur les huit membres de son conseil, s'assurant qu'ils étaient tous attentifs, puis reporta son attention sur le nouveau venu.

— Un messager... dit-il. De qui ?

— Vous n'avez pas eu d'ennuis avec les monstres ? demanda Jonnie.

Un frisson courut parmi les membres de l'assemblée.

— Je pense que tu parles des démons, dit Fearghus.

— Pourriez-vous me parler des ennuis que vous avez eus ?

Cette question souleva une certaine effervescence. Fearghus leva la main en un geste impérieux et rétablit le silence.

— Jeune homme, étant donné que tu ne déclines pas ton nom, que tu prétends être un messager, bien que tu n'aies pas dit qui t'envoyait — encore que je suppose que tu nous en feras part le moment venu — je te ferai la courtoisie de répondre à ta question.

Jonnie, à travers l'accent marqué, suivait parfaitement le discours du chef de clan. Il parlait avec sa gorge et tous les mots étaient hachés.

— Depuis les jours mythiques, reprit Fearghus, nous n'avons eu que des ennuis avec les démons. Les légendes rapportent qu'ils ont fait se lever un nuage au-dessus de la terre et que tous les peuples périrent, que seuls quelques-uns survécurent. J'ai la certitude que tu n'ignores rien de ces mythes, puisqu'ils sont religieux et que tu me sembles être un homme courtois et religieux.

Nul homme n'oserait vivre au sud d'ici. Il existe une

forteresse des démons à mille kilomètres au sud-ouest. Parfois, ils font des sorties et chassent les hommes. Ils les tuent sans raison ni pitié.

Tu nous a trouvés dans ce village de pêche, car les poissons abondent. Nous demeurons ici et nous courons des risques. Dès que nous aurons un peu de nourriture, nous nous retirerons plus loin dans les Highlands. Nous avons toujours été un peuple fier, nous autres du clan Fearghus. Mais aucun d'entre nous ne saurait affronter les démons. Et à présent que je t'ai répondu, poursuis, je t'en prie...

– Je suis ici, dit Jonnie, pour recruter cinquante jeunes hommes vaillants. On leur enseignera certains talents afin d'accomplir certaines tâches. Ce sera dangereux. Nombreux sont ceux qui risquent d'y perdre la vie. Mais à la fin, si nous persistons et si Dieu nous accorde la réussite, nous arriverons peut-être à vaincre les démons et à les chasser de notre monde.

Il provoqua une explosion. Lorsque le chef leur avait récité les anciennes légendes, les membres du Conseil avaient été remplis de crainte et ils avaient conservé le silence. Mais à la simple idée que quiconque pût combattre les démons, ils étaient outrés.

Et ils le manifestaient.

Jonnie demeura imperturbable jusqu'à ce que le chef frappe le bras de son fauteuil avec le pommeau de son épée. Fearghus regarda l'un des membres de son Conseil.

– Angus, tu souhaites t'exprimer?

– Aye! Une autre légende dit que, il y a bien longtemps, lorsque les Scots étaient des milliers, une grande croisade déferla sur le sud et fut écrasée.

– C'était bien avant le temps des démons! lança une autre voix.

– Personne n'a jamais combattu les démons!

Un homme aux cheveux grisonnants s'avança et le chef le salua comme étant Robert le Renard.

– J'avoue, fit-il, que cette cause est valable. Dans les Highlands, nous courons à la famine. Et nos moutons n'ont que de maigres pâtures. Nous n'osons plus labourer et semer ainsi que le faisaient nos ancêtres dans les glens rocailleux, parce que les légendes nous ont enseigné que les démons ont des yeux et qu'ils peuvent voler dans les airs. Certains disent même que l'étrange cylindre de métal qui passe au-dessus de nos têtes certains jours est lui-même un démon.

Mais je dis aussi, poursuivit-il, que cet étranger, vêtu de ce que je pense être des peaux de daims, qui est donc chasseur, qui tient des discours avec un bizarre accent, qui sourit et sait se montrer courtois, qui n'est pas de ceux d'Argyll, a exprimé une idée que jamais, durant ma longue existence, je n'ai entendue. Ses paroles apportent à l'esprit une vision soudaine. Et qu'il puisse nous offrir une vision si hardie, si audacieuse, prouve en un certain sens qu'il doit être Scot! Je recommande que nous l'écoutions.

Ayant dit, il se rassit.

Fearghus réfléchissait.

– Nous ne pouvons laisser partir tous nos jeunes hommes. Il en faudrait certains des Campbell, d'autres des Glencannon. Mais ne nous inquiétons pas à ce propos. Étranger, tu ne nous a pas encore dit ton nom, ni qui t'envoie...

Jonnie sut que le moment était venu.

– Je me nomme Jonnie Goodboy Tyler. Je viens d'Amérique...

Les murmures se déchaînèrent. Puis Robert le Renard déclara :

– Les légendes disent que c'était une terre où les anciens Scots se sont rendus en grand nombre.

– Ainsi donc, c'est un Scot, dit un autre membre du Conseil.

Le chef leva encore une fois la main pour imposer le silence.

– Cela ne nous dit toujours pas de qui tu es le messager.

Jonnie s'efforçait de paraître calme. Mais il ne l'était pas.

– Je suis le messager de l'humanité. Nous devons agir avant que notre race soit à jamais éteinte.

Il perçut chez certains une trace de crainte respectueuse, chez d'autres une ombre de doute.

Le chef se pencha vers lui :

– Mais comment es-tu arrivé jusqu'ici?

– J'ai volé.

Fearghus et les hommes de l'assemblée s'appesantirent sur cette réponse. Puis le chef demanda en plissant le front :

– De nos jours, seuls les démons peuvent voler. Comment es-tu donc venu depuis l'Amérique?

– J'ai un démon qui m'appartient, dit Jonnie.

10

Il fallait absolument qu'il rejoigne Terl avant que le monstre ne décide de prendre les airs et de détruire le village. Le soleil se rapprochait trop vite du zénith.

Jonnie suivait à nouveau la piste, escaladant le flanc d'une colline, le cœur battant la chamade. Les buissons lui giflaient le visage au passage et les cailloux roulaient sous ses pieds.

La nuit avait été particulièrement agitée et la matinée laborieuse.

Le chef de clan avait dépêché des coureurs et des cavaliers à travers les Highlands pour appeler les autres chefs au rassemblement. Ils étaient venus des glens les plus lointains, de grottes cachées au plus profond des montagnes. Tous portaient la barbe et un kilt. Ils étaient méfiants, soupçonneux. Pour la plupart, ils étaient encore ennemis.

Les chefs des MacDougal, des Glencannon, des Campbell étaient là, ainsi que bien d'autres. Même le chef du clan des Argyll était venu. Et le lord anglais d'un groupe lointain qui vivait dans les collines. Le roi d'une colonie nordique de la côte était arrivé après tous les autres.

C'est après minuit que Jonnie avait pu s'adresser à tous.

Il mit les choses au point. Il expliqua que Terl avait ses plans personnels qui n'avaient rien à voir avec ceux de la Compagnie et qu'il se servait de son pouvoir pour accomplir ses ambitions. Il leur dit que Terl avait fait le projet de l'utiliser lui, Jonnie, et, à travers lui, d'atteindre d'autres hommes afin de mener à bien son projet. Et il ajouta qu'il était probable que Terl était décidé à exterminer la plupart d'entre eux quand il en aurait fini.

Tout en s'exprimant devant ces visages attentifs dans

la clarté vacillante du feu, Jonnie prit conscience que les Scots devaient avoir une prédilection pour la ruse. Car lorsqu'il leur dit qu'il existait une chance d'inverser les rôles et d'utiliser Terl à leur profit, les chefs acquiescèrent en souriant et une expression nouvelle, empreinte d'espérance, apparut sur leur visage.

Mais quand il leur parla de Chrissie que l'on détenait en otage pour s'assurer sa soumission et de son projet de la sauver, ils lui furent vraiment acquis. Un fond de romantisme restait en eux, qui avait survécu à toutes les défaites, à toutes les humiliations. C'était avec leur esprit qu'ils approuvaient l'objectif lointain décrit par Jonnie, mais c'est avec leur cœur qu'ils se dressèrent, prêts à voler au secours de Chrissie. A quoi ressemblait-elle? Des yeux noirs et des cheveux soyeux, blonds comme les blés. Et son corps? Elle était belle, séduisante. Que pensait-elle, à cette heure? Elle était terrassée par le désespoir et n'osait imaginer qu'on pût venir la sauver. Le collier les révolta et ils crièrent leur dégoût quand Jonnie leur parla de la laisse. Ils furent plus violents encore quand il leur raconta la cage et ils brandirent leurs armes dans la clarté des flammes. Ils se lancèrent dans des discours véhéments et citèrent les anciennes légendes.

Des feux avaient été allumés dans les collines pour signaler que les chefs de clans étaient conviés à un rassemblement. Ils brûlèrent jusqu'à l'aube, comme un présage de terre.

La rencontre devrait avoir lieu dans une prairie et tous les clans devraient être présents à l'heure de midi.

La cérémonie, les présentations et les questions avaient accaparé Jonnie au-delà de onze heures du matin et il éprouva un choc en constatant qu'il ne lui restait que très peu de temps pour rejoindre l'avion et empêcher Terl de commettre une folie qui ruinerait leur avenir.

Jonnie, épuisé, une douleur aiguë au flanc, suivait la piste raide et sinueuse en courant. Il osait à peine s'arrêter pour regarder le soleil. Il ne savait pas avec certitude si Terl calculait l'heure par rapport à une horloge ou à la position des astres. A tout instant, il redoutait d'entendre le ronronnement de l'avion lancé vers le village pour sa mission de mort.

Près de dix kilomètres à flanc de colline! Et sur une piste à peine tracée.

Devant lui, il entendit le moteur qui démarrait. Il était presque arrivé. Il courut encore plus vite à travers les fourrés et atteignit le plateau. L'avion allait décoller.

Il cria en agitant les bras et se précipita au-devant de lui. S'il ne parvenait pas à l'arrêter, tout ce qu'il avait accompli n'aurait servi à rien.

L'avion s'arracha du sol et pivota en direction du village.

Jonnie leva son bâton et le lança sur le fuselage pour essayer d'attirer l'attention de Terl.

L'avion se reposa. Jonnie s'effondra sur le sol, luttant pour aspirer de l'air dans ses poumons douloureux. Le ronronnement du moteur s'éteignit et Terl ouvrit la porte.

— Est-ce qu'ils te poursuivent? demanda-t-il derrière son masque. Allez, monte, animal. Nous allons appliquer un plan bien meilleur.

— Non, souffla Jonnie, haletant, en grimpant dans le siège. Ses pieds étaient meurtris et il les examina.

— Tout est réglé.

— Toute la nuit, j'ai vu brûler des feux sur les collines, fit Terl, moqueur. J'étais certain qu'ils étaient en train de te faire rôtir pour leur festin.

— Non, dit Jonnie, ils avaient allumé ces feux pour rassembler les candidats pour le groupe de travail.

Visiblement, Terl ne croyait pas que cela fût possible.

— Il faudra être très prudent, dit Jonnie.

Sur ce point, Terl ne pouvait qu'être d'accord.

— Ils vont se rassembler dans une prairie à environ six kilomètres d'ici.

— Ah, tu as réussi à les faire se regrouper pour que je puisse mieux les voir.

— Écoute, Terl, nous ne réussirons que si nous nous y prenons bien.

— Tu m'as l'air très essoufflé. Tu es sûr qu'ils ne te poursuivent pas?

Jonnie jeta violemment un de ses mocassins à terre.

— Bon sang! Tout est arrangé! Il ne nous reste plus qu'à finir le travail. Ils seront des centaines dans cette prairie. Je veux que tu te poses en bordure. Tout en haut. Je te montrerai. Ensuite, tu devras rester assis devant la porte de l'avion et ne rien faire, absolument rien. Tu resteras assis, c'est tout. Je choisirai les candidats. Ensuite, nous les ferons monter à bord et nous décollerons demain matin.

– Tu me donnes des *ordres*? aboya Terl.

– C'est comme ça que ça a été prévu. (Jonnie remit ses mocassins.) Tu devras rester assis devant la porte. Comme ça, tu pourras t'assurer que tout se passe bien.

– Je comprends, fit le Psychlo en souriant brusquement. Tu veux que je me montre pour les effrayer et qu'ils restent dociles!

– Exactement. Alors, on y va?

11

Aussi loin qu'il se souvînt, dit Robert le Renard, ils n'avaient jamais été si nombreux.

Il y avait là plus de mille Écossais, des Anglais et quelques Scandinaves, tous rassemblés dans la grande prairie. Ils avaient apporté des vivres et de la boisson. Et des armes également, en cas de besoin. Ainsi que leurs cornemuses dont les notes aiguës s'élevaient au-dessus du panorama bigarré des groupes bavards, des kilts, des poneys et de la fumée des feux.

Il y eut un grand mouvement quand l'avion se posa sur le petit tertre qui dominait la prairie. Mais, suivant les instructions de Jonnie, les chefs de clans avaient mis leurs hommes au courant. Aussi il n'y eut aucune panique apparente quand la silhouette colossale de Terl apparut à la porte. Néanmoins, les hommes conservèrent un espace suffisant entre les premiers rangs et l'avion. La peur évidente que Terl lisait sur certains visages confirmait que l'animal ne s'était pas trompé : sa présence était nécessaire pour les impressionner.

Jonnie le surveillait du coin de l'œil. Il n'était pas certain que le sadisme inhérent de Terl ne pût créer un incident à tout moment.

Dans la foule, on comptait au moins cinq cents jeunes gens. Ils commencèrent à se rassembler et formèrent bientôt un groupe compact.

Jonnie les dominait, assis sur un cheval que lui avait prêté le chef des Glencannon. La bride et la selle ne lui posaient aucun problème. C'était la première fois qu'il en voyait, et le cavalier accompli qu'il était les trouva plutôt inutiles.

Les chefs de clans se tenaient debout devant les jeunes gens. Les joueurs de cornemuse étaient un peu à l'écart. Quelques femmes, jeunes ou vieilles, se tenaient avec les plus âgés des hommes sur un talus qui dominait la prairie. Des enfants couraient entre les jambes des hommes.

Jonnie s'apprêta à parler. Il savait que chacun de ceux qui étaient là avait été mis au courant de ce qui se préparait. Sa tâche était facilitée par le haut niveau de culture de ces gens. Ils n'avaient rien oublié de l'art de la lecture et de l'écriture et ils connaissaient très bien l'histoire, surtout grâce à leurs légendes et à leurs mythes.

— Vous savez tous pourquoi je suis ici. J'ai besoin de cinquante jeunes gens capables, forts et décidés, pour commencer une croisade afin de débarrasser le monde de ce démon que vous voyez là-bas et qui ne parle ni ne comprend notre langue. Quand je vous dirai de le regarder et de reculer comme si vous aviez peur, faites-le.

— Ch'peur de rian! lança un jeune homme.

— Fais-le quand même, lorsque je te le dirai. Nous savons tous que tu n'as pas peur. D'accord?

Le jeune homme acquiesça.

— Je crois qu'il est nécessaire que je vous décrive le caractère de ce démon afin que vous puissiez m'aider. Il est sournois, sadique, méchant et tricheur. Il ment délibérément, même lorsque la vérité le servirait mieux. Quand je pointerai le doigt vers lui, prenez l'air terrifié et reculez.

Il tendit brusquement le doigt. Et la foule, d'un seul mouvement, tourna la tête vers Terl, immobile sur le seuil de l'avion, et recula.

Derrière son masque, Terl sourit. C'était parfait.

— La compagnie minière qui a conquis cette planète, il y a bien des âges, dispose d'une technologie et d'un matériel qui dépassent largement ce dont les hommes disposent. Des avions qui volent dans les airs, des machines qui creusent la terre, des fusils et des gaz qui peuvent détruire des villes entières. L'homme a été dépouillé de cette planète par ces créatures. Ceux qui seront volontaires pour venir avec moi apprendront à se servir des outils, à voler dans ces avions et à manier les fusils!

Les chances ne sont pas en notre faveur. Beaucoup d'entre nous mourront peut-être avant que nous ayons réussi.

Notre race est de moins en moins nombreuse. Dans les années qui viennent, il se pourrait que nous n'existions plus. Mais même si les risques sont grands, au moins, nous pourrons nous dire que nous avons su saisir notre chance et que nous avons *essayé*.

Un concert assourdissant de cris d'enthousiasme s'éleva de la foule et les cornemuses firent entendre leurs accords stridents tandis que battaient des tambours.

Par-dessus le brouhaha, Jonnie cria :

– Je veux cinquante volontaires!

Toutes les mains se levèrent. Pas seulement celles des cinq cents jeunes gens.

Quand il put à nouveau se faire entendre par-dessus les cornemuses et les cris, Jonnie annonça qu'ils allaient procéder à une série d'épreuves durant l'après-midi. Puis il descendit de cheval tandis que les chefs se tournaient vers les hommes de leurs clans respectifs pour commencer les préparatifs.

– MacTyler! s'exclama le vieil homme qui avait capturé Jonnie, tu es un vrai Écossais!

Et Jonnie, tout en aidant à clamer l'effervescence avant de passer aux épreuves, s'aperçut ainsi que son nom était devenu *Mac*Tyler. Certains discutaient même avec ardeur pour décider à quel clan les ancêtres de Jonnie avaient pu appartenir. On décida à la fin qu'il y avait eu des MacTyler dans la plupart des clans avant qu'ils ne partent pour l'Amérique.

Le seul problème avec les épreuves, c'était de parvenir à disqualifier quelqu'un. Jonnie fit venir les jeunes hommes. L'un après l'autre, il les fit marcher en ligne droite, les yeux clos, afin de s'assurer que leur sens de l'équilibre était bon. Puis il les fit courir sur une certaine distance afin de vérifier leur souffle. Ensuite, il s'assura de l'état de leur vue en leur demandant d'identifier des lettres à plusieurs mètres de distance. Deux ou trois Scandinaves seulement avaient à peu près sa taille, mais les barbes blondes et les barbes noires semblaient en nombre égal. Jonnie se dit que les réfugiés de Scandinavie et du sud de l'Europe, et même d'Irlande, avaient apporté leur sang au fil des siècles. Mais le cœur profond des Highlands n'avait pas changé. Durant des milliers d'années, il avait résisté à toutes les intrusions, à toutes les défaites.

Les hommes commençaient à en avoir assez des épreuves. Ceux qui perdaient se plaignaient et des rixes éclatèrent. Les chefs organisèrent des compétitions de leur côté pour rétablir le calme.

Les épreuves se poursuivirent dans la nuit et elles s'achevèrent dans la clarté des feux.

Jonnie ne se retrouva pas avec cinquante hommes, en fin de compte, mais avec quatre-vingt-trois. Par diplomatie, il demanda aux chefs de clans de désigner un de leurs aînés comme représentant, un homme qui aurait toute leur confiance. Ils choisirent Robert le Renard : c'était un vétéran qui avait participé à de nombreux raids et qui était très éduqué. Cela ferait cinquante et un.

Il semblait inconvenant de ne pas avoir de joueurs de cornemuse et deux d'entre eux furent choisis. Ils demandèrent alors qu'on leur adjoigne un tambour et ils en eurent un. Cela faisait maintenant cinquante-quatre.

C'est alors que certaines des femmes parmi les plus âgées se frayèrent un chemin jusqu'au dernier rang et demandèrent qui allait raccommoder les kilts déchirés, gratter les peaux, sécher le poisson, soigner les blessés et cuisiner ? Jonnie se retrouva donc avec de nouvelles discussions et élections, puis avec cinq veuves d'âge indéterminé, mais dont les talents étaient attestés par tous. Ce qui faisait cinquante-neuf.

Comme on avait dit aux chefs que des études étaient prévues, Jonnie se retrouva confronté à un instituteur de petite taille mais particulièrement déterminé qui prétendait qu'avec un bâton de fer, il saurait enseigner à des jeunes hommes qui n'avaient d'appétit que pour la chasse et les femmes. Et les chefs déclarèrent que lui aussi devait être du voyage. Ce qui faisait soixante.

Mais la question des morts avait mis en éveil trois pasteurs de l'assemblée. Qui prendrait soin de l'âme de ces jeunes gens? Et aussi, qui leur apprendrait le respect? Une nouvelle querelle éclata donc pour savoir lequel des trois partirait et le plus chanceux tira la paille la plus longue. Le compte en était à soixante et un.

Jonnie devait penser à son propre plan. Tous ceux qu'il avait sélectionnés étaient de brillants sujets. Mais il avait besoin de trois hommes encore plus brillants, de sa taille et de son gabarit, capables d'apprendre rapidement le psychlo et qui, à une certaine distance et en misant sur de mauvaises communications radio, pourraient lui ressembler vaguement. Il en découvrit une douzaine et demanda alors aux chefs, à l'instituteur et aux prêtres quels étaient les esprits les plus vifs. Ils en nommèrent trois. Ce qui fit soixante-quatre.

Un vieil intellectuel s'avança alors. Il déplorait le fait que nul n'écrirait l'histoire qui allait devenir une légende. Il apparut qu'il était le doyen de la chaire de littérature de quelque université clandestine qui avait survécu au long des siècles. Il prétendait qu'il avait deux personnes pour le remplacer à l'école et que, vu son grand âge et sa santé déclinante, il n'en avait plus pour très longtemps. En conséquence, MacTyler ne devait pas le rejeter. Robert le Grand, quant à lui, pensait que sa présence serait tout à fait nécessaire. Ce qui fit soixante-cinq.

Durant les épreuves que les chefs avaient organisées de leur côté, dix-huit vainqueurs incontestables s'étaient imposés et, quand il fut évident que cela allait se régler dans le sang, Jonnie dut céder. Et il en arriva ainsi à quatre-vingt-trois.

Il réveilla Terl qui marchait au kerbango depuis la tombée de la nuit et qui s'était écroulé comme une montagne de chair entre les deux sièges de l'avion.

– Nous en avons quatre-vingt-trois, dit-il. Cet appareil peut emporter cinquante Psychlos, et quatre-vingt-trois humains n'occuperont pas autant d'espace et pèseront moins. Je voudrais m'assurer que tu n'as aucune objection à formuler.

Terl était dans le brouillard, tombant de sommeil.

– Dans un tel projet, le taux des pertes est élevé. De

plus, il faudra qu'ils aient l'air de s'entraîner tout cet hiver, alors qu'en fait ils travailleront. L'excédent est donc bienvenu. Pourquoi me réveilles-tu pour une question aussi stupide, animal?

Ayant dit, il se rendormit. Jonnie venait de lui arracher du même coup un nouveau fragment de son plan. Jusqu'alors, il n'avait pas disposé de renseignements sérieux sur les plans de Terl. Il eut une pensée reconnaissante pour le kerbango en s'éloignant.

Il demanda à l'historien de lui dresser une liste des Angus, des Duncan et de toute la parade de leurs noms, puis il les envoya dans la nuit vers leurs foyers afin qu'ils rassemblent des vêtements chauds et légers, des couvertures, des affaires personnelles et quelques jours de vivres pour leur permettre d'attendre qu'il ait rassemblé du bétail. Il leur demanda d'être de retour à l'aube. Certains empruntèrent des chevaux, car parfois le chemin était long.

Il eut une ultime réunion avec les chefs.

– Nous avons fait un grand tumulte ici, dans les Highlands, et quoique l'exploitation locale soit à mille kilomètres, il serait plus prudent que vos gens se tiennent tranquilles et ne se livrent à aucune démonstration dans l'année qui vient.

Le lord anglais pensa que l'idée était sage et les chefs approuvèrent de même.

– Il est fort possible que nos courions à l'échec, reprit Jonnie. Il se peut que tous soient tués et que je ne vous revoie jamais.

Ils ne voulurent pas l'entendre. Les hommes braves savaient affronter la mort, n'est-ce pas? Et ils n'en garderaient pas rancune à MacTyler. Le pire eût été de ne pas saisir cette chance. C'eût été autrement impardonnable.

Dans la nuit glacée, Jonnie s'adressa à tous ceux qui n'avaient pas été choisis, certain qu'ils étaient désappointés. Mais il s'aperçut que leurs chefs leur avaient dit que, lorsque la mission aurait réussi, ils feraient partie du corps de secours qui aurait pour charge de remettre de l'ordre en Angleterre, comme en Scandinavie, en Russie, en Afrique ou en Chine. D'ores et déjà, ils allaient étudier, s'entraîner et dresser des plans. Tous étaient pleins d'enthousiasme.

C'est Fearghus qui, très sereinement, décrivit tout

cela à Jonnie. Bien entendu, ils se serviraient d'un système de clans.

Mon Dieu! songea Jonnie. Ces Écossais voient grand!

– Ne t'en fais pas, MacTyler. Nous sommes avec toi!

Jonnie, épuisé, s'étendit sous le fuselage de l'avion-cargo, s'enroula dans une couverture de laine aux couleurs du tartan du clan Fearghus et sombra dans le sommeil, plein d'espoir. Pour la première fois depuis la mort de son père, il ne se sentait pas seul.

SEPTIÈME PARTIE

1

Le premier ennui vint de Terl. Après sa beuverie en solo, il avait une sérieuse gueule de bois et toutes les allées et venues et le retard qu'ils avaient pris l'avaient amené au bord de la colère.

Aux premières lueurs du jour, Jonnie commença l'embarquement des hommes au fur et à mesure qu'ils revenaient, seuls ou en groupes. La foule, dans la prairie, ne s'était pas encore dispersée. Tous avaient dormi auprès des feux, car personne ne voulait manquer le départ. D'autres Écossais étaient arrivés qui avaient manqué le grand rassemblement des clans, soit parce qu'ils venaient de très lointains villages, soit parce qu'ils étaient infirmes, et il y avait maintenant deux fois plus de monde.

Jonnie leur montra comment installer leurs affaires personnelles dans les coffres de matériel militaire et leur apprit à se sangler dans les sièges, deux par deux, en serrant leur boucle. Il venait d'installer six hommes, lorsque deux d'entre eux se levèrent pour montrer aux nouveaux venus où ranger leurs affaires et comment s'installer.

Certains s'excusaient d'avoir amené de si maigres provisions, mais, disaient-ils, les temps étaient durs et il devenait de plus en plus difficile de chasser dans les Lowlands. D'autres pensaient que, peut-être, ils en avaient apporté trop, mais on ne savait jamais, pas vrai ?

D'autres encore arrivèrent en retard, à bout de souffle, et l'historien cocha leurs noms avec une mine inquiète.

Les femmes débarquèrent dans un fracas de marmites et le pasteur arriva en poussant devant lui un petit tonnelet : au cas où quelqu'un viendrait à être malade, expliqua-t-il. Jonnie l'attacha solidement, intrigué : jamais encore il n'avait vu de whisky.

Le soleil montait au-dessus de l'horizon. Depuis la cabine, Terl hurla :

— Tu vas me faire monter tous ces foutus animaux !

Tous les hommes se calmèrent aussitôt. Jonnie leur fit un clin d'œil et ils se détendirent, tandis que d'autres embarquaient encore.

Finalement, ils furent tous là : quatre-vingt-trois.

— Ce voyage va prendre plusieurs heures, annonça Jonnie. Nous allons monter très haut. Il va faire très froid et l'air sera raréfié. Il faut que vous le supportiez. Si vous vous sentez étourdis, ce sera à cause du manque d'air, alors il faudra que vous fassiez un effort pour respirer plus souvent. Restez bien sanglés dans vos sièges. Cet avion est capable de voler dans toutes les directions et même à l'envers. Je vais maintenant dans la cabine d'avant pour aider au pilotage de cette machine. Rappelez-vous que, très bientôt, vous aussi, vous serez capables de piloter ces machines, alors observez tout. C'est Robert le Renard qui commande ici. Vous avez des questions ?

Ils n'en avaient aucune. Il avait réussi à les rendre confiants dans cet environnement nouveau. En vérité, ils semblaient plutôt joyeux, absolument pas effrayés.

— Vas-y, MacTyler ! lança Robert le Renard.

Depuis le seuil, Jonnie salua la foule et une ovation lui répondit. Puis il referma le battant et le verrouilla.

Il s'installa dans le siège du copilote, se sangla, mit son masque et se pencha sur la carte. Terl observait la foule d'un air agressif. Avec des gestes vifs et méchants, il rétablit la compression dans la cabine de pilotage et ôta son masque. Jonnie vit que ses yeux d'ambre étaient injectés de vert. Terl avait vraiment abusé du kerbango. Un rictus mauvais déformait ses os-bouche.

Il marmonna vaguement quelques imprécations à propos de « retard », de « pas de moyens de pression sur ces maudits animaux » et « ils méritent une leçon ».

Jonnie se roidit, angoissé.

L'avion monta en chandelle vers le ciel à une vitesse telle qu'il eut l'impression qu'il allait être broyé sur son siège. En un clin d'œil, ils furent à plus de mille mètres. Les mains de Jonnie étaient douloureusement paralysées, collées au panneau de copilotage.

Les griffes de Terl pianotèrent sur de nouveaux boutons. L'appareil bascula sur le côté.

– Qu'est-ce que tu fais? cria Jonnie.

– Je vais faire un exemple! gronda Terl. Il faut leur montrer ce qui leur arrivera s'ils désobéissent!

L'avion redescendait vers le sud. La foule rassemblée dans la prairie n'était qu'une petite tache sous eux. Et soudain, Jonnie comprit que Terl allait la mitrailler.

Ils piquaient dans le hurlement de l'appareil et la foule, dans la prairie, se rapprochait rapidement.

– Non! cria Jonnie.

Les serres de Terl se dirigèrent vers les boutons de commande de tir.

Jonnie leva brusquement la carte déployée et la pressa contre le visage du Psychlo, l'aveuglant momentanément.

Le sol se rapprochait à toute allure.

Il pianota sur les contrôles placés devant lui en un rapide staccato.

A cinq cents mètres d'altitude, l'avion se redressa brusquement pour se remettre à l'horizontale mais, sur sa lancée, il passa à quelques mètres à peine au-dessus des têtes.

Il fila comme un javelot.

Devant eux, par-delà les arbres qui s'éclaircissaient, se dressait le flanc de la montagne.

Les doigts de Jonnie coururent frénétiquement sur les touches.

Des branches claquèrent sous le fuselage. L'avion remonta vers le sommet, rasant le versant à quelques mètres.

Ils franchirent la crête et se retrouvèrent dans le ciel ouvert. Jonnie stabilisa l'appareil et mit le cap sur le lointain littoral.

Puis il inversa la bande de pilotage qui les avait conduits à l'aller et l'inséra dans l'autopilote.

Bientôt, la mer défila à quelques mètres à peine sous l'appareil. Aucun poste d'observation minier ne pouvait les détecter à si basse altitude. Ils rentraient au camp.

Jonnie, trempé de sueur, se laissa aller au fond de son siège.

Il jeta un coup d'œil à Terl. Le monstre avait ôté la carte de son visage. Des flammes étaient apparues dans ses yeux injectés de vert.

— Tu as failli nous tuer, dit-il.

— Et toi, tu aurais tout gâché, fit Jonnie.

— Mais je n'ai aucun moyen de pression sur ces animaux! lança Terl. (Il regarda par-dessus son épaule vers la paroi de la cabine.) Et comment entends-tu les faire obéir? demanda-t-il avec un accent de sarcasme mauvais. Avec des jouets?

— Jusqu'à présent, ils ont été plutôt obéissants, non?

— Tu m'as gâché ce voyage.

Terl se replia dans un silence maussade. Puis il frotta son front douloureux et tâtonna pour trouver son bidon de kerbango. Il le prit, constata qu'il était vide et le jeta. Jonnie le glissa dans un râtelier pour éviter qu'il ne parte à la dérive. Terl en découvrit très vite un autre sous son siège. Il but une large lampée et demeura ensuite silencieux, l'air sombre.

— Pourquoi ont-ils applaudi, hier? demanda-t-il enfin.

— Je leur ai dit que lorsque le travail serait fini, ils seraient largement payés.

Terl rumina là-dessus.

— Ils n'applaudissaient qu'à cause de la paie?

— Plus ou moins, fit Jonnie.

Terl avait l'air soupçonneux.

— Tu ne leur as pas promis d'or, n'est-ce pas?

— Non, ils ne savent pas ce qu'est l'or. Ils paient en chevaux et denrées diverses...

— Une bonne paie, hein?... fit Terl.

Soudain, il était jovial. Le kerbango faisait son effet. Une idée merveilleuse venait de germer dans son esprit. Une bonne paie... Oui, il savait très exactement comment il allait les payer. A coups d'éclateur! Un sentiment de bien-être l'envahit.

— Tu te débrouilles plutôt bien pour le pilotage, cervelle de rat, quand tu ne cherches pas à tuer les gens.

Terl fut ravi de sa réflexion. En fait, il la trouvait extrêmement drôle et, tout au long du voyage, il gloussa de rire. Mais ce qu'il trouvait le plus drôle, c'était la stupidité de ces animaux! Vraiment! Une bonne paie! Pas étonnant qu'ils aient perdu leur planète! Il l'avait, son moyen de pression! Jamais encore il n'avait vu un tel enthousiasme!

2

Quarante-huit heures après leur arrivée à la « base de défense », Jonnie se félicita que Robert le Renard l'ait accompagné. Il affrontait une menace de guerre.

Deux des plus jeunes hommes, dans la fièvre de l'installation, avaient eu le temps de mettre à jour l'épave d'un camion de munitions. Apparemment, dans les derniers jours de la civilisation humaine, le camion avait quitté la route et il avait été dissimulé par un effondrement de terrain. Il avait attendu là plus de mille ans avant que des mains écossaises ne le découvrent.

Jonnie venait de regagner la base avec un troupeau de bétail sauvage encadré par un groupe d'hommes. Il avait passé ces deux premiers jours à installer tout le monde et, en cela, il avait été largement aidé. Il n'était guère nécessaire de donner des ordres. Les hommes avaient dégagé et nettoyé un ancien dortoir. Puis ils avaient creusé des latrines. Le pasteur s'était occupé de la chapelle. Les femmes avaient trouvé un bout de terrain à l'abri des bœufs et des daims, proche de l'eau, qui ferait un jardin potager idéal. Jonnie s'était servi d'une foreuse pour le labourer et les femmes lui avaient assuré que tous mangeraient à leur faim; elles avaient apporté des graines de laitue, de radis et d'oignons qui, dans cette terre riche et avec le soleil et l'eau, germeraient en un rien de temps. Quant à l'instituteur, il s'était approprié l'ancien bâtiment scolaire et avait mis une classe sur pied.

Les Écossais s'étaient révélés très adroits avec les machines. Apparemment, ils avaient appris dans leurs livres quelle était la fonction de tel ou tel tuyau, de tel ou tel fil.

Jonnie ne fut donc pas très surpris quand un des jeunes éléments – Angus MacTavish – lui présenta un vieux morceau de métal et lui demanda l'autorisation de « remettre ça et tout le reste en état ». Jonnie, au milieu de toute l'agitation, n'avait pas pensé un instant que quelqu'un aurait pu trouver le temps de mettre à jour un vieux camion du temps des hommes avec tout son chargement.

– Qu'est-ce que c'est? demanda-t-il.

Le jeune Angus lui montra des caractères imprimés. L'objet était recouvert de ce qui avait dû être une couche de graisse particulièrement épaisse. Avec le temps, elle était devenue dure comme de la pierre. Mais l'objet avait été protégé. Jonnie lut l'inscription qu'il portait : « Mitrailleuse Thompson... » Suivaient le nom d'une compagnie et un numéro de série.

– Il y en a des caisses entières, reprit Angus. Plein le camion. Et aussi des boîtes de munitions étanches. Quand on aura enlevé la graisse, on pourra les utiliser et tirer. Le camion a dû quitter la route et il est resté enfoui sous cet affaissement de terrain. Est-ce que je peux nettoyer ça et l'essayer, MacTyler?

Jonnie acquiesça d'un air absent et retourna s'occuper du bétail. Il avait l'intention d'aller chercher un cheval à la base. Les chevaux sauvages ne manquaient pas, mais ils devaient être dressés; conduire des troupeaux à pied n'était pas sans danger. Il se disait aussi qu'il pourrait peut-être utiliser un des petits camions psychlos pour faire ce travail. Le manque de vivres avait été un problème pour les Écossais et il n'y avait aucune raison pour qu'ils ne soient pas convenablement nourris. Ainsi, ils conserveraient leurs forces et seraient plus à même d'affronter le travail qui les attendait.

Il fut surpris quand une délégation vint le trouver alors qu'il finissait de dîner. Ils avaient réussi à aménager un réfectoire afin de pouvoir prendre leurs repas à l'intérieur, quoique les femmes fissent la cuisine dehors. Les tables étaient bancales ou cassées et les couverts passablement usés.

Robert le Renard était venu manger en compagnie de Jonnie.

Angus MacTavish leur présenta l'arme.

— Elle fonctionne, dit-il. Nous l'avons nettoyée et nous savons comment la charger et tirer. Nous avons des munitions.

Jonnie prit conscience que tous ceux qui se trouvaient dans la salle de réfectoire prêtaient l'oreille.

— Il y a des armes comme ça en nombre énorme et autant de munitions, continua Angus MacTavish. En montant jusqu'en haut de la colline, on aperçoit l'exploitation des Psychlos dans le lointain. (Il sourit.) Un groupe pourrait se glisser jusque là-bas et tout faire sauter !

Toute l'assemblée poussa des vivats.

Les jeunes gens qui dînaient aux autres tables les entourèrent instantanément.

Jonnie eut la vision atroce de tous ces braves Écossais massacrés, ses plans réduits à néant à tout jamais.

Robert le Renard surprit son regard. Il semblait n'attendre qu'un signe d'assentiment de Jonnie. Dès qu'il l'eut, il se leva.

Le vieux vétéran était l'un des rares parmi tous les Écossais à avoir rencontré des Psychlos bien avant la venue de l'avion. Une fois, il avait participé à une expédition de chasse dans les terres basses où le bétail errait parfois parmi les ruines. Ils étaient tombés sur des chasseurs psychlos venus de l'exploitation de Cornouailles. Les Psychlos avaient massacré tous les humains et Robert le Renard, seul, avait pu échapper au carnage en fuyant accroché au ventre d'un cheval. Il savait donc quelle était la puissance des armes psychlos et le goût du meurtre qu'avaient les créatures.

— Ce jeune homme, dit-il en désignant Angus Mac-Tavish qui se tenait immobile avec la mitrailleuse entre ses bras, a agi pour le mieux. Il a montré qu'il a le sens de l'initiative et qu'il est courageux. (Le jeune Angus était rayonnant.) Mais, poursuivit Robert le Renard, la sagesse nous enseigne que l'on réussit mieux lorsque l'on est absolument préparé. La destruction d'une exploitation minière ne détruira pas le pouvoir des Psychlos. La guerre que nous menons est dirigée contre l'empire psychlo tout entier et il nous faut auparavant travailler durement afin de nous y préparer. (Il prit un ton de conspirateur.) Il ne faudrait pas qu'en détruisant une de leurs bases, nous attirions leur attention.

Ils furent convaincus. Ce dernier argument leur parut sage et ils retournèrent avec allégresse à leurs rôtis et à leurs steaks.

— Merci, dit simplement Jonnie à Robert le Renard.

La guerre prématurée était ajournée pour le moment.

Plus tard, dans la faible clarté du crépuscule, Jonnie conduisit les plus âgés jusqu'à une tranchée.

Il commençait à réaliser qu'il disposait d'une sorte de Conseil. Avec Robert le Renard, le pasteur, l'instituteur et l'historien.

Il cherchait dans l'herbe, en quête de fragments de métal, et il finit par découvrir la carcasse totalement corrodée d'une arme qui avait dû être semblable à la Thompson. Il était difficile d'en deviner la nature exacte, mais ç'avait dû être une espèce de fusil.

Jonnie raconta à ses compagnons l'histoire de ce site telle que la rapportaient les archives des Psychlos.

Mais il était inutile de leur expliquer ce qui était évident : de telles armes n'avaient pu arrêter les Psychlos.

L'historien — le docteur MacDermott — demanda avec une expression de curiosité intense :

— Mais où sont donc les vestiges du tank?

— Il a anéanti les hommes, dit Jonnie.

— Voilà qui est très bizarre. J'admets qu'ils aient été écrasés ici, mais je ne vois pas la moindre trace de matériel psychlo.

— Mais ç'a été une défaite, insista Jonnie. Les Psychlos ont peut-être subi des pertes. Mais peut-être pas. De toute façon, ils auraient évacué tout le matériel endommagé.

— Non, non, non, dit l'historien. Et il leur raconta un récit épique, rédigé à la main, qu'il avait lu à la bibliothèque de l'université à propos d'une bataille similaire. Elle avait eu lieu sur une ligne entre deux anciens villages appelés Falkirk et Dumbarton, au point exact où l'Angleterre et l'Écosse s'étaient autrefois touchées, juste en dessous des Highlands.

— De nos jours encore, conclut-il, on peut retrouver des restes de tanks psychlos.

– C'est vrai, appuya Robert le Renard. Je les ai vus moi-même.

– Jamais aucun Psychlo ne s'est aventuré plus loin au nord, reprit l'historien. Jamais, jusqu'à ce que MacTyler n'arrive avec le démon. C'est ce qui explique que nous survivions encore dans les Highlands.

– Est-ce que ce récit dit autre chose? demanda Jonnie.

– Oh, il est très mal écrit, dit MacDermott. C'est plus une curiosité qu'une œuvre littéraire. Il semble qu'il ait été rédigé par un soldat des Highlands de la Reine qui avait réussi à battre en retraite vers le nord après la bataille. Je pense que c'était un sapeur. C'étaient eux qui posaient les mines.

– Des mines? coupa le pasteur. Pour trouver du minerai?

– Non, non. Je pense qu'on utilisait alors le terme de « mine » pour désigner des explosifs que l'on enfouissait dans le sol. Quand l'ennemi passait dessus, cela éclatait. Le soldat qui a écrit ce récit parle d'« armes nucléaires tactiques ». Il rapporte qu'une partie de son régiment, qui se trouvait dans les bunkers, a réussi à échapper au gaz ennemi et à se replier vers le nord. Leur capitaine, à ce que j'ai cru comprendre, avait une fiancée quelque part dans les Highlands. Ils ont posé tout un cordon de mines entre Dumbarton et Falkirk. Les tanks psychlos lancés à leur poursuite ont sauté dessus. Et les Psychlos se sont repliés vers le sud en abandonnant leurs morts et tout le matériel. Pourtant, ils n'étaient pas à court de tanks ou d'engins. Le récit prétend que cela est dû sans doute à l'intervention de l'esprit de Drake, car une nuit, on a entendu des tambours et...

– Un instant! dit Jonnie. Il s'agissait d'armes nucléaires.

– Et alors? fit le pasteur.

– L'uranium, dit Jonnie. Il doit subsister un peu de poussière d'uranium entre ces deux villages.

Et il expliqua à ses compagnons l'effet que l'uranium avait sur le gaz respiratoire des Psychlos.

– Aye! Mais ça cadre parfaitement, s'exclama Robert le Renard.

MacDermott parut soudain tout comprendre et il drapa sa vieille cape sur ses épaules voûtées.

– Oui, dit-il, ça ressemble au cercle de feu magique, ou à ces figures géométriques que les créatures de l'au-delà n'osent pas franchir.

Jonnie contempla l'arme rouillée qu'il tenait entre ses mains puis regarda la tranchée.

– Ces pauvres gars n'avaient pas d'uranium et ils ne connaissaient pas vraiment les Psychlos. Ils n'avaient que ça pour se défendre.

– Ils sont morts comme des braves, dit le pasteur en se découvrant.

Les autres l'imitèrent.

– Nous devons faire tout ce qu'il faut pour ne pas finir comme eux, dit Jonnie.

– Aye! fit Robert le Renard.

Jonnie posa l'arme rouillée et ils retournèrent auprès des feux, pensifs. Quelques notes douces de cornemuse montaient dans la nuit.

3

Terl étudiait les cartes des montagnes. Il avait devant lui les derniers clichés pris par le drone de reconnaissance de la région du gisement et essayait de repérer quelque route ou piste qui pût permettre d'en approcher. L'opération s'annonçait particulièrement périlleuse. Lorsqu'il pensait à ces animaux qui allaient tenter de mener à bien une mission qui aurait fait reculer un mineur psychlo expérimenté, il en perdait le fil de ses pensées. En fait, le site n'était *pas* accessible par voie de terre.

Sa nouvelle secrétaire, Chirk, entra dans le bureau. Elle était suffisamment stupide pour être inoffensive et assez jolie pour être décorative. Elle était très rapidement ivre et avait quelques autres avantages. Elle se montrait particulièrement efficace pour refouler les importuns et renvoyer les papiers administratifs vers d'autres employés. Désormais, Terl était le véritable responsable de toute la planète et il n'entendait pas se laisser persécuter par des détails triviaux. Submergeons Numph, puisqu'il est déjà écrasé. Telle était sa devise.

– L'animal est ici. Il désire te voir, sussura Chirk.

Dès qu'il l'avait entendue ouvrir la porte, il avait recouvert les cartes en toute hâte. Il les glissa dicrètement dans un tiroir et dit :

– Fais-le entrer.

Jonnie arborait son masque respiratoire et une tenue chinko. Il présenta à Terl une longue liste.

Terl la lut. Les choses se déroulaient de façon satisfaisante. L'animal se comportait bien. Pourtant, il ne portait plus la caméra-bouton destinée à le surveiller. Ils avaient décidé d'un commun accord que Jonnie devrait se présenter tous les deux ou trois jours pour qu'ils confèrent et pour que Jonnie puisse s'occuper du ravitaillement des deux filles.

Jonnie avait proposé une liaison-radio, mais Terl avait réagi violemment. *Pas question* de radio, avait-il dit. Un point c'est tout. L'animal pouvait parfaitement venir le trouver s'il avait quelque chose à lui dire. Terl savait que les récepteurs pullulaient dans l'exploitation et que les communications-radio pouvaient mettre en péril sa sécurité.

– J'ai une liste, dit Jonnie.

– Je ne suis pas aveugle.

– J'ai besoin de vêtements chinkos et d'outils pour les couper et les coudre, de tuyaux également, ainsi que de pompes et de pelles.

– Donne tout ça à Chirk. On dirait que tu es en train de reconstruire la base de défense. C'est typique des animaux... Pourquoi tu ne leur apprends pas à se servir des machines ?

– C'est ce que je fais, dit Jonnie.

Et c'était exact. Il y passait dix heures par jour avec les jeunes gens et l'instituteur.

– Je vais envoyer Ker, déclara Terl.

Jonnie eut un haussement d'épaules. Puis il tendit le doigt vers la liste.

– Il y a quelques détails que je dois régler avec toi. D'abord, les machines à instruire chinkos. Il y en a six au moins dans les anciens casernements chinkos. Les commandes des appareils sont en psychlo et les manuels aussi. Je veux tout cela, ainsi que les livres et les disques.

– Ah bon ?

Jonnie hocha la tête :

– Il nous faut aussi des camions volants.

– Tu as déjà des plates-formes...

– Je pense que nous devrions avoir des avions pour le transport du personnel et des camions volants. Je suis allé voir chez Zzt et il en a plein son garage.

Dans l'esprit suspicieux de Terl, une idée s'infiltra : est-ce que l'animal pouvait voir à travers le bureau les cartes qu'il avait rangées dans le tiroir ? Car il était vrai qu'aucune route ne permettait d'accéder au gisement. Tous les transports devraient se faire par la voie des airs, et ce serait particulièrement périlleux. Mais les transporteurs aussi bien que les camions volants étaient équipés des mêmes commandes que les avions de combat, même s'ils étaient moins armés. Et la règle était impérative : il n'était pas question qu'une race étrangère soit entraînée au combat. Les pensées de Terl revinrent à l'inaccessible gisement des montagnes. Mais après tout, un camion volant n'était pas un avion de combat. Et puis il contrôlait la planète, à présent, et c'était lui qui établissait les règlements.

– Tu en veux combien ? demanda-t-il en tendant la patte vers la liste. Quoi ?... Vingt ! Et des véhicules à trois roues !... Et trois engins de sol !...

– J'ai reçu l'ordre de leur apprendre à se servir des machines et des véhicules, et je n'ai ni machines, ni...

– Mais vingt !

Jonnie haussa encore une fois les épaules :

– Peut-être qu'ils maltraiteront le matériel...

Terl se rappela soudain que l'animal avait bien failli basculer par-dessus le bord de la falaise avec sa pelleteuse en flammes et il éclata d'un rire rauque. Il était ravi.

Il sortit un des ordres en blanc que Numph avait signés et y imprima la liste dressée par l'animal.

– Je dispose de combien de temps ? demanda Jonnie.

Terl était bien trop prudent pour le lui dire franchement. En fait, la date qu'il avait prévue correspondait au transfert bisannuel de personnel et de Psychlos morts. Il fit un rapide calcul. Neuf mois au total. Il fallait compter peut-être trois mois d'entraînement avant le prochain transfert, plus six mois de travaux au début de l'année suivante. Il était préférable de conserver une marge.

– Disons deux mois de formation, dit-il.

– C'est terriblement court!

Terl prit la boîte de contrôle dans sa poche, la tapota sans rien dire, puis rit.

Jonnie fronça les sourcils. Son masque facial dissimula l'éclat dangereux qui venait d'apparaître dans son regard.

Il maîtrisa soigneusement sa voix et demanda :

– Je pourrais peut-être utiliser Ker pour transporter tout ça?

– Dis-le à Chirk.

– J'aurai aussi besoin d'acquérir une certaine expérience pour voler au-dessus de ces montagnes. Les courants y sont très violents et ce sera pire en hiver. Je ne voudrais pas que tu te fasses des idées si j'effectue quelques vols dans cette région.

Terl posa brusquement les pattes sur son bureau comme pour masquer les cartes enfermées dans le tiroir. Puis il prit conscience de sa nervosité. En tout cas, tant qu'il garderait tout cela secret, l'animal n'aurait pas l'occasion d'en parler aux employés du camp. Il commença à échafauder dans sa tête une histoire complexe et fumeuse afin d'expliquer aux autres employés pourquoi les animaux volaient dans les montagnes.

– On dirait que tu sais beaucoup de choses, dit soudain Terl.

– Seulement ce que tu m'as appris.

– Quand?

– Plusieurs fois. Quand nous étions en Écosse.

Terl se roidit. C'était vrai. Il n'avait pas été sur ses gardes. Pas du tout. Si cet animal à cervelle de rat en avait profité...

– Si quoi que ce soit de ce projet filtre – par Ker ou n'importe qui – je fais sauter le collier de la petite femelle...

Il tapota le boîtier de télécommande.

– Je sais, dit simplement Jonnie.

– Alors, sors. J'ai autre chose à faire que bavarder.

En sortant, Jonnie demanda à Chirk de lui faire un duplicata de l'autorisation et il lui demanda d'appeler Ker pour le transport du matériel.

– Voilà, animal, dit-elle en lui tendant les feuillets.

– Mon nom est Jonnie.

– Et le mien, c'est Chirk. (Elle eut un papillotement de ses os-paupières soigneusement peints.) Vous êtes plutôt mignons et bizarres, vous autres les animaux... Pourquoi est-ce que les employés prennent tellement plaisir à vous chasser? Vous n'avez pas *l'air* dangereux. Je ne pense même pas que vous soyez comestibles. Quelle planète *débile*! Pas étonnant que ce pauvre Terl la déteste à ce point. Quand nous regagnerons la planète mère, l'année prochaine, nous aurons une maison *gigantesque*.

– Une maison gigantesque? demanda Jonnie en regardant avec surprise cette pauvre créature pas très maligne.

– Oh, oui. Parce que nous allons être riches! C'est Terl qui me l'a promis. Dis, Jonnie-chou, la prochaine fois que tu auras besoin d'un service, amène-moi des petits cadeaux...

– Merci, je n'y manquerai pas.

Il s'éclipsa avec son immense liste. Il venait d'ajouter une nouvelle pièce au puzzle. Terl ne demeurerait sur Terre qu'une année de plus. Ensuite, il comptait rentrer chez lui. « Riche. »

4

– Messieurs, je suis désolé, déclara Jonnie devant son Conseil.

Ils avaient tous pris place sur des chaises défoncées, dans ce qui était désormais à la fois le logement et le bureau de Jonnie : une pièce spacieuse qui dominait le site et qui avait été choisie parce que toutes les fenêtres étaient en état.

Jonnie désigna la pile de livres.

– J'ai cherché partout et je n'ai rien trouvé.

Robert le Renard, le docteur MacDermott, le pasteur et l'instituteur le regardaient d'un air morne. Il n'avait jamais tenté de les abuser. MacTyler s'était toujours montré sincère et honnête avec eux.

Jusqu'à présent, tout s'était bien passé. Presque trop bien. Les jeunes gens faisaient des progrès merveilleux dans la manipulation des machines. Ils n'avaient eu à déplorer qu'un seul blessé : pendant les exercices d'entraînement à bord des camions volants, deux des plus jeunes éléments s'étaient livrés à une simulation de combat. L'un d'eux avait appuyé sur le mauvais bouton au mauvais moment et il s'était retrouvé au sol. Il était à présent à l'infirmerie aux bons soins du pasteur et des vieilles femmes qui n'arrêtaient pas de caqueter autour de son lit. Selon Ker, qui avait essayé de réparer l'appareil, le camion volant était bon pour la casse.

Les trois jeunes Écossais qui avaient à peu près la stature de Jonnie avaient les mains violettes à cause des coups de règle de l'instituteur. Celui-ci les collait devant les machines à instruire de l'aube jusqu'à midi, puis ils allaient s'entraîner au maniement des véhicules. Grâce à ce régime, ils apprenaient le psychlo avec une rapidité remarquable.

Quelques-uns parmi les jeunes gens avaient réussi à dresser des chevaux sauvages, ce qui leur avait permis de rassembler du bétail et de chasser le daim, et la nourriture n'était pas près de manquer. Et les radis et les laitues du potager des femmes venaient enrichir chaque repas.

En vérité, tous travaillaient furieusement et la base de défense ressemblait de plus en plus à une fourmilière.

— Peut-être, proposa le docteur MacDermott en montrant les livres, pourrions-nous t'aider, si tu nous disais exactement ce que nous recherchons.

— De l'uranium. La clé de notre combat, c'est l'uranium.

— Ah, oui. Pour les humains, c'est inoffensif, mais c'est mortel pour les Psychlos.

— Pas du tout. Il est tout aussi mortel pour les humains, dit Jonnie en montrant un texte de toxicologie. Si les humains sont exposés trop longtemps à l'uranium, ils meurent de manière affreuse. Mais, apparemment, l'uranium fait exploser le gaz respiratoire des Psychlos et cela leur est toujours fatal.

Ces montagnes, poursuivit-il en désignant la ligne des crêtes qui se détachait sur le ciel du crépuscule, sont censées avoir été très riches en uranium. Je sais que les Psychlos sont persuadés que c'est toujours le cas et vous ne réussiriez jamais à en obliger un à s'y aventurer.

Ce démon de Terl a l'intention de nous y envoyer, probablement pour trouver de l'or. Il est certain qu'il a repéré un filon. Il se peut ou non que nous réussissions à extraire cet or. Il le faudra, sans doute. Notre vie en dépend. Mais nous pourrons *aussi* extraire de l'uranium en même temps.

— Et tu n'as pas réussi à en localiser la moindre trace, conclut MacDermott.

Jonnie secoua la tête :

— Il existe même une liste des mines d'uranium. Mais tous les gisements sont marqués « épuisé », « fermé » et ainsi de suite.

— Ça devait être très précieux, dit Robert le Renard.

— On indique de nombreuses utilisations pour l'uranium. Principalement militaires.

Le pasteur se frotta pensivement le nez.

— Est-ce que les gens de ton village pourraient savoir quelque chose?

— Non. Mais ils constituent eux-mêmes la preuve qu'il existe de l'uranium là-bas. C'est pour cela que je ne vous ai pas conduits là-bas, mes amis, quoique j'eusse aimé le faire. Je suis persuadé que la maladie et la stérilité ont un rapport direct avec l'uranium.

— Il ne semble pas que tu en aies été affecté, MacTyler, remarqua le pasteur en souriant.

— J'ai toujours beaucoup vagabondé et j'étais très souvent absent du village. Et il est peut-être vrai aussi que certains sont plus touchés que d'autres.

— L'hérédité, dit le docteur MacDermott. De siècle en siècle, il est possible que certains d'entre vous aient développé une forme d'immunité. Crois-tu vraiment qu'ils ne peuvent rien nous apprendre?

— Non. Et je ne suis pas retourné là-bas parce que je ne veux pas les inquiéter et parce que le drone de reconnaissance les survole tous les jours. Mais il faudra bientôt que je trouve le moyen de leur faire quitter le village. Et aussi un endroit où ils puissent vivre. Non, ils ne savent rien à propos de l'uranium, sinon ils auraient quitté la vallée depuis longtemps. Il faut résoudre ce problème, conclut-il, car il est le pivot de tous nos plans.

MacDermott leva la main :

— Distribue ces livres à chacun. Nous allons prendre un peu sur notre temps de sommeil pour t'aider à trouver.

Jonnie prit plusieurs ouvrages et les répartit à la ronde.

— Je crois, dit Robert le Renard, que nous devrions envoyer quelques éclaireurs. C'est une phase essentielle dans n'importe quel raid. On commence toujours par une reconnaissance du terrain. Comment identifie-t-on l'uranium ?

— Les moyens sont indiqués ici, dans les livres sur l'exploitation minière, dit Jonnie. Mais nous ne disposons pas de l'outil essentiel. On appelle ça un « compteur Geiger ». J'ai une vague idée de son aspect et j'ai cherché un peu partout, mais je n'en ai pas trouvé un seul.

— Peut-être en reste-t-il dans les anciens villages ? suggéra l'instituteur. Est-ce qu'il existe des guides sur les usines ?

— Après un millier d'années, je doute que ce genre d'instrument puisse encore fonctionner, remarqua MacDermott. Mais je vois ici un... Grands dieux ! il est presque en miettes... Un... un guide téléphonique ? De Den... Denver... Il ajouta à l'adresse des autres : Il y avait des téléphones dans les villes. Sous la rubrique « Matériel électronique »... nous avons par exemple : *International Business Machines – Centre de Recherche*. Bon sang ! Je n'arrive pas à lire l'adresse.

— On trouve ce nom sur de nombreux immeubles à Denver, remarqua Jonnie.

Robert le Renard se pencha en avant :

— Ainsi que je l'ai dit, il faut envoyer des éclaireurs en reconnaissance. Une patrouille avant chaque raid, voilà la règle. Mais il faut faire attention à ce que ces démons ne nous soupçonnent pas de fureter un peu partout.

— Ils ont des détecteurs de chaleur qui leur permettent de repérer les corps. C'est pour ça que vous avez réussi à leur échapper. Vous étiez sous le ventre du cheval. Le drone de reconnaissance, quant à lui, ne fait que prendre des clichés et il suffit de se mettre à couvert quand on l'entend approcher. Par contre, les engins de sol représentent un danger réel. Ils projettent des sondes très haut dans les airs pour détecter la moindre source de chaleur. J'ai quelques tenues spéciales que je me suis procurées et qui empêchent la chaleur du corps de rayonner, mais il va falloir être très, très prudents. Je pense qu'il vaut mieux que je parte seul.

— Nan, nan, nan, dit Robert le Renard, retrouvant tout à coup son accent épais sous l'effet de l'inquiétude. Pas question, p'tit!

Tous secouèrent énergiquement la tête.

— Pas question que tu t'exposes au danger, MacTyler, dit le pasteur. Pourquoi crois-tu que nous sommes ici? Pour t'aider.

— Le petit démon... commença Jonnie.

— Celui qui est venu réparer la machine volante?

— Oui, celui-là. Son nom est Ker. Il m'a dit que l'ordre avait été donné par le chef de la planète d'interdire toutes les expéditions de chasse dans la région et de les limiter strictement aux zones minières et aux alentours des camps d'exploitation. Selon lui, on venait beaucoup chasser dans le coin. Par conséquent, il n'y a plus de démons qui rôdent par ici, et nous pouvons aller patrouiller jusqu'au Grand Village en toute sécurité, à condition de ne pas être repérés par le drone.

— Ce ne sont pas les chefs qui vont en patrouille, déclara Robert le Renard d'un ton ferme. Ils participent aux raids, d'accord, mais ce ne sont pas des éclaireurs! Non, nous allons envoyer le jeune Angus MacTavish. Est-ce que tout le monde est d'accord?

A l'unanimité, il fut décidé que le jeune MacTavish irait en reconnaissance.

Et c'est ainsi qu'il partit pour Denver à bord d'un petit véhicule de sol à l'heure la plus sombre de cette même nuit. Il s'était révélé particulièrement doué pour la conduite des machines et la mécanique. C'était lui qui s'était occupé du raccordement des canalisations et avait assuré l'arrivée d'eau avant de remettre en état le dispositif de tout-à-l'égout. Il avait même réussi l'exploit de réparer quelques toilettes dans les bâtiments, à la grande stupéfaction de tous.

Il demeura absent durant quarante-huit heures et revint avec quelques découvertes intéressantes. Les centres de recherche de Denver étaient en ruine et il n'y avait rien trouvé. On avait donné au jeune Angus une description aussi minutieuse que possible d'un « compteur Geiger », mais il n'avait rien découvert qui y ressemblât de près ou de loin. Il avait même trouvé un « Bureau des Mines », mais, à l'intérieur, les archives étaient totalement détruites. Il était ensuite tombé sur un « Magasin de Prospection » où il avait déniché des pics de prospection en acier inoxydable, ainsi que des couteaux qui avaient fait la joie des vieilles femmes. Mais aucune trace du moindre compteur Geiger.

Il y eut une nouvelle réunion du Conseil où il fut décidé sans enthousiasme que l'on poursuivrait malgré tout le plan et les préparatifs en cours. Le pasteur dit une prière et demanda au Seigneur d'être miséricordieux et de les mettre, d'une façon ou d'une autre, sur la piste du précieux compteur Geiger et de l'uranium.

On décida également, mais sans beaucoup d'espoir, d'envoyer d'autres éclaireurs en reconnaissance.

5

Jonnie s'éveilla au cœur de la nuit : il avait soudainement conscience qu'il savait où l'on pouvait trouver un détecteur d'uranium. Sur l'aire de transfert! Il l'avait utilisé en apprenant à conduire la machine à cribler le minerai.

C'est ainsi que Jonnie se retrouva en train de jouer les éclaireurs, danger ou pas, malgré l'interdiction de Robert le Renard.

Il voyait Chrissie régulièrement. A chacune de ses visites, il se promenait dans l'exploitation afin d'habituer les Psychlos à sa présence.

Ce jour-là, lorsqu'il retrouva Chrissie et Pattie, elles semblaient désespérées. Il leur avait apporté de la viande fraîche et de nouvelles peaux à tanner et à coudre, ainsi que beaucoup de bois pour entretenir le feu : l'un des Écossais avait déterré une vieille hache d'acier dans les ruines d'un ancien village et il avait pu débiter des troncs avec une rapidité exceptionnelle. Il déposa son chargement devant la clôture en attendant que Terl, « moins occupé », vienne lui ouvrir.

Converser avec les deux filles à travers la double clôture était particulièrement frustrant. Chrissie et Pattie lui montrèrent les chemises et les pantalons qu'elles avaient confectionnés dans la peau de cerf, avant de les emballer pour qu'il les emporte. Puis Pattie lui montra comment elles avaient réaménagé l'intérieur de leur cage – elles ne pouvaient rien accrocher aux barreaux – et il trouva les paroles qu'il fallait pour leur dire que c'était bien mieux ainsi.

Elles voulurent savoir ce qu'il faisait et il leur répondit simplement qu'il travaillait. Est-ce qu'il allait bien ? Oui, oui, très bien... Et tout se passait pour le mieux ? Oui, oui, pour le mieux... Mais il était bien difficile de mener une conversation à dix mètres de distance à travers deux enceintes et sous la surveillance permanente de deux caméras-boutons. Et il était presque impossible de conserver son calme quand la seule chose que l'on souhaitait était de tout faire sauter pour libérer Chrissie et Pattie.

Il avait un picto-enregistreur accroché à son cou. Il l'avait attaché sur son torse avec des lanières de peau de façon à pouvoir l'orienter d'un geste imperceptible et sans avoir à le porter à son œil. Il s'était entraîné et était parvenu à une certaine précision sans jamais se servir du viseur. Il avait réquisitionné une dizaine de ces appareils et un grand nombre de disques miniatures. Tout en continuant de bavarder avec les deux filles, il prit de multiples clichés, de la cage comme des captives, mais également des câblages et du boîtier de commandes. Il savait parfaitement qu'il courait un risque.

Il dit à Chrissie et Pattie qu'il ne tarderait pas à revenir et chevaucha tranquillement jusqu'à une éminence située au-dessus des quartiers chinkos. Il prit avec une désinvolture apparente quelques vues panoramiques, au grand angle et au téléobjectif, de l'ensemble de l'exploitation. Puis des vingt avions de combat rangés sur le terrain, du réservoir de carburant au loin et, au-delà, de l'aire de stockage de gaz respiratoire psychlo. Ensuite, il prit des clichés de la morgue, laquelle était située à une centaine de mètres derrière l'aire de transfert. Et il finit en mitraillant la zone de débarquement des transporteurs, les rampes et la courroie de transport, puis la tour de contrôle.

C'est alors que, coup de chance, il aperçut un transporteur qui arrivait avec un chargement de minerai. Il quitta la butte et, comme il passait devant la cage, un pressentiment lui dicta la prudence. Il descendit de monture et glissa les disques remplis dans le sac qu'il avait posé devant la clôture, faisant mine d'y déposer quelques fleurs.

Il remonta à cheval et gagna l'aire de traitement du minerai. Il laissa Fend-le-Vent brouter quelques touffes d'herbe à proximité, puis s'avança dans l'atmosphère empoussiérée de l'aire de transfert.

Le transporteur n'avait pas encore déchargé le minerai. Les employés prenaient place dans leurs engins. Jonnie se dirigea vers la machine à cribler. Le conducteur n'était pas là. Un crochet pendait au bout d'une grue et il fit semblant de se courber pour l'éviter. Mais, en réalité, il en profita pour arracher rapidement un câble des commandes de la machine. Il ne connaissait pas les circuits mais, avec un peu de chance, il les connaîtrait bientôt.

Le conducteur le connaissait vaguement, puisqu'il avait été là pendant la période de formation de Jonnie, mais il lui décocha un regard de mépris, comme tous les Psychlos :

– Tu ferais mieux d'enlever ton cheval de là ! Le minerai arrive !

Jonnie obtempéra et éloigna Fend-le-Vent.

Le transporteur déversa son chargement dans un grondement et un nuage de poussière énormes. Les pelleteuses se ruèrent pour rassembler la pile. Déjà, un premier chargement était prêt à partir sur la courroie.

Un voyant rouge s'illumina.

Une sirène retentit.

Le conducteur de la machine à cribler poussa un juron et bloqua les commandes.

Toute l'activité cessa instantanément.

Sous le flot de jurons que déversait le conducteur, l'air aurait pu rougir.

Char se rua comme un tank hors du dôme du bureau de transfert et s'approcha en lançant des imprécations.

Au loin, un nouveau transporteur approchait avec un autre chargement en provenance d'une exploitation d'outre-mer.

Bien qu'aucun transfert ne fût prévu pour cette journée, le programme de déchargement était particulièrement serré.

Char lança des ordres et on appela par haut-parleur l'équipe d'entretien électronique.

Jonnie aurait pu aisément leur dire où se trouvait l'homme de service, car il l'avait vu se diriger vers le camp moins d'un quart d'heure auparavant.

Pour l'instant, Char vitupérait le conducteur du cribleur qui s'acharnait sur ses commandes.

Jonnie descendit tranquillement de cheval et s'approcha :

– Je peux réparer ça, dit-il.

Avec une sorte de rugissement, Char lui dit qu'il ferait mieux de se réparer autre chose !

– Non, non, je peux y arriver, insista Jonnie.

– Laisse-le faire, dit une autre voix. C'est moi qui le lui ai appris.

C'était Ker.

Char, déconcerté, reporta sa fureur sur le petit Psychlo.

Jonnie mit en marche son picto-enregistreur et s'avança jusqu'au panneau de contrôle de la machine à cribler. Il l'ouvrit. Il se plaça bien en face des composants et fit semblant d'examiner attentivement leur disposition. Puis il en toucha quelques-uns, par-ci, par-là, sans rien faire. Avec les images qu'il enregistrait, il pourrait tout reconstituer !

Il referma le panneau.

Puis il rétablit d'un geste vif la connexion qu'il avait débranchée.

Char cessa de se déchaîner contre Ker et se retourna.

– C'est réparé, dit Jonnie. Un contact qui s'était défait, c'est tout.

– Essaie, maintenant ! hurla Ker au conducteur.

Le cribleur se mit à ronronner normalement.

– Vous voyez ? s'exclama Ker. C'est moi qui l'ai formé !

Jonnie enfourcha Fend-le-Vent et en profita pour arrêter son picto-enregistreur.

– Oui, ça marche, maintenant, confirma le conducteur.

Char décocha un regard haineux à Jonnie :

– Je ne veux pas de ce cheval dans le secteur. Si on était en période de transfert, il se retrouverait sur Psychlo!

Et il s'éloigna en débitant des imprécations contre ces maudits animaux.

La courroie de transport, les machines et les bacs marchaient de nouveau à plein rendement. Il fallait libérer l'aire avant l'arrivée du nouveau transporteur. Celui qui avait livré son chargement était en train de repartir.

Jonnie amena Fend-le-Vent jusqu'à la morgue. Le bâtiment, aisément reconnaissable à ses bobines de réfrigération, était situé très à l'écart. Jonnie se retourna dans la direction du camp et constata que s'il allait en ligne droite depuis la morgue jusqu'à la colline, puis jusqu'à la cage, il traverserait la plate-forme de transfert.

– Est-ce que tu peux me dire ce que tu fais ici avec un picto-enregistreur?

C'était Terl. Il venait de sortir de la morgue avec une liste entre les pattes. Dans l'ombre de l'intérieur, Jonnie entrevit les cercueils qui étaient entassés. Terl, apparemment, avait fait l'inspection des corps qui allaient être transférés sur la planète mère lors du lancement bisannuel.

– Je m'entraînais, dit Jonnie.

– Et à quoi? grinça Terl.

– Tôt ou tard, tu me demanderas de prendre des clichés pour toi dans la...

– On ne parle pas de *ça* ici!

Terl posa sa liste derrière lui et s'approcha de Jonnie. Il lui arracha le picto-enregistreur en cassant les lanières qui le maintenaient. Le cuir mordit cruellement le dos de Jonnie avant de céder.

Terl retourna l'appareil, fit sauter le disque qui se trouvait à l'intérieur, le jeta dans la poussière et le foula du talon de sa botte.

Puis il glissa ses serres dans la ceinture de Jonnie et en sortit quatre disques.

– Ils sont vierges, dit Jonnie.

Sans un mot, Terl leur fit subir le même traitement

et les enfonça dans le sol avec son énorme pied. Puis il rendit le picto-enregistreur à Jonnie.

– C'est le règlement de la Compagnie, dit-il. On ne prend pas de vues dans une aire de transfert.

– Quand tu auras besoin que je prenne des clichés, dit Jonnie, j'espère qu'ils ne seront pas flous ou mal cadrés.

– Ça, il vaudrait mieux, grommela Terl, tout à fait illogiquement, avant de regagner l'intérieur de la morgue.

Plus tard, quand Jonnie put entrer dans la cage pour apporter à Chrissie la viande et les peaux, il n'eut aucune difficulté à récupérer les disques qu'il avait glissés dans le paquet. Mais, à présent, il n'avait plus les disques où étaient enregistrés les diagrammes des circuits de détection de l'uranium.

Ce soir-là, par pure vengeance, il montra aux autres les clichés qu'il avait pris. Tout d'abord, il leur fit voir l'aire de transfert et ses alentours. Bien entendu, il leur faudrait étudier ces clichés en détail plus tard, quand ils auraient définitivement dressé leurs plans. Il leur montra ensuite des photos de Chrissie et Pattie.

C'est ainsi qu'ils virent leurs deux visages : une petite fille et une belle jeune femme. Avec leurs colliers. Ils virent aussi le boîtier de commande qui faisait passer l'électricité dans les barreaux de la cage.

Les Écossais n'avaient pas relâché une seconde leur attention, notant le moindre détail topographique, les avions de combat, la réserve de gaz, de carburant, la morgue, la plate-forme. Mais les photos de Chrissie et Pattie soulevèrent leur pitié, puis leur colère.

Une fois encore, Robert le Renard dut intervenir pour éviter qu'ils ne ravagent les lieux, et les joueurs de cornemuse entamèrent une lugubre complainte.

Auparavant, les Écossais avaient été enthousiastes. A présent, ils étaient furieux et déterminés.

Cette nuit-là, Jonnie fut incapable de trouver le sommeil. Ce circuit du détecteur d'uranium, il avait été si près de l'avoir! Et il n'avait pas pris la peine de l'enregistrer dans sa mémoire. Il avait trop compté sur les clichés. Il avait été dépendant d'une machine et il s'en voulait. Certes, les machines avaient une certaine valeur, mais elles ne remplaçaient pas l'homme.

Un jour, il réglerait ses comptes avec Terl. Il en fit le serment avec amertume.

6

A midi, dans le ciel clair et froid, ils volaient en direction du gisement pour une première reconnaissance, loin au-dessus du panorama majestueux des Rocheuses. Il y avait là Jonnie, Robert le Renard, les trois jeunes gens qui avaient à peu près la stature de Jonnie, plus deux contremaîtres-mineurs. Tous avaient pris place à bord du petit avion-cargo.

Terl était arrivé tôt ce même matin, avec une mine de conspirateur, l'air menaçant. Jonnie avait été prévenu de son arrivée par une sentinelle qui avait repéré son véhicule.

Il faisait très froid et Jonnie vint au-devant de Terl, enveloppé dans une peau de puma. C'était l'heure du breakfast et tous les hommes étaient rassemblés dans le réfectoire, mais Jonnie avait donné pour instruction que personne ne se montre au-dehors.

Les alentours étaient déserts et il n'y avait rien qui pût distraire l'attention de Terl.

Il descendit de l'appareil, resserrant la bride de son masque respiratoire, et joua un instant avec la boîte de télécommande qu'il tenait dans une patte, bien en évidence.

— Pourquoi t'intéresses-tu à un détecteur d'uranium? demanda-t-il enfin.

Jonnie fronça les sourcils et s'efforça de prendre un air intrigué.

— J'ai entendu dire l'autre jour, après que nous nous sommes quittés, que tu aurais « réparé » la machine à cribler... Avec un picto-enregistreur au cou, hein?...

Jonnie prit le parti de l'attaque verbale :

— Parce que tu espérais sans doute que j'irais dans ces montagnes sans savoir ce que je dois éviter? Tu crois que je vais aller comme ça au-devant de ma destruction...

— Ta destruction?

— Oui, ma destruction physique, par contamination, par l'uranium!

– Hé là, animal! On ne me parle pas sur ce ton!

– Alors que tu sais parfaitement que je serai malade si je n'évite pas le contact avec la poussière d'uranium! Et tu m'as dit toi-même qu'il y a de l'uranium là-bas, dans les montagnes. Tu espères vraiment que je...

– Une minute! De quoi parles-tu?

– De toxicologie minière! lança Jonnie.

La sentinelle en kilt qui avait prévenu Jonnie attendait devant la porte du hall, regardant le Psychlo avec des yeux où on lisait l'éclat glacé du meurtre.

– Sentinelle! appela Jonnie. Va me chercher un livre, n'importe quel livre en anglais! Et amène-le-moi! Vite!

Il se tourna à nouveau vers Terl. Les pas de la sentinelle s'éloignaient. Terl glissa le boîtier de télécommande dans sa poche et garda sa patte à proximité de son arme, en cas de besoin.

La sentinelle fut rapidement de retour avec un ouvrage ancien intitulé *Poèmes de Robert Burns*. Il l'avait subtilisé au pasteur qui était en train de le lire tout en mangeant.

Jonnie l'ouvrit. Il ferait aussi bien l'affaire que n'importe quel autre livre. Il posa un doigt sur une ligne : « Toi, bête visqueuse, tremblante et couarde... »

– Tu lis, là? lança-t-il au Psychlo. En présence de l'uranium, l'homme perd ses cheveux, ses dents tombent, sa peau se couvre de cloques rouges et ses os s'effritent! Et cela au bout de quelques semaines d'exposition!

– Vous n'explosez pas?

– Il n'est pas question d'explosion dans ce livre, mais on y dit qu'une exposition permanente à l'uranium est toujours fatale! Lis toi-même!

Terl se pencha sur une ligne qui disait : « O, quelle terreur ne lis-je pas en ton sein! »

– Oui, déclara-t-il après un instant. Oui, j'ignorais cela.

– Maintenant, tu sais. (Jonnie ferma le livre en le claquant violemment.) J'ai découvert cela accidentellement. Tu ne m'en avais pas parlé. A présent, aurai-je droit à un détecteur, oui ou non?

Terl paraissait songeur.

– Ainsi, vos os tombent en poussière, hein?... Et en quelques mois.

– En quelques semaines.

Terl se mit à rire. Il laissa retomber la patte qu'il avait constamment gardée à proximité de son arme et se frappa la poitrine en luttant pour reprendre son souffle.

– Eh bien, dit-il enfin, je suppose qu'il ne vous reste plus qu'à prendre le risque, non?

La tentative de Jonnie avait échoué. Mais Terl, désormais, avait perdu toute méfiance. Il se sentait absolument sûr de lui.

– Mais je n'étais pas venu pour cela, reprit-il. Est-ce que nous pourrions aller dans un endroit moins public?

Jonnie rendit le livre à la sentinelle tout en lui adressant un clin d'œil. Et le jeune Écossais eut suffisamment de bon sens pour ne pas lui répondre par un sourire. Mais Terl furetait déjà dans son véhicule.

Il fit signe à Jonnie de le suivre et le conduisit jusqu'à la chapelle qui n'avait pas la moindre fenêtre. Il avait apporté un important rouleau de cartes et de photos et il s'assit sur le sol, invitant d'un geste Jonnie à l'imiter.

– Tous tes animaux sont entraînés, maintenant? demanda-t-il.

– Autant qu'on puisse l'espérer.

– Je te ferai remarquer que tu as eu quelques semaines supplémentaires.

– Ils y arriveront.

– Très bien. Maintenant, il va falloir devenir de vrais mineurs!

Le Psychlo déroula une carte. Elle était composée de diverses sections couvertes par le drone de reconnaissance, le tout représentant quatre mille kilomètres carrés de la région des Montagnes Rocheuses, de Denver à l'ouest.

– Tu sais lire ça?

– Oui, dit Jonnie.

Terl posa la pointe d'une griffe en haut d'un canyon.

– C'est là.

Jonnie pouvait presque sentir vibrer la cupidité dans la voix du Psychlo qui prit un ton de conspirateur pour continuer:

– C'est une veine de quartz blanc avec un filon d'or

pur. Une merveille. Mise à jour à la suite d'un glissement de terrain, il y a quelques années.

Il sortit un agrandissement photographique du lot.

C'était parfaitement net : un trait diagonal d'un blanc pur sur le flanc rouge d'un canyon. Terl choisit une vue plus rapprochée et la montra à Jonnie. On voyait distinctement des doigts d'or dans le quartz.

Jonnie s'apprêtait à parler, mais Terl leva la patte pour lui intimer le silence.

— Tu vas effectuer un vol jusque là-bas et inspecter le site de près. Quand tu l'auras vu et que tu auras trouvé comment aborder l'extraction, tu reviendras me trouver et nous résoudrons tous les problèmes qui pourront se présenter. (Il désigna le glissement sur la carte à plus grande échelle.) Essaie de mémoriser ces coordonnées.

Jonnie avait remarqué qu'aucune indication n'avait été portée sur la carte. Terl était toujours aussi rusé. Il ne voulait pas laisser traîner des indices derrière lui.

Il demeura tranquille et silencieux tandis que Jonnie étudiait la carte.

Jonnie connaissait bien ces montagnes, mais jamais encore il n'avait eu l'occasion de les voir en détail à partir de vues aériennes.

Terl rangea tous les documents qu'il avait apportés, à l'exception de la carte.

— Travaille là-dessus, dit-il en se redressant.

— Et nous avons combien de temps pour l'extraction ? demanda Jonnie.

— Jusqu'au quatre-vingt-onzième jour de l'année prochaine. Ce qui fait six mois et demi...

— Ce sera l'hiver.

Terl eut un haussement d'épaules.

— Là-bas, c'est toujours l'hiver. Deux mois d'automne et dix mois d'hiver. (Il rit.) Vas-y et vois par toi-même, animal. Prends une semaine ou deux pour tout étudier. Quand tu reviendras, nous aurons une réunion privée. Et tout cela est confidentiel, c'est compris ? Tu ne dois parler de cela à personne si ce n'est à tes camarades animaux. *A personne.*

Terl s'était éloigné en jouant avec le boîtier de télécommande et, un instant après, son véhicule filait en grondant vers le camp.

C'est ainsi que, quelques heures plus tard, Jonnie et ses compagnons survolaient les Rocheuses.

– C'est bien la première fois que j'entends dire que Robert Burns était toxique, dit l'un des Écossais.

Jonnie se retourna. Est-ce que la sentinelle les avait accompagnés?

– Tu parles psychlo aussi bien que ça? demanda-t-il.

– Bien sûr.

Le jeune Écossais lui montra les traces laissées par les coups de règle sur sa main. C'était l'un des trois qui avaient été choisis pour leur ressemblance avec Jonnie.

– J'ai écouté votre conversation d'une fenêtre du deuxième étage, ajouta-t-il. Il ne comprend pas l'anglais, n'est-ce pas?

– C'est l'un des rares avantages dont nous disposons. Je n'ai pas réussi à avoir ce détecteur d'uranium.

– Ma foi, dit Robert le Renard, bien optimiste est celui qui se croit capable de gagner toutes les batailles. Mais que sont donc tous ces villages là, en bas?

Jonnie regarda. Des cités anciennes étaient visibles un peu partout dans ce secteur des Rocheuses.

– Ils sont déserts. Ce sont d'anciennes villes minières, des villes fantômes. J'en ai visité quelques-unes. On n'y trouve que des rats.

– Triste, fit pensivement Robert le Renard. Tant d'espace et de nourriture, et plus personne. Et en Écosse, il est presque impossible de faire pousser quoi que ce soit et il n'y a pas grand-chose à manger. C'est un des moments les plus sombres de notre histoire que nous traversons en ce moment.

– Nous allons changer tout cela, dit un des jeunes Écossais.

– Aye! Si la chance est avec nous. Tout ce vaste monde plein de nourriture et pas âme qui vive! Quels sont les noms de ces grands pics qui sont juste au-dessous de nous?

– Je l'ignore, fit Jonnie. Si vous regardez la carte minière, vous verrez qu'ils ne sont désignés que par des numéros. Je pense qu'ils ont dû porter des noms autrefois mais que les gens ont fini par les oublier. Mais celui-là, là-bas, nous l'appelons simplement « Le Grand Pic ».

– Eh! s'exclama un jeune Écossais. Il y a des moutons, là-bas, sur cette montagne!

Il explorait le paysage à la lunette.

– Ce sont des mouflons, dit Jonnie. C'est une drôle de partie de plaisir pour les chasser. Ils arrivent à se tenir en équilibre sur des rochers grands comme ta main et ils sautent dès que tu t'approches pour atterrir sur un autre large comme ton pouce.

– Regardez cet ours! Il est énorme!

– Les ours vont bientôt hiberner, dit Jonnie. Ça me surprend d'en voir encore un à une telle altitude.

– On dirait que des loups le poursuivent.

– Jeunes gens, intervint Robert le Renard, nous sommes après un gibier autrement plus important! Ouvrez les yeux et essayez de localiser le canyon.

C'est peu avant une heure que Jonnie le repéra.

7

La vue était impressionnante. Dans l'air ténu et glacé, cet immense panorama donnait aux hommes le sentiment d'être minuscules.

Du mince lacet d'argent de la rivière, loin en dessous, se dressait une paroi massive, rougeâtre, dénudée. Au long des siècles, la rivière avait su trouver une strate plus tendre entre deux murailles et s'était lentement, patiemment frayé un chemin jusqu'à tailler en deux la citadelle de pierre. La gorge était profonde de trois cents mètres et large de plus de cent, pareille à une plaie béante.

Elle était dominée par plusieurs pics majestueux qui la dissimulaient au reste du monde.

La veine de quartz étincelant, épaisse de plusieurs mètres, barrait la paroi en une courte ligne diagonale. Incrusté là dans le quartz, c'était de l'or pur qui brillait et attirait le regard des hommes.

La vision était plus bouleversante que n'importe quelle photographie. C'était comme un collier de joyaux sur la peau ridée d'une vieille femme.

Tout au fond, dans le lit de la rivière, on voyait les

vestiges du morceau de falaise qui s'était effondré. A une époque, la rivière avait creusé trop profondément et avait causé un tremblement de terre. Sous l'effet du séisme, une partie de la falaise avait cédé et s'était effondrée.

Rien ne venait altérer la vue : l'année avait été sèche et la neige n'était pas encore tombée. Jonnie fit descendre l'appareil.

C'est alors qu'ils furent pris dans le vent.

Des courants violents et turbulents, compressés par la gorge profonde, hurlaient en martelant la paroi de la falaise.

Jonnie engagea la lutte pour maintenir le petit avion, ses doigts courant frénétiquement sur les touches trop larges de la console.

Il n'était plus question de filon étincelant, tout soudain. Il n'y avait plus qu'un mur immense de roche contre lequel ils pouvaient s'écraser à tout instant.

Jonnie réussit à reprendre de l'altitude et grimpa à trois cents mètres pour échapper aux courants ascendants et parvint enfin à stabiliser l'appareil.

Il se retourna vers le jeune Écossais qui avait fait allusion à Robert Burns et qui lui ressemblait. Il se nommait Dunneldeen MacSwanson.

– Est-ce que tu sais piloter cet avion? lui demanda-t-il.

Dunneldeen s'avança et prit sa place. Robert le Renard se sangla dans le siège du copilote.

La propulsion par téléportation exigeait un nombre important de corrections et une vigilance constante. Certaines étaient programmées dans les ordinateurs, d'autres étaient préprogrammées pour n'importe quel vol. L'espace lui-même était immobile et absolu, n'ayant ni temps, ni énergie, ni masse propres. Mais afin d'occuper une position relative par rapport à la masse environnante, il était nécessaire de conserver une trajectoire correspondant à la trajectoire de cette masse. La Terre tournait, ce qui impliquait presque une correction de trois mille kilomètres par heure. La Terre tournait autour du soleil, ce qui représentait une correction seconde par seconde. Le système solaire, avec toutes ses planètes, tournait également, et il fallait tenir compte de cette correction-là aussi, même si elle était infime. Et le système solaire tout entier se déplaçait à une vitesse étourdissante. Et l'univers lui-même était en mouvement par rapport à d'autres univers. Tous ces facteurs et bien d'autres encore faisaient que tout vol, dans des circonstances normales, était une prouesse. Dans ce canyon, avec les turbulences, cela devenait un cauchemar.

Les rafales intermittentes dérangeaient l'inertie de l'habitacle du moteur, ce qui obligeait à de constants changements de coordonnées.

Dunneldeen avait suivi les cours et avait été entraîné comme pilote, et il savait tout cela. Mais il venait de voir la façon dont Jonnie pianotait sur la console et il avait compris que ce n'était plus du pilotage de routine. Les touches de contrôle, par ailleurs, avaient été évidemment conçues pour les larges pattes et les griffes des Psychlos et, pour des mains humaines, le seul fait de compenser les espaces amenait une tension douloureuse des poignets.

Dunneldeen se pencha vers le canyon.

— Sûr que ce n'est pas une promenade de santé! Mais je peux toujours essayer!

Il fit descendre l'avion.

Jonnie déboucla sa ceinture et demanda qu'on lui passe un petit appareil que l'on appelait un pistolet-à-échantillon. En tirant une mèche creuse à rotation rapide dans la roche, on obtenait une « carotte » cylindrique de trois centimètres de diamètre et dont la longueur dépendait du temps que l'on mettait à rappeler la mèche.

— Commencez à prendre des clichés! cria Jonnie aux autres. Ils avaient emporté trois picto-enregistreurs, plus un instrument qui mesurait la profondeur en sous-sol et un autre qui évaluait la densité des éléments tout en établissant un schéma. Pour les Psychlos, il s'agissait d'appareils de prospection légers. Mais ce n'était pas le cas pour des humains, et leur maniement exigeait des efforts.

Les Écossais se chargèrent chacun d'un appareil et se placèrent rapidement devant les ouvertures du fuselage.

Jonnie abaissa une vitre et se tint prêt avec le pistolet-à-échantillon.

— Rapproche-nous aussi près que possible de la veine sans trop courir de risques!

– Aye! lança Dunneldeen. Ça ne va pas être de la tarte! *On y va!*

Ils plongèrent dans la fissure. Jonnie entendait claquer les doigts du jeune Écossais sur les touches de la console. Cela lui rappelait un peu le crépitement de cette arme qu'ils avaient trouvée, la Thompson. Et puis, brutalement, il n'y eut plus que le hululement du vent déchaîné dans le canyon.

L'avion fit une embardée. Ils passèrent à quelques centimètres de la paroi, puis l'appareil se mit à tressauter. Le cri des moteurs domina presque le vent tandis qu'ils luttaient pour se restabiliser.

Jonnie faisait appel à toute sa volonté pour se concentrer. Il voulait son échantillon au premier tir car, pour rappeler le filin de la mèche, il fallait du temps. La veine précieuse dansait et tanguait devant ses yeux. Soudain, elle fut juste à la bonne distance. Il pressa la détente. Il y eut une détonation, un sifflement, et la mèche creuse se planta dans la veine. En plein dans le mille!

Il déclencha le rotateur et le filin tourna en claquant dans le vent.

L'avion bascula sur le côté, plongea avec une violence douloureuse et faillit percuter la paroi opposée. L'échantillon pendait au bout du filin, en dessous de l'appareil. Jonnie réenroula rapidement le filin.

– Remonte! lança-t-il.

Dunneldeen se battit pour regagner de l'altitude et ils plafonnèrent à six cents mètres au-dessus de la falaise, hors de portée des turbulences. Il resta un instant inerte, les bras et les poignets paralysés par la douleur, le front ruisselant de sueur.

– Bon sang! C'est pire que danser avec la femme du diable! fit-il en haletant.

– Vous avez tous vos clichés, tous vos relevés? demanda Jonnie par-dessus son épaule.

Les instruments avaient fait leur travail : ils avaient toutes les densités et les profondeurs. Mais les hommes chargés des picto-enregistreurs étaient d'avis de prendre d'autres clichés. Impressionnés par la splendeur du spectacle, ils n'avaient pas pu tout photographier et ils réclamaient un nouveau passage.

– Je prends les commandes, dit Jonnie.

– Tu veux danser avec la femme du diable, MacTyler? s'exclama Dunneldeen. Nan, nan... J'ai comme l'impression que j'aurai d'autres danses comme celle-là. Je garde les commandes, merci beaucoup. (Il cria sans se retourner :) Qu'est-ce que vous voulez voir?

Ils voulaient prendre des clichés des éboulis au fond du canyon.

— Alors, fit Dunneldeen, j'espère que vous avez vu le pasteur avant de partir! On y va!

Ils piquèrent vers le fond. L'écume bouillonnante mordait les fragments de rocs. La plupart étaient immergés.

L'avion, balloté par les courants, remonta lentement vers le haut de la gorge afin qu'ils puissent prendre des clichés des deux parois. Les doigts de Dunneldeen couraient sur la console tandis que les moteurs emballés hurlaient sous la pression.

— Il y a une surchauffe quelque part! lança Robert le Renard.

En dépit de l'altitude et de la température extérieure, il faisait soudain plus chaud dans la cabine. Les habitacles des moteurs étaient trop fortement sollicités par les modifications d'inertie.

Ils remontèrent vers le sommet de la falaise. Jonnie l'examina tandis que les picto-enregistreurs ronronnaient.

Il n'y avait pas la moindre surface plane où poser un appareil. De toutes parts, il ne voyait que des aiguilles, des crevasses et des arêtes. Et pas le moindre espace pour installer une plate-forme de forage suspendue.

Puis il s'aperçut d'autre chose et demanda que l'on prenne des clichés du fond du canyon depuis le haut de la falaise. La paroi n'était pas du tout à l'aplomb, mais nettement inclinée vers l'intérieur. Si quoi que ce soit était descendu à la verticale depuis le bord, l'écart par rapport à la paroi serait de cinq ou six mètres. Comment pouvaient-ils espérer installer des filets à minerai dans ces conditions?

Ils continuèrent de survoler la falaise et Jonnie fit une nouvelle découverte :

— Prenez d'autres vues du sommet, à la verticale!

Oui, à présent, c'était particulièrement évident. Il existait une fissure parallèle au bord de la falaise, à une dizaine de mètres. Pareille à celle qui avait mis à découvert la veine. Une *deuxième* fissure. Qui n'attendait qu'un autre séisme. Et alors, ce serait la veine tout entière qui basculerait au fond de la gorge.

Ils prirent de l'altitude et les opérateurs des pictos enregistrèrent une série de vues générales du panorama aussi vaste que magnifique.

– Avec ta permission, MacTyler, dit Dunneldeen, si nous rentrons, je préférerais céder ma place à Thor...

Jonnie se contenta d'acquiescer. Un jeune homme, qui lui ressemblait autant que Dunneldeen, s'installa dans le siège de pilotage avec la même détermination que le jeune Écossais. On l'avait surnommé Thor à cause de ses origines suédoises.

Dunneldeen reprit sa place à l'arrière et demanda :

– Est-ce que nous allons vraiment travailler là-dedans? Ça va pas être triste!

L'échantillon que Jonnie tenait au creux de sa main était à la fois de quartz et d'or. Il était d'une grande beauté. C'était donc ça l'objet de la convoitise de Terl, l'appât qui était peut-être leur seule et unique chance. Il se demanda combien de vies cela coûterait.

– On rentre, dit-il à Thor.

Et, pendant le voyage de retour, ils restèrent silencieux.

8

L'air désinvolte, Jonnie faisait le tour du camp avec Fend-le-Vent. Il avait les nerfs tendus. Ce qu'il faisait était dangereux mais, à le voir ainsi chevaucher paisiblement, nul ne s'en serait douté. C'était le jour du transfert bisannuel et tout le personnel de l'exploitation s'agitait. Les gestes étaient brusques et les expressions inquiètes.

Jonnie avait mis en place un picto-enregistreur dans un arbre qui dominait l'exploitation et il avait dissimulé une télécommande dans la besace accrochée à sa ceinture. L'enregistreur était chargé avec un disque à longue durée, ce qui ne voulait pas dire qu'on pouvait le laisser tourner des heures durant. D'où la télécommande, car Jonnie voulait emmagasiner autant d'informations que possible. Il savait que Robert le Renard l'aurait désapprouvé car il faisait là le travail d'un éclaireur, purement et simplement. Et si jamais Terl venait à découvrir le picto-enregistreur ou la télécommande, il pourrait y avoir des répercussions.

Jonnie avait décidé de remettre à plus tard le rapport qu'il devait faire à Terl, s'appuyant sur les instructions du Psychlo lui-même : « Environ une fois par semaine. » C'était Ker, toujours aussi bavard, qui lui avait appris la date du transfert bisannuel.

Jonnie lui avait demandé de venir examiner le moteur du petit avion. Il était essentiel de savoir ce qu'il en était exactement. S'il s'agissait d'une panne, c'était une chose, mais si l'appareil était trop fragile pour leur mission, c'était une autre affaire, bien plus grave.

Ker était arrivé en grommelant un peu : après tout, il était officier des opérations et non mécanicien. Mais c'était Terl en personne qui lui avait donné l'ordre de venir.

La mauvaise humeur du petit Psychlo fut cependant tempérée lorsque Jonnie lui offrit un petit anneau d'or qu'un éclaireur avait découvert au « doigt » d'un vieux squelette tombé en poussière depuis longtemps.

– Pourquoi me donnes-tu ça ? avait-il demandé d'un air soupçonneux.

– C'est un simple souvenir, avait dit Jonnie. Sans grande valeur.

Mais l'objet avait une valeur certaine. Celle d'un mois de salaire.

Ker donna un léger coup de croc dans l'anneau pour vérifier qu'il s'agissait bien d'or pur.

– Tu as besoin de quelque chose, n'est-ce pas ? demanda-t-il enfin.

– Mais non. J'avais deux de ces anneaux, alors je t'en donne un. Après tout, il y a un moment qu'on travaille ensemble, non ? On est du même puits.

En termes psychlos, cela désignait un ami qui vous avait tiré d'un accident de mine ou d'une mauvaise bagarre.

– Oui, c'est vrai, approuva Ker.

– De plus, ajouta Jonnie, il est possible que je désire qu'on tue quelqu'un.

Ker partit d'un rire joyeux. Il aimait les bonnes plaisanteries. Il glissa l'anneau dans une poche et se pencha sur le moteur de l'avion.

Une demi-heure plus tard, il rejoignit Jonnie qui s'était allongé à l'ombre.

– Tout marche bien. S'il a chauffé, c'est parce qu'on l'a trop poussé. Mais il faudra faire attention. Si tu y vas trop fort, il va terminer en fumée.

Jonnie le remercia. Ensuite, ils se mirent à bavarder. Ker, surtout. Il se plaignait d'être trop pressé par les horaires et Jonnie lui posa une question d'un air indifférent :

– Que se passe-t-il au 91e Jour de la nouvelle année.

– Où est-ce que tu as appris ça ?

– C'est affiché dans le camp.

Un instant, Ker gratta la toison grasse de son cou.

– Tu as sûrement dû mal lire. Ça doit être le 92e Jour. C'est la date du transfert bisannuel. Il a lieu dans sept jours exactement. Et ça crée beaucoup de soucis...

– Pourquoi ? Il est différent des autres transferts ?

– Ah, tu as bien dû y assister déjà, quand tu étais dans ta cage, là en bas. Tu sais bien, les transferts bisannuels...

Jonnie se dit qu'il avait certainement dû assister à cet événement mais, à l'époque, il n'avait rien compris. Il afficha une expression stupide.

– C'est un transfert lent, reprit Ker. Il n'est pas question de minerai, mais de personnel. Ceux qui arrivent et ceux qui repartent. Y compris les morts.

– Les morts ?

– Oui, les Psychlos qui meurent ici sont renvoyés chez eux. A cause de leur salaire qu'il faut décompter et aussi parce qu'on ne veut pas que des étrangers puissent les disséquer, je suppose. C'est le règlement de la Compagnie. Complètement dingue. Ça nous crée des tas de problèmes. On les met dans des cercueils et on les garde à la morgue jusqu'à ce que... Bon sang, Jonnie ! Tu connais la morgue... Pourquoi je te raconte tout ça ?...

– Ça vaut mieux que de travailler, dit Jonnie.

Ker eut un éclat de rire pareil à un aboiement.

– Ça, c'est bien vrai ! En tout cas, un transfert lent,

ça veut dire trois minutes de préparation et ensuite : zip! Deux fois par an, pour l'échange de personnel et le transfert des morts, on maintient une tension entre ici et la planète mère. Ils nous expédient d'abord les nouveaux, et deux heures après, on leur envoie le personnel rapatrié avec les morts.

– Tu sais, continua-t-il, il vaudrait mieux que tu ne traînes pas trop dans le coin pendant les transferts ordinaires. Je t'ai vu te balader à cheval quelquefois. Pour le minerai et les messages, il n'y a rien à craindre, mais n'importe quel être vivant serait déchiré, réduit en morceaux. C'est ça, la différence. Pendant un transfert lent, les corps restent intacts, vivants ou morts. Si jamais tu as dans l'idée de gagner Psychlo, Jonnie, n'y va surtout pas avec le minerai!

Ker parut trouver cette réflexion particulièrement drôle et rit longtemps. Évidemment, un humain n'avait pas la moindre chance de survivre plus de deux minutes sur Psychlo, à cause de l'atmosphère et de la pesanteur.

Jonnie rit également. Il n'avait pas l'intention de se faire transférer sur Psychlo.

– Mais ils enterrent vraiment les corps, là-bas? demanda-t-il.

– Absolument. Et ils ont droit à des tombes avec leur nom et tout ça... Ça fait partie du contrat de tous les employés. Bien sûr, le cimetière est situé à l'extérieur de la ville dans un ancien dépotoir et personne ne va jamais le visiter. Mais ça fait partie du contrat. C'est idiot, non?

Jonnie acquiesça.

Ker le quitta de très bonne humeur.

– N'oublie pas de me dire qui tu voulais faire tuer, dit-il.

Et il s'éloigna dans son vieux camion en hurlant de rire.

Jonnie leva les yeux vers la fenêtre derrière laquelle Robert le Renard s'était tenu caché pour enregistrer la conversation.

– Vous pouvez arrêter, dit-il.

– C'est fait, dit Robert en se penchant par la fenêtre.

– Je crois savoir comment Terl a l'intention d'expédier l'or sur Psychlo. Dans les cercueils!

Robert le Renard acquiesça.

– Aye! Tout cadre! Il les charge ici, et plus tard il profitera d'une nuit sombre sur sa planète pour tout récupérer. Quel vampire!

Pour toutes ces raisons, Jonnie était donc présent à proximité du site de transfert afin de recueillir toutes les informations qui pourraient s'avérer nécessaires.

Le transfert de la planète mère n'était pas encore arrivé et Terl s'activait de tous côtés pour assurer l'organisation. Les employés administratifs et le personnel médical étaient prêts à accueillir les nouveaux venus. Il avait la certitude qu'il y en aurait pas mal, car Numph empochait pour chaque employé et avait en outre annoncé un nombre important de recrues.

Pour l'heure, les techniciens s'activaient à vérifier le réseau de câbles qui entourait l'aire de transfert. Une lampe blanche s'alluma. Jonnie, qui se trouvait à mi-pente, fit arrêter Fend-le-Vent et déclencha la télécommande du picto-enregistreur.

Une autre lampe, rouge celle-là, clignota au-dessus du dôme des opérations. Une sirène mugit et un haut-parleur lança : « Écartez-vous! Écartez-vous! »

Les câbles se mirent à bourdonner doucement. Jonnie consulta la montre psychlo qu'il portait au poignet, aussi grosse qu'un navet, et nota soigneusement l'heure.

Un grondement s'éleva qui allait s'accentuant. Les arbres se mirent à vibrer au rythme du sol. Et l'air, à son tour, entra en résonance avec un pouls électrique.

Tous les employés avaient évacué la plate-forme. Toutes les machines et tous les moteurs étaient stoppés. Il ne restait plus désormais que ce grondement qui allait crescendo.

Au-dessus du dôme, une grande balise violette s'illumina.

L'image de la plate-forme se déforma comme sous l'effet de vagues d'air chaud. Et trois cents Psychlos s'y matérialisèrent.

Ils demeurèrent sur place avec leurs bagages en un troupeau disparate, coiffés de leurs casques respiratoires, tournant la tête de tous côtés, titubant légèrement. L'un d'eux s'effondra.

Une lampe blanche se mit à clignoter.

– Coordonnées maintenues! appela le haut-parleur.

Les infirmiers se précipitèrent en direction du Psychlo évanoui avec une civière pendant que des porteurs convergeaient sur la plate-forme. Les gens de l'administration, pour leur part, étaient occupés à regrouper les nouveaux venus en un troupeau compact qu'ils transformèrent très rapidement en une longue file d'attente.

Terl s'empara d'une liste que lui présentait un employé et entreprit de palper les uniformes, en quête d'armes ou de marchandises de contrebande. Il travaillait rapidement, un détecteur dans une main. Il extrayait parfois un article qu'il jetait sur une pile d'objets interdits qui grandissait rapidement. Il procédait par gestes vifs, mécaniques, comme s'il mitraillait la file.

Les nouveaux arrivants étaient conduits par les employés vers des transports ou en direction des logements du camp. Ils évoquaient des géants assoupis : ils avaient acquis l'habitude de ce processus et n'accordaient que peu d'attention à ce qui se passait autour d'eux. Ils ne protestaient même pas lorsque Terl s'emparait de certains objets. Ils n'étaient ni hostiles, ni coopératifs.

Jonnie les observait du haut de son tertre et se faisait la réflexion que ces nouveaux Psychlos formaient un contraste absolu avec les Écossais passionnés par la vie et par les choses.

Et puis, soudain, il remarqua quelque chose et observa attentivement. Terl était à présent aux deux tiers de la file et venait de s'arrêter. Il observait attentivement un arrivant. Brusquement, il recula et fit signe à tous ceux qui attendaient encore dans la file de passer. Il les laissa défiler devant lui sans esquisser le moindre geste pour les fouiller.

Quelques minutes plus tard, tous les nouveaux étaient installés dans les baraquements ou se tenaient prêts à partir vers d'autres mines.

– Coordonnées et liaison maintenues en phase deux! gronda le haut-parleur.

Au sommet du dôme, la lampe blanche se mit à émettre des éclairs intermittents. Les appareils qui transportaient les nouveaux venus lancèrent leurs moteurs et décollèrent.

Jonnie comprit alors qu'aucune interférence ne pouvait intervenir sur la fréquence de liaison. A partir de ce qu'il connaissait sur la téléportation, il en conclut que les moteurs ne pouvaient fonctionner pendant un transfert. C'était là un point important. Les moteurs à principe de téléportation créaient des interférences pendant les transferts entre la Terre et Psychlo.

C'était pour cette raison que les Psychlos utilisaient des transporteurs pour acheminer le minerai : parce qu'ils ne pouvaient pas le téléporter localement d'un point à un autre. Il existait une différence essentielle entre les petits moteurs à téléportation des avions et la téléportation de minerai entre les planètes et les univers.

Vraisemblablement, si un moteur tournait à proximité de l'aire de transfert alors que les câbles vibraient, il perturbait l'espace local et le transfert risquait d'échouer.

Jonnie comprenait que ce qu'il observait là était une liaison entre l'espace de Psychlo et celui de la Terre. Et une liaison secondaire maintenait les coordonnées soudées. Il eut une vision des techniciens, dans la tour de contrôle, pianotant un staccato sur les touches afin de maintenir l'alignement des deux mondes pour le second lancement.

C'était celui qui intéressait tout particulièrement Jonnie. Apparemment, le moment n'était pas encore venu et il arrêta son picto-enregistreur. Après un certain laps de temps – il avait mesuré exactement une heure et treize minutes – la lumière blanche du dôme se mit à clignoter sur un rythme très rapide.

– Écartez-vous pour le lancement de retour sur Psychlo! lança le haut-parleur.

Le transfert bisannuel requérait apparemment une consommation d'énergie bien plus importante. Un bourdonnement léger persistait dans l'air. Les techniciens avaient mis en place des perches auxiliaires sur les grands poteaux.

Des engins-balais sillonnaient en ronronnant la plate-forme pour la nettoyer de tous les débris que les nouveaux arrivants auraient pu y abandonner.

Jonnie remarqua que personne n'était en poste aux détecteurs de la courroie de transport et que tous les appareils de traitement du minerai étaient également abandonnés. Il avait espéré passer devant le crible avec son échantillon d'or dans la poche pour voir s'il contenait de l'uranium, mais ce n'était pas possible, puisque tous les appareils étaient arrêtés.

Terl se dirigeait de son pas lourd vers la morgue. Jonnie appuya sur la touche de télécommande pour remettre en marche le picto-enregistreur. Les Psychlos s'activaient à nouveau autour de la plate-forme de transfert. Le haut-parleur annonça : « Coordonnées et liaison maintenues en phase deux ! » Ils étaient toujours alignés avec Psychlo.

Jonnie imagina la lointaine planète, à des univers de distance, pareille à un énorme chaudron bouillonnant, épais et violet, infectant les mondes, propageant la souffrance. Là, sous ses yeux, il y avait quelques parcelles de cet univers, de cet espace lié à l'espace de la Terre. Il eut l'image de ce parasite tellement plus grand que l'hôte qu'il mimait : vorace, impitoyable. Un monde où le mot « cruauté » n'existait même pas.

A présent, Terl ouvrait la morgue. Des élévateurs passèrent devant lui et entrèrent dans la morgue. Terl tenait une liste dans une patte. Quand le premier élévateur sortit de la morgue, chargé d'un cercueil, Terl vérifia le numéro inscrit sur le couvercle et cocha sa liste. Puis l'élévateur fila jusqu'à la plate-forme où il déposa son chargement avec un bruit mat. Déjà un deuxième élévateur sortait de la morgue. Une fois encore, Terl vérifia le numéro porté sur le couvercle, puis laissa partir le cercueil vers la plate-forme. Un troisième et un quatrième se succédèrent rapidement. Déjà, le premier revenait prendre en charge un nouveau cercueil.

C'est ainsi que, sous le regard attentif de Jonnie, seize cercueils furent chargés sans ménagement sur la plate-forme de transfert.

Les employés rapatriés s'étaient rassemblés en ligne après avoir débarqué d'un engin de transport avec tous leurs bagages. Terl procéda à l'inspection de leurs vêtements et de leurs affaires personnelles. Ils étaient douze en tout. L'instant d'après, ils prirent place à bord de camions avec leurs bagages et gagnèrent l'aire de transfert.

Maintenant, la lampe blanche ne clignotait plus.

– Coordonnées en phase un! Stoppez les moteurs!

Les douze Psychlos rapatriés se tenaient immobiles, debout, ou bien assis sur leurs bagages, avec les seize cercueils.

Jonnie fut tout à coup frappé par le fait que personne ne faisait le moindre signe d'adieu. Des compagnons de travail repartaient et cela ne semblait rien signifier pour ceux qui restaient. A moins que... songea-t-il en examinant plus attentivement la scène. Car les conducteurs des divers engins semblaient avoir des gestes encore plus sauvages qu'à l'ordinaire. A cette distance, il était impossible de distinguer leurs expressions sous leurs casques, mais Jonnie avait le sentiment très net qu'ils enviaient ceux qui repartaient.

Une sirène résonna et une lampe rouge se mit à clignoter au-dessus du secteur des opérations.

– Interdiction d'approcher! lança le haut-parleur.

Dans le bourdonnement des câblages, Jonnie consulta sa montre psychlo.

Le sol se mit à vibrer, un frémissement parcourut le feuillage des arbres. Le ronronnement se changea en un vrombissement.

Deux minutes passèrent.

La lampe violette s'alluma.

Un nuage de brume palpitante se forma au-dessus de la plate-forme.

Les Psychlos avaient disparu, avec leurs bagages et les seize cercueils.

Jonnie perçut une onde sonore ainsi qu'une espèce de frémissement qui émanait du réseau de câbles. Ça ressemblait à un effet de recul.

Il y eut un appel de sirène sur un ton différent. Une lampe blanche clignota et le haut-parleur lança :

– Fin du lancement. Relancez les moteurs. Retour à l'activité normale!

Terl était occupé à fermer la morgue. Puis il s'engagea sur la pente. Jonnie coupa le picto-enregistreur et commença à s'éloigner. Terl paraissait très absorbé dans ses pensées, mais le mouvement de Jonnie attira néanmoins son attention.

– Ne traîne pas dans le coin! lança-t-il.

Jonnie se dirigea vers lui.

– Je ne veux plus te voir par ici, ajouta le Psychlo. Éloigne-toi.

– Et les filles?

– Je m'en occupe. Je m'en occupe.

– Je voulais faire mon rapport.

– Tais-toi!

Terl regarda tout autour d'eux. Était-il effrayé? Il se rapprocha de Jonnie.

– Je viendrai te voir demain, ajouta-t-il. Mais désormais, ne rôde plus dans le coin!

– Mais je...

– Regagne ton véhicule et retourne à ta base. Immédiatement!

Cette nuit-là, ce ne fut pas une mince affaire que d'aller récupérer le picto-enregistreur sur l'arbre où il était dissimulé. Mais Jonnie y parvint en utilisant une tenue antithermique.

Qu'était-il donc arrivé à Terl? se demandait-il.

HUITIÈME PARTIE

1

– Impossible de l'extraire, déclara Jonnie à Terl. Il va nous falloir beaucoup de conseils et énormément d'adresse.

Le comportement du Psychlo le mettait mal à l'aise. Leur conférence avait déjà deux jours de retard.

Ils s'étaient retrouvés dans un boyau de mine abandonné, à vingt mètres sous terre et à deux kilomètres de la « base de défense ». Le lieu était poussiéreux et dangereux, car le poutrellage commençait à céder.

Terl était arrivé à la base dans le plus parfait silence : il avait laissé son véhicule dissimulé dans les fourrés, au fond d'une ravine, et il avait couvert le reste du chemin à pied, avec un bouclier anti-chaleur sur la tête pour ne pas courir le moindre risque d'être repéré. La sentinelle avait failli l'abattre en le voyant surgir des ténèbres. Rapidement, en quelques gestes, il avait expliqué qu'il voulait voir Jonnie. Le Psychlo l'avait ensuite conduit jusqu'à cette mine abandonnée, puis il avait soigneusement sondé l'endroit.

Le monstre n'avait pas semblé intéressé par quoi que ce soit. Jonnie, sur une visionneuse, lui avait montré les photos du filon avant de lui parler de la surchauffe du moteur et des rafales de vent; mais Terl s'était contenté d'émettre quelques vagues murmures.

A vrai dire, le Psychlo était très inquiet. Lorsque les nouvelles recrues étaient arrivées, Terl avait fait son devoir et dûment vérifié l'identité de chacun. Et c'est alors que, aux deux tiers de la file, il s'était trouvé face à face avec *lui*.

Le nouvel arrivant avait la tête penchée et il était difficile de distinguer son visage au travers du casque de transfert mais Terl savait qu'il ne se trompait pas.

C'était Jayed!

Terl l'avait rencontré pour la première fois alors qu'il n'était encore qu'étudiant. C'était à propos d'un crime qui n'avait pas été résolu et dont Jayed, apparemment, avait trouvé la solution.

Jayed n'était pas un agent de la Compagnie. Il appartenait au redoutable Bureau Impérial d'Enquête. Le B.I.E.

Non, Terl ne se trompait pas. Aucune erreur possible. C'était bien le même visage rond avec ses bajoues, le croc gauche cassé, la bouche et les os-paupières sans couleur, les pattes rongés par la gale. Pas de doute, c'était Jayed...

Pour Terl, le choc avait été tel qu'il avait été dans l'incapacité de poursuivre son inspection. Il avait simplement laissé passer le reste de la file. Quant à Jayed, il avait paru ne s'apercevoir de rien. Mais rien n'échappait au B.I.E.

Pourquoi était-il venu? Sur cette planète précisément?

Sur les listes de recrutement, il avait été porté sous le nom de « Snit », avec la mention « travailleur sans spécialité ». Ce qui signifiait clairement pour Terl qu'il devait être en mission secrète.

Mais pourquoi? Cela avait-il un quelconque rapport avec Numph et le trafic des fiches de paie? Ou bien... (Terl en frémit) avec les animaux et l'or?...

Sa première idée fut d'aller liquider les animaux à coups d'éclateur, de ramener tous les véhicules et de prétendre que toute cette affaire avait été montée par Numph et qu'il avait dû intervenir pour y mettre fin.

Deux jours durant, Terl attendit que Jayed entre en contact avec lui et lui expose sa mission. Il lui en donna toutes les chances. Mais Jayed se rendait régulièrement à la mine avec les autres travailleurs.

Terl n'osait pas prendre le risque de placer une caméra-bouton pour le surveiller, car Jayed la repérerait certainement. Il n'osait pas non plus interroger les camarades de travail de Jayed pour essayer d'apprendre quel genre de questions posait l'agent du B.I.E., car tôt ou tard, il le savait, cela risquait de revenir aux oreilles de Jayed.

Mais Terl, lui non plus, ne décelait pas la moindre caméra-bouton à proximité, pas le plus subtil appareil de surveillance.

Donc, dans cet état de tension très particulier, Terl avait décidé de rester sur ses gardes et d'attendre le prochain courrier en transfert où Jayed glisserait certainement un premier rapport.

Voilà pourquoi il dut prendre sur lui-même pour examiner les images que lui montrait Jonnie. Oui, l'approche du filon semblait particulièrement difficile. Mais cela, il l'avait toujours su.

— Des vents? demanda-t-il.

— Oui, cela provoque une surchauffe des moteurs. Et une plate-forme de forage ne resterait pas en place suffisamment longtemps pour nous permettre de faire du travail efficace.

Le mineur qu'était Terl s'éveilla.

— Il faudrait planter des longues chevilles dans la falaise. A partir de là, on pourrait construire une plate-forme. Précaire, d'accord, mais les chevilles tiennent quelquefois.

— Il nous faudrait un endroit pour nous poser au sommet...

— Il suffit d'en dégager un à coups d'explosifs.

Jonnie lui montra alors un cliché sur lequel on voyait nettement l'entaille. L'image révélait nettement que toute la veine d'or pouvait basculer vers le fond de la gorge.

— Impossible d'utiliser des explosifs, dit-il.

— Alors des foreuses. On peut y arriver en forant. Pénible, mais possible. Prenez la fissure à revers et creusez vers elle.

Mais déjà, le Psychlo pensait à autre chose, lointain, préoccupé.

C'est à ce moment-là que Jonnie prit conscience que Terl redoutait quelque chose. Et il se dit que si le projet venait à être abandonné, Terl commencerait par les supprimer tous, pour effacer toute preuve ou par pur sadisme. Il décida par conséquent qu'il fallait maintenir l'intérêt de Terl.

— Oui, fit-il, ça pourrait marcher.

— Quoi donc?

— Eh bien, en creusant par-derrière, vers la fissure. En maintenant la plate-forme volante juste au-dessus, en suspens, à l'écart des turbulences.

– Oh, ça... oui!

Jonnie sut que Terl était en train de lui échapper.

En cet instant, ce n'était plus l'écran de la vision-neuse que voyait Terl, mais le visage de Jayed.

– Je ne t'ai pas montré l'échantillon, dit Jonnie.

Il sortit le cylindre de roche et inclina sa lampe.

Le quartz blanc pur et l'or scintillèrent dans la lumière.

Terl fut arraché à sa rêverie morne. Oui, c'était un magnifique spécimen! Il le prit entre ses griffes et, délicatement, gratta l'or. Oui, c'était bel et bien de l'or pur!

Il le caressa doucement. Il se voyait déjà de retour sur Psychlo : riche et puissant, dans une grande villa. Toutes les portes s'ouvraient devant lui. Quand il passait dans la rue, des serres le désignaient et on murmurait : « C'est *Terl*! »

– Très beau! fit-il. Magnifique!

Jonnie attendit un moment, puis dit :

– Nous allons tenter de l'extraire.

Terl tenait toujours l'échantillon dans sa patte. Il se redressa dans l'étroit boyau. La poussière dansait autour de la lampe.

– Tu peux le garder, dit Jonnie.

Terl réagit comme si le cylindre était soudain brûlant :

– Non, non, non! Il faut le cacher! Enterre-le dans un trou.

– D'accord. Et nous essaierons d'extraire le filon.

– Oui.

Jonnie retint un soupir de soulagement intense.

Mais lorsqu'ils se séparèrent à l'entrée du boyau, Terl ajouta :

– Pas de contacts radio. Sous aucun prétexte. Et ne survolez jamais le camp. Dirigez-vous vers les montagnes cap à l'est, et restez à basse altitude au départ comme à l'arrivée. Établissez une deuxième base provisoire dans les collines et opérez à partir de là.

Mais surtout, restez à l'écart du camp. Je veillerai à ce que tes femelles soient nourries.

– Il faut que j'aille les prévenir qu'elles ne me verront plus pendant quelque temps.

– Pourquoi?

– Elles s'inquiéteraient.

Jonnie comprit brusquement que Terl était incapable d'admettre ce concept et il ajouta aussitôt :

— Elles pourraient faire des histoires, semer le trouble...

— C'est d'accord. Je t'autorise à leur rendre une fois visite. Tiens, voilà un bouclier antithermique. Tu sais où sont mes quartiers. Tu allumeras ta lampe trois fois.

— Ce serait plus simple de me laisser les emmener à la base.

— Oh, non, certainement pas. (Le Psychlo tapota le boîtier de télécommande.) Tu es encore sous mes ordres.

Jonnie le regarda s'éloigner lourdement dans la nuit et disparaître. Terl était dominé par la peur. Et il pouvait y succomber et changer d'idée à tout moment.

C'est un Jonnie très perturbé qui regagna la base.

2

Ils survolaient le gisement. Jonnie se trouvait en compagnie de Robert le Renard, de ses trois « répliques » et des chefs d'équipe. Ils étaient à haute altitude. L'air était cristallin et les montagnes majestueuses se déployaient sous eux. Ils tournaient en rond, en quête d'une zone d'atterrissage possible à proximité de la faille.

— Il n'y a guère que le diable qui pourrait résoudre notre problème! grommela Robert le Renard.

— Ce terrain est vraiment impraticable, dit Jonnie.

— Oh, non, je faisais allusion à un diable bien particulier : ce démon de Terl. D'un côté, il faut que nous exploitions ce filon, et de l'autre, c'est la dernière chose que nous souhaitons pour lui. Je sais parfaitement qu'il est prêt à tous nous tuer s'il perd espoir. Mais je crois que je préférerais encore mourir que de le voir gagner.

— Nous avons le temps pour nous, dit Jonnie en inclinant l'avion pour un nouveau passage.

– Aye! Aye! fit Robert le Renard. Le temps a la sale habitude de ficher le camp aussi vite que l'air dans une cornemuse. Si on n'a pas fini au quatre-vingt-onzième jour, on est fichus.

– MacTyler! appela Dunneldeen depuis l'arrière de l'appareil. Regarde cet endroit, là, en bas, à une cinquantaine de mètres du bord. Un peu à l'ouest. Ça me semble nettement plus plat que tout le reste, non?

Une véritable bordée de rires lui répondit. Parce que, en vérité, il n'y avait pas la moindre surface plane au sol. Le terrain évoquait les Alpes en miniature, il était tout en crêtes, en pics, en arêtes.

– Dunneldeen, tu me remplaces, dit Jonnie.

Il quitta son siège mais attendit que le jeune Écossais soit aux commandes pour regagner l'arrière.

Il prit alors un rouleau de cordite, puis entreprit de se boucler dans un harnais. Les autres se précipitèrent pour l'aider.

– Je voudrais qu'on reste à trois ou quatre mètres au-dessus de ce point. Je vais descendre et essayer de dégager une surface pour qu'on puisse se poser.

– Non! dit Robert le Renard. (Il désigna David MacKeen, l'un des chefs d'équipe.) David, enlève-lui tout ça! Il n'est pas question que tu risques ta vie comme ça, MacTyler!

– Désolé, mais c'est moi qui connais le mieux ces montagnes!

La réponse était tellement illogique que Robert le Renard en resta comme deux ronds de flan. Puis il partit d'un rire énorme :

– MacTyler, tu es un brave garçon, mais tu as un fichu caractère!

Dunneldeen était enfin parvenu à maintenir l'avion en point fixe et Jonnie lutta pour ouvrir la porte.

– Ça prouve que je suis un vrai Écossais! lança-t-il.

Cette fois, personne ne rit. Ils étaient tous trop tendus. L'appareil vibrait et tressautait à quelques mètres du sol accidenté et, même à cet endroit, à moins de cinquante mètres du bord de la falaise, les rafales de vent restaient violentes.

Jonnie se laissa descendre, puis attendit que le câble ait du mou. Il fallait faire attention à ne pas tout faire sauter, car la falaise basculerait et tomberait au fond du canyon. Du regard, il explora les alentours et découvrit une saillie aiguë. Il passa la cordite autour, aussi bas et horizontalement que possible, puis déclencha la mise à feu.

Il agita la main, le câble se tendit et il se retrouva dans les airs, balancé au gré du vent.

La cordite explosa dans un éclair et le grondement se répercuta dans les montagnes. L'instant d'après, l'écho revint.

On le reposa dans le nuage de poussière que les rafales de vent commençaient à disperser. D'un coup de pistolet, il planta un piton dans le bloc de roche dégagé par l'explosion, puis on lui envoya un filin depuis l'avion et il l'attacha solidement au piton. Normalement, si ses calculs étaient bons, la dent devait céder.

On le remonta un peu dans le gémissement douloureux des moteurs. Et le bloc céda. L'énorme masse roula jusque dans un creux, laissant une aire plane.

On fit redescendre Jonnie et il trancha le filin.

Il se mit au travail. Cela lui prit une heure. Il dégagea soigneusement la surface libérée, repoussant les débris de rocs dans des creux alentour et, bientôt, une zone d'atterrissage d'une vingtaine de mètres de diamètre fut disponible à cinquante mètres du bord de la falaise.

Et l'avion put enfin se poser.

David, le chef d'équipe, s'approcha prudemment de la fissure, à une dizaine de mètres du bord de la falaise, le vent menaçant d'emporter son bonnet. Il fit descendre un instrument de mesure dans les profondeurs de la fissure. Ainsi, ils sauraient si elle s'élargissait.

Jonnie s'approcha du bord de la falaise, s'allongea et, tandis que Thor le maintenait par les chevilles, il essaya de distinguer la veine. Sans y parvenir, puisque la paroi n'était pas verticale.

Les autres fouillaient les alentours du regard.

Jonnie revint à l'avion. Il avait les mains écorchées. Dans un pareil endroit, il était impossible de travailler sans gants. Il demanderait aux femmes de leur en confectionner.

— Eh bien, on a finalement réussi à se poser, remarqua Robert le Renard.

Le ronflement du drone de reconnaissance s'enflait

dans le lointain. Chacun avait ses instructions. Les trois faux-Jonnie se dissimulèrent dans le fond de l'appareil et Jonnie demeura bien en vue.

Quelques minutes s'écoulèrent puis le boum ultrasonique résonna violemment quand le drone passa au-dessus d'eux. La terre trembla et le sol frémit. Et l'engin-robot disparut à l'horizon.

– Tout ce que l'on peut espérer, dit Dunneldeen en réapparaissant, c'est que les vibrations de cette chose ne vont pas précipiter l'effondrement de cette falaise...

Jonnie rassembla toute l'équipe autour de lui.

– Désormais, leur dit-il, nous disposons d'un point de ravitaillement. La première chose à faire, c'est de dresser une clôture de sécurité et de construire un abri. D'accord?

Ils approuvèrent tous.

– Demain, reprit Jonnie, nous prendrons deux avions. L'un emportera le matériel et l'autre sera équipé de deux foreuses. Nous allons tenter de construire une plate-forme de travail pour attaquer la veine. Elle sera soutenue par des chevilles plantées dans la falaise, juste en dessous de la veine. Examinez les lieux et déterminez dès maintenant l'équipement dont nous allons avoir besoin : bacs à minerai, poulies de sécurité et tout ça...

Et c'est ainsi qu'ils se mirent au travail sur cet or qu'ils ne souhaitaient pas extraire, mais qu'il leur fallait exploiter. Car l'or était le seul appât qu'ils pouvaient placer dans le piège.

3

Allongé dans l'herbe sèche sur un tertre, Jonnie observait le camp, au loin, à l'aide de lunettes psychlos à infra-rouge. Il s'inquiétait pour Chrissie.

Deux mois avaient passé et il avait le sentiment que leurs chances allaient diminuant. Le seul élément heureux était que la neige n'était pas encore venue. Mais l'hiver était rude, cependant, et la morsure du vent, cruelle.

Sous ses doigts, les énormes lunettes étaient glacées. Et leurs dimensions lui interdisaient d'utiliser les deux oculaires dont l'écartement avait été prévu pour les Psychlos.

La plaine était vaguement illuminée par le reflet de la lune sur le grand pic coiffé de neige qui se dressait à l'horizon, derrière Jonnie.

Il essayait en vain de distinguer le feu de Chrissie. Par expérience, il savait qu'il aurait dû l'apercevoir depuis l'éminence où il se trouvait. Mais, jusqu'à présent, il n'avait pas discerné la moindre lueur.

La dernière fois qu'il avait eu l'occasion de voir Chrissie, deux mois auparavant, il avait entassé du bois dans sa cage et lui avait apporté du blé à bouillir ainsi que quelques laitues tardives et des radis du potager des femmes. Elle disposait encore d'une certaine réserve de viande fumée, mais qui ne durerait plus guère longtemps.

Il avait essayé de son mieux de la consoler, sans grand succès. Elle ne pouvait croire à la fausse confiance qu'il affectait.

Il lui avait aussi donné l'un des couteaux en acier inoxydable rapportés par un éclaireur et elle avait fait semblant d'être ravie et surprise, puis elle lui avait dit qu'ainsi elle pourrait plus facilement découper la viande et traiter les peaux.

Depuis longtemps, Jonnie n'avait pas eu la moindre nouvelle de Terl. Le Psychlo lui avait interdit l'accès du camp et tout contact radio, et il avait attendu en vain de le voir paraître à la base.

Peut-être Terl croyait-il qu'ils avaient quitté les lieux. Il était vrai qu'ils avaient installé un petit camp provisoire non loin de la veine, dans une vallée cachée. Ils y avaient apporté des machines d'appoint et du ravitaillement en même temps que les trois équipes qui devaient attaquer la veine et l'une des femmes pour assurer la cuisine et la lessive. Il existait un village minier abandonné à quelques minutes de vol du gisement.

Leurs premières tentatives pour attaquer le filon n'avaient guère été couronnées de succès. En fait, rien ne s'était bien passé. Ils avaient réussi à planter des barres d'acier dans la falaise, puis, à partir de là, tenté de construire une plate-forme. Mais le vent parvenait à tordre le métal au point de contact avec la roche, après l'avoir porté au rouge sous l'effet de la friction. C'était un travail de fou : déjà deux barres avaient cassé et les Écossais n'avaient eu la vie sauve que grâce aux filins de sécurité qui les avaient maintenus à trois cents mètres dans le vide. Ainsi, depuis deux mois déjà, ils luttaient dans les vents déchaînés et glacés. Et ils n'avaient réussi à récolter jusque-là – au vol, pour ainsi dire – que quelques livres d'or.

C'était la cinquième nuit que Jonnie venait ainsi sur le tertre pour essayer d'apercevoir le feu de Chrissie.

Cinq nuits auparavant, comme il n'avait rien vu, ils avaient décidé d'envoyer un éclaireur.

Jonnie avait suscité un certain tumulte au sein du Conseil et des Écossais en se proposant d'aller lui-même en reconnaissance. Les Écossais s'étaient carrément plantés devant la porte pour l'empêcher de sortir.

Tout d'abord, Robert le Renard s'était mis en colère et avait crié que les chefs ne partaient pas en éclaireur. Ils pouvaient diriger des raids, des expéditions, mais c'était tout... Jonnie ne devait pas risquer sa vie à n'importe quelle occasion, parce qu'elle était trop précieuse pour la communauté. Des discussions s'ensuivirent dont il ressortit que le Conseil était de l'avis de Robert le Renard. Puis, alertés par les éclats de voix, des Écossais qui ne faisaient pas partie du Conseil intervinrent pour exposer leurs arguments personnels, ainsi qu'ils en avaient le droit : tous refusaient de voir Jonnie prendre un tel risque.

La lutte avait été chaude. Mais le Conseil avait eu gain de cause. Et à juste titre.

C'est donc le jeune Fearghus qui avait été finalement désigné. Telle une ombre, il était parti sous la froide clarté de la lune et ils avaient attendu son retour des heures durant.

Fearghus réussit tant bien que mal à rallier la base. Mais il était gravement blessé. Son épaule était en bouillie. Il était parvenu jusqu'à un petit plateau, à quelque distance de la cage. La lune s'était déjà couchée depuis un certain temps. Il n'y avait pas de feu dans la cage. Par contre, il y avait quelque chose de nouveau aux alentours du camp : des sentinelles! Un Psychlo armé se trouvait à proximité de la cage et d'autres gardes patrouillaient autour du périmètre du camp.

Le garde qui se tenait près de la cage avait tiré au jugé sur une ombre. Fearghus s'était enfui en imitant le hurlement d'un loup blessé pour tromper la sentinelle psychlo.

A présent, Fearghus se trouvait dans l'infirmerie de fortune qu'ils avaient installée, l'épaule enveloppée d'un bandage enduit d'herbes et de graisse d'ours. L'une des femmes veillait sur lui et il serait rapidement sur pied. Il se montrait d'excellente humeur, puisqu'il avait réussi à prouver que le Conseil ne s'était pas trompé quant aux risques encourus.

Les autres Écossais, d'ailleurs, ne se gênèrent pas, en groupes ou à titre individuel, pour dire à MacTyler que la preuve avait été amplement faite : un chef n'avait pas à se risquer dans des expéditions de reconnaissance.

Le pasteur avait consolé Jonnie. Il lui avait expliqué patiemment :

– Le problème n'est pas qu'ils te jugent incapable de le faire ni qu'ils estiment qu'ils ne peuvent pas te succéder si quoi que ce soit t'advenait. Non, c'est tout simplement qu'ils t'adorent, mon garçon. Car c'est toi qui nous as apporté l'espoir.

Mais Jonnie, en cet instant, allongé dans l'herbe, avec ses lourdes jumelles faites pour une race étrangère, éprouvait peu d'espoir.

Ils n'étaient qu'un tout petit groupe, simple échantillon d'une race en voie de disparition, sur une petite planète perdue, et ils affrontaient les êtres les plus puissants et les plus évolués de l'univers. Car les Psychlos s'étaient répandus entre les mondes, de système en système, de galaxie en galaxie. Ils régnaient en maîtres absolus, ils avaient écrasé toutes les races intelligentes qui avaient tenté de leur résister et même celles qui avaient essayé de coopérer. Avec leur technologie et leur totale absence de morale et de pitié, les Psychlos ne s'étaient jamais heurtés à une résistance efficace durant les dizaines de millénaires de leur existence de rapaces.

Jonnie songeait à la tranchée, à ces soixante-sept cadets avec leurs armes désuètes, pathétiques, essayant de stopper un tank psychlo, donnant leur vie dans cet acte, emportant avec eux l'espoir ultime du genre humain.

Non, se dit-il. Non, pas l'espoir ultime. Un peu plus de mille ans s'étaient écoulés, et ils étaient là, les Écossais et lui. Mais c'était un dernier espoir bien crépusculaire. Il suffisait qu'un tank psychlo, un seul, sorte par hasard du camp pour que cet espoir si faible meure à jamais.

Certes, avec les Écossais, il pouvait tenter de donner l'assaut à l'exploitation. Ils pourraient peut-être même parvenir à détruire plusieurs autres mines. Mais les Psychlos ne tarderaient pas à contre-attaquer et leurs représailles balaieraient pour toujours les chances des humains.

Il leur restait une arme potentielle. Mais non seulement ils n'avaient pas d'uranium, mais ils ne disposaient pas du moindre détecteur. Et personne ne pouvait indiquer à Jonnie où chercher l'uranium, ni même à quoi ça pouvait ressembler. Oui, l'espoir qu'ils entretenaient était bien fragile.

Il régla les jumelles psychlos sur le grossissement maximal. Une dernière fois, il balaya le paysage du camp endormi, avec les points verts des lampes de nuit sous les dômes. Nulle part il ne distinguait la moindre flamme orange.

Il était sur le point d'abandonner pour cette nuit quand la réserve de carburant apparut dans son champ d'observation. Les cartouches qui alimentaient les machines étaient empilées là-bas. Et, à quelque distance, pour des raisons de sécurité, il y avait l'entrepôt d'explosifs destinés à la mine. Même si l'ensemble sautait par accident, le camp serait à peine secoué.

Plus loin, enfin, étaient garés les avions de combat et, au-delà, à l'écart de tout mais plus proche de la cage, la réserve de gaz respiratoire. La Compagnie ne se préoccupait pas des quantités stockées ici : sous forme de bidons ou de bouteilles à masque, il devait bien y avoir assez de gaz pour cinquante années. Le tout était entassé d'ailleurs dans le plus parfait désordre et ne faisait l'objet d'aucune vérification. Les conducteurs d'engins se contentaient de prélever au passage les réserves nécessaires à leurs dômes ou à leurs masques. En fait, la quantité décourageait toute mesure de conservation ou de surveillance.

Jonnie déplaça les jumelles. Il cherchait à repérer l'une des sentinelles. Il en découvrit finalement une qui se dandinait pesamment entre la réserve de gaz et la plate-forme de transfert. Et puis, aussitôt, il en distingua une autre, immédiatement sur le plateau, tout près de la cage.

Il revint à la réserve de gaz. Si l'on exceptait les six sentiers qui y accédaient, l'endroit était entouré par les buissons et l'herbe haute, et la végétation allait se perdre à l'horizon.

Et, tout à coup, il eut un sursaut d'espoir : il savait qu'il tenait son détecteur d'uranium !

Le gaz respiratoire des Psychlos !

Il suffisait d'une petite bouteille munie de son régulateur pour alimenter un masque.

Et il suffisait d'une bouffée de gaz libérée au voisinage d'un rayonnement d'uranium pour provoquer une petite explosion.

Les livres anciens disaient qu'un compteur Geiger réagissait lorsque les radiations activaient le gaz contenu dans un tube. Le gaz des Psychlos, lui, réagissait en explosant violemment.

D'accord, cela constituerait un instrument de mesure plutôt dangereux. Mais, en prenant des précautions, il pouvait fonctionner très efficacement.

Jonnie quitta son poste d'observation sur le tertre.

Vingt minutes après, il était de retour à la base et déclarait au Conseil :

– Vous êtes d'accord : un chef ne doit pas jouer aux éclaireurs, pas vrai ?

– Aye ! Aye ! firent-ils tous à l'unisson, satisfaits de constater qu'il était enfin d'accord avec leur point de vue.

– Mais il peut participer à un raid, ajouta-t-il.

Instantanément, ils se roidirent, envahis par la méfiance.

– Il se pourrait bien que j'aie résolu le problème du détecteur d'uranium. La nuit prochaine, nous allons effectuer un raid...

Jonnie rampait en direction du plateau qui surplombait la cage. La lune venait de se coucher et la nuit était sombre. Le gémissement du vent glacé se mêlait aux appels lointains des loups. Tout près de là, il entendait le cliquetis de l'attirail de la sentinelle.

Cette nuit, les choses ne s'étaient pas bien passées. Leur premier plan avait tourné court, les obligeant à effectuer des changements de dernière minute. Dans l'après-midi, un troupeau mixte de bisons et de bœufs était apparu dans la plaine, dans un secteur idéalement situé.

On disait que si l'hiver s'annonçait rude, les bisons descendaient des étendues du Nord. Ou peut-être s'agissait-il d'une sorte de migration vers le sud qui avait lieu de temps à autre. Des loups les avaient suivis. Ils étaient différents de ceux de la région, plus longs, le pelage gris.

Mais le troupeau disparu. Il ne restait que les loups. A l'origine, le plan avait été de chasser les bisons et les bœufs vers le camp afin de créer une diversion. Ce genre d'événement se produisait parfois et ne ferait pas naître de soupçons chez les Psychlos. Mais, au moment où ils allaient lancer leur raid, les bêtes s'étaient mis en tête de trotter vers l'est et, désormais, elles étaient trop loin pour être utiles. C'était un mauvais présage. Ils avaient dû modifier en hâte leurs plans et se passer de l'effet de diversion. Ce qui était dangereux.

Vingt Écossais, dont Dunneldeen, étaient dispersés dans la plaine. Tout comme Jonnie, ils portaient des capes et des cagoules antithermiques telles que celles que l'on utilisait durant les forages. De plus, ils s'étaient couverts d'un mélange de colle, d'herbe et de terre qui ne permettait pas aux guetteurs à lunettes infra-rouges de les distinguer du terrain environnant.

Ils avaient reçu des consignes très strictes : converger sur la réserve de gaz, s'emparer de cylindres de petite dimension et regagner aussitôt la base.

Car toute l'astuce était que l'ennemi devait ignorer qu'il avait été victime d'un raid. Aucun des Psychlos du camp ne devait se douter que les « animaux » étaient des créatures hostiles. Les Écossais, pour cela, n'avaient pas emporté d'armes, ils devaient éviter tout contact avec les sentinelles et ne pas laisser la moindre trace.

Lorsque Jonnie avait annoncé qu'il irait lui-même jusqu'à la cage, quelques protestations s'étaient élevées. Il avait argué du fait, sans trop y croire, qu'ainsi, il se trouverait *derrière* les sentinelles qui risquaient de se rabattre sur la réserve si elles s'apercevaient de quelque fait anormal.

Jonnie serra son bâton-à-tuer et progressa en direction du plateau. C'est alors que la malchance se manifesta de nouveau.

Les chevaux n'étaient pas là. Ils s'étaient éloignés, sans doute rendus nerveux par la présence des loups ou parce qu'ils avaient cherché une meilleure pâture. A la lunette, Jonnie en avait observé deux la nuit précédente.

Il avait eu à l'idée de parcourir les derniers mètres au flanc d'un cheval. Toutes les montures étaient dressées pour frapper avec leurs sabots avant et, en cas d'accrochage avec une sentinelle, la chose aurait paru un simple accident.

Mais les chevaux n'étaient pas en vue. Jonnie attendit un instant. Puis il lui sembla discerner une masse sombre au bas de la falaise, juste en face de lui. Et il entendit le bruit léger de l'herbe broutée. Il soupira.

Le cheval finit par s'approcher, mais ce n'était que Blodgett, la monture à l'épaule blessée. C'était sans doute à cause de cela qu'elle ne s'était pas éloignée autant que les autres.

Ma foi, songea-t-il, Blodgett valait bien un autre cheval pour la circonstance. La monture l'accueillit d'un coup de museau affectueux, mais obéit au geste impérieux de Jonnie pour lui intimer le silence.

Il plaça une main sur la mâchoire du cheval afin de pouvoir le faire arrêter tous les cinq ou six mètres et se serra contre son épaule. Silencieusement, ils s'approchèrent de la cage. S'il parvenait à arriver suffisamment près de la sentinelle et si Blodgett n'avait pas oublié son dressage – et si sa blessure le permettait – la sentinelle serait neutralisée rapidement.

Il n'y avait pas de feu dans la cage. La sentinelle psychlo n'était visible que dans le reflet d'une faible lumière verte qui brillait quelque part sous le dôme.

Plus que cinq mètres. Quatre. Trois...

Et brusquement, la sentinelle se retourna. A trois mètres de distance! Impossible de la frapper à cette distance.

A la seconde où Jonnie s'apprêtait à lancer son bâton, il s'aperçut que le Psychlo paraissait écouter quelque chose. Il comprit qu'il était en liaison intercom avec quelqu'un.

La sentinelle souleva son lourd fusil-éclateur et marmonna quelques paroles à l'intérieur de son casque.

Jonnie se dit que l'autre sentinelle devait se trouver en poste à proximité de la réserve de gaz. Était-il possible qu'elle ait aperçu un des Écossais? Toute l'opération était-elle condamnée?

La sentinelle de la cage se dirigea en clopinant vers l'autre côté du camp, en direction de la réserve.

Quoi qu'il se passe, Jonnie avait sa propre mission à accomplir. Il courut jusqu'à la clôture.

— Chrissie! chuchota-t-il, aussi fort qu'il le pouvait, dans le silence et l'obscurité.

Il ne reçut aucune réponse.

— Chrissie! appela-t-il encore, plus fort.

— Jonnie! (La voix n'était qu'un soupir, mais il ne pouvait se méprendre : c'était celle de Pattie.)

— Oui, c'est moi. Où est Chrissie?

— Elle est ici, Jonnie! (Il perçut des sanglots dans la voix de Pattie.) Jonnie, nous n'avons plus d'eau. Les tuyaux ont gelé.

Elle semblait terriblement affaiblie, peut-être malade.

Un relent flottait dans l'air et, en scrutant la pénombre, Jonnie distingua une pile de rats morts près de la porte. Des rats morts en putréfaction.

— Est-ce que vous avez de quoi manger?

— Pas beaucoup. Et nous n'avons plus de bois pour faire du feu depuis une semaine.

Jonnie sentit la fureur monter en lui. Mais il devait faire vite. Il n'avait pas un instant à perdre.

— Et Chrissie?

— Son visage est brûlant. Elle reste allongée. Elle ne me dit plus rien. Jonnie, je t'en supplie, aide-nous.

— Il faut tenir bon, dit-il d'une voix rauque d'émotion. Vous aurez de l'aide dans un ou deux jours. Je te le promets. Dis-le à Chrissie. Fais-lui comprendre.

Pour le moment, il ne pouvait pas faire grand-chose.

– Est-ce que le bassin est gelé?

– Oui, un peu. Mais il est très sale.

– Essaie de faire fondre de la glace avec la chaleur de ton corps. Pattie, il faut absolument que tu tiennes encore un ou deux jours.

– Je vais essayer, Jonnie.

– Dis à Chrissie que je suis venu. Dis-lui... (Mais quels mots devait-il employer? Que disait-on à une fille dans un tel cas?) Dis-lui que je l'aime.

Ce qui n'était que trop vrai.

Il entendit un bruit sec du côté de la réserve. Et il comprit qu'il ne pouvait s'attarder plus longtemps. Quelqu'un était en danger.

Jonnie agrippa la crinière de Blodgett et courut aussi silencieusement que possible vers l'autre bout du camp.

Il observa la réserve, au bas de la colline. Il savait très exactement où elle se trouvait. Un trait de lumière jaillit dans l'obscurité.

Une sentinelle promenait le faisceau de sa lampe sur la réserve!

Non, il y avait deux sentinelles. Elles étaient à une trentaine de mètres.

Se camouflant toujours au flanc du cheval, Jonnie dévala la colline.

Le faisceau d'une lampe passa sur Blodgett, puis s'éloigna.

– Encore un de ces maudits chevaux, dit une voix, droit devant lui. Je suis sûr qu'il se passe quelque chose sur la droite!

– Allume ton sondeur!

Il y eut un bruit retentissant quelque part dans la réserve, comme si l'on venait de renverser un container.

– Oui, il se passe quelque chose là-bas! s'exclama une des deux sentinelles.

Les Psychlos se mirent en marche en promenant les faisceaux de leurs lampes de droite à gauche. Leurs silhouettes se dessinaient ainsi parfaitement. Jonnie s'avança doucement. Et il vit ce qui s'était produit. Quelqu'un avait malencontreusement renversé une pile de boîtes mal équilibrée.

Dans l'obscurité, la vision de Jonnie était supérieure à celle des deux sentinelles avec leurs lampes, et il distingua l'Écossais qui tentait de s'enfuir.

Mais un des Psychlos le vit aussi et braqua son arme.

Quelle nuit épouvantable! Les Psychlos allaient comprendre que les animaux les attaquaient. Si l'Écossais était tué ou même blessé et qu'on le retrouve avec sa cape antithermique, tout deviendrait évident et les représailles seraient immédiates. Les Psychlos raseraient la base. A cinq mètres de là, la sentinelle venait d'ôter le cran de sûreté de son fusil-éclateur et visait.

Le bâton-à-tuer le frappa à la vitesse de l'éclair en plein dans le dos.

Jonnie se rua en avant, désarmé, à présent.

La deuxième sentinelle se retourna et le faisceau de sa lampe se posa sur Jonnie.

Elle leva son arme.

Mais Jonnie était déjà sur elle! Il saisit le canon de l'éclateur et l'arracha de ses pattes.

Il n'avait pas le choix : il devait manier l'arme par le canon, car, à la première détonation, tout le camp serait en alerte.

Le monstre essaya de l'agripper, mais la crosse du fusil l'atteignit en plein ventre et il s'effondra, courbé en deux.

Jonnie, pour une seconde, crut qu'il était sauvé et qu'il allait pouvoir fuir. Mais le sol vibrait sous les pas rapides d'un troisième Psychlo qui accourait. Ses pattes apparurent dans le faisceau de la lampe qui avait roulé à terre. Le Psychlo tenait un pistolet et il ajustait déjà Jonnie, à moins de deux mètres.

Une fois encore, Jonnie brandit le fusil par le canon et l'abattit sur le casque du Psychlo.

Il y eut un craquement. Le casque se brisa et le Psychlo aspira l'air empoisonné avec un bruit rauque.

Le Psychlo s'écroula. Un peu plus loin, la première sentinelle tentait de se redresser et de récupérer une arme.

Jonnie se précipita et, de toutes ses forces, abattit l'éclateur sur le torse de la créature. Le casque fut arraché et le Psychlo eut un cri étouffé.

Mon Dieu! se dit Jonnie, affolé. Il avait abattu trois sentinelles. S'il ne faisait pas immédiatement quelque chose, tout allait être découvert. Il s'efforça au calme. Il entendit Blodgett qui s'enfuyait au galop.

Quelque part dans le camp, une porte claqua. Avant peu, l'endroit grouillerait de Psychlos.

Il écrasa une lampe-torche, puis fouilla dans ses poches. il trouva un lien, puis un autre, et les noua bout à bout.

Il prit le fusil-éclateur de la première sentinelle et attacha le lien à la détente.

Ensuite, avec toute la force dont il était capable, il planta le fusil dans la terre, tout droit, obstruant le canon.

Il s'accroupit contre le corps du Psychlo pour s'abriter.

On arrivait en courant du fond du camp. D'autres portes claquaient, un peu partout.

D'une seconde à l'autre, ils seraient sur son dos.

D'un ultime regard, il s'assura qu'il était hors de vue pour quiconque venait du camp et suffisamment abrité de l'explosion. Alors, il tira sur le lien.

Avec son canon obstrué, le fusil-éclateur réagit comme une bombe.

Le corps du Psychlo fut agité d'un soubresaut.

Il y eut une averse de cailloux et de terre.

Mais Jonnie courait déjà.

Deux heures plus tard, les flancs douloureux de sa course éperdue, Jonnie était de retour à la base.

Robert le Renard avait veillé à ce qu'aucune lumière inhabituelle ne fût visible et s'était organisé de manière à résister à une éventuelle poursuite. Dès que les hommes rentraient, l'un après l'autre, il dissimulait soigneusement leurs fioles de gaz respiratoire dans le sous-sol. Il les rassembla enfin dans le plus grand silence, au milieu de l'auditorium à peine éclairé. Il avait posté quinze Écossais décidés, armés de mitrailleuses. Les appareils de transport étaient prêts à évacuer tout le monde en cas d'urgence. On avait caché les tenues de camouflage utilisées pour le raid. Toutes les précautions avaient été prises, pas la moindre trace ne subsistait. La retraite, si elle devait être nécessaire, était d'ores et déjà organisée. Robert le Renard était un vétéran des opérations de commando.

– Est-ce qu'il manque quelqu'un? demanda Jonnie en haletant.

– Dix-neuf hommes de retour, dit Robert. Il n'y a que Dunneldeen qui traîne encore dehors.

Ce qui ne plaisait pas du tout à Jonnie. Il promena son regard sur les dix-neuf hommes. Ils étaient occupés à se détendre, à se nettoyer, à remettre leurs bonnets en place, à reprendre une apparence normale.

L'un des hommes postés en observation avec des lunettes à infra-rouge au sommet d'un des bâtiments arriva avec un message :

– Aucune poursuite en vue. Aucun avion n'a décollé.

– C'était une sacrée explosion, dit Robert le Renard.

– Un fusil-éclateur, expliqua Jonnie. Quand on obstrue le canon, ils explosent avec leurs cinq cents charges.

– On peut dire que ça a fait du pétard. On a été secoués jusqu'ici.

– Oui, ça n'est pas silencieux, fit Jonnie en s'asseyant sur un banc pour tenter de reprendre son souffle. Il faudrait que je trouve un moyen pour envoyer un message à Terl. Chrissie est malade et les filles n'ont plus une goutte d'eau. Et pas de bois pour le feu.

Les Écossais étaient furieux. Quelqu'un lança avec rage :

– Quels fumiers, ces Psychlos!

– Il faut absolument que je fasse passer ce message, continua Jonnie. (Il se tourna vers le messager.) Toujours aucun signe de Dunneldeen?

Le jeune Écossais repartit vers son poste d'observation.

Ils attendirent. Les minutes passaient, interminables. Une demi-heure s'écoula ainsi dans la tension générale. Finalement, Robert le Renard se leva et déclara :

– Ma foi, dans une telle situation, on ferait mieux de...

C'est alors qu'ils entendirent un bruit de pas précipités.

Dunneldeen franchit le seuil en courant, à bout de souffle. Mais il riait dans le même temps.

– Toujours aucun signe de poursuite! lança le messager en reparaissant.

Le soulagement fut instantanément visible sur tous les visages.

Dunneldeen, comme tous les autres, déposa son chargement de fioles de gaz respiratoire que le pasteur s'empressa d'aller dissimuler.

– Toujours aucun décollage à signaler! lança à nouveau le messager.

– Eh bien, les enfants, fit Robert le Renard, à moins que ces démons n'attendent le jour...

– Ils ne viendront pas, coupa Dunneldeen.

Des hommes surgirent de partout. Les mitrailleuses furent désarmées. Les pilotes quittèrent leurs appareils pour venir aux nouvelles. Les vieilles femmes elles-mêmes montrèrent leur visage derrière la porte entrouverte. Personne ne savait encore exactement ce qui avait mal tourné.

Dunneldeen reprenait enfin son souffle tandis que le pasteur servait à chacun une petite rasade de whisky.

– Je suis resté pour voir ce qu'ils allaient faire, dit le joyeux Dunneldeen. Oh, bon sang! Vous auriez dû voir notre Jonnie!

Il fit une description particulièrement colorée des événements. Il avait été parmi les derniers à atteindre la réserve. En posant la main sur une boîte, il avait fait basculer toute une pile. Il s'était enfui en courant en zigzag, puis il était revenu sur ses pas au cas où Jonnie aurait besoin d'aide.

– De l'aide, commenta-t-il. Vous parlez qu'il avait besoin d'aide!

Et il fit le récit détaillé de la manière dont Jonnie avait tué trois Psychlos « avec ses mains nues et en tenant un de leurs fusils par le canon ». Comment il avait « fait sauter tout le foutu machin ».

– On aurait dit David se battant contre *trois* Goliaths à la fois.

– Je me suis caché derrière le cheval à cinquante mètres de là et je me suis rapproché quand les Psychlos se sont tous rassemblés autour des cadavres. Le cheval n'a pas été atteint, mais je crois qu'un fragment de fusil a abattu un bison qui se trouvait près de la réserve.

– Oui, je l'ai vu. J'ai trébuché dessus en courant.

C'était donc ça, cette ombre? marmonnèrent plusieurs hommes du commando.

– A ce moment-là, un Psychlo encore plus grand que les autres – peut-être ton démon, Jonnie – est arrivé, poursuivit Dunneldeen. Ils ont allumé toutes leurs lampes. Ils ont fini par conclure que c'était le bison qui avait renversé la pile de boîtes, que les sentinelles avaient décidé de s'offrir une petite partie de chasse, que l'une d'elles avait trébuché et que son fusil s'était enfoncé dans le sol et avait éclaté. Ils étaient drôlement en rogne : chasser quand on était de garde!

Jonnie poussa un soupir de soulagement. Le bison mort était venu à point pour parfaire son plan. Et il avait même réussi à récupérer le lien brûlé dans l'explosion. A l'ultime seconde, juste avant de s'enfuir, il avait également retrouvé son bâton-à-tuer. Donc, ils n'avaient laissé aucune trace derrière eux.

– Ça, c'était un raid! lança Dunneldeen, exultant. Et notre Jonnie, c'est un sacré chef!

Pour cacher son embarras, Jonnie se mit à siroter son whisky.

– Et toi, tu fais un drôle de gredin! lança Robert le Renard à l'adresse du jeune Écossais. Tu aurais très bien pu te faire prendre.

– Fallait bien qu'on sache, non! rétorqua Dunneldeen sans se laisser démonter le moins du monde. Il riait.

Tout le monde réclama un air de cornemuse pour fêter la réussite du raid, mais Robert le Renard n'entendait pas éveiller l'attention de l'ennemi qui, comme chaque nuit, devait les épier. Il envoya la bruyante assemblée au lit.

Eh bien, songea Jonnie avec satisfaction en se glissant sous son plaid de laine douce, ils tenaient peut-être leur détecteur d'uranium, après tout...

Mais cela n'était pas du moindre secours pour Chrissie. Sans radio ni moyen de contact personnel, comment pouvait-il obliger Terl à intervenir?

C'est un Terl extrêmement nerveux, hagard qui se présenta au rendez-vous. Il pilotait un véhicule blindé d'une seule patte. L'autre était crispée sur les détentes des canons lourds.

Il n'était pas parvenu à découvrir la raison de la présence de Jayed sur Terre. L'agent du Bureau Impérial d'Enquête s'était vu assigner un poste de bas niveau à l'évacuation du minerai par le chef du personnel et Terl n'avait pas osé intervenir. Les préposés à l'évacuation ne travaillaient que lorsqu'un chargement de minerai se présentait à un puits et n'importe qui pouvait s'absenter durant des heures et réapparaître le moment venu sans que personne ne se soit inquiété. Mais Terl n'avait pas pris le risque de faire surveiller Jayed par des appareils, car il savait qu'il était maître dans cette discipline après les dizaines d'années qu'il avait passées au B.I.E.

Il avait tenté de compromettre Jayed avec Chirk, sa secrétaire. Il lui avait promis monts et merveilles si elle parvenait à coucher avec Jayed – en compagnie d'une petite caméra-bouton dissimulée dans un grain de beauté. Mais Jayed était demeuré parfaitement indifférent aux charmes de Chirk. Il avait conservé l'attitude parfaite de l'employé courant. Mais qu'attendre d'autre? C'était comme cela que travaillaient les gens du B.I.E.

Les pattes tremblantes, Terl avait exploré les messages à destination de la planète mère. Il n'y en avait aucun qui émanait de Jayed. Aucun rapport, pas la moindre différence, ni la plus petite anomalie dans le courrier de routine. Terl avait passé des nuits épuisantes à tout examiner plusieurs fois. Sans jamais rien trouver.

Fouillant partout avec le sentiment de tourner en rond, Terl s'était posé la question : était-il possible que le B.I.E. ait inventé de nouveaux moyens de communication? La Compagnie et le Gouvernement de l'Empire, pourtant, à sa connaissance, n'inventaient plus rien depuis une centaine de milliers d'années. Mais il se pouvait que quelque chose lui ait échappé. Quelque chose qu'il ignorait. Ils pouvaient, par exemple, inscrire des messages sur des échantillons de minerai. Mais, pour cela, le minerai devrait subir une certaine préparation et il n'avait absolument rien découvert.

Ce qui intéressait avant tout le Gouvernement Impérial, c'était le volume de production de la Compagnie, sur lequel il prélevait son pourcentage. Mais il pouvait néanmoins intervenir en cas de crime sérieux ou de complot criminel.

Impossible à Terl de savoir ce que Jayed faisait ici. Mais la seule présence d'un agent secret mortellement redoutable, dans l'exploitation, avec de faux papiers, n'avait pas permis à Terl de retrouver le calme depuis deux mois.

Il accomplissait son travail avec un acharnement et une rigueur qui ne lui ressemblaient guère. Il effectuait instantanément les enquêtes demandées et répondait sur l'heure à toutes les dépêches. Tout ce qui pouvait représenter un quelconque risque dans ses dossiers fut enterré ou détruit. Terl avait lui-même vérifié et armé les vingt avions de combat, et fait le plein de carburant, pour prouver à quel point il était efficace et actif.

Il avait rédigé un rapport anodin sur les animaux. Ils pouvaient occuper des postes particulièrement dangereux sur les points d'extraction, sur les pentes où aucun Psychlo ne s'aventurait. Dans le cadre d'une expérience « ordonnée par Numph », il avait rassemblé quelques animaux afin de voir s'ils étaient capables de conduire des engins de type simple. Les animaux n'étaient pas dangereux, mais simplement stupides et difficiles à éduquer. Cela ne coûtait rien à la Compagnie et, en cas de réussite, cela ne pouvait qu'augmenter les bénéfices. Pour le moment, cependant, le succès n'était pas en vue. On n'avait bien sûr rien enseigné aux animaux dans les domaines de la métallurgie et de la guerre, d'abord parce que tel était le règlement de la Compagnie, et ensuite parce qu'ils étaient trop bêtes.

Ils se nourrissaient de rats, une vermine très abondante sur la planète. Terl expédia le rapport sans indication de priorité. Ainsi, il était couvert. Du moins l'espérait-il.

Mais, quinze fois par jour, il se disait qu'il devrait sans tarder liquider les animaux et rentrer toutes les machines. Et à chaque fois, il décidait d'attendre encore un peu.

L'incident des sentinelles l'avait perturbé, non pas parce que des Psychlos avaient été tués (en fait, il avait besoin de cadavres pour réaliser son plan), mais parce qu'il s'était aperçu, en mettant l'un des corps dans un cercueil dans l'attente du transfert, que ce Psychlo portait la marque des criminels dans la toison de sa poitrine. Ces trois traits étaient le sceau d'infamie que l'Empire réservait aux criminels. Il signifiait que celui qui le portait était « interdit de procédure judiciaire, d'assistance gouvernementale et d'emploi ». Ce qui impliquait que le service d'embauche, sur la planète mère, était particulièrement négligent. Mais il n'avait dressé qu'un rapport bénin.

Il avait senti jaillir en lui un espoir fou : peut-être Jayed était-il simplement venu enquêter à ce propos ou pour quelque raison semblable. Mais lorsqu'un de ses employés évoqua la chose devant Jayed, celui-ci ne fit montre d'aucune émotion particulière.

L'incertitude dans laquelle Terl se trouvait plongé et la tension qu'il ressentait en permanence l'avaient conduit au seuil de l'hystérie.

Et ce matin même, tout soudain, comme par hasard, l'animal avait fait une chose qui l'avait rempli de terreur au point de hérisser sa fourrure.

Comme d'habitude, Terl relevait les clichés pris dans la journée par le drone de reconnaissance. Et il était tombé sur une photo de la mine qui portait une inscription.

Près du filon, on voyait nettement, clairement, l'animal qui tenait un grand panneau de plus de trois mètres de haut. Il était installé sur une surface plane que les animaux avaient dégagée à l'arrière de la veine. En caractères psychlos, l'inscription disait :

URGENT
Rencontre vitale
Même endroit. Même heure.

Ça, c'était déjà très inquiétant. Mais la bâche d'une machine semblait s'être abattue sur une extrémité du panneau. Car il y avait une autre ligne que Terl ne pouvait déchiffrer :

L'h...

Apparemment, ce stupide animal ne s'était pas aperçu que la dernière partie de son message manquait.

Avec des griffes tremblantes, Terl avait essayé frénétiquement de découvrir une autre séquence où il pourrait voir ce que cachait cette bâche. Mais il n'en trouva aucune.

Il se sentit pris de panique.

Graduellement, il retrouva ses esprits et sentit la colère bouillonner en lui.

Et sa panique disparut quand il réalisa qu'il disposait de l'unique récepteur d'images transmises par le drone sur toute la planète. L'indicateur de contrôle n'indiquait l'existence d'aucun autre récepteur. Chaque jour, Terl examinait les clichés et constatait les progrès de l'exploitation du filon. Le premier animal, celui qu'il avait capturé lui-même, semblait être toujours présent avec une équipe. A ses yeux, tous ces animaux se ressemblaient, mais il pensait reconnaître la barbe blonde et la taille de l'animal qu'il avait formé. Ce qui le rassurait, car cela montrait que l'animal était au travail au lieu de se promener à droite et à gauche.

L'extraction était lente, mais il avait conscience des problèmes qu'elle posait sur ce site et il savait aussi que les animaux pourraient les résoudre sans lui. Il restait exactement quatre mois avant le 92e Jour.

Ayant ainsi surmonté sa panique, il détruisit les clichés. Jayed n'aurait aucun moyen de les retrouver.

Mais il ne tolérait plus qu'on l'implique aussi directement. Il s'imagina brusquement que le message du cliché commençait peut-être par son nom et il regretta de l'avoir détruit aussi rapidement sans s'être assuré de ce détail. Peut-être le message commençait-il par : « TERL ! »

Terl n'était pas assez enclin à l'introspection pour prendre conscience qu'il était en train de basculer dans la démence.

L'obscurité s'était abattue sur son tank comme un sac noir. Il conduisait à l'aide des instruments, sans aucun éclairage. Le terrain était particulièrement traître : autrefois, une cité minière s'était dressée ici, mais à présent, ce n'était plus qu'une véritable ruche de puits de mines abandonnés que la Compagnie avait exploités des siècles auparavant.

Quelque chose apparut sur l'écran du détecteur. Quelque chose de vivant!

Aussitôt, il posa la patte sur la détente de tir. Il s'assura qu'il était dissimulé par la colline et les murailles anciennes. Alors seulement, il alluma un feu de détection.

L'animal était bien là, à cheval, au point de rendez-vous convenu. Le cheval était différent, constata Terl. Encore sauvage, apparemment effrayé par l'apparition du tank. Le cavalier était faiblement éclairé par le faisceau vert du phare. Et il y avait quelqu'un d'autre! Non... ce n'était qu'un autre cheval, avec un charge-ment volumineux sur le dos.

Terl promena tous les sondeurs alentour. Non, il n'y avait vraiment personne d'autre à proximité. Ses yeux revinrent sur l'animal. Sa patte se crispa à moins de cinq centimètres de la détente de tir. Mais l'animal ne parut pas s'en inquiéter.

L'habitacle était pressurisé avec du gaz respiratoire, mais Terl portait également un masque inhalateur qu'il réajusta soigneusement.

Puis il prit un élément d'intercom et le fit passer à l'extérieur par la meurtrière de tir. Il tomba sur le sol et Terl prit le deuxième élément intérieur.

— Descends de cheval et prends l'intercom! lança-t-il.

Jonnie se laissa glisser du cheval à demi dressé et s'approcha du tank. Il ramassa l'élément d'intercom et, à travers les hublots, il tenta de distinguer le Psychlo. Mais il ne pouvait rien voir. L'intérieur était obscur et le verre avait été opacifié.

— C'est toi qui as tué ces sentinelles? demanda Terl dans l'intercom.

Jonnie porta l'élément à la hauteur de sa bouche et réfléchit rapidement. Terl semblait dans un état bizarre.

— Non, dit-il. Nous n'avons perdu aucune senti-nelle.

Ce qui était l'exacte vérité.

— Tu sais de quelles sentinelles je parle. De celles du camp.

— Tu as eu des ennuis?

Le seul mot d'« ennuis » fit presque tourner la tête de Terl. Des ennuis... Il ne savait pas s'il avait vraiment des ennuis, ni de quelle sorte. Il lutta pour se dominer.

– La dernière partie de ton message était masquée, dit-il sur un ton accusateur.

– Ah? fit Jonnie, innocemment. (C'était à dessein qu'il avait laissé le message inachevé : pour attirer Terl.) Il disait :

– L'hiver s'avance et nous avons besoin de tes conseils.

Terl se calma. Des conseils...

– A propos de quoi? demanda-t-il.

Il savait à propos de quoi. Il était presque impossible d'extraire cet or. Mais il devait pourtant exister un moyen. Et il était avant tout un mineur. A l'école, en fait, il avait été parmi les meilleurs. Et il examinait soigneusement les vues prises par le drone de reconnaissance. Tous les jours. Il n'avait pas tardé à comprendre que les barres ne leur permettraient pas de construire une plate-forme, car elles se tordaient.

– Ce qu'il vous faut, c'est un escalier portable. Vous en avez un dans le matériel. Fixez-le à la paroi extérieure et travaillez à partir de là.

– D'accord, dit Jonnie. Nous allons essayer.

Terl était plus calme et plus à l'aise, à présent qu'il discutait d'un projet familier.

– Et il nous faut aussi un moyen de protection au cas où nous rencontrerions de l'uranium...

– Pourquoi?

– Il y a de l'uranium dans ces montagnes, dit Jonnie.

– Dans l'or?

– Je ne le crois pas. Mais dans les vallées alentour.

Jonnie se dit qu'il avait intérêt à bien mettre dans la tête de Terl que cette région lui était interdite. De plus, il lui fallait absolument savoir certaines choses, car il ne pouvait se livrer à des expériences sur l'uranium sans protection.

– J'ai vu l'effet que cela produisait sur les hommes, ajouta-t-il. Leur peau se couvre de plaques.

Il ne faisait que dire la vérité, mais pas à propos de son équipe, bien entendu.

Cela parut rendre sa bonne humeur à Terl.

– Ce n'est pas un mensonge, hein?

– Quel équipement faut-il pour être protégé?

– Sur ce genre de planète et avec ce type de soleil, expliqua Terl, il y a toujours des radiations. A faible dose. C'est pour cela que les masques respiratoires comportent du verre au plomb. Et les coupoles aussi. Vous n'en avez pas.

– C'est le plomb qui nous protégerait?

– Essayez toujours, dit Terl, rassuré et franchement amusé. Il se sentait beaucoup mieux.

– Est-ce que tu pourrais braquer une lampe par ici? demanda Jonnie.

Avec un bruit mat, il posa un sac sur la partie plate du capot, devant le pare-brise.

– Je ne veux pas de lumière.

– Tu crois qu'on t'a suivi?

– Non. Ce disque qui tourne sur le toit est un détecteur-neutraliseur d'ondes. Ne t'inquiète pas. Personne ne peut nous repérer.

Jonnie leva les yeux vers le haut du véhicule. Dans la faible clarté, il distingua une espèce de ventilateur qui tournait.

– Éclaire ça, demanda Jonnie.

Terl consulta ses écrans. Aucun signe d'interférence.

– Je vais m'avancer sous cet arbre.

Jonnie stabilisa le sac de minerai tandis que, lentement, Terl rangeait le tank sous un bouquet de conifères. Il s'arrêta et braqua une lampe sur l'avant du pare-brise.

D'un simple mouvement, Jonnie répandit à peu près dix livres de minerai sur le capot du tank. Cela luisait dans la lumière. Du quartz d'un blanc éclatant et de l'or en paillettes. On aurait dit que des diamants étaient incrustés dans le roc. Il y avait environ huit livres d'or pur.

Terl se redressa et observa à travers le pare-brise. Il déglutit difficilement.

– Il y en a une tonne, là-bas, ajouta Jonnie. Si on peut l'extraire, bien entendu. Comme tu le sais, la veine est à nu.

Le Psychlo restait figé sur place. Jonnie brassa le minerai afin de le faire étinceler davantage.

Puis il reprit l'intercom.

– Nous avons tenu notre part du marché. C'est à toi de tenir la tienne.

– Qu'est-ce que tu veux dire? demanda Terl, qui avait tiqué devant la note d'accusation.

– Tu as promis de donner des vivres, de l'eau et du bois pour le feu aux femmes.

Terl eut un haussement d'épaules.

– Des promesses... fit-il d'un ton indifférent.

Jonnie entreprit sans un mot de ramasser l'or qu'il fit glisser dans le sac de minerai.

Ce geste ne passa pas inaperçu de Terl.

– Arrête. Comment peux-tu savoir qu'on ne s'occupe pas d'elles?

Jonnie abandonna l'or et s'avança de façon à se placer en pleine lumière. Il porta un doigt à son front.

– Il y a quelque chose que tu ignores à propos des humains, dit-il. Ils sont parfois doués de pouvoirs psychiques. J'ai des liens psychiques avec les deux femelles.

Il n'était pas question de dire à Terl que c'était l'absence de feu suivie d'une reconnaissance qui lui avaient appris la condition des filles et l'avaient alarmé.

Dans la guerre comme dans l'amour, tout est permis, avait coutume de dire Robert le Renard, et il s'agissait bien ici de guerre et d'amour.

– Tu veux dire sans avoir besoin de radio, c'est ça? demanda Terl.

Il avait lu certaines choses à ce propos. Mais il n'avait jamais pensé que ces animaux pouvaient disposer de tels pouvoirs. Maudits soient-ils!

– Exact, dit Jonnie. Si on ne s'occupe pas d'elles et si elles sont malheureuses, je le sais *instantanément*.

A nouveau, il se toucha le front.

– J'ai apporté un sac, reprit-il. Il contient des vivres et de l'eau, des silex, du bois, des vêtements et une petite tente. Je vais l'attacher sur ton tank et dès que tu seras de retour, tu le mettras dans la cage. Et tu veilleras également à ce que l'on nettoie la cage, à l'intérieur et autour. Et à ce que l'on répare les canalisations d'eau.

– C'est juste le réservoir, dit Terl. Il s'est vidé. J'ai eu trop à faire pour m'en occuper.

– Je veux aussi que tu renvoies ces sentinelles. Elles n'ont pas besoin de sentinelles!

– Et comment sais-tu qu'il y avait des sentinelles? demanda Terl d'un air soupçonneux.

– Tu me l'as dit toi-même il y a un instant. Et je sais aussi grâce à mes pouvoirs psychiques que les gardes ont de mauvaises manières avec elles.

– Tu n'as pas à me donner d'ordres! dit Terl d'un ton revêche.

– Terl, si tu ne t'occupes pas des femelles, il se pourrait bien qu'il me vienne à l'idée d'aller rendre une petite visite à ces sentinelles pour leur raconter quelque chose que je sais.

– Quoi?

– Quelque chose que je sais, c'est tout. On ne te renverrait pas pour autant, mais cela risquerait d'être très embarrassant pour toi.

Terl se dit qu'il ferait tout aussi bien de se débarrasser au plus vite de ces sentinelles.

– Et bien sûr, fit-il, si je ne fais pas tout cela, tu le sauras?

Une fois encore, Jonnie se tapota le front du bout de l'index.

Mais Terl n'avait pas été vraiment ébranlé par cette menace. Sur un ton résolument différent, il demanda :

– Et que comptes-tu faire de cet or si tu ne me le remets pas?

– Nous le garderons pour nous, dit simplement Jonnie en se remettant à faire glisser le minerai dans le sac.

Terl eut un grognement chargé de menace. Ses yeux d'ambre flamboyèrent dans l'ombre.

– Ça, je voudrais bien voir! gronda-t-il. (Un moyen de pression! Encore une fois, il lui fallait absolument un moyen de pression!) Écoute! Est-ce que tu as jamais entendu parler de drones bombardiers? Ah, c'est bien ce que je me disais. Eh bien, écoute-moi : si je fais décoller un seul drone bombardier, il sera ici en un rien de temps et vous serez tous effacés de cette planète. Aucun abri ne vous protégera. Et je n'aurai même pas à me déplacer, animal. Tout sera fait par télécommande! Tu vois que vous n'êtes pas autant en sécurité que vous le croyiez!...

Jonnie demeurait immobile et silencieux, les yeux fixés sur les écrans noirs des hublots du tank, tandis que Terl crachait ses menaces.

– Écoute-moi bien, animal, reprit le Psychlo. Vous allez continuer d'extraire cet or, et vous allez le livrer avant le 91e Jour. Si vous ne le faites pas, je vous fais tous sauter, ainsi que tous vos pareils sur cette planète. Tu m'entends bien?

Sa voix était au seuil de l'hystérie et il se tut soudain, le souffle court.

– Et si nous avons fini au 91e Jour? demanda Jonnie après un instant.

Terl eut un rire rauque, hystérique, pareil à un aboiement. Il sentait qu'il devait absolument se contrôler. Il avait le sentiment de se comporter d'une manière bizarre.

– Eh bien, vous serez payés! lança-t-il.

– Tu respectes ta part du marché, dit Jonnie, et nous livrerons l'or.

Fort bien, songea Terl. Il avait réussi à dompter cet animal. C'était préférable.

– Mets ton sac sur le tank, dit-il d'un air magnanime. Je vais faire remplir le réservoir d'eau, nettoyer la cage et les sentinelles quitteront leur poste. Mais surtout, n'oublie pas mon boîtier de télécommande, n'est-ce pas? Si tu tentes quoi que ce soit, les femelles sont mortes!

Jonnie mit le sac de secours en place. Il en profita pour retirer le neutraliseur d'ondes qu'il dissimula derrière un arbre. Terl, avec un peu de chance, penserait qu'il avait été arraché au passage par une branche. Ce genre d'appareil pouvait lui être très utile, le cas échéant.

Terl avait éteint le phare et Jonnie remit le minerai dans le sac, car il savait que Terl ne l'emporterait pas avec lui.

Sans une parole, Terl démarra et le tank s'éloigna rapidement.

Quelques minutes après, lorsqu'il fut à des kilomètres de distance et hors de vue, Dunneldeen sortit du puits de mine où il était resté de longs moments, une mitrailleuse braquée sur le tank, les mains poisseuses de sueur. Il savait pertinemment que ce type d'arme ne pouvait rien contre un tank, mais ils n'avaient pas prévu que le Psychlo ne quitterait pas l'engin. Ils n'avaient pas eu l'intention de l'abattre, mais ils s'étaient dit que Terl pourrait bien tenter de s'emparer de Jonnie si les deux filles étaient mortes. Dunneldeen siffla brièvement. Dix autres Écossais surgirent d'autres puits avoisinants, les armes à la main.

Robert le Renard apparut à son tour, quittant l'abri d'une muraille en ruine au flanc de la colline. Jonnie, quant à lui, n'avait pas bougé. Il fixait toujours le camp dans le lointain.

— Maudit démon! fit Robert le Renard. Il est au bord de la folie. T'as vu comment il changeait de ton? Et son rire hystérique? Je te le dis : il y a quelque chose qui le tourmente et qui le rend fou, et on ne sait rien...

— Pour son drone bombardier non plus, on ne savait rien, commenta Dunneldeen.

— Maintenant, on sait, dit Robert le Renard. MacTyler, toi qui connais ce démon, est-ce que tu dirais qu'il est en train de devenir dingue?

— Est-ce que tu as cru qu'il allait tirer quand il s'est avancé? demanda Dunneldeen. En tout cas, tu t'en es drôlement bien sorti, Jonnie MacTyler.

— Il est dangereux, dit simplement Jonnie.

Deux heures s'écoulèrent, puis il distingua un minuscule point de lumière au loin, dans la direction exacte de la cage. Un moment plus tard, un éclaireur revint et leur confirma que les sentinelles avaient été retirées et que Terl s'était lui-même occupé de l'eau et de l'état de santé de Chrissie.

Traiter avec un Terl sournois était une chose. Affronter un Terl dément devenait un jeu bien plus dangereux.

NEUVIÈME PARTIE

1

La neige survint tardivement, mais avec une telle violence que les rafales hurlantes faillirent totalement paralyser le travail.

Ils n'avaient pu mettre en place l'escalier. Jonnie avait fait tout son possible, utilisant une plate-forme surchauffée pour enfoncer les pitons, encourageant l'équipe suspendue à des filins de sécurité au-dessus de la crevasse. Ils avaient failli réussir et ils étaient même parvenus à extraire encore quatre-vingt-dix livres d'or quand la première tempête d'hiver s'était déchaînée. Le vent avait la force d'un ouragan et des fragments de glace sifflaient comme des balles. Les montagnes elles-mêmes semblaient ébranlées. Et c'est alors que l'escalier s'était écroulé. Par bonheur, cela s'était produit au moment d'une relève d'équipe et il n'y eut aucun blessé.

A présent, ils guettaient une éventuelle accalmie pour savoir ce qu'ils pouvaient faire.

Il était impératif, selon Robert le Renard, qu'ils aient l'air de travailler, car Terl n'aurait aucune réaction violente tant que la situation ne serait pas désespérée. Pour l'heure, la neige qui tombait sans cesse masquait le paysage pour la caméra du drone de reconnaissance qui poursuivait ses survols quotidiens.

De plus, et c'était l'avis de tous, la présence de Jonnie n'était pas vitale. Il avait été prévu depuis le départ que les trois jeunes Écossais qui lui ressemblaient donneraient l'illusion qu'il était là en permanence. Ils s'arrangeaient toujours pour que l'un d'eux soit visible quand le drone passait, chacun à son tour. En fait, c'était Thor, et non Jonnie, qui avait brandi le panneau portant le message. Trois relais restaient cependant nécessaires, car il n'y avait pas une équipe qui fût capable de résister plus de deux heures dans ce froid mortel.

Donc, Jonnie n'était pas là ce jour-là. Au cœur de la tempête, lui et deux hommes se dirigeaient vers un lieu jadis nommé « Uravan ».

Le docteur MacDermott, l'historien, s'était révélé particulièrement doué pour extraire des informations précieuses de ce qui subsistait de vieux livres en lambeaux. Un jeune Écossais, éclaireur accompli, avait été placé à son service depuis quelque temps afin d'aller collecter un peu partout les cartes et les ouvrages anciens. Dans un livre, MacDermott était tombé sur un passage concernant Uravan, qui était considéré autrefois comme « l'un des plus grands gisements d'uranium ». Uravan était censé se trouver à l'ouest, un peu au sud de la base, à environ quatre cents kilomètres, de l'autre côté d'un immense plateau nettement visible depuis la base.

De l'uranium !

Ils avaient pris un avion. Un copilote et Angus MacTavish accompagnaient Jonnie. Qui sait, ils auraient peut-être de la chance...

Angus MacTavish était ravi. C'était lui qui était responsable de toute la mécanique et qui faisait que les choses fonctionnaient.

Avec six autres compagnons, il avait suivi assidûment les cours d'électronique et de mécanique de Jonnie, et il s'était révélé le meilleur de tous. Cet Écossais aux cheveux noirs ignorait le sens du mot « défaite ». Il était à la fois entêté et perpétuellement optimiste. Il avait la conviction qu'ils allaient trouver des montagnes d'uranium, qu'ils n'auraient qu'à sortir leurs pelles et tout récolter.

Ce n'était pas vraiment l'avis de Jonnie. D'abord, ils ne disposaient d'aucun moyen de protection contre les radiations et il n'était absolument pas question qu'ils récoltent quoi que ce soit. Mais ils auraient la possibilité d'effectuer des tests avec le gaz respiratoire psychlo. Il s'était sagement abstenu de refroidir l'enthousiasme d'Angus. Ils étaient en fait en mission de reconnaissance pour un premier essai de détection avec le gaz.

Avec la tempête, la visibilité était faible. Dans les rafales intermittentes, l'appareil se cabrait et vibrait. Les instruments de bord les avaient laissé tomber et ils volaient à vue. De temps en temps, un pic surgissait devant eux, un peu trop près. La terre, vue d'en haut, n'était qu'un vaste et turbulent tapis blanc où n'apparaissait aucun repère. Par chance, la tempête soufflait vers l'est et elle perdit de sa fureur alors qu'ils étaient à peu près à mi-chemin.

Tout à coup, en surgissant d'un nuage, ils retrouvèrent un ciel limpide. Le panorama des Rocheuses de l'ouest se déployait sous eux, dans la clarté du soleil du matin. C'était d'une beauté à couper le souffle.

— L'Écosse est peut-être le meilleur pays du monde, dit le copilote, mais ça n'a rien de pareil!

Jonnie pianota sur la console et leur vitesse passa à 750 kilomètres/heure. Le défilement du vaste monde blanc s'accéléra. Jonnie repéra soudain le plateau où se trouvait Uravan, grâce à l'ancienne carte qu'il avait emportée avec lui et qui avait été prise dans un vieux livre d'école. Même avec la neige, ils parvinrent à distinguer la trace d'une antique route en lacets. Ils descendirent à hauteur des arbres au sud-est de l'endroit où la route faisait une fourche, survolèrent des ruines couvertes de neige, qui étaient ce qui restait d'une bourgade, et atteignirent bientôt les monticules et les piles de déblais qui correspondaient à Uravan. Jonnie posa l'avion à quelque distance d'un groupe de bâtiments, dans un crissement de neige fraîche.

Tel un bélier, Angus MacTavish se rua au-dehors, son kilt flottant dans le vent. Il courut vers les ruines les plus proches. En quelques instants, il eut visité chaque bâtiment et fut de retour.

Dans l'air vif, il cria :

— C'est bien Uravan!

Il brandissait des feuilles de papier déchirées.

Jonnie tendit la main vers l'arrière et prit son équipement, ainsi qu'une cartouche de gaz. Avec Angus, ils avaient travaillé jusqu'au milieu de la nuit afin de bricoler un système de télécommande pour le régulateur. Il leur suffisait de découvrir un point irradié, de se replier, de déclencher la télécommande et de voir si le gaz psychlo explosait. Jonnie prit également plusieurs pelles, des cordes et des lampes de mineur.

Angus, fébrile, courait de tous côtés pour essayer de repérer au plus vite des traces de gisements. Un peu partout subsistaient des clôtures à demi détruites par la rouille, ainsi que des décharges de minerai.

Ils se mirent au travail : dès qu'ils découvraient un ancien tas de scories, ils déposaient une cartouche de gaz, se repliaient en hâte, déclenchaient à distance le régulateur et guettaient une éventuelle explosion.

Ils le firent plus de dix fois. Angus décida alors que la cartouche de gaz qu'ils employaient devait être épuisée. Il l'ouvrit sous son nez, inspira et fut instantanément pris d'une quinte de toux. Non, la cartouche était bien pleine. Alors, ils descendirent dans plusieurs puits et s'aventurèrent dans des boyaux depuis longtemps menacés d'effondrement.

Ils utilisèrent encore cinq cartouches sans qu'aucune explosion ne se produise.

Jonnie fut gagné par le découragement. Il laissa Angus et le copilote poursuivre seuls et se mit à errer parmi les ruines. Elles étaient si anciennes et érodées par le temps qu'il était difficile de deviner la fonction de tel ou tel bâtiment. Les papiers qu'Angus avait découverts avaient dû se trouver protégés par hasard sous quelque chose.

Et puis, soudain, Jonnie eut un doute : dans l'ensemble de ce secteur, il n'avait découvert qu'un unique squelette, réduit à quelques dents et aux boutons d'un vêtement, dans une pièce.

Il ne restait aucune armoire, aucun appareil, aucune machine, rien que quelques carcasses rongées. Ces traces de squelette étaient tout ce qui subsistait d'une ancienne présence humaine.

Il regagna l'avion et se laissa aller sur son siège. Cette exploitation avait été épuisée *avant* l'attaque des Psychlos. Et elle avait été exploitée de façon si intensive que les décharges de scories ne dégageaient plus la moindre radiation.

A cet instant, Angus surgit en criant :

– Ça marche! Ça marche!

Il tenait quelque chose à l'intérieur d'un cadre.

Immédiatement, Jonnie quitta l'appareil. L'objet

avait été brûlé, mais un coin restait intact. Un fragment de minerai était fixé à l'intérieur du cadre. Au-dessous, il vit une plaque de cuivre portant une inscription difficile à déchiffrer. Il remarqua qu'un fragment de verre au plomb était demeuré fixé au cadre dans un coin.

Il alla s'asseoir sur un rocher, à quelques pas de là, et examina plus attentivement la découverte d'Angus. L'échantillon de minerai était noir et brun. Le fond du cadre était revêtu de plomb. Il se pencha sur l'inscription. Il semblait qu'il s'était agi du « premier... » d'il ne savait quoi. Il lut également le nom d'une personne qui ne lui était pas connue. Puis il inclina le cadre sous un angle nouveau et put déchiffrer les lettres : « PECH-BLENDE ».

– Attends! fit Angus. Je vais te montrer.

Il prit l'objet des mains de Jonnie et alla le poser sur le sol à quelque dix mètres de là. Il mit en place la cartouche de gaz et revint en courant auprès de Jonnie. Il appuya sur la touche de télécommande et il y eut une explosion!

– Je vais recommencer!

Toujours avec la télécommande, il ouvrit le régulateur au maximum. La réaction fut telle qu'il n'aurait pas eu le temps de le fermer, même s'il l'avait voulu : la bouteille de gaz jaillit dans les airs comme une fusée, à plus de trois mètres de hauteur, et le pilote et Angus eurent une exclamation de joie.

– De la pechblende, dit Jonnie, qui avait bien étudié le sujet. Du minerai d'uranium. Une source d'isotopes radioactifs particulièrement riche. Où est-ce que vous avez trouvé ça?

Ils le conduisirent jusqu'aux décombres d'un bâtiment. Ces ruines étaient tellement anciennes qu'il leur fallut arracher et repousser une partie de la toiture pour pouvoir entrer.

Couvert de poussière et ruisselant de sueur en dépit du froid glacial, Jonnie se retrouva finalement sur les marches de ce qui avait dû être, jadis, un porche.

C'était tout ce qui restait d'un musée. Un petit musée. Il y avait là d'autres spécimens : du quartz rose, de l'hématite, des échantillons qui ne provenaient pas forcément de ce site.

Il n'était même pas évident que la pechblende ne venait pas d'autre part.

– Mais le test du gaz est probant! insista Angus.

Jonnie éprouvait un sentiment de dépression. Il reconnaissait que le test était positif, que leur système fonctionnait. Il avait lui-même vu l'habitacle d'une pelleteuse exploser sous l'effet de la radioactivité et tuer un Psychlo.

– C'est vrai, et je m'en réjouis, dit-il enfin. Mais même s'il y a encore de l'uranium là-dessous, il est trop profond pour que nous ayons une chance de le récupérer. Trouvez du plomb et essayez d'envelopper cet échantillon. On va le rapporter.

– Nous devrions essayer d'en trouver d'autres! insista Angus.

Jonnie se dit qu'après tout, ils allaient devoir attendre que la tempête s'éloigne un peu plus vers l'est.

– Bon, allez-y, dit-il.

Mais il ne se faisait aucune illusion : l'exploitation était totalement épuisée. Il ne restait que le musée et les traces d'un squelette.

Au nom du ciel, se dit-il, où pourrait-on bien trouver de l'uranium? *Où et beaucoup?*

2

Rivé par l'horreur, Jonnie fixait les profondeurs du canyon. A quelques mètres de la rivière, la plate-forme volante était sérieusement en difficulté.

Ils étaient revenus d'Uravan la veille. La tempête s'était définitivement éloignée, laissant un paysage blanc et étincelant. A ces altitudes, le froid restait mordant et, comme toujours, les vents soufflaient en trombes à travers le canyon, créant des turbulences torrentielles.

Dunneldeen et l'un de ses compagnons, un jeune garçon brun du nom d'Andrew, avaient pris place sur une plate-forme pour tenter de récupérer l'échelle de forage qui s'était abattue dans le lit gelé de la rivière, trois cents mètres plus bas. Sous le poids des longerons, la couche de glace avait cédé et, à présent, seule une extrémité de l'échelle dépassait de la rivière.

Depuis la plate-forme, on avait descendu un crochet au bout d'un filin pour essayer de remonter l'échelle. Mais les remous de la rivière faisaient jaillir sur la plate-forme des gerbes d'eau qui se transformaient aussitôt en glace. Le poids de la plate-forme en était augmenté d'autant.

Jonnie savait ce qu'ils avaient en tête : donner une impression de travail intense, car le drone de reconnaissance les survolerait d'un instant à l'autre. Tous les membres de l'équipe s'étaient déployés tout au long de la crevasse pour essayer de démêler les câbles et les poulies qui avaient été emportés par la tempête. En vérité, si Dunneldeen et Andrew se trouvaient en ce moment au fond du canyon, c'était surtout pour être visibles sur les clichés du drone.

Jonnie avait fait un aller-retour avec le petit avion afin d'essayer de trouver un moyen nouveau d'extraire l'or de la veine. Il n'avait pas de copilote, cette fois-ci. Mais le vieux MacDermott, l'historien, l'avait supplié de l'accompagner : il voulait écrire l'histoire de l'exploitation du filon, la saga de la tempête... Lors du recrutement, le vieil Écossais s'était déclaré prêt à donner sa vie mais, s'il faisait preuve d'une intelligence extrême et d'une immense culture littéraire, il n'était pas le moins du monde préparé à leur travail, encore moins bâti pour ce genre d'effort, dépourvu à la fois de la musculature et de l'expérience nécessaires.

Et ils n'avaient vraiment pas le temps de faire des aller-retour avec lui. L'épopée de la mine, ils la raconteraient plus tard.

Ils n'utilisaient que des émetteurs-radio à portée limitée qu'ils avaient construits eux-mêmes et qui ne pouvaient être détectés à plus de deux kilomètres. Les montagnes, à l'est, leur offraient un écran supplémentaire. Pour la liaison radio avec la plate-forme, en bas du canyon, ils ne couraient aucun risque.

— Andrew, relâche le frein de la poulie! lança Dunneldeen d'un air tendu. Les moteurs chauffent!

— J'y arrive pas! C't à cause de la flotte!

— Alors dégage les crochets de l'échelle!

— Y voudront pas bouger non pus, Dunneldeen! Tout le truc est pris par la glace maint'nant!

La plainte des moteurs surchargés était nettement audible dans les micros ouverts.

Jonnie savait parfaitement ce qui allait se produire. Ils n'arriveraient pas à libérer la plate-forme et ils ne pouvaient courir le risque de se poser sur les eaux glacées et agitées du torrent. Et la plate-forme pouvait exploser à tout moment.

Ce genre d'appareil était équipé de commandes de vol rudimentaires et d'ordinaire recouvert d'une coupole de protection en verre au plomb. Mais les humains pouvaient se passer de la coupole. Et Dunneldeen affrontait à visage nu les rafales de givre, et les commandes, avant peu, seraient pétrifiées par la glace.

Le drone de reconnaissance, Jonnie le savait, apparaîtrait dans moins de cinq secondes. Il devait enregistrer des images de travail intense, et non de désastre imminent. Déjà, par le hublot ouvert, Jonnie percevait un grondement dans le lointain.

L'explosion hypersonique allait se produire. Il fallait absolument qu'il arrive à faire évacuer les deux hommes en péril sur la plate-forme.

— Docteur Mac, cria-t-il sans se retouner, tenez-vous prêt. Vous allez devenir un héros!

— Grands dieux! fit MacDermott.

— Ouvrez la porte et lancez deux filins de sécurité! Et vérifiez bien qu'ils sont attachés!

Le vieil Écossais se porta vers l'arrière de l'avion et s'attaqua à l'enchevêtrement de rouleaux et de câbles.

— Accrochez-vous! cria Jonnie.

Il lança l'appareil en piqué depuis le haut, vers les tréfonds de la crevasse, dans les vents hurlants, entre les parois qui défilaient à toute allure.

Le docteur MacDermott eut la sensation que son estomac était resté là-haut au bord de la falaise. Au-delà de la porte ouverte, les parois du canyon n'étaient plus qu'une image blanche et rouge, floue, qu'il contemplait bouche bée, sur le point de défaillir.

Jonnie essaya d'appeler dans les craquements de la radio :

— Dunneldeen! Parés à abandonner!

Il perçut le claquement hypersonique du drone. L'engin était passé.

Il distingua confusément le visage de Dunneldeen

sous la fourrure de la cagoule à l'instant où il levait la tête et comprit que le jeune Écossais n'avait fait ce mouvement que pour le drone, afin que Terl fût certain que c'était bien Jonnie qui se trouvait là en bas.

Une fumée bleue s'échappait des moteurs de la plate-forme, montant au-dessus des embruns du torrent.

Les eaux tumultueuses de la rivière, sous la pression de la glace, se ruaient hors de la brèche créée par la chute de l'échelle, libérant un véritable geyser.

Andrew attaquait le treuil pris dans la glace à coup de marteau. Puis il prit une bouteille de gaz et essaya de régler le chalumeau afin de faire fondre le câble. Mais la bouteille, elle aussi, était prise par la glace et il ne réussit pas à l'ouvrir.

L'avion plafonnait maintenant à une dizaine de mètres au-dessus de la plate-forme et Jonnie se débattait frénétiquement devant la console pour le maintenir en place dans les tourbillons de fumée âcre qui montaient des moteurs en feu.

— Docteur Mac! cria-t-il. Lancez les filins de sauvetage!

Le vieil homme se débattit avec les poulies, incapable de distinguer un câble d'un autre. Il finit par saisir l'extrémité d'un filin et le lança à l'extérieur.

Il le laissa se dérouler sur une vingtaine de mètres avant de le bloquer et de l'arrimer aussi solidement que possible, tandis que Jonnie luttait pour rapprocher l'extrémité du filin de la plate-forme battue par les embruns et la glace.

— Je n'arrive pas à trouver un autre bout de filin! lança MacDermott.

— Attrapez cette corde! lança Jonnie aux deux hommes.

— A toi, Andrew! cria Dunneldeen.

Cinq mètres de câble s'enroulèrent sur la plate-forme et furent instantanément gelés sous les embruns.

Andrew passa un bout de filin autour de son aisselle.

— Non, pas comme ça! s'exclama Jonnie.

Andrew risquait d'avoir le bras cassé ou tranché avec le poids de Dunneldeen lorsque celui-ci s'accrocherait au bout du filin.

– Passe-le autour de cette massette, là en bas!

L'habitacle du moteur, sur la plate-forme, était entouré de langues de flammes.

Andrew parvint à dégager l'outil de sa gangue de glace et enroula deux fois le câble autour de la tête.

– Tiens bon! cria Jonnie.

De toutes ses forces, Andrew serra le manche de la massette entre ses mitaines.

Jonnie reprit cinq mètres d'altitude, enlevant Andrew de la plate-forme, et le filin vint se balancer au-dessus de Dunneldeen.

– Le commandant abandonne le navire! lança-t-il en agrippant l'extrémité du câble.

Jonnie, très lentement, prit de l'altitude. Son unique souci était de ne pas faire céder le câble, sous peine de précipiter les deux hommes dans le torrent glacé.

Andrew se cramponnait à la massette, à cinq mètres en dessous de l'avion. Quant à Dunneldeen, il était quelques mètres plus bas, tout au bout du câble.

– Je crains que le nœud ne soit en train de glisser, hurla le docteur derrière lui.

C'était aussi le cas pour les mitaines gelées des deux hommes suspendus dans le vide. Il était impossible de les remonter jusqu'au bord de la gorge, trois cents mètres plus haut. Jonnie explora désespérément le torrent du regard.

La plate-forme volante explosa dans un déchaînement de flammes orangées.

L'avion se cabra sous le souffle.

Jonnie regarda dans la direction des deux hommes. Dunneldeen avait été touché par les flammes. Ses bottes brûlaient!

Jonnie redescendit vers la rivière. Ses doigts couraient fébrilement sur la console de contrôle. Il était maintenant à une quinzaine de mètres au-dessus de la glace recouverte d'une épaisse couche de neige. Est-ce que la glace tiendrait?

Il fit descendre l'appareil. Dunneldeen atterrit dans la neige épaisse. Jonnie le traîna sur une trentaine de mètres afin d'éteindre le feu qui continuait à dévorer ses bottes.

Il découvrit soudain un étroit surplomb au-dessus de la rivière, couvert de neige.

Il pilota de façon à amener l'appareil à quelques

mètres de la paroi du canyon et, lentement, déposa Dunneldeen avant de redescendre un peu plus.

Millimètre par millimètre, les mitaines gelées d'Andrew cédaient prise et, à la fin, il ne put se maintenir plus longtemps et tomba de trois mètres de haut. Il faillit glisser sur l'extrême bord du surplomb et Dunneldeen le retint de justesse.

Jonnie, luttant désespérément contre les turbulences, fit demi-tour et se présenta de flanc à la hauteur du surplomb, porte ouverte.

Les deux rescapés grimpèrent à bord avec l'aide de MacDermott.

Andrew se chargea de récupérer le filin et de refermer la porte, tandis que Jonnie reprenait rapidement de l'altitude et manœuvrait pour se poser.

— J'ai été incapable de trouver un autre câble, bredouillait le docteur MacDermott d'un ton navré.

— N'y pensons plus, fit Dunneldeen. Ça m'a permis d'avoir droit à une partie de luge!

— J'ai laissé passer l'unique chance de ma vie d'être un héros! protesta MacDermott.

Il examina les jambes de Dunneldeen et constata avec soulagement qu'elles n'étaient pas gravement brûlées et que les flammes n'avaient qu'à peine grillé la peau sous les bottes.

— Vous avez fait de votre mieux, dit Andrew. Tout s'est parfaitement passé.

Jonnie descendit de l'appareil et marcha jusqu'au rebord de la falaise, suivi des trois autres. Les hommes de l'équipe regardaient le fond du canyon. Ils avaient suivi toute l'opération, et leurs visages étaient encore baignés de sueur.

Trois cents mètres plus bas, au fond du canyon, l'escalier était toujours incrusté dans la glace, mais la plate-forme avait disparu. Alentour, la neige portait des traces noires de fragments retombés après l'explosion.

Jonnie secoua la tête, puis se tourna vers Dunneldeen et les autres.

— On arrête les frais, dit-il.

Presque à l'unisson, le chef d'équipe et Dunneldeen protestèrent.

— Mais il n'est pas question d'abandonner!

— Fini les acrobaties aériennes, dit Jonnie. Et plus

question de nous rendre malades de vertige. Venez avec moi!

Ils regagnèrent l'aire d'atterrissage et Jonnie tendit le doigt :

– Exactement en dessous de nous, cette veine se prolonge dans la falaise. Elle est formée de poches d'or qui se situent environ tous les cinquante ou soixante mètres. On va creuser un puits jusqu'à cette veine. Et ensuite, on percera une galerie en sous-sol le long de la veine, en direction de la falaise pour essayer de récupérer cet or par-derrière!

Les hommes restèrent silencieux.

– Mais avec cette fissure..., dit enfin l'un d'entre eux, on ne peut rien faire sauter : toute la falaise risquerait de basculer.

– On va se servir de foreuses. Et on percera en parallèle. Ensuite, on utilisera des bêches à vibration pour littéralement découper la roche. Ça va prendre du temps. Mais si on travaille dur, on peut y arriver.

Par le sous-sol? Tout à coup, cela leur paraissait une bonne idée.

Le chef d'équipe et Dunneldeen se lancèrent aussitôt dans la mise au point de différents plans pour amener à pied d'œuvre les foreuses, les scrapers et les convoyeurs. Peu à peu, l'espoir revenait. L'équipe de relève, en arrivant, applaudit en apprenant le nouveau plan. Pour le peu qu'ils récoltaient ces derniers temps, ils détestaient se retrouver suspendus par les talons dans le vide sinistre du canyon.

– Bon, alors il faut que tout soit en place avant le prochain passage du drone, dit Jonnie. Terl est complètement fou en ce moment, mais c'est un mineur avant tout. Il comprendra ce que nous sommes en train de tenter et il ne fera rien contre nous. C'est un peu comme si on attaquait le roc avec des cuillers, alors nous travaillerons jour et nuit, à raison de trois relèves par jour. De toute façon, avec ce temps, ce sera plus confortable de travailler sous terre. Et on va élargir l'aire d'atterrissage. Bon, maintenant, il faut qu'on sache où creuser exactement.

Dunneldeen lança les moteurs de l'avion et repartit chercher des pilotes et du matériel.

Peut-être allaient-ils y arriver, se dit Jonnie.

3

C'est avec inquiétude que Zzt observait Terl et tout
un essaim de mécanos qui s'activaient autour de
l'antique drone bombardier.

Les vastes hangars souterrains résonnaient sous les
coups de marteaux et la plainte des perceuses.

Depuis la dernière arrivée bisannuelle de personnel,
Zzt avait récupéré ses mécaniciens et, mis à part le
ravitaillement du drone de reconnaissance tous les
trois jours (un drone que Zzt jugeait inutile), son travail
restait le même. Terl avait laissé le chef du transport et
son service en paix jusqu'à présent. Il s'était lui-même
occupé des vingt appareils de combat stationnés à
l'extérieur. Donc, si l'on exceptait ce nouveau projet
inattendu, Zzt n'avait guère de motifs pour se plain-
dre.

Mais ça, c'était *absolument idiot*! Le drone bombardier? Non, il fallait vraiment qu'il donne son opinion.

Terl se trouvait dans la grande cabine de contrôle de
l'avion, occupé à régler les commandes, couvert de
graisse et de sueur. Il tenait un petit boîtier de télécommande et appuyait sur les touches des différents
panneaux.

– Écosse... Suède, dit-il en consultant diverses tables
et notes sans cesser de pianoter sur les boutons.
L'endroit ne comportait pas le moindre siège, car un
drone n'avait pas de pilote, et Terl était installé très
inconfortablement sur le capot d'un des moteurs de
stabilisation.

– Russie... Alpes... Italie... Chine... non : Alpes...
Inde... Chine... Italie... Afrique...

– Terl, dit timidement Zzt.

– Silence! lança Terl sans même se retourner.

– Amazonie... Andes... Mexique... Montagnes Rocheuses! Montagnes Rocheuses, un, deux et trois!

– Terl, reprit Zzt, ce drone bombardier n'a pas volé
depuis un millier d'années. C'est une véritable épave.

– Eh bien, on le retape, non? railla Terl en se
redressant, ses réglages achevés.

– Terl, tu ignores peut-être qu'il s'agit du drone authentique de la conquête. Celui qui a gazé toute la planète avant l'invasion.

– Et alors, c'est bien avec des bonbonnes de gaz que je le fais équiper, non?

– Mais Terl, nous avons conquis cette planète il y a mille ans ou plus... Si tu largues du gaz toxique, même sur quelques rares endroits, tu risques d'atteindre certaines de nos exploitations minières...

– Ils ont leurs réserves de gaz respiratoire, rétorqua Terl d'un ton sec en passant à côté de Zzt pour gagner l'arrière de l'appareil. On embarquait d'énormes bonbonnes de gaz venues des entrepôts situés loin dans le sous-sol. Les employés les grattaient avec précaution pour les débarrasser de la croûte des âges. Terl donna énergiquement ses instructions :

– J'avais dit quinze. Vous n'en avez apporté que quatorze. Allez me chercher la dernière!

Plusieurs employés se précipitèrent docilement tandis que Terl, en marmonnant, raccordait les différents fils aux valves d'ouverture tout en vérifiant les couleurs portées sur le code.

– Terl, insista Zzt, on a gardé ce drone uniquement à titre de curiosité. Ces trucs sont dangereux. Ça n'a rien à voir avec les drones de reconnaissance et leurs petits moteurs. Ils ne peuvent pas échapper à notre contrôle! Mais celui-là possède autant de moteurs que dix transporteurs de minerai! Tous les signaux qu'il renvoie à une télécommande sont annulés par ses propres moteurs. Il pourrait t'échapper et balancer son gaz n'importe où. Quand on le lance, il n'y a plus moyen de l'arrêter. C'est comme pour le transfert : c'est irréversible. En fait, il est trop capricieux pour être fiable.

– La ferme! dit Terl.

– Les règlements disent que ces appareils ne doivent être utilisés que dans les cas « d'extrême urgence »! Et il n'y a aucune urgence, Terl!

– Silence! fit Terl en poursuivant ses branchements.

– Et tu as également donné l'ordre qu'il soit garé en permanence devant le seuil de lancement automatique. Nous en avons besoin pour la réparation et l'entretien des transporteurs de minerai. *C'est un drone de guerre!* On ne l'utilise que pour la première offensive contre une planète et *jamais* ensuite, sauf en cas de repli. Il n'y a pas de guerre que je sache et nous ne nous replions pas de cette planète.

Subitement, Terl en eut assez. Il jeta ses notes et se dressa devant Zzt.

– C'est à *moi* de juger de tout ça. Étant donné qu'il n'existe pas de ministère de la guerre sur cette planète, c'est au chef de la sécurité qu'il revient d'assumer ce rôle. Mes ordres sont formels! Ce drone doit rester garé en permanence devant le seuil de lancement du hangar! Quant à cette histoire de contrôle... (Il brandit le petit boîtier de télécommande sous le nez de Zzt.) Il n'y a aucun risque. Il suffit de régler la date, d'appuyer sur les boutons de compte à rebours! Et ce drone partira quand je le voudrai et il fera ce que je veux! Et il faut qu'il reste prêt en permanence!

Zzt recula. A présent, des remorqueuses entraient en action pour amener l'énorme relique jusqu'au seuil de lancement où elle bloquerait tous les véhicules.

– Tu as choisi de drôles de cibles, remarqua Zzt à mi-voix.

Terl tenait une énorme clé. Il se rapprocha de Zzt.

– Ce sont les noms que les animaux ont donnés à certains endroits de cette planète. C'est là qu'on trouve encore des animaux-hommes.

– Cette petite poignée de créatures? risqua Zzt.

Terl cria quelque chose d'inintelligible et lança la clé sur lui. Zzt s'écarta et elle alla claquer sur le sol du hangar avec un bruit tel que les employés de l'équipe sursautèrent.

– Tu te conduis comme un fou, Terl, dit Zzt.

– Il n'y a que les races étrangères qui sont dingues! hurla Terl.

Zzt s'écarta de quelques pas tandis qu'on remorquait le drone monstrueux jusqu'à la porte du hangar.

– Désormais, cria Terl en ne s'adressant à personne en particulier, il restera ici. Il sera lancé dans les quatre prochains mois.

En tout cas au 93e Jour, songea-t-il en souriant à lui-même.

Pendant un moment, Zzt se demanda s'il ne devrait pas abattre Terl dans un endroit tranquille. Terl avait rendu toutes leurs armes aux employés de l'exploitation, rechargé les râteliers de toutes les salles du camp et autorisé chacun à porter à nouveau un pistolet à la ceinture. Mais il se souvint que Terl avait mis quelque part une enveloppe marquée « à ouvrir en cas de décès ».

Plus tard, Zzt mentionna cela discrètement à l'oreille de Numph. Zzt aimait chasser et il savait que le drone bombardier anéantirait la plus grande partie du gibier. Et Numph, jadis, avait apprécié la chasse, lui aussi. Mais Numph s'était contenté de le regarder en silence, avec une expression vide.

Le drone de bombardement, l'engin même qui avait neutralisé la Terre à coup de gaz, resta donc devant la rampe de lancement, bloquant l'envol de tous les autres appareils, chargés de gaz léthal, ses contrôles préréglés n'attendant plus que d'être déclenchés par le boîtier de télécommande de Terl.

Et Zzt ne pouvait réprimer un frisson à chaque fois qu'il passait devant. Pour lui, il était évident que Terl était devenu complètement, mais alors complètement fou.

Cette nuit-là, de retour dans ses quartiers, Terl se sentit sur les nerfs. Une nouvelle journée s'était écoulée sans qu'il ait obtenu le moindre indice quant aux raisons de la présence de Jayed, pas plus qu'il ne pouvait deviner ce qu'il était venu chercher dans l'exploitation.

Régulièrement, Terl examinait les photos prises par le drone à chacun de ses passages. Les animaux étaient occupés à des travaux de forage souterrain, ce qui était plutôt astucieux de leur part. Ils pourraient peut-être réussir de cette façon. Sinon, il avait la réponse toute prête.

Tous les soirs, il allait rendre visite aux deux femelles dans leur cage et il leur lançait de la viande ainsi que du bois pour entretenir leur feu. Parfois, il trouvait des paquets posés devant la porte. Il avait décidé de les lancer à l'intérieur sans chercher à savoir d'où ils pouvaient provenir. Il avait réparé le système d'arrivée d'eau, mais le bassin débordait. La plus grande des deux femelles allait mieux. Elle était assise. A chaque fois, cette idée de « pouvoirs psychiques » revenait le harceler. Il se demandait laquelle des deux était capable d'émettre de telles impulsions et s'il pourrait les détecter sur un compteur. Mais, après tout, du moment que les humains poursuivaient leur travail dans les montagnes, il pouvait tout aussi bien garder la vie sauve aux femelles. Elles constituaient un moyen de pression efficace.

Mais quand viendrait le 93e Jour... Alors là, il ne pourrait plus compter sur les animaux pour se taire. Et la Compagnie ou le gouvernement découvriraient ce qu'il avait fait. Non, les animaux devraient disparaître. Jusqu'au dernier.

Au seuil du sommeil, Terl se perdit dans une rêverie : Jayed était un obstacle entre l'or et lui. Tout était de sa faute. Mais comment éliminer un agent du B.I.E. tout en commettant le crime parfait?... C'était le genre de problème qui donnait le vertige. En attendant, il devait se montrer un modèle d'efficience dans sa fonction. Il devait apparaître comme le plus grand, le plus vigilant, le plus actif de tous les chefs de la sécurité que la Compagnie eût jamais connus.

Était-il vraiment fou? Non. Seulement habile.

4

Jonnie retournait chez lui.

Dans un canyon, au-dessus de la prairie, ils débarquèrent quatre chevaux et leur chargement de l'avion de transport. Le souffle des chevaux se condensait en bouffées blanches dans l'air glacé des hauteurs. Ils n'avaient été dressés que depuis peu et ils n'avaient pas du tout apprécié le voyage. Dès qu'on eut ôté leurs œillères, ils se mirent à renâcler et à hennir. La tempête de neige avait soufflé durant les heures précédentes et le monde était gelé et silencieux.

Jonnie se trouvait en compagnie d'Angus McTavish et du pasteur MacGilvy. La présence d'un pilote avait été rendue nécessaire pour le cas où la visite durerait plus d'un jour. Le drone de reconnaissance venait d'effectuer son passage quand ils avaient quitté la base et l'avion devrait avoir disparu lorsqu'il survolerait à nouveau les montagnes.

Une semaine auparavant, Jonnie s'était réveillé au milieu de la nuit avec la certitude de savoir où se trouvait l'uranium. Dans son propre village ! Ce n'était pas véritablement un espoir, mais il y avait ces signes de maladie permanents chez les siens. S'il existait un gisement, il n'était probablement pas important, mais ce devait être mieux en tout cas que ce caillou unique qu'ils avaient rapporté d'Uravan ! L'idée de revenir au village pour cette raison lui donnait un sentiment de culpabilité, car il avait bien d'autres motifs. Il fallait avant tout que les siens aillent habiter ailleurs, à la fois parce qu'ils étaient en permanence exposés aux radiations et aussi parce qu'ils devaient échapper à un éventuel bombardement.

Avec ses hommes, Jonnie avait exploré les montagnes afin de découvrir un refuge possible. Ils ne l'avaient découvert que la veille. C'était une ancienne ville minière sur le versant occidental, plus basse en altitude, en face d'une étroite passe qui débouchait sur la plaine de l'ouest. Un ruisseau coulait au milieu de la rue centrale de l'agglomération, et plusieurs maisons et immeubles avaient encore des vitres intactes. Le bétail sauvage et le gibier semblaient abonder aux alentours. Mieux encore : derrière la ville s'ouvrait un large tunnel, long d'un kilomètre, qui pouvait éventuellement servir d'abri-refuge. Il y avait un gisement de houille dans une des collines proches.

L'endroit était beau et sans la moindre trace d'uranium.

Jonnie ne pensait pas que les gens de son village accepteraient d'aller y vivre. Il avait déjà tenté de les convaincre alors qu'il était adolescent et son père lui-même avait mis cela sur le compte de son goût pour l'aventure. Mais il devait absolument essayer une fois encore.

Angus et le pasteur avaient insisté pour l'accompagner. Il leur avait pourtant expliqué les dangers des rayonnements : il ne tenait pas à leur faire courir ce risque. Mais Angus avait simplement levé une bouteille de gaz psychlo, en disant qu'il s'en servirait pour vérifier la présence de radiations. Il promit d'être prudent. Quant au pasteur, en tant qu'honorable membre du clergé et homme sage, il était convaincu que Jonnie pourrait avoir besoin d'aide.

Ils avaient renoncé à se poser en avion dans la prairie : les gens du village avaient vu passer les drones de reconnaissance durant toute leur existence, mais l'arrivée d'un avion risquait de les terrifier.

Ils avaient passé une bonne partie de la nuit à dresser des plans. Jonnie avait expliqué à Angus et au pasteur qu'ils ne devraient absolument rien faire qui pût inquiéter les gens du village. Il n'était pas question de parler des monstres, ni de les effrayer en évoquant la situation désespérée de Chrissie. Tous seraient déjà assez intrigués de les voir surgir du canyon du haut, car le col occidental de la prairie, de même que tous les autres, était en cette saison complètement pris par la neige.

Ils traversèrent la prairie dans le bruit léger des sabots de leurs trois montures et du cheval de bât sur la neige poudreuse. Autour du village, les cabanes qu'ils découvrirent étaient abandonnées et délabrées. Une fumée âcre flottait dans l'air. Mais où étaient donc passés les chiens? se demanda Jonnie.

Il stimula sa monture. Un peu plus loin, ils passèrent devant les enclos sans voir un cheval. Puis, en tendant l'oreille, Jonnie entendit un bruit de sabots dans les anciennes granges au-delà: il restait au moins un cheval. Et peut-être d'autres. Il porta son regard dans la direction des parcs réservés au bétail sauvage que l'on rassemblait avant les premières neiges et ne vit que quelques bêtes. Pas de quoi tenir l'hiver.

Angus se laissa glisser au sol et, ainsi qu'il l'avait promis, effectua un premier test pour vérifier le taux de radiations. Il n'enregistra aucune réaction droit devant eux.

Qu'étaient donc devenus les chiens? Certes, ils n'avaient pas l'habitude de voir quelqu'un arriver par ce côté-ci de la vallée. Mais le fait qu'aucun ne fût en vue était bizarre.

Jonnie se dirigea vers le tribunal et Angus effectua un deuxième test, toujours sans enregistrer la moindre réaction.

Un vieux chien surgit alors d'une ruine et les contempla. Il était à demi aveugle et, après un instant, il s'avança prudemment, le ventre rasant la neige. Il s'approcha de Jonnie et renifla, de petits nuages de condensation quittant ses naseaux en chapelets.

Puis il remua la queue, s'approcha un peu plus près, de plus en plus affectueux, et finit par agiter frénétiquement la queue en signe de bienvenue avant d'aboyer.

Trois ou quatre autres chiens lui répondirent depuis le centre du village.

Jonnie mit pied à terre et caressa le chien. C'était Panthère et il appartenait à sa famille. Il s'avança, tenant son cheval par la bride, et le chien le suivit d'une démarche rhumatisante, en lui faisant fête.

Un enfant décharné surgit au détour d'une maison, les regarda et détala en trébuchant dans la neige.

Jonnie s'arrêta devant le tribunal : la porte avait été arrachée de ses gonds et les lieux étaient déserts et glacés. La neige avait pénétré dans la grande salle. Jonnie se retourna alors et contempla le village en ruine, silencieux, mort.

De la fumée s'élevait du toit de la maison familiale et il alla frapper à la porte.

Il y eut un bruit à l'intérieur et le battant s'ouvrit en grinçant. C'était sa tante Ellen. Elle le dévisagea dans l'entrebâillement. Puis elle dit enfin :

– Jonnie?... Mais tu es mort, Jonnie...

Elle ouvrit alors la porte toute grande et se mit à pleurer.

Puis, après un instant, elle s'essuya les yeux avec son tablier de daim.

– Entre, Jonnie. Je t'ai gardé ta chambre. Mais on a donné tes affaires aux autres jeunes gens... Viens, le froid va entrer dans la maison...

– Y a-t-il la maladie dans le village ? demanda-t-il, songeant à ses compagnons.

– Oh, non. Il n'y a rien d'anormal. Mais on a aperçu un daim dans les collines et tous les hommes se sont lancés sur ses traces. C'est que nous n'avons guère à manger, Jonnie. Plus depuis que tu es parti... Puis elle parut craindre qu'il ne prît ces paroles pour une accusation et elle ajouta : Je veux dire que...

Elle se remit à pleurer. Jonnie en eut le cœur retourné. Elle était devenue vieille avant l'âge. Son visage était hâve, creusé, ses pommettes douloureusement saillantes.

Il fit entrer le pasteur et Angus et ils allèrent se réchauffer au coin du feu. Au cours de sa vie, jamais Tante Ellen n'avait rencontré d'étrangers et elle était effrayée. Mais elle accepta que les deux hommes lui soient présentés et elle s'activa aussitôt à leur servir une soupe chaude confectionnée à partir d'os bouillis. Le pasteur et Angus lui en firent des compliments. Elle cessa alors de lancer des regards inquiets à Jonnie et se montra avenante.

– Chrissie t'a retrouvé? demanda-t-elle enfin.

– Chrissie est en vie, ainsi que Pattie.

Surtout, ne pas les inquiéter, songea Jonnie. Surtout pas.

– J'en suis si heureuse! Je me faisais du souci. Mais quand ton cheval est revenu, elle a absolument voulu partir.

Tante Ellen se remit à pleurer, puis s'approcha pour étreindre Jonnie avant de s'en aller préparer les lits.

Jonnie sortit et trouva l'enfant qui les avait vus le premier. Il lui demanda d'aller à la recherche des hommes qui pourchassaient le daim afin qu'ils regagnent le village.

Il était plus de quatre heures quand il réussit finalement à rassembler le Conseil du village. Il fut surpris de découvrir qu'il n'était composé que du vieux Jimson et de Brown Staffor. Le troisième était mort depuis peu, apprit-il, et nul ne l'avait remplacé. Jonnie avait fait allumer un grand feu dans le tribunal et remis la porte en place.

Il présenta Angus et le pasteur au « Conseil du village » qui accueillit les nouveaux venus d'un air inquiet. Tout comme Tante Ellen, les deux hommes n'avaient jamais rencontré d'étrangers. Mais Angus et le pasteur eurent le bon sens de s'asseoir à l'écart.

Jonnie exposa au Conseil ce qui l'amenait, en évitant de prononcer des paroles alarmantes. Il leur dit qu'il avait découvert que la vallée était malsaine et que c'était pour cette raison qu'ils avaient eu tant de morts et si peu d'enfants, qu'il était parti en quête d'un lieu de séjour meilleur et qu'il en avait trouvé un. Le nouveau village était très beau. Il y avait de l'eau dans la rue principale, moins de neige, plus de gibier. Les maisons y étaient en meilleur état et il existait même une source de roc noir qui brûlait en donnant beaucoup de chaleur. Il fit un bon plaidoyer, fort bien présenté.

Le vieux Jimson parut très intéressé et plutôt enclin à un avis favorable. Il consulta Brown Staffor, ainsi que l'usage l'exigeait.

Le Boiteux avait gardé ses vieilles rancunes à l'égard de Jonnie. Regardez donc ce qui est arrivé, dit-il. Jonnie était parti du village et Chrissie et Pattie l'avaient suivi à leur tour. Elles étaient sans doute mortes à l'heure qu'il était. Et voilà que Jonnie Goodboy Tyler réapparaissait après une année et demie d'absence en leur demandant de quitter leurs foyers. Mais ces maisons où ils vivaient étaient à *eux*! Ils s'y étaient toujours trouvés bien. Et à l'abri. C'était ainsi et pas autrement.

Ils votèrent et, bien sûr, il y eut ballottage. Le Conseil du village ne savait que faire.

— Autrefois, on réunissait une assemblée, la population du village était convoquée, dit Jonnie.

— Je n'ai jamais vu ça de ma vie, protesta Brown Staffor.

— Moi, j'en ai entendu parler, dit Jimson. Il y en a eu une, il y a trente ans, pour décider du déplacement des enclos à bétail.

— En conséquence, puisque toute décision est bloquée, je demande la réunion de l'assemblée du village.

Cela n'était pas du goût de Brown Staffor, mais il n'y avait rien qu'ils puissent faire dans ces circonstances. Quelques personnes étaient entrées, poussées par la curiosité, et Jonnie n'eut aucune difficulté à faire passer le mot afin que tous les habitants affluent au tribunal.

Il était cinq heures et la nuit était venue quand ils furent tous présents. Jonnie avait fait apporter du bois pour alimenter le feu. Le moment n'était guère choisi pour allumer une lampe de mineur afin d'éclairer la salle.

Lorsque enfin il se retrouva en face d'eux, assis sur les quelques bancs ou sur le sol, leurs visages à peine distincts dans la fumée et les reflets du feu, il ressentit un malaise. Il avait devant lui une population épuisée. Tous étaient décharnés, certains étaient à l'évidence malades. Les enfants étaient trop calmes. Il les compta tous. La population du village s'élevait à présent à vingt-huit âmes seulement.

Une vague de fureur contre les Psychlos monta brusquement en lui.

Il s'efforça de conserver une attitude paisible et réussit à sourire alors même qu'il était au bord des larmes.

Avec l'assentiment du Conseil, il commença par ouvrir le paquet qu'il avait apporté.

Il contenait des cadeaux pour tous. Il les leur tendit : de la viande séchée, des fagots de kinnikinnick pour épicer la cuisine et de très grands silex d'où jaillissaient des gerbes d'étincelles. Et tous le remercièrent, ravis de ces présents qui étaient un secours. Puis il leur présenta quelques haches en acier et leur montra de quelle façon elles coupaient une bûche d'un seul coup. Chacun se montra très impressionné. Et Jonnie distribua les haches comme autant de cadeaux. Puis ce fut le tour du lot de couteaux. Les femmes surtout se montrèrent particulièrement excitées par le tranchant des lames. En les leur offrant, il les prévint de se montrer prudentes si elles ne tenaient pas à se couper un doigt.

Ensuite seulement il revint à l'essentiel et il leur parla du nouveau village. Il leur dit qu'ils n'auraient aucune difficulté à aller s'y installer, mais il s'abstint toutefois de leur expliquer qu'ils devraient voler à travers les airs pour y aller, car il savait bien qu'il perdrait alors toute crédibilité à leurs yeux.

Il les invita à poser des questions, mais il n'y en eut aucune. Et Jonnie eut un mauvais pressentiment.

Il sortit un triangle de verre tranchant de sa bourse et leur montra que l'on pouvait voir au travers. Puis il expliqua que, dans le nouveau village, les fenêtres étaient revêtues de ce même verre qui laissait entrer la lumière mais pas le froid. Il fit circuler le bout de verre mais, très vite, un des plus jeunes garçons se coupa légèrement et le verre revint rapidement entre les mains de Jonnie.

Il entreprit de leur expliquer que, s'ils étaient malades, c'était à cause de la vallée. Il y avait autour d'eux un poison qui rendait difficiles de nouvelles naissances.

Puis il laissa le vieux Jimson procéder au vote. Ils firent très vite le compte de ceux qui étaient favorables au départ et de ceux qui étaient contre.

Trois pour. Quinze contre. Les enfants n'étaient pas comptés.

Mais Jonnie n'entendait pas abandonner aussi aisément.

Il se leva et demanda :

– Voulez-vous me dire, je vous prie, pourquoi vous prenez une telle décision ?

L'un des hommes parmi les plus âgés, Torrence Marshall, se leva, regarda un instant autour de lui pour guetter les regards d'approbation et dit enfin :

– Notre vie est ici. Ici, nous sommes en sécurité. Nous te remercions pour les présents. Et nous sommes heureux que tu sois de retour *chez toi*.

Ayant dit, il se rassit.

Brown le Boiteux prit un air satisfait. La petite communauté se retira silencieusement pour aller souper.

Jonnie s'était rassis. Il demeurait immobile, la tête entre les mains, accablé.

Le pasteur posa la main sur son épaule.

– Il est bien rare qu'on soit prophète en son pays...

– Ce n'est pas ça, commença Jonnie, mais seulement...

Il fut incapable d'achever. Dans sa tête, sans cesse, revenaient les mêmes mots : « Ce sont les miens. Et ils sont tellement malheureux. Tellement malheureux... »

Plus tard cette même nuit, il se rendit jusqu'au tertre où était le cimetière. Il chercha dans la neige et trouva finalement la croix sur la tombe de son père. Elle était couchée sur le sol et il la redressa avant de gratter le nom qui y était porté. Dans le silence glacé de la nuit, il resta un moment immobile devant la tombe. Son père lui-même avait trouvé absurde de quitter le village.

Allaient-ils donc tous attendre de mourir ici ? Le vent cinglant gémissait depuis les hauteurs du Grand Pic.

5

– Jonnie ! Lève-toi ! Debout ! *Ça éclate !*

Jonnie s'éveilla avec peine. Il faisait encore noir, mais l'aube tardait à pointer en cette saison. Un instant, il fut désorienté par le fait de se retrouver dans sa propre chambre. Angus le secouait par l'épaule. Une lampe de mineur était posée sur la table.

Brusquement, il saisit le sens des mots qu'Angus venait de prononcer, il se leva et se glissa rapidement dans son pantalon de peau.

Angus s'était réveillé très tôt. Il avait soif et Tante Ellen l'avait entendu se débattre parmi les seaux vides. Il n'y avait pas d'eau et Angus n'appréciait guère l'idée d'avaler de la neige pour se désaltérer, aussi Tante Ellen s'était-elle offerte pour aller chercher de l'eau. Mais il avait refusé : non, il irait lui-même si elle lui montrait où trouver de l'eau. Elle lui avait alors désigné la source à laquelle tout le village se ravitaillait, à quelques pas des dernières maisons. Il avait pris un seau de cuir et il était sorti. Comme il avait fait la promesse solennelle à Jonnie de ne se rendre nulle part sans procéder à des tests, il avait emporté une fiole de gaz respiratoire ainsi que le boîtier de télécommande. A un moment, il avait posé la fiole, avait reculé d'une dizaine de mètres et appuyé sur la touche de déclenchement du régulateur. Et... BLAM! Il y avait eu un éclair.

Trépignant d'excitation, Angus tendait des vêtements à Jonnie pour qu'il s'habille plus vite. Il le poussa littéralement vers la porte et ils coururent tous deux en direction de la source.

Angus arrêta brusquement Jonnie et appuya sur la touche qui libérait le gaz.

Il y eut un éclair et le gaz explosa avec violence, ébranlant le sol.

Éveillé en sursaut, le pasteur vint les rejoindre peu après et Angus répéta l'expérience pour lui.

Jonnie éprouva un frisson qui n'était en rien dû à l'air glacé du petit matin. Sur ce sentier où il se trouvait, les villageois passaient deux ou trois fois par jour pour aller chercher de l'eau. Souvent plus. Petit garçon, il s'était révolté contre tout travail qui lui était imposé. Il avait déclaré qu'il était un *homme* – ce qui était absurde, puisqu'il commençait à peine à marcher – et qu'il ne porterait pas les seaux d'eau, pas plus qu'il ne balaierait la maison : il serait chasseur. Et jamais il n'était venu remplir un seau à cette source. Lorsqu'il devait laver les chevaux, il s'était toujours rendu à un autre point d'eau, plus haut sur la pente.

Et il avait donc eu ce frisson en découvrant avec certitude qu'il n'était nullement immunisé contre les radiations. Tout simplement, il n'était jamais venu jusqu'à cette source. Il avait échappé à la contamination par chance. Parce que les seaux de cuir se renversaient sur ses pieds.

Mais pour les autres habitants du village, et tout particulièrement les femmes, les enfants et les vieux qui faisaient jour après jour la navette avec leurs seaux, ce n'était pas la même chose : ils étaient régulièrement irradiés. Et, à cette idée, il sentait son cœur se serrer un peu plus.

Angus voulait creuser immédiatement sous la neige et Jonnie, avec l'aide du pasteur, l'en dissuada.

– Nous n'avons pas de boucliers de protection, lui dit-il. Il nous faut du plomb, du verre au plomb, quelque chose d'efficace... Mais nous devons avant tout marquer cet endroit pour qu'il soit désormais interdit. Ensuite, nous irons explorer un peu plus loin.

En poussant quelques pointes prudentes alentour, ils purent déterminer qu'il y avait, dans un rayon d'une dizaine de mètres, des radiations assez intenses pour provoquer une explosion du gaz psychlo. Angus avait repéré le centre du rayonnement. Ils se servirent de cendres récupérées dans l'âtre d'une cabane abandonnée pour délimiter l'anneau dangereux et Jonnie, en quelques coups de hache, tailla des poteaux qu'il planta en cercle dans la neige. Puis il les relia les uns aux autres avec une corde.

Jimson, ainsi que quelques autres villageois rameutés par les explosions, voulut savoir à quelle besogne ils se livraient. Jonnie laissa au pasteur le soin de le lui expliquer. Il poursuivit son travail, ne percevant que quelques bribes des explications du pasteur. Il semblait faire allusion aux esprits et, après quelque temps, Jimson se mit à détourner fermement les gens du chemin et Jonnie acquit la certitude que, d'ici peu, l'endroit deviendrait tabou. Il suffisait de quelques pas pour accomplir le détour.

L'aube était venue. Ils devraient faire vite pour avoir fini avant midi et il était fort probable qu'il existait d'autres endroits comme celui-là. Le drone de reconnaissance passait chaque jour à quelque distance de là et, depuis peu, aux alentours de midi. Jonnie ne voulait aucune image de cette opération sur les écrans de Terl. Le cercle de corde n'avait que peu d'importance, car il pouvait aussi bien indiquer la présence d'un parc à bétail. Non plus que les traces de pas et de sabots : les gens et les chevaux circulaient autour du village. Mais l'avion posé en haut du canyon et trois personnes aux vêtements différents, c'était bien autre chose...

Tandis qu'ils se restauraient du petit déjeuner que Tante Ellen venait de leur apporter, Jonnie contempla l'immensité de la prairie : tant de terrain à couvrir!

Il réfléchit. Ils couraient un risque, mais les tests de toxicologie avaient prouvé qu'ils pouvaient tolérer sans danger de brèves expositions aux radiations.

Il prit un masque à oxygène et des bouteilles dans l'équipement apporté par Angus. Puis il bourra ses poches de flasques de gaz respiratoire. Enfin, il se chargea d'un seau de cendres et sauta sur l'une des montures.

– Je vais parcourir cette prairie à toute allure en entrecroisant mes pistes, déclara-t-il à Angus et au pasteur. De long en large, en m'écartant d'une dizaine de mètres à chaque fois. J'aurai une fiole de gaz dans la main et je l'ouvrirai très légèrement. Chaque fois qu'il se produira un éclair, je lancerai une poignée de cendres et je lèverai le bras. Vous, mon père, je veux que vous vous teniez sur ce tertre et que vous me fassiez un croquis de cette vallée. Angus, ce sera à toi de lui signaler chaque fois que je lèverai la main. C'est compris?

Ils avaient parfaitement compris. Le pasteur escalada le tertre avec un crayon et un bloc, suivi d'Angus.

Les trois jeunes gens du village qui s'étaient prononcés pour le départ offrirent de les aider et Jonnie accepta. Ils pouvaient tenir des chevaux frais à sa disposition.

Il regarda autour de lui. Tout semblait en place. La neige luisait sous l'or roux du soleil. Il s'assura que son masque était bien ajusté, ouvrit la fiole de gaz et lança sa monture.

A peine une minute plus tard, un éclair jaillit. Il lâcha une poignée de cendres, leva le bras et continua au galop. Il perçut le cri d'Angus dans l'air ténu. Là-bas, sur son tertre, le pasteur marquait l'endroit sur son croquis.

Et Jonnie poursuivit sa course de long en large,

sillonnant sans répit la grande prairie. Un éclair, une poignée de cendres, la main levée, le cri lointain d'Angus et le martèlement sourd des sabots qui volaient dans la neige.

Il changea de monture, ouvrit une nouvelle fiole de gaz et repartit sans perdre un instant.

Les villageois s'étaient rassemblés pour observer ce qui se passait d'un air morne. Souvent, Jonnie Good-boy, ils s'en souvenaient, s'était livré à des choses étranges. Certes, il avait toujours été un cavalier éméritte. Chacun savait cela. Ce qui était plus mystérieux, c'était la raison pour laquelle il allumait de temps à autre une torche. Mais le vieux Jimson avait obtenu quelques éclaircissements du pasteur qui était arrivé avec Jonnie : un vrai pasteur venu d'un village appelé Écosse. Jusqu'alors, ils n'avaient jamais su qu'il pouvait se trouver un autre village comme le leur à proximité. Autrefois, certes, il y en avait eu quelques-uns. De l'autre côté des cols, à deux vallées de distance. Mais avec toute cette neige, nul ne pouvait trop s'aventurer. Jonnie, en tout cas, savait monter à cheval! C'était un vrai plaisir que de voir la neige voler sous les sabots!

Deux heures plus tard, après avoir usé quatre montures et vidé seize fioles de gaz, Jonnie décida qu'ils pouvaient repartir. Le temps pressait. Ils n'avaient même pas le temps d'étudier la carte dressée par le pasteur.

Ils décidèrent de laisser les chevaux en cadeau et de regagner l'avion à pied.

Le pasteur était fort occupé à expliquer à Jimson et aux siens qu'ils devaient se tenir à distance des marques de cendres et Jimson lui donna toute assurance à cet égard, ajoutant avec respect qu'il y veillerait lui-même, en dépit de Brown Le Boiteux et de son scepticisme.

Quant à Tante Ellen, elle semblait effrayée.

– Jonnie, dit-elle, te voilà en train de nous quitter de nouveau.

Elle essayait de lui dire, sans y parvenir, qu'il était désormais la seule famille qui lui restait.

– Aimerais-tu venir avec moi? lui demanda Jonnie.

– Ma foi, non, dit-elle. Leur foyer, c'était ici. C'était

Jonnie qui devrait revenir un jour. Mais elle savait bien qu'il avait toujours été attiré par les endroits périlleux. Il avait ça dans le sang.

Il lui fit la promesse de revenir et lui offrit les quelques cadeaux qu'il avait conservés pour cette ultime occasion : une grande marmite d'acier, trois couteaux et une robe en fourrure avec des manches !

Elle s'efforça de paraître ravie mais, quand il se retourna au bout du chemin et lui fit signe de la main, il vit qu'elle était en larmes. Car elle avait le sentiment déchirant que jamais plus elle ne le reverrait.

6

Un bourdonnement fiévreux s'élevait de la grande salle, dans la ville minière proche du filon. Plusieurs groupes s'étaient formés et s'activaient intensément à diverses tâches.

Les Écossais avaient été particulièrement amusés à l'idée d'occuper les locaux de l' « Intrépide Corporation Impériale des Mines ». Le bâtiment était presque intact et, après avoir été nettoyé, se révéla un lieu de travail tout à fait acceptable.

Jonnie soupçonnait plus ou moins que quelqu'un avait reconstruit la ville après l'épuisement de la mine de plomb.

Car elle était trop différente des autres cités. Il essaya d'imaginer pour quelle raison on avait pu désirer reconstruire ainsi toute une ville après avoir épuisé un gisement, mais c'était pourtant à l'évidence ce qui s'était passé. Non loin de là se trouvait un saloon appelé « Le Seau de Sang ». Le pasteur, très fermement, en avait interdit l'accès. Tous les miroirs de verre y étaient encore intacts et, sur les peintures murales ternies, on distinguait encore des danseuses à demi nues et des cupidons. De l'autre côté de la rue, un bureau annonçait la « Wells Fargo », alors qu'un autre, voisin, était tout simplement baptisé « Prison ».

Ils avaient tous élu domicile au « London Palace Elite Hotel », dont les appartements portaient des noms d'hommes qui avaient dû se rendre célèbres à la mine. Trois des vieilles veuves s'installèrent fièrement dans la cuisine où il y avait l'eau courante – luxe suprême – ainsi qu'une cuisinière à charbon dont Angus leur expliqua le fonctionnement.

Les bureaux de l' « Intrépide Corporation » recelaient diverses maquettes de ce qui avait dû être la mine et ils y avaient découvert diverses « brochures historiques » qui évoquaient l'époque héroïque des pionniers et des « mauvais garçons ». Il y avait aussi de bizarres opuscules qui annonçaient des « visites organisées » avec des horaires et un spectacle : « Attaque de la Banque. » Des peintures représentant des chercheurs, des prospecteurs et des « mauvais garçons » avaient été soigneusement nettoyées et décoraient les murs.

Robert le Renard et deux pilotes étudiaient différents plans afin de détourner un transport de minerai. Ils ne disposaient d'aucun appareil capable de rallier l'Europe ou l'Écosse. Ils ne pourraient jamais parcourir plus de quelques centaines de kilomètres avec le matériel dont ils disposaient. Ils avaient retourné ce problème en tous sens depuis que le démon, une certaine nuit, leur avait parlé de « drones bombardiers ». Ils se disaient qu'il leur incombait de donner l'alerte, non seulement à tous les Écossais, mais également à toutes les autres communautés qu'ils pourraient localiser. Mais ils ne pouvaient courir le risque d'éveiller la méfiance des Psychlos qui comprendraient très vite qu'ils préparaient quelque chose. Le seul plan sur lequel ils avaient pu se mettre d'accord consistait à intercepter l'appareil en plein vol, de manière à laisser croire aux Psychlos qu'il s'était abîmé en mer. Mais les problèmes qui restaient posés étaient : comment aborder un avion de transport en vol et comment neutraliser la radio de bord ?

Un autre groupe – formé de deux des chefs qui avaient été relevés, ainsi que de Thor, Dunneldeen et quelques autres mineurs – étudiait les progrès accomplis dans les travaux de creusement. Ils avaient atteint le filon et avançaient centimètre par centimètre vers la falaise. Le quartz qu'ils extrayaient était pur, splendide, mais ne contenait pas la moindre pépite d'or. Jonnie leur avait expliqué, avec références à l'appui, qu'ils travaillaient sur un filon à poches. Ils ne rencontre-raient des veines d'or que tous les vingt ou trente mètres. Le minerai n'était pas précieux sur toute la longueur du filon. Les hommes avaient exprimé leur lassitude de ne ramener que du quartz blanc sans la moindre trace d'or. En même temps, ils essayaient d'estimer la distance qui les séparait de la fissure. Apparemment, elle s'était très légèrement élargie, ce qui ne manquait pas de les inquiéter.

Le docteur MacDermott, l'historien, se tenait à l'écart. Assis dans un fauteuil appuyé contre un mur, il lisait consciencieusement ce que son éclaireur lui avait rapporté d'une bibliothèque qu'ils avaient découverte dans les décombres de l'école d'une petite cité minière proche.

Jonnie, Angus, le pasteur et l'instituteur s'étaient rassemblés devant le croquis que le pasteur avait fait de la vallée.

Tous les points où des radiations avaient été repérées étaient alignés. Tout d'abord, Jonnie avait pensé qu'il pouvait s'agir d'une veine d'uranite qui affleurait le sol par endroits. Mais les points étaient trop régulièrement espacés.

– Cela fait à peu près trente mètres entre chaque point, remarqua-t-il. En ligne droite.

Ils restèrent un moment silencieux, à examiner la carte. MacDermott vint les rejoindre.

– MacTyler, dit-il en brandissant un livre, j'ai là quelque chose de bizarre. Les Chinkos se sont complè-tement trompés dans leur guide à propos de l'Acadé-mie de l'Air Force.

Jonnie eut un haussement d'épaules.

– Très souvent, ils n'écrivaient certaines choses que pour faire plaisir aux Psychlos...

– Mais, pour eux, l'Académie était une base de défense avancée.

– Je sais. Ils voulaient lui donner de l'importance parce que c'est là que s'est déroulé le dernier combat de la planète.

– Mais il existait *bel et bien* une base de défense avancée, insista l'historien en levant à nouveau le livre.

Jonnie le regarda. Le titre en était : *Département de la Défense Civile : Règlements concernant l'organisa-*

tion de l'évacuation des écoliers en cas de conflit atomique.

– Apparemment, dit l'historien, il avait été prévu que les enfants demeurent dans l'école jusqu'à ce que le maire de la ville ait été évacué par la voie des airs et... Non, voilà, c'est ici : « Tous les ordres et dispositions ultérieurs devront provenir de la base de défense principale. »

– Mais nous ignorons où elle pouvait se trouver, dit Jonnie.

Le vieil homme fouilla dans sa pile de livres.

– Oh, mais si, nous le savons! s'exclama-t-il.

Il revint avec un épais volume portant sur les débats du Congrès concernant les dépassements de budget militaire.

Il avait marqué une certaine page et lut à haute voix : « Question du sénateur Aldrich : Le Secrétaire à la Défense admet donc ouvertement que le dépassement de 1,6 milliard de dollars pour la construction de la base de défense avancée des Montagnes Rocheuses n'a pas reçu l'approbation du Congrès. Est-ce bien exact, Monsieur le Secrétaire? »

MacDermott montra le texte à Jonnie avant de refermer le livre.

– Donc, ajouta-t-il, les Chinkos se trompaient tout en ayant raison. Il existait bel et bien une « base de défense principale » et elle était située dans les Montagnes Rocheuses.

Il eut un sourire un peu pincé et retourna vers son fauteuil.

Un instant, Jonnie demeura figé sur place.

La tombe!

Les portes de fer. Les soldats morts sur les marches.

La tombe!

– Docteur Mac! Revenez!

Il montra le croquis à l'historien.

– Vous nous avez raconté une histoire à propos de mines nucléaires qui auraient été posées par les Highlanders de la Reine, de Dumbarton à Falkirk...

MacDermott acquiesça. Il examinait le dessin.

– Est-ce que vous auriez découvert des épaves de tanks psychlos? demanda-t-il enfin.

– Non, mais regardez bien. Cette ligne va précisément du col aux plaines du bas. Les points sont régulièrement espacés et en droite ligne.

— Mais s'il n'y a pas d'épaves de tanks... commença le pasteur.

— Les mines n'ont jamais explosé! dit Jonnie. Elles se sont détériorées avec le temps!

— Comment as-tu deviné cela? demanda l'historien, intrigué.

Jonnie eut un sourire. Il lui était soudain difficile de parler. Il montra le croquis pour dissimuler son émotion et dit après un temps :

— Ce col conduit des plaines de l'ouest jusqu'à la prairie. Et, au-delà de cette prairie, il existe un canyon qui pénètre dans les montagnes. C'est au bout de ce canyon que se trouve la base de défense de l'ancien gouvernement de l'humanité!

Et il acheva rapidement le dessin.

D'autres hommes avaient deviné qu'il se passait quelque chose d'important et s'étaient rapprochés pour les entourer.

Un instant, Jonnie crut qu'il allait fondre en larmes.

Il déglutit avec peine, la gorge serrée.

— Je me demandais où ils avaient bien pu expédier tout cet uranium qu'ils avaient extrait. Je savais bien qu'il était passé *quelque part*...

Le pasteur lui effleura le bras. Il ne voulait pas que Jonnie se précipite vers un échec et en souffre.

— Mais jamais ils ne l'auraient gardé dans la base, mon garçon...

— Alors, c'est dans les archives de la base que nous pourrons apprendre où il se trouve! Il doit bien exister des cartes, des messages... Je sais que c'est *là-bas* que se trouve la solution!

Angus détaillait la carte avec attention depuis un long moment.

— Ooh! fit-il pour lui seul. Des mines terrestres! Et moi qui m'apprêtais à creuser là-dedans!

Déjà, Robert le Renard rassemblait les hommes qui allaient faire partie de l'expédition vers la tombe.

Quant à MacDermott, l'historien, il était fébrilement en quête de références qui leur permettraient d'éviter d'éventuels pièges en pénétrant dans les lieux.

– Mon garçon, ne t'excite surtout pas, dit le pasteur à Jonnie qui demeurait immobile, songeur. Demain à l'aube, nous saurons si tout cela est vrai.

A PROPOS DE L'AUTEUR

L. Ron Hubbard naît en 1911 à Tilden, dans le Nebraska. Son père est officier dans la Marine des États-Unis. Hubbard passe son enfance dans le légendaire Ouest américain et, très jeune, fait le dur apprentissage de la vie en plein air dans une nature souvent hostile. Adolescent, il vit dans les plaines et les montagnes du Nevada, où il côtoie cow-boys et indiens, avant de s'embarquer pour l'Asie qu'il visite longuement. Sa soif de savoir ne connaît pas de limites et, à l'âge de dix-neuf ans, il a déjà parcouru l'équivalent de dix fois le tour du globe, aussi bien sur terre que sur mer, et rédigé de nombreux journaux de voyage dans lesquels il puisera généreusement par la suite pour bâtir les intrigues de ses romans.

Puis il rentre au bercail. Son insatiable appétit d'aventure et de sensations fortes le conduit à devenir aviateur. Il acquiert très rapidement une réputation de virtuose du pilotage et de casse-cou. Mais il est bientôt repris par le démon de la navigation et part pour les Caraïbes sur un quatre-mâts, à la tête d'une expédition.

Hubbard commence sa carrière d'écrivain en écrivant des articles pour divers journaux, principalement des articles sur l'aviation. Mais il se tourne rapidement vers la fiction et, puisant dans une vie déjà riche en voyages et en expériences, il se lance dans une production littéraire aussi abondante que variée : aventure, western, exotisme, policier, fantastique et, finalement, science-fiction.

En 1938, Hubbard est un écrivain célèbre dont les ventes ne cessent de grimper. Un nouveau magazine, *Astounding Science Fiction*, vient d'être créé et il est à la recherche de « sang neuf ». Ses directeurs exhortent Hubbard à s'essayer à la science-fiction, mais il leur répond que les histoires de fusées et de pistolets à rayons ne l'intéressent pas et qu'il écrit uniquement des histoires avec des *gens*, des *personnages vivants*. Ils lui rétorquent que c'est justement ce qu'ils cherchent.

Et c'est ainsi qu'Hubbard commence sa carrière d'écrivain de science-fiction. Travailleur infatigable, il écrit nouvelle sur nouvelle, roman sur roman, et renouvelle complètement le genre. Les critiques acclament son œuvre et la comparent à celle de Wells et de Poe.

Hubbard est reconnu aujourd'hui comme l'un des fondateurs de ce que l'on a appelé l'Age d'Or de la Science-Fiction, au même titre que Robert Heinlein et quelques autres grands maîtres.

Au cours de sa très longue et productive carrière, Hubbard a écrit quelque cent romans et deux cents nouvelles (sous son nom et sous des pseudonymes non moins célèbres tels que René Lafayette, Kurt Von Rachen ou Winchester Remington Colt) et ses œuvres de fiction se sont vendues à plus de vingt-deux millions d'exemplaires. Elles ont été traduites dans une dizaine de langues.

Terre – Champ de Bataille est un nouveau jalon dans la carrière fabuleuse de l'un des auteurs les plus prolifiques et les plus importants de notre temps.

Achevé d'imprimer en mars 1991
sur les presses de l'Imprimerie Bussière
à Saint-Amand (Cher)

PRESSES POCKET - 8, rue Garancière - 75285 Paris
Tél. : 46-34-12-80

— N° d'imp. 529. —
Dépôt légal : février 1988.
Imprimé en France